THOMAS WIENS

Das goldene Pendel von Dangholt

Zwillinge in Gefahr

Fantasy-Roman

Die Zwillinge Anna und Max bemerken es in einer viel zu langen Nacht im schmutzigen Waisenhaus vor allen anderen Einwohnern der Hauptstadt Dangholt. Die Welt ist nicht mehr in Ordnung. Das goldene Pendel auf dem Marktplatz schwingt immer langsamer.

Kurz darauf steht die Welt still. Finstere Mächte sind am Werk.

Bald herrscht helle Aufregung. Keiner der Gelehrten kann das Problem lösen. Bürgermeister Fuddelhaar fürchtet um seine Macht und beschließt, die Götter zu besänftigen und ein Opfer bringen zu lassen. Zwillinge! Anna und Max müssen aus Dangholt fliehen und werden vom listigen Zauberer Garmander verfolgt.

Es beginnt ein Wettlauf auf dem gefährlichen Weg durch Trollgebiete, Sümpfe, das Feenland und die angorianischen Drachenwälder bis ans Ende der bekannten Welt.

Können die Zwillinge zusammen mit ihrem geheimnisvollen Lehrmeister Atos das Rätsel lösen und die Welt retten?

Thomas Wiens

Das goldene Pendel von Dangholt

Zwillinge in Gefahr

Fantasy-Roman

für Lina

Copyrightvermerk:
© 2007 (1. Ausgabe) by Thomas Wiens sowie
© 2017 (überarbeitete 2. Ausgabe) by Thomas Wiens

Coverdesign und Realisierung Coverlayout:
Debbie Rühmann, Bremen

© 2017
Herstellung und Verlag:
BoD – Books on Demand, Norderstedt
ISBN 978-3-7448-0076-1

Etwas war anders als sonst. Fast zeitgleich schreckten Anna und Max aus ihrem unruhigen Schlaf hoch. Doch dieses Mal lag es nicht am strengen Geruch im Schlafsaal des Waisenhauses, auch nicht am harten, kalten Ruhelager, auf dem nur dünnes Stroh als Polster zur Verfügung stand.

»Es ist etwas geschehen«, raunte das Mädchen.

Ihr Zwillingsbruder nickte. »Ja, die Welt ist nicht mehr in Ordnung.«

»Gibt es Hoffnung für uns?«, fragte Anna.

Der Junge überlegte kurz. »Das hoffe ich. Lösch lieber die Kerze, bevor die anderen wach werden oder das ganze Haus abbrennt.«

»Schade drum wäre es nicht«, gähnte Anna.

Ungeduldig versuchten beide, den Rest einer stockfinsteren, viel zu lang andauernden Nacht hinter sich zu bringen.

♦

Eigentlich verlief die Nacht in der Hauptstadt Dangholt so wie immer. Jedenfalls beinahe. Die beiden Diebesgilden gingen erfolgreich ihrer Arbeit nach, streng unterteilt in ihren zugeteilten Revieren. Die Halunken plünderten jeden Mann, der nicht vor Einbruch der Dunkelheit die schützenden Stadtmauern erreichte. Für Frauen gab es keine Ausnahmen. Im Gegenteil, es galt die ritterliche Regel, dass Frauen und Kinder immer bevorzugt zu behandeln waren. Die Ehre jedes Strauchdiebs, der etwas auf sich hielt, gebot, sich innerhalb der Stadtmauern nur zum Tauschen von Waren, zu Kneipenbesuchen oder zwecks Anzetteln einer Rauferei blicken zu lassen. Besser noch, wenn sind alle drei Gelegenheiten gleichzeitig ergaben. Arbeiten durften die Strauchdiebe innerhalb der Stadtmauern jedoch nicht. Hierfür zeichnete die Gilde der Taschendiebe verantwortlich, die sich wiederum aus den Geschäften vor den Stadttoren heraushielt. Die Anzahl der Überfälle in dieser Nacht war außergewöhnlich hoch. So hoch, dass die Räuber mehrere Eselskarren zum Abtransport der Beute benötigten.

»Das nimmt heute gar kein Ende «, schimpfte ein zerlumpter

Diebesgehilfe. Er nahm sich vor, den Fall mit dem Meister der Gilde zu besprechen. Schon lange wünschte er sich kürzere Arbeitszeiten mit geregeltem Anteil an der Beute. Sein Rücken schmerzte vom Schleppen der schweren Säcke voller Diebesgut.

Die Vampire plagten ganz andere Probleme. Jede Woche zur selben Nachtzeit trafen sie sich im großen Spiegelkabinett des Dangholter Schlosses zum Tanz bis in den Morgen. Bei Kerzenschein saßen die Geschöpfe der Dunkelheit an kleinen Tischen in noch kleineren Sitzecken, um die Tanzfläche zu beobachten. Netten Damen schickten sie eine Fledermaus an den Tisch. Die freundlichen Tiere überbrachten eine Aufforderung zum Tanz. Vampire galten schon immer als gute und begeisterte Tänzer. Kellner in schwarzen Uniformen bedienten die Untoten mit Cocktails aller Art. Besonders gerne tranken die Vampire eine Mischung, die die Getränkekarte als ›Brummschädel‹ bezeichnete. Das Gebräu bestand zu gleichen Teilen aus frischem Blut, purem Alkohol und viel Zucker. Serviert wurde in silbernen Kelchen mit vielen Eiswürfeln dazu. Einen grauenvollen Kater für den nächsten Morgen gab es kostenlos dazu. Aber hier lag nicht das Problem. Den tanzenden Vampiren schmerzten heute die Füße.

»Die Nacht ist irgendwie besonders lang«, erklärte der gähnende Graf Krommel seiner bezaubernden Tischdame. Vorsichtig blickte er durch einen Spalt des schweren Vorhangs in die stockfinstere Außenwelt. »Seltsam, es dämmert noch nicht einmal.«

Der adlige Blutsauger zog seine schwarzen Stiefel aus und ließ sich die geschwollenen, knöchernen Füße von einem Diener massieren, der eine Nasenklammer trug. Danach verlangte der Graf einen Eimer mit kaltem Wasser, um sich abzukühlen.

»Ich werde älter«, scherze der Adlige. Dabei lebte er mit fünfhundertdreißig Jahren im besten Mannesalter. Seine Tischdame kicherte albern. Verlegen nippte sie an einem alkoholfreien Gemisch, das der Barkeeper gerade neu erfunden hatte. Es schmeckte dermaßen schlecht, dass die Dame noch bleicher als üblich aussah. Nur konnte sie dieses nicht sehen, da ihr Spiegelbild im Spiegelsaal trotz hunderter Spiegel fehlte.

Neben den Dieben, Vampiren und Nachtwächtern bemerkte auch noch eine vierte Gruppe eine seltsame Veränderung. Im Diamantbergwerk rackerte eine Kompanie Zwerge im Akkord, ausgestattet mit Spitzhacke, Schaufel und schlechter Laune. Manch einer der kräftigen Burschen schlug wütend seine Axt ins Gestein, um wieder einen der großen Edelsteine freizulegen. Wüterich war ein sehr starker Zwerg voller Energie. Als Vorarbeiter trieb er seine Kumpel zur Eile. Ein Blick auf die Sanduhr zeigte, dass die Schicht zu Ende sein musste. Ein zweiter Blick aus dem Bergwerksstollen nach draußen zeigte dem ersten Blick einen Vogel. Die Gegend sah stockfinster aus, also herrschte Nacht. Nicht einmal der Mond schien. Zornig zerschlug Wüterich mit der Axt das Stundenglas.

»Die Schicht ist noch nicht zu Ende«, brüllte er die müde Truppe an. »Verdammt, was ist diese Nacht lang!«

Nur den Zauberern ging noch kein Licht auf. Gemütlich lagen sie, verteilt über die ganze Hauptstadt, in ihren Himmelbetten, trugen saubere Nachthemden, dazu eine meist blaue Zipfelmütze. Auf allen Kleidungsstücken glänzten aufgestickte gelbe Sternchen. Zauberer haben kein Zeitgefühl, besaßen nie eines und werden auch nie ein solches bekommen. Sie lebten in den Tag hinein, zauberten hier und da ein wenig herum. Meist hielten sie dabei andere Menschen von der Arbeit ab. Essen und Trinken gehörten zu ihren wahren Lieblingsbeschäftigungen. Am besten, den ganzen Tag lang. Nach einem guten Frühstück durfte alsbald das Mittagsmahl gereicht werden. Danach folgten Tee und Gebäck. Um nicht an Gewicht zu verlieren oder gar zu verhungern, benötigte der Körper nach Ansicht der Zauberer jeden Abend ein reichhaltiges Menü mit vielen Gängen. In billigen Kneipen ließen sich die Herren nur ungern blicken. Schließlich gab es den magischen Klub, in dem man für wenig Geld viel zu Essen bekam. Frauen duldete die Gemeinschaft nicht, was aber niemanden in Dangholt aufregte. Die einzige Zauberin des Landes war vor über zehn Jahren plötzlich verschwunden. So genau konnte sich aber niemand mehr daran erinnern.

Genauer gesagt *wollte* sich diesen schwarzen Tag auch kein Zauberer des ehrenwerten Klubs ins Gedächtnis zurückrufen.

Im Vergessen wichtiger Dinge galten die Magier als wahre Meister. Nur in Alpträumen nach einer schweren Mahlzeit erschienen manchmal Bilder von zwei kleinen Kindern, für die alle Zauberer in Abwesenheit der Zauberin einst großmütig die Patenschaft übernommen hatten. Aber das war eine andere Geschichte. In diese Nacht träumten alle Zauberer schlechter als sonst, schoben aber die Schuld dafür auf den Wildschweinbraten, den der Koch immer wieder in zuviel Buttersoße servierte. Und außerdem, die Zauberin meldete sich damals freiwillig für die Aufgabe. Nun ja, jedenfalls fast freiwillig.

Während in dieser langen Nacht, genauer gesagt dauerte sie um die Hälfte länger als gewöhnlich, spürten oder ahnten einige Menschen, Tiere, Untote, Zauberer, Zwerge oder sonstige liebenswerte Kreaturen, dass etwas nicht stimmte. Dass der Würfel langsam aber sicher aus den Fugen geriet, wussten in der bekannten Welt zu diesem Zeitpunkt nur Anna und Max. Und ein Zauberer.

◆

Von außen betrachtet sah die Welt wirklich wie ein Würfel aus. Es handelte sich um ein seltenes Exemplar. Nur die Götter wussten, warum. Bei einer ausgiebigen Feier mit viel Honigwein hatten sich viele Götter bei ihrem Chef, dem Obergott Ortlerich, beklagt. Sie hatten es satt, immer wieder neue langweilige Welten zu erschaffen. Immer wieder zerstörten schlampig konstruierte Sonnen als rote Riesen oder weiße Zwerge andere Planeten. Daher musste die Bauabteilung am laufenden Band für Nachschub sorgen. Da der Sonnengott im Dauerurlaub direkt auf der Oberfläche eines besonders heißen Sterns lebte, wollte sich niemand an ihm die Finger verbrennen. Auch der Obergott Ortlerich nicht. Man musste die Sonnen so nehmen, wie sie gebaut wurden. Basta! Da sie den Sonnengott nicht zur Rechenschaft ziehen konnten, überlegten die Götter gemeinsam, wie sie den Bau neuer Welten interessanter gestalten konnten. Eine Kugel ließ sich schnell formen und ins All kegeln, aber eine Kugel konnte schließlich jeder Anfänger aus einem Haufen Lehm zusammenpressen. Das war keine Kunst. Keine Herausforderung. Zum

Gähnen! Auch der Scheiben- und Tellerwelten wurden die Konstrukteure überdrüssig. Es dauerte nur, in der Zeitmessung der Götter gerechnet, wenige Augenblicke, einen Diskus zu töpfern und in den Himmel zu schleudern. Also auch uninteressant und stinklangweilig. Außerdem stieg der Schwund an Bewohnern beträchtlich, da immer wieder ungläubige Propheten, Abenteurer, Weltverbesserer oder Baumschullehrer mit zu viel Freizeit über den Rand des Tellers ins All fielen. Auch der Bergbau gestaltete sich für die Lebewesen auf einem Teller schwierig. Man stürzte zusammen mit Schaufel und Hacke in die Unendlichkeit des Alls, wenn man einige Meter zu tief grub. Bodenschätze konnte es in solchen Welten nicht geben, und was nutzte schon ein Feuer ohne Kohle? Außerdem sah nach einigen Jahren der Teller aus wie eine Scheibe Käse.

Ortlerich rief daraufhin einen Wettbewerb ins Leben, in dem die Teilnehmer sich an der Töpferscheibe mit neuen Formen beschäftigen sollten. Man konstruierte Pyramidenwelten, Dreiecke, Quadrate, Rechtecke, Ellipsen, Kegel, Doppelkegel, Zylinder und Säulen. Die meisten Konstruktionen hielten praktischen Tests nicht lange stand, zerbröselten oder trudelten so stark durchs All, dass jedem zukünftigen Bewohner das Mittagessen entweder vom Teller oder rückwärts durchs Gesicht rutschte. Ortlerich wurde ungehalten, die Götter waren frustriert, da sie weiter langweilige Kugeln und Teller formen mussten. Durch Zufall und einen Schuss Magie töpferte ein Kindgott einen Würfel als Spielzeug. Würfelspiele waren bis dahin völlig unbekannt, da Götter sich mit Speerwerfen von Blitzen oder Diskuswurf fit hielten. Obwohl die Erwachsenen beleidigt schienen, dass ein Kind den Wettbewerb gewonnen hatte, machten sie sich an die Arbeit. In liebevoller Handarbeit formten die Götter ihre allererste Würfelwelt. Natürlich bestellten sie beim Sonnengott auch eine hübsche Sonne. In diesem Fall eine besondere Sonne, die ein sehr schönes Abendrot zu bieten hatte. Dazu kam eine Garantiedauer mit Rückgaberecht bis in die Ewigkeit minus eine Sekunde. Nach getaner Arbeit reichte der Sonnengott erschöpft Urlaub ein. Zehntausend Jahre sollten reichen, bis dahin mussten eben alle neuen Welten ohne Sonne auskommen, oder ein Lehrjunge sollte gefälligst die Arbeit des Sonnenbaus übernehmen.

Der außenstehende Betrachter würde außerdem bemerken, dass der Würfel nicht regungslos im Weltall hing, sondern sich im Uhrzeigersinn um seine eigene Achse drehte. Oberhalb des Würfels wurde die besondere Sonne fest aufgehängt. Unterhalb des Würfels baumelte ein Mond, der nicht von der Sonne angestrahlt werden musste, sondern aus eigener Kraft leuchtete. Tag und Nacht, Morgen- und Abenddämmerung entstanden so ganz natürlich durch die Drehbewegung des Würfels. Wäre die Welt ein Spielwürfel, würden die Zahlen sechs, zwei, eins und fünf abwechselnd von der Sonne beschienen. Die beiden verbleibenden Seiten drei und vier galten als Gebiete der Finsternis, des ewigen Eises. Der Betrachter würde erkennen, dass nur eine der vier Sonnenseiten bebaut und bewohnt wurde. Nur dort gab es Städte, Wälder, Felder, Berge und Täler. Die göttlichen Erbauer setzten nützliche Dinge auf den Würfel. Hierzu zählten Tiere aller Art, Zwerge, Vampire, Bauern, Handwerker, Luft zum Atmen, Hexen, Zauberer und unterschiedliche Jahreszeiten. Da auch Göttern Fehler unterlaufen, gab es auch Unfälle bei der Herstellung der Welt, mit denen man aber nun leben musste. Politiker, Diebe oder die Ratgeber und Berater des Bürgermeisters gehörten zweifelsohne zu jener Gruppe, auf die man auch gut hätte verzichten können. Die übrigen drei Seiten des Würfels bestanden aus Ozeanen oder felsigen Landmassen. Keine Bewohner, keine Pflanzen. Der Grund hierfür lag darin, dass die Götter sich beim Bau der ersten neuen Welt ständig zankten. Jeder wollte seine Ideen verwirklichen. Schließlich sprach der Obergott Ortlerich ein Machtwort. Wortlos kickte er den unfertigen Würfel samt Sonne und Mond ins All, und überließ die ganze Sache einfach ihrem Schicksal. Sollten sich die Bewohner doch selbst um die übrigen Seiten kümmern, früher oder später würden sie schon dahinter kommen. Immerhin besaß die Würfelwelt neben ihrer interessanten Form eine weitere Sonderausstattung. Eine ausreichende Schwerkraft. Von einer Scheibe fielen die Bewohner durch die Fliehkräfte sonst oft reihenweise herunter, wenn sie sich zu weit an den Rand wagten.

Die Bewohner auf dem Würfel sahen ihre Welt etwas anders, da sie nur einen der sechs Seiten kannten. Im Mittelpunkt war die Hauptstadt Dangholt in den letzten einhundert Jahren zu beachtlicher Größe herangewachsen. Bereits zweimal mussten die Stadtmauern um einen weiteren Ring nach außen erweitert werden, um die hinzuziehenden Menschen, Vampire oder andere Geschöpfe aufzunehmen. Wie auch an anderen Orten üblich, lag der mit Granitsteinen gepflasterte Marktplatz wiederum in der Mitte der Stadt. Hier gab es neben dem Wochenmarkt auch regelmäßig andere Attraktionen. Gaukler, Wanderzirkusse, Viehhändler, Henker und Schaukämpfer mit Äxten sorgten regelmäßig für Menschenaufläufe. Genau im Zentrum des quadratischen Marktplatzes stand ein gemauerter Brunnen. Über dem Brunnen glänzte ein metallenes Pendel mit einer tonnenschweren goldenen Kugel an der Unterseite. Seltsamerweise konnte man das obere Ende des Pendels nicht erkennen, es schien unendlich in den Himmel zu ragen. Auch bei schönstem Sonnenschein sahen die Bewohner bei sonst stahlblauem Himmel genau über dem Brunnen, hoch oben, eine herzförmige, schneeweiße Wolke. An ihr schien das Pendel befestigt zu sein. Auch bei Sturm rührte sich das seltsame Gebilde kein Stück von seinem vorgesehenen Platz. Solange die Ahnen oder Urahnen denken konnten, hing das schwere Pendel immer an diesem Platz. Und immer bewegte es sich wie von Geisterhand auf diese einmalige, seltsame Art, nie stand es still. Die Besonderheit in der Bewegung des Pendels lag darin, dass es ganz weit nach rechts ausschlug, aber auf dem Rückweg direkt über dem Brunnen stoppte, um dann erneut mit Schwung nach rechts zu gleiten. Die Bewegung hätte jeden Fremden stark verwundert. Die Bewohner Dangholts kannten das göttliche Pendel nicht anders, es zeigte nach Ansicht der Astronomen, dass sich die Sonne noch um ihre Welt bewegte. Wie konnten sonst Tag und Nacht funktionieren? Die abergläubige Bevölkerung hatte ihre eigene Theorie, sie pfiff auf die Meinung der Gelehrten. Natürlich, das Pendel hatte einen göttlichen Ursprung, sie verehrten es als Zeichen göttlicher Macht. Ihrer Ansicht nach bewegte aber nicht das Pendel die Welt, sondern ein Riese. Der Legende nach ruhte weit unterhalb der Oberfläche tief im Inneren der Welt ein mächtiges Laufrad aus purem Gold. In diesem Laufrad, ähnlich dem eines Hamsters, lief angeblich der Riese umher und hielt die Welt in Schwung. Aus diesem Grund brachten die Bewohner dem Riesen regelmäßig Opfergaben auf Dangholts Marktplatz dar. Kleine Geschenke, Speisen und Getränke.

Die Mehrzahl aller Zauberer vertrat eine dritte Theorie. Sie waren, und dabei ließen sie keine andere Meinung zu, davon überzeugt, dass jeden Abend ein schwarzes Tuch über die Welt gedeckt wurde. Ein Tuch, bestickt mit tausenden gelber Sterne. Die Lehrmeinung entstand in einer Zeit, als die Magier noch Unkenkraut rauchten, das neben heftigen Kopfschmerzen auch Wahnvorstellungen und Sehstörungen verursachte.

Irgendwie ahnten die Bewohner, wie ihre Welt von außen betrachtet aussehen mochte. In gewagten Expeditionen brachen Landvermesser in die Ferne auf, um Größe und Beschaffenheit des Geländes zu erkunden. Vorsichtshalber schickten die Menschen immer erst einen Trupp kampferprobter Zwerge voraus. Erstaunlich viele der mutigen Wichte kehrten zurück. Den Ruhm neuer Entdeckungen beanspruchten die gelehrten Menschen dann für sich selbst. Über die Jahrhunderte entstanden immer genauere Landkarten. Bald darauf stand fest, dass die Welt eine quadratische Grundfläche besaß, die an allen Enden von unüberwindbaren Gebirgen begrenzt wurde. Was dahinter lag, wusste niemand. Der außen stehende Betrachter hätte vom Weltall aus die Frage beantworten können. Nichts!

Eine Würfelkante war eine Würfelkante, danach gab es nur noch eine Richtung. Abwärts! Eines Tages kamen dann Zwerge auf die Idee, Löcher in die Erde zu graben, um den Bergbau zu erfinden. So tief sie auch buddelten, niemals fanden sie etwas anderes als Skelette von Untieren mit meterlangen Krallen und Zähnen, pechschwarze Kohle, Gold oder funkelnde Diamanten. Aus diesem Wissen schlossen die Gelehrten, dass sich die bekannte Welt auf dem Deckel eines mit Steinen gefüllten Kartons befinden müsse, was der Würfelform schon recht nahe kam.

Ansonsten ging es in der kleinen Welt zu wie in jeder anderen auch. Jede Gilde ging ihrer Arbeit nach, wobei die Strauchdiebe tagsüber ebenso wie die Vampire das Sonnenlicht mieden. Wenn auch aus unterschiedlichen Gründen. Zauberer zauberten. Hexen kochten seltsame Getränke, die sie in Flaschen abfüllten, um sie ahnungslosen Reisenden auf dem Wochenmarkt von Dangholt zu horrenden Preisen als Allheilmittel aufzuschwatzen. Hin und wieder überlebte der Käufer sogar die Einnahme des Trunks ohne nennenswerte Schäden. Wenn man von plötzlicher Behaarung überall im Gesicht, neu wachsenden Ringelschwänzchen oder Veränderung der Ohren einmal absah. Diese Dinge zählten zu den normalen Nebenwirkungen des Gebräus. Zwerge kauften übrigens die Hexenmedizin sehr gerne, um in den gepflegten Vorgärten ihrer Häuser damit jede Art von Unkraut zu vernichten.

An drei Seiten rund um den Marktplatz standen edle Fachwerkhäuser der reichen Kaufleute, die sich in der zweitmächtigsten Gilde zusammengeschlossen hatten. Mehr Macht besaßen nur die Berater, die dem Adel und den Politikern für viel Gold oder Diamanten sagten, was sie tun mussten, um noch mehr Steuern von den Bauern einzunehmen. Auf einer Seite des Marktplatzes lagen drei besondere Gebäude. Im steinernen Rathaus arbeiteten, wenn man es Arbeit nennen wollte, neben dem Bürgermeister viele Beamte, die fleißig viele Pergamentrollen mit Vorschriften füllten. Diese Papiere verteilten berittene Boten anschließend im ganzen Land und lasen der Bevölkerung die neuesten Gesetze vor. Der Verbrauch an Boten und Pferden stieg ungeheuerlich an, da die Dorfbewohner bei jeder schlechten Nachricht den Boten für seine Botschaft verprügelten. Das Pferd sahen die Bauern als Geschenk der Hauptstadt und behielten es einfach. Es herrschte daher in Dangholt bald großer Boten- und Pferdemangel.

Nur wenige Bewohner des Würfels konnten lesen oder schreiben. Umso erstaunlicher wirkte das zweite Gebäude, eine ehrwürdige Bibliothek mit dem noch ehrwürdigeren Bibliothekar Wenzel. Aufgrund seines grauen Rauschebarts und der langen, schlanken Finger wurde er zu seinem Leidwesen häufig für einen Zauberer gehalten und übel beschimpft. Deshalb hielt er sich fast nur noch in der Bibliothek auf, in deren Dachgeschoss er auch eine kleine Kammer bewohnte. Wenzel kannte nahezu jedes Buch auswendig, jeden Stellplatz im Regal, jeden Winkel des Gebäudes. Als Angestellte eigneten sich drei Arten von Wesen. Für nicht adlige Vampire, die einer Arbeit nachgehen mussten, bot die Bücherei einen beliebten Arbeitsplatz. Die gesamte Bibliothek besaß keine Fenster. Das völlig aus Stein gemauerte Gebäude konnten Besucher nur durch eine schwere Eisentür betreten, vor der ein Zombie als Wachposten stand. Hatte man diese erst Hürde lebendig passiert, stand man in einem mit magischen Lichtern erhellten Gang. An dessen Ende versperrte eine zweite Eisentür den Weg. Diese Tür konnte erst dann geöffnet werden, wenn der Zombie den ersten Eingang wieder verschlossen hatte. Alle Bücherregale bestanden aus geschmiedetem Eisen. Nicht aus Holz, wie in Klöstern oder kleineren Büchereien oft üblich. Auch in der Bibliothek selbst fand sich keine einzige Kerze, keine Fackel, keine Petroleumleuchte. Nur Kronleuchter mit Glühwürmchen oder anderen magischen Lichtern erhellten die riesigen Säle. Die Bücher waren unendlich alt und, sofern man lesen konnte, unheimlich wertvoll. Vor einigen hundert Jahren war die Hauptstadt fast komplett abgebrannt, viele Häuser und die gesamte alte Bibliothek wurden damals vernichtet. Die neu errichtete Büchersammlung sollte gegen Feuer und Diebe besonders gut geschützt sein. Das fehlende Tageslicht ermöglichte den Vampiren, auch tagsüber einer geregelten Arbeit nachzugehen. Die Helligkeit der magischen Lichter machte ihnen nichts aus, da nur echtes Sonnenlicht ein Problem darstellte. Ein magisches Licht bestand aus einer Glaskugel, die ein Nordlicht einschloss. Als Farben konnte man zwischen weiß, blau, grün oder rötlich leuchtend wählen. Auch Kugellampen mit Glühwürmchen darin galten als beliebte Lichtquellen. Neben den Vampiren beschäftigte Wenzel ein Heer von Gnomen, die im Keller wohnten und arbeiteten. Ihre Aufgabe bestand darin, Bücher zu reparieren, handschriftliche Kopien von Seiten anzufertigen oder einfach nur aufzuräumen. Die extrem scheuen Wesen ließen sich nur selten sehen und waren fast nie zu sprechen. Sie blieben lieber unter sich. Wenzel konnte es recht sein, solange die notwendigen Arbeiten zuverlässig erledigt wurden.

Als dritte Gattung beschäftigte Wenzel gerne einige Zombies. Die mächtigen Gestalten taugten gut als Wachleute, da sie niemals schliefen und im Notfall jeden Eindringling abwehren würden. Auch für Sonderaufgaben, wie der Bibliothekar es gerne nannte, eigneten sich die zusammengeflickten Wesen äußerst gut. Überschrittene Leihfristen, Fettflecken, Eselsohren oder herausgerissene Seiten in zurückgegebenen Büchern? All diese Probleme nahmen schlagartig ein Ende, seit eine Truppe Zombies den Sündern einen persönlichen Hausbesuch abstattete. Wenzel liebte Bücher, und er freute sich über den guten Zustand derselben.

Neben der Bibliothek befand sich das Haus der Stadtwache, die im Auftrag des Bürgermeisters für Ruhe und Ordnung in der Hauptstadt sorgte. Ein Verlies mit kalten, feuchten Gefängniszellen gehörte ebenso zum Gebäude wie ein Schuldturm und, der ganze Stolz von Major Bockelwitz, eine modern ausgerüstete Folterkammer.

All diese Dinge gehörten zu Dangholt, wie die Butter aufs Brot gehört. Das Pendel aber stellte etwas ganz Besonderes dar. So wie der Käse über der Butter auf dem Brot.

Eine lange Nacht ging zu Ende. Alle Lebewesen sehnte die Sonne herbei. Mit Ausnahme der Vampire.

◆

Das Waisenhaus erwachte im Morgengrauen zum Leben. Lange vor allen anderen Bewohnern der Stadt mussten die Kinder aufstehen, um rechtzeitig bei der Arbeit zu erscheinen. Max und Anna stiegen frierend mit steifen Armen und Beinen aus ihren so genannten Betten. Die Bezeichnung Bett war maßlos übertrieben. Im großen Schlafsaal standen Holzkästen ohne Deckel aneinandergereiht, eine Holzplatte als Boden, vier Seitenteile aus Brettern, fertig. Etwas Stroh diente jedem Bewohner als Matratze. Für etwas Bequemlichkeit reichten die wenigen Halme aber nicht aus. Wärmende Decken gab es nicht, dafür fehlten dem Waisenhaus die Geldmittel. Da die Streu nur selten gewechselt wurde, hing ein feuchter, muffiger Geruch im Raum, in dem über vierzig Kindern aller Altersgruppen zusammen übernachten mussten. Gerüche aller Art machten die Atemluft nicht besser. Direkt neben dem Schlafsaal lag der Ziegenstall.

»Duftet lecker hier«, schimpfte Anna. Ihr Zwillingsbruder nickte. Beide mochten etwas zwölf Jahre alt sein, vielleicht auch etwas jünger oder älter. Hier im Waisenhaus der Hauptstadt wusste das niemand so genau. Geburtstag feierte keines der Kinder, die Zwillinge kannten weder Jahr, noch Monat oder Tag ihrer Ankunft auf der Welt. Auch die Heimleiterin, Madame Euphrosine, interessierte nicht, ob einer der unnützen Esser Jahrestag oder andere Probleme hatte. Schließlich musste sie mit wenig Geld mehr als vierzig hungrige Mäuler stopfen. Maximal bis etwa zum vierzehnten Lebensjahr durften die Waisen bleiben. Danach galten sie als alt genug, in die Lehre oder auf Wanderschaft zu gehen. Die Spenden reichten schon längst nicht mehr aus, im Gegenteil, es gab von Jahr zu Jahr immer weniger. Selbst reiche Kaufleute oder mächtige Zauberer konnten so geizig und kaltherzig sein. Bis auf einen.

Eilig stiegen die Kinder in ihre zerlumpten Kleider. In der morgendlichen Hektik blieb keine Zeit, über die Geschehnisse der letzten Nacht nachzudenken, geschweige denn darüber zu sprechen. Am kalten Brunnen vor der Tür wuschen sich Max und Anna nacheinander gründlich. Nicht nur hierdurch unterschieden sie sich von vielen anderen Kindern im Waisenhaus. Das Frühstück, die einzige Mahlzeit bis zum Abendessen, schmeckte grauenhaft. Dem Haferschleim mischte die Küchenhilfe immer wieder Sägespäne bei. Das einzig Nahrhafte schienen die Mehlwürmer zu sein, die sich in dem ekligen Brei wohl zu fühlen schienen. Als Beigabe erhielt jedes Kind einen Becher Brunnenwasser, zusammen mit einem Kanten angeschimmelten, trockenen Brotes.

»Köstlich!«, rief Max mit fröhlicher Miene. Mit seiner Äußerung brachte er Madame Euphrosine immer wieder zur Weißglut. Auch die anderen Kinder blickten mürrisch in Richtung des Jungen. Nur Anna grinste breit. Dabei meinte Max es nicht böse. Er stellte sich bei jeder Mahlzeit mit geschlossenen Augen vor, dass sein Frühstück aus weichem Brot mit Butter und Käse bestand. Dazu Haferbrei mit viel Zucker und Milch. Tatsächlich funktionierte der Trick immer wieder, es schmeckte dann wirklich besser. Anna tat dasselbe, auch sie hatte am Essen nichts auszusetzen. Um die Zwillinge herum würgten die übrigen Heimbewohner angewidert ihre Mahlzeit herunter. Einige Kinder spuckten die Würmer auf den Fußboden. Gierige Mäuse rasten herbei und trugen einen harten Kampf um die Beute aus. Madame Euphrosine mahnte zur Eile. Mehrfach klatschte sie in die Hände.

»Kinder, an die Arbeit! Eure Herrschaften warten nicht gerne. Seid wachsam, damit es keinen Ärger gibt. Und verliert den Tageslohn nicht. Bis heute Abend. Trödelt nicht auf dem Weg!«

In Windeseile wuschen Anna und Max ihr Essgeschirr ab. Sorgfältig verstauten sie die Behälter in ihren Schlafkästen. Die meisten der übrigen Kinder ließen das Geschirr achtlos auf dem Boden herumliegen. Die Fliegen, Spinne, Mäuse sowie der Hauskater Karl labten sich tagsüber an den Resten. Am Abend sahen dann auch die Essnäpfe der übrigen Kinder sauber aus. Wie geleckt. Anna und Max fanden genau *das* eklig. Keiner der Waisenhausbewohner hatte jemals eine Schule von innen gesehen. Außer vielleicht, um das Gebäude nach Schulschluss zu putzen oder die Latrinen zu leeren. Jedes Kind musste einer Beschäftigung nachgehen und den kümmerlichen Tageslohn jeden Abend bei Madame Euphrosine vollständig abgeben. Wehe denjenigen, in deren zerlumpter Kleidung die Heimleiterin bei ihren zahlreichen Kontrollen noch eine winzige Münze fand. Madame galt als neugierig, sehr neugierig. Bei Geld hörte die Freundschaft auf. Mit »denen« aus dem Waisenhaus wollte kein Bürger der Stadt etwas zu tun haben. Als Magd, Knecht, Küchenhilfe, Putzkraft oder Hilfsarbeiter wurden die Kinder geduldet. Mehr aber war beim besten Willen nicht zumutbar. Der große Vorteil für die feinen Kunden lag darin begründet, dass das Waisenhaus die Arbeitskräfte schnell und günstig liefern konnte. Jeder Kontakt zu Kindern der bürgerlichen Familien wurde den Waisen aber strengstens untersagt.

Im Morgengrauen fehlte den ersten schwachen Sonnenstrahlen, die noch mühsamer als sonst hinter den Bergen hervor krochen, noch die wärmende Kraft. Anna trabte nachdenklich neben ihrem Bruder her. Beide froren in ihrer dünnen Kleidung. Barfuß führte sie der Weg zu ihrem Herrn, der am Rande der Stadtmauer in einem unscheinbaren Haus lebte. Seit etwas sechs Jahren dienten sie ihm für einen guten Lohn. Die Heimleiterin Euphrosine hielt die Bezahlung allenfalls für durchschnittlich. Regelmäßig durchsuchte sie die Kleidung der Kinder, fand aber niemals eine unterschlagene Münze. Der Dienstherr legte jeden Tag einen Teil der Bezahlung für Max und Anna in eine Schatulle auf seinem Küchenschrank. Misstrauisch hatte Madame in der Vergangenheit zweimal versucht, andere Kinder zum Haus des Herrn zu schicken. Der lehnte jedoch entrüstet ab. Er bestand immer darauf, nur Anna und Max geschickt zu bekommen. Mürrisch akzeptierte die Heimleiterin die Tatsache, dass der zahlende Kunde die Regeln festlegte.

»Wer die Musik bestellt, bestimmt auch, was gespielt wird«, pflegte der Hausherr stets zu sagen. Den Kindern gefiel es in dem kleinen Haus in der Hopfengasse sehr gut. Andere Waisen kamen manchmal ernsthaft verletzt, oft aber mit blauen Flecken ins Heim zurück. Ungeduldige Herrschaften besaßen selbstverständlich das Recht, ihr Personal zu bestrafen, wenn ein Auftrag nicht zur Zufriedenheit erledigt wurde oder Dinge entzwei gingen. Den Zwillingen widerfuhr ein solches Erlebnis bei ihrem Arbeitgeber niemals. Nachdem beide eine längere Zeit marschiert waren, brach Anna das grübelnde Schweigen.

»Du hast heute Nacht dasselbe gespürt wie ich, nicht wahr?«

»Ja, es kann kein Zufall sein. Die Welt ist in Unordnung geraten. Vielleicht kommt bald die Zeit für uns, um aufzubrechen. Fürchtest du dich davor?«

Anna schüttelte den Kopf. »Nein«, stellte sie mit fester Stimme klar. »Nein, das Waisenhaus ist keine Heimat. Herr Atos hat uns auf den Tag vorbereitet.«

Max lächelte. »Unser guter Herr Atos. Wenn Madame Euphrosine das wüsste, sie würde explodieren.«

Anna lachte laut los. Sie stellte sich bildlich vor, dass Madame wie ein zu stark aufgeblasener Kuhmagen in tausend Fetzen flog.

»Verdient hätte sie es allemal!«

Ihr Zwillingsbruder wurde plötzlich nachdenklich.

»Ob der Weg uns irgendwann zu unserer Tante führt?«, fragte er betrübt.

»Wir kennen sie nicht, wir waren zu jung, als sie verschwand«, entgegnete Anna traurig. »Ich träume oft von einer Frau, die unsere Tante sein könnte, aber eigentlich wissen wir nur sehr wenig aus den Erzählungen von Herrn Atos. «

»Woher Herr Atos unsere Tante kannte, wo er ihr begegnete, hat er uns nie erzählt«, stellte Max fest.

»Jetzt wo du es sagst«, nickte Anna. Sie verweilte einen Augenblick, um ihre eiskalten Füße zwischen den Händen aufzuwärmen. Ihr Ziel führte die Kinder weiter bis an den Rand der mittleren Stadtmauer. Vom Menschenauflauf am Marktplatz bemerkten sie daher nichts. Es schien den Zwillingen aber auch ohne diese Information klar zu sein, dass die letzte Nacht nicht ohne Folgen für die Hauptstadt und die ganze Welt bleiben würde.

Nach einem langen Fußmarsch erreichten sie schließlich ihr Ziel. Anna benutzte den schweren Türklopfer, ein an der Tür befestigtes goldenes Pendel.

»Es ist offen«, rief eine tiefe, freundliche Stimme aus dem Innern. Anna und Max traten ein. Mit einer kurzen Handbewegung bedeutete der ältere Herr den Kindern, näher zu treten.

»Ihr seid ja ganz durchgefroren«, sorgte sich Atos. Anna betrachtete ihren Dienstherren, der verwegen wie immer aussah. Der Mann stand vergnügt vor seiner Feuerstelle, über der ein kleiner bronzefarbener Kochkessel hing. Es duftete betörend nach Suppe, nach Fleisch, nach Kartoffeln. Und das bereits am frühen Morgen.

»Das Mittagessen köchelt schon mal, wollt ihr zum Frühstück ein Stück Brot?«

Atos band oft sein langes graues Haar mit einem schmalen Lederriemen als Zopf zusammen. Unter buschigen Augenbrauen strahlten blau Augen wohlige Wärme aus. Weiter unten folgte eine etwas zu lang und schief geratene Nase, die an einem langen

Schnurrbart zu schnuppern schien. Den Vollbart hatte Atos abnehmen müssen, als die Gilde der Zauberer ihn vor mehr als zehn Jahren aus ihren Reihen ausgeschlossen hatte. Lange, wallende Bärte galten als Markenzeichen der Gildenzauberer. Auch seinen Hut, das Gewand und andere magische Dinge musste er damals abgeben. Nun, es sollte ihm recht sein. Die Dienstkleidung gehörte der Gilde, aber was machte schon die Kleidung aus? Atos fand seine ehemaligen Kollegen mittlerweile peinlich. Wie sie sich mit wichtiger Miene in alle Dinge der Hauptstadt einmischten, mit dem völlig überflüssigen Zauberstab herumfuchtelten und noch unwichtigere Zaubersprüche von sich gaben. Atos wusste, dass wahre Zauberei eine Sache des Herzens war, die weder Umhang oder Hut, noch Zauberspruch oder Zauberstab nötig hatte. Doch von alledem ahnten die Kinder nichts. In ihren Augen stellte Atos einen etwas wunderlichen, zerstreuten, aber herzensguten Mensch dar. Von Letzteren gab es in Dangholt nicht viele Exemplare.

Gierig verschlangen die Zwillinge eine frische, zarte Scheibe Brot mit köstlicher Butter. Sogar eine Spur Salz spendierte Atos. Eine Tasse Malzkaffee mit Zucker brachte die Lebensgeister zurück. Annas Wangen glühten, ihre Füße schienen zu kochen. Alles war in Ordnung.

Atos nahm den kurz zuvor gerissenen Gesprächsfaden wieder auf.

»Ihr habt letzte Nacht etwas gespürt!«, stellte er fest.

»Das stimmt, woher weißt du das, Herr Atos?«, wunderte sich Max.

»Die Nacht dauerte zu lange, das fiel mir sofort auf. Meidet heute den Marktplatz. In der Stadt wird nachher Chaos herrschen. Madame Euphrosine, die alte Klatschtante, ist mit Sicherheit auch dort, und ihr wollt doch nicht gesehen werden, oder?«

Eilig verrichteten Anna und Max die notwendigen Arbeiten im Haus des ehemaligen Zauberers. Viel gab es aber nie zu tun. Max versorgte die Tiere, ein paar Hühnern, eine Katze und zwei magische Unken im Brunnen. Danach fegte der Junge mit einem Reisigbesen den Hof, während Anna die Fenster putzte. Das schmutzige Geschirr wuschen beide gemeinsam ab.

»Nun setzt euch«, wies Atos die Zwillinge an. »Wir haben noch viel zu erledigen. Die heutige Lektion wird interessant.«

◆

Im Zentrum Dangholts, auf dem Marktplatz, versammelte sich eine aufgebrachte, verängstige Menschenmenge. Die Nachricht verbreitete sich wie ein Lauffeuer.

»Der Riese ist müde«, raunte es durch die Ansammlung, die von Minute zu Minute wuchs.

Mit letzter Mühe verhinderte die Stadtwache, dass der Mob einen zufällig anwesenden Zauberer verprügelte. Verschiedene Gelehrte standen staunend vor dem Pendel, diskutierten sich die Köpfe heiß, ohne zu einem brauchbaren Ergebnis zu gelangen. Sogar Wenzel steckte kurz seinen Kopf aus der Bibliothek heraus. Hektisch versuchte Bürgermeister Fuddelhaar, der Regent und Stadtobere, sich vom Balkon des Rathauses aus Gehör zu verschaffen. Seine Anweisungen drohten im panischen Geschrei der Menschentraube unterzugehen. In letzter Not befahl er zwei Soldaten der Stadtwache, einen Brülltroll aus dem Kerker herbeizuschaffen. Außerdem wies er an, die Stadttore verschlossen zu halten. Trolle wurden als Unheil bringende Wesen nach Möglichkeit nicht in die Stadt gelassen. Sie durften keiner Gilde angehören, jeder Handel musste vor den Stadttoren erledigt werden. Die sehr scheuen Wesen standen als Kinderräuber in Verdacht, niemals konnte ihnen aber ein Vergehen nachgewiesen werden. Trotzdem galten sie nicht als sonderlich beliebt. Die Abneigung beruhte auf Gegenseitigkeit. Ängstlich schlichen die Soldaten ins Verlies unterhalb der Stadtwache.

»Geh du vor!«

»Nein, du gehst!«

»Warum?«

»Weil ich dein Vorgesetzter bin, darum?«

»Sonst muss ich doch auch immer hinten gehen!«

»Das ist heute etwas anderes«, beendete der Ranghöhere der beiden die Diskussion.

Mutig öffneten sie eine Zelle und zerrten einen in Ketten gelegten Brülltroll die Treppe hinauf, hinüber ins Rathaus. Der

Bürgermeister wartete schweißgebadet auf seine Verstärkung. Prall gefüllt drohte der Marktplatz aus allen Nähten zu platzen. Besorgt blickte der Bürgermeister in den Himmel. Wenigstens *er* musste doch Ruhe bewahren, auch wenn er genauso viel Angst verspürte wie die Menschen unten auf dem Platz. Was er sah, hatte es noch niemals zuvor gegeben. Nicht, solange er, die Ahnen oder selbst die Jahrhunderte alten Zauberer zurückdenken konnten. Das Problem konnte man aber nicht übersehen und auch nicht ignorieren.

Die einstmals schneeweiße Wolke, aus der das Pendel herausragte, zeigte sich in schmutzigem Grau. Auch in der Formgebung war eine Veränderung eingetreten. Aus der früheren Herzform entwickelte sich langsam eine Gewitterwolke. Das Pendel ragte bedrohlich wie ein goldener Blitz aus dem Himmelskörper heraus. Als besonders beängstigend empfanden die meisten Anwesenden, dass sich die Taktgeschwindigkeit immer weiter verringerte. So, als hätte jemand ein Metronom aufgezogen, dem nun langsam aber sicher die Puste ausging. Das Pendel schwang viel langsamer als üblich.

Wütend starrte der Brülltroll den Bürgermeister an. Nur mit Mühe gelang es den beiden Soldaten, das zornige Wesen im Zaum zu halten. Noch immer beschäftigte sich die aufgebrachte Menge mit dem zufällig anwesenden Zauberer, der krampfhaft den passenden Spruch zur Beendigung seiner misslichen Lage suchte. Nachdem er seinen spitzen Hut unter spöttischem Gelächter der Menge in eine Qualle verwandelt hatte, wagte er einen letzten Anlauf. Wild fuchtelte der Magier mit seinem Zauberstab durch die Luft, ohne den geringsten Eindruck auf die Umherstehenden zu machen. Jedermann hatte wahrlich andere Sorgen.

»Soßentunke, Froschunke, bringt mich fort, zum sicheren Ort!«

Prompt hockte der Zauberer in Gestalt einer mit Warzen übersäten Unke in einer Suppenterrine. Über den Rand schwappte braune Soße. Niemand in der Menschenmenge nahm vom Bürgermeister auf dem Balkon Notiz. Er würde diesen Zustand ändern müssen. Der Brülltroll schien nun genügend geladen. Seine gehörige Portion Wut im Bauch konnte man dem Geschöpf ansehen, da die Gesichtsfarbe langsam von grün nach rot wechselte.

»Die Keule bitte«, bat Fuddelhaar den älteren der beiden Soldaten.

Eilfertig reichte der Uniformierte eine mit Eisenstacheln verzierte Holzkeule weiter und ging blitzartig in Deckung. Lässig holte der Stadtobere in weitem Bogen aus. Perfekt ging das Schlaggerät auf den rechten Fuß des Brülltrolls nieder.

Das grinsende »Entschuldigung, es musste sein« des Bürgermeisters ging in einem ohrenbetäubenden Schrei des Gequälten unter. Gut gelaunte Trolle verfügten schon über eine laute Stimme, da sie sich im Wald über große Entfernungen mit ihren Artgenossen verständigen mussten. Mühelos überbrückten die Rufe mehrere Meilen. Waren sie unzufrieden, musste man sich die Ohren zuhalten, um ernsthafte Schäden am Trommelfell zu verhindern. Wütende Exemplare konnten die Stadtmauern zum Erzittern bringen, weshalb man Trolle auch nur ungern in Dangholt sah. Kritisch wurde die Situation mit der Gattung des Brülltrolls. Schrie ein solcher gereizt herum, fühlte sich das Hirn des Angebrüllten plötzlich wie Sülze an. Lauter als ein Brülltroll konnte nur noch die Bergprinzessin aus Grindelholmwegeda kreischen, wenn sie ihren Schokoladenpudding nicht rechtzeitig serviert bekam. Zum Glück lag Grindelholmwegeda weit entfernt. Über den Marktplatz der Hauptstadt wehte der schleimige Atem des Trolls, drosch den Schrei durch die versammelte Menge und ließ auf der dem Rathaus gegenüberliegenden Seite die Fensterscheiben zerbersten. Eine Suppenterrine zerbrach in tausend Stücke, braune Soße spritzte über die Füße der nahe stehenden Bürger. Beleidigt wanderte die Unke davon.

Plötzlich wurde es totenstill.

»Es geht doch«, rief der Bürgermeister entzückt. Bis in die letzte Ecke des Marktplatzes konnte ihn jeder Anwesende klar und deutlich verstehen.

♦

Anna blickte verstört von ihrer Buchlektüre auf, als ein entsetzlicher Schrei das Geschirr in der Vitrine zum Wackeln brachte. Max ließ vor Schreck die Schreibfeder fallen. Ein großer Tintensee ergoss sich über den Küchentisch in Atos' Haus, als der Junge versehentlich das Tintenfässchen umstieß. Gierig sog das morsche Holz die Flüssigkeit auf. Max befürchtete, dass der Fleck noch in tausend Jahren zu sehen sein würde.

»Entschuldigung, das wollte ich nicht!«, stammelte er.

Anna starrte den Hausherrn mit handtellergroßen Augen an.

»Woher kam denn das Geräusch?«

»Macht euch keine Sorgen«, tröstete Atos. »Weder wegen der Tinte, noch des Schreies wegen.«

Geduldig erklärte er, wie man den Schrei eines Brülltrolls von dem anderer Trolle unterscheiden konnte.

»Es ist nicht nur die Lautstärke, sondern auch der ätzende grüne Schleim, den er beim Brüllen ausspeit. Die Schreie können für bestimmte Lebewesen sogar tödlich sein.«

Atos liebte die Arbeit als Lehrmeister. Zauberer durften eigentlich nur unterrichten, wenn sie einer Gilde angehörten. Damit sollte sichergestellt sein, dass die Magier nur das Weltbild ihrer Vereinigung verbreiteten. Beim Ausschluss aus der Gilde hatte Atos ein ausdrückliches Lehrverbot erhalten, scherte sich aber nicht weiter darum. Über seine Vergangenheit sprach er nicht gerne, auch die Zwillinge wussten kaum private Dinge von ihrem Herrn und Meister zu berichten. Natürlich fragte sich Max immer wieder, woher der etwas wunderlich wirkende Mann all sein Wissen hatte. Beinahe wie ein wandelndes Lexikon. Auf nahezu alle Fragen wusste er eine Antwort, nie schien er um eine Erklärung verlegen. Sicher, Atos hatte als Freund Wenzels Tag und Nacht Zugang zur Bibliothek. Der Junge mutmaßte, dass auch sein Lehrmeister jedes Buch gelesen haben musste. Bei der Größe des Bibliotheksgebäudes schien Max dieses Unterfangen schlicht unmöglich, so alt konnte kein normaler Mensch werden. Wenn Atos denn ein normaler Mensch war? Woher wusste er, dass seit letzter Nacht etwas Besonderes mit der Welt geschah? Max dachte einen Schritt weiter. Er fragte sich, warum Anna und er selbst zur gleichen Zeit etwas gespürt hatten, während alle anderen Kinder im Waisenhaus nichts bemerkt zu haben schienen.

Anna wirkte weniger scheu als ihr Bruder. Auch sie besaß aber unendlich großen Respekt vor Atos. Hochachtung vor seinem Wissen. Hochachtung, dass er sie so gut behandelte. In Dangholt wurden die Waisenkinder oft bespuckt, gehänselt, mit Steinen beworfen. Ohne Schulbildung blieben ihnen auch beim späteren Lehrmeister meist nur Hilfsarbeiten. Es gab keine gute Zukunft. Die Gilden der Strauch- oder Taschendiebe bemächtigten sich der Heimkinder früher oder später. So gerieten viele Waisen auf die schiefe Bahn und landeten früher oder später im Kerker der Hauptstadt. Bei Atos lief alles anders. In den letzten Jahren hatte er Max und Anna jeden Tag unterricht. Trotzdem zahlte der Mann für die wenigen Hausarbeiten den Kindern Geld, damit Madame Euphrosine nichts bemerkte und nicht auf falsche Gedanken kam. Täglich schärfte Atos den Kindern ein, nicht mit ihrem Wissen zu prahlen. Madame konnte so schrecklich neugierig sein, geradezu Löcher in jeden Bauch fragen. Sie hörte außerdem die Flöhe husten und das Gras wachsen. Anna unternahm einen erneuten Anlauf, der wie viele andere zuvor scheiterte.

»Du, Herr Atos.«

»Ja?«

»Wer hat dir die ganzen Dinge beigebracht, die du uns lehrst?«

»Ich durfte zur Schule gehen, habe immer schön aufgepasst. Später studierte ich eine lange Zeit an der Universität«, erklärte der Grauhaarige lächelnd. »Außerdem bin ich viel herumgekommen, sogar bis Grindelholmwegeda. Damals, in jungen Jahren. Und nun lies deine Lektion weiter, wir haben noch viel zu besprechen.«

Anna vertiefte sich wieder in ihre Lektüre. Während der vielen Jahre hatte sie eines gelernt. Atos wirkte lieb, geduldig, zerstreut und intelligent, aber diskutieren konnte man mit ihm nicht. Da war es einfacher, einen mürrischen Zwerg zum Lachen zu bringen oder den gefährlichsten Drachen der Welt für eine leckere Tabakspfeife um Feuer zu bitten. Anna grinste in sich hinein. Gegenüber den meisten Bürgern Dangholts besaßen sie und

Max einen haushohen Vorteil, den beide aber verbargen wie den größten Schatz. Bildung. Nicht nur, dass die Zwillinge Lesen und Schreiben konnten. Auch auf den Gebieten der Mathematik, Sternenkunde, Kräuterlehre und in vielen anderen Bereichen leistete Atos ganze Arbeit. Gerne verbrachten sie die Zeit bis zum Abend in seinem Haus, niemals wurde es langweilig. Der ehemalige Zauberer achtete peinlich genau darauf, seine eigenen geschäftlichen Dinge am Abend oder in der Nacht zu erledigen, damit die Kinder nicht in einem anderen Haushalt aushelfen mussten.

Anna fragte sich oft, warum sie nicht immer bei Herrn Atos bleiben durften, sondern jeden Abend in das schreckliche Waisenhaus zurückgeschickt wurden. Erst, als sie älter und vernünftiger wurde verstand sie, dass die Regeln und Gesetze das nicht zuließen. Atos galt als zu alt, als dass man ihm Kinder anvertraut hätte. Den zweiten Grund aber kannte sie nicht. Zauberer ohne Gildenzugehörigkeit galten als unzuverlässig, sodass die Behörden niemals einem solchen Schritt zustimmen würden. Außerdem würde jeder Bewohner Dangholts vom Bürgermeister persönlich für verrückt erklärt, wenn er den Versuch machte, ein Waisenhauskind aufzunehmen. Wohl oder übel musste der ehemalige Zauberer daher den Zwillingen das nächtliche Waisenhaus zumuten, um sie tagsüber unterrichten und bei sich haben zu können.

Aus heiterem Himmel unterbrach Atos die Lektion. Weder Anna noch Max hatten bemerkt, wie plötzlich zwei große Becher mit heißer Milch auf dem Tisch erschienen. Es duftete im ganzen Raum betörend nach Honig.

»Wie hast du das gemacht?«, fragte Anna ungläubig.

»Was meinst du?«

»Du hast die ganze Zeit mit uns am Tisch gesessen, und jetzt stehen hier zwei Becher mit heißer Milch.«

»Schau genau hin«, entgegnete Atos.

Anna rieb sich die Augen. »Donnerwetter!«

»Genau.« Ein dritter Becher stand plötzlich neben den beiden anderen.

»Kannst zu zaubern?«

»Das ist keine Zauberei.« Atos wich aus, wollte sich nicht in die Karten schauen lassen. »Ich bin nur manchmal sehr schnell. Du denkst, dass ich am Tisch sitze, doch in Wirklichkeit dehne ich manchmal die Zeit. Das ist aber keine Zauberei, sondern Kunst.«

»Das verstehe ich nicht«, gestand Max.

»Die Zeit ist eine fürchterlich komplizierte Erfindung. Für jeden von uns vergeht sie unterschiedlich schnell«, erklärte Atos.

»Soweit klar, die letzte Nacht kam mir unheimlich lang vor, und der Tag bei dir vergeht immer viel zu schnell«, nickte Max.

Atos spielte gedankenverloren mit seinem Schnurrbart.

»Ein gutes Beispiel, man sagt, dass die Zeit relativ ist. Wie schon gesagt, ich habe gelernt, die Zeit der anderen zu dehnen. Aus meiner Sicht wirken eure Bewegungen dann unendlich langsam.«

Anna ging ein Licht auf.

»So, als wenn sich eine Fliege totlacht, wenn Madame Euphrosine mit ihrer Zeitung auf sie schlagen möchte? Sie wartet seelenruhig noch eine Weile auf dem Tisch, ist dann aber trotzdem immer noch schneller verschwunden als die Heimleiterin zuschlagen kann.«

»Du hast es erfasst. Kann die Fliege deshalb zaubern? Nein! Es ist nur die Kunst, schneller zu sein als andere«, fasste Atos zusammen. Seine Miene wurde nachdenklich.

»Wir müssen noch über etwas anderes reden. Die Zeit des Abschieds naht.«

Die Zwillinge erschraken, denn die Sanduhr zeigte an, dass es noch Vormittag war.

◆

Lässig stützte Bürgermeister Fuddelhaar beide Hände auf die metallbesetzte Holzkeule, mit der er kurz zuvor dem Brülltroll Pein bereitet hatte. Hasserfüllt funkelten die Augen der Kreatur den Stadtoberen an.

»Soll er zurück in der Kerker, Bürgermeister«, fragte der ältere Soldat zackig.

»Nein, nein, lass ihn noch hier. Wer weiß, ob es so ruhig und friedlich bleibt?«

Momentan hätte man auf dem Marktplatz eine Stecknadel fallen hören können, die aus einem Zentimeter Höhe in einen Wattebausch geworfen wurde.

»Liebe Bürger«, log der Bürgermeister. »Der Riese ist müde!« Anschließend legte er eine gekonnte Redepause ein, um die Reaktion weiter unten abzuwarten. Das Getuschel und Gemurmel auf dem Marktplatz schwoll an. In der Menschentraube standen überwiegend einfache Leute, nur wenige Gelehrte zeigten sich. Der einzige Zauberer rettete sich an den Rand der Versammlung. Mühelos verwandelte er sich von einer Unke weiter in eine Ratte.

»Mist«, fluchte er auf Rättisch. »Schon wieder ein falscher Zauberspruch!«

Obwohl der Bürgermeister die Theorie vom Riesen in einem Laufrad tief in der Erde albern fand, schließlich gehörte er selbst zu den Gelehrten, redete er seinem Volk nach dem Mund. So, wie es gute Politiker tun. Auf dem Marktplatz protestierten drei Astronomen, wurden aber verprügelt und mit Schimpf und Schande dem Zauberer hinterhergejagt. Daraufhin hielten alle übrigen noch anwesenden Gelehrten lieber den Mund. Zum Weitersprechen wurde es wieder entschieden zu laut. Fuddelhaar deutet mit dem Zeigefinger erst auf die Keule, dann auf den Brülltroll. Panik machte sich in der Menschenmenge und bei der Kreatur auf dem Balkon breit. ›Bloß keinen weiteren Schrei‹, dachten alle. Wenn auch aus verschiedenen Gründen.

»Der Riese ist müde, oder er ist erzürnt.«, warnte der Bürgermeister erneut. In seinem edlen Samtgewand sah Fuddelhaar elegant aus. Nur die schwere Perücke bereitete ihm in der aufgehenden Morgensonne Schwierigkeiten. Darunter juckte es zum Haare raufen. Wieder ergriff er das Wort.

»Oder ein Fluch liegt auf dem Riesen, der die Welt so lange wir denken können, in Bewegung hält. Seht auf die Wolke über dem Pendel, einstmals schneeweiß, ist sie nun grau. Das Schlimmste daran ist aber, dass unser Pendel langsamer schlägt. Ausgerechnet das Pendel, das die Bewegung der Welt anzeigt, das den Verlauf der Zeit bestimmt, das die Welt in Bewegung hält.«

Das Volk schrie entsetzt auf. Noch niemals zuvor hatte es eine solche Bedrohung gegeben. Leider besaß auch der Bürgermeister nicht die geringste Ahnung, wo genau das Problem lag. Aber eine Massenpanik musste unter allen Umständen vermieden werden. Panik in der Bevölkerung bedeutete, dass niemand mehr seinen Geschäften oder Aufgaben nachging. Der Bürgermeister hasste Probleme, denn sie bereiteten ihm Scherereien und Arbeit. Fieberhaft überlegte er, wie er Zeit gewinnen konnte. Genügend Zeit, bis die Gelehrten die wahre Ursache der Veränderung gefunden hatten. Genügend Zeit auch, um weiterhin täglich fünf geregelte Mahlzeiten zu sich zu nehmen. Er suchte eine Idee, die den Aberglauben der aufgebrachten Menge ausnutzen sollte. Momentan tobte auf dem Marktplatz nur ein Sturm im Wasserglas, der sich mithilfe der Stadtwache und des Brülltrolls noch im Zaum halten ließ. Aber wie lange noch? Das etwas nicht stimmte, konnte selbst dem dümmsten Trottel nicht verborgen bleiben. Selbst dann, wenn er nur den Intelligenzquotienten eines Grottenolms besaß.

Der ungeschickte Zauberer verwandelte sich in diesem Augenblick von einer Ratte zur Qualle.

Zum Glück durchzuckte den Stadtoberen ein Geistesblitz. Umständlich kratzte er sich am Kopf, er konnte den Juckreiz unter der Perücke kaum noch ertragen.

»Bürger, wir müssen dem Riesen ein Opfer bringen.«

Das Volk jubelte. Opfergaben galten als gute Sache, oft wurden edle Speisen auf dem Marktplatz gespendet, um die Götter zu besänftigen. Fehlten die Gaben am nächsten Morgen, galt das Opfer als angenommen. Obwohl jedermann wusste, dass sich Diebe und Plünderer, also ganz normale Leute und keinesfalls die Götter, in der Nacht den Bauch mit den Opfergaben vollschlugen. Ein Hilfsbeamter reichte dem Bürgermeister ein schweres Buch auf den Balkon des Rathauses hinaus. Der mächtige Ledereinband trug reiche Verzierungen mit goldenen Mustern. Alle Bürger hatten schon vom ›Dangholtschen Allwissenden Regelbuch‹ gehört, das die Gesetze sowie Opferrituale und Strafen ausführlich erläuterte. Kaum einer hatte es jedoch gelesen. Umständlich blätterte der Bürgermeister mit wichtiger Miene die Seiten um. Auf dem Marktplatz schrie ein Kind. Seine

Mutter brachte es sofort zum Schweigen. Stille herrschte. Gebannt blickten die dicht gedrängt stehenden Bürger hoch zum Balkon des Rathauses.

Mit würdevollem Blick schaute Fuddelhaar abwechselnd zwischen den Seiten des schweren Gesetzbuchs und der Versammlung auf dem Marktplatz hin und her. Hätte der Brülltroll neben ihm lesen und anschließend lachen können, wäre er sicher mit einem Bauchmuskelkrampf zusammengebrochen. Fuddelhaar hielt das Buch falsch herum.

»Bürger, hört was geschrieben steht«, log der Bürgermeister, dass sich die Balken des ehrwürdigen Rathauses bogen. Jedes weitere Wort würde er jetzt frei erfinden. Ihm schien jedes Mittel Recht, den Pöbel zu besänftigen. Seine Ideen sollten das Volk eine Weile beschäftigen und bei Laune halten.

»Das Dangholtsche Allwissende Regelbuch, das schon viele tausend Jahre alt ist, spricht voller Weisheit. Höret die Worte, die es zum Pendel spricht, die es zum Riesen tief unten im Bauch der Würfelwelt spricht.«

Die Menschentraube spitzte ihre Ohren, gebannt lauschend, während Bibliothekar Wenzel verwundert den Kopf schüttelte. Er kannte das Regelbuch nur zu gut, von einem Riesen war dort nicht die Rede. Auch tausende von Jahren konnte das Werk nicht alt sein. Weise schwieg der gebildete Mann, während Bürgermeister Fuddelhaar sich schweißgebadet um Kopf und Kragen log.

»Bürger, hört was geschrieben steht«, wiederholte Fuddelhaar feierlich.

»Das hatten wir doch schon«, rief eine kecke Stimme aus dem Publikum. Ohne mit der Wimper zu zucken, wies der Bürgermeister mit dem Zeigefinger auf den Störenfried. Der Blick des Brülltrolls folgte dem Finger und blieb auf Madame Euphrosine haften, die vor Scham tiefrot anlief. Ihr vorlauter Zwischenruf tat ihr schon jetzt leid. Zu spät. Da Madame nicht im Erdboden versinken konnte, den Marktplatz bedeckten Pflastersteine aus Granit, sprangen die umstehenden Bürger panisch auseinander. Es bildete sich im Abstand von mehreren Metern ein Menschenkreis um die Frau. Jedermann wusste genau, was geschehen würde. Die Anwesenden gingen in Deckung und hielten ihre Ohren zu. Fuddelhaar schlug erneut auf den Fuß des Trolls, der die geballte Kraft seines Schreis auf Madame Euphrosine konzentrierte. Voll grünen Schleims, halb taub und mit explodierter Frisur taumelte sie umher. Zwei Soldaten der Stadtwache entfernten die vorlaute Heimleiterin vom Marktplatz.

»Bringt sie den für einen Tag in den Kerker«, wies Fuddelhaar an. Neben seiner Tätigkeit als Bürgermeister nahm er auch das Amt des oberster Richter Dangholts wahr. Daher musste er auch die grässlich juckende, verlauste Perücke tragen, wie es jeder Richter in jeder anderen Welt auch zu tun hatte.

»Sonst noch jemand?«, erkundigte sich der Bürgermeister lächelnd. Betreten schwieg die restliche Versammlung. Die Kaufleute blickten auf ihre Schuhspitzen. Personen und Wesen ohne Schuhe zählten verlegen ihre Zehen.

»...zwölf, dreizehn, vierzehn«, rechnete ein gebildeter Wurlog nach. Die geschäftstüchtigen Pelzwesen konnten selten bis drei zählen, das anwesende Exemplar ausgenommen.

»Wenn der Riese müde ist, bringt ihm ein Opfer. Keine Speisen und Getränke wie sonst. Auch keine Opfertiere wie Lämmer oder Unken, kein Geld und kein Gold.«

Fuddelhaar trieb sich selbst immer weiter in eine Sackgasse. Laut stellte er die entscheidende Frage, die er selbst nicht mehr beantworten konnte.

»Ihr fragt euch nun sicher, was bleibt dann noch übrig, was es zu opfern gäbe, nicht wahr? Wisst ihr die Antwort?« Betretenes Schweigen machte sich breit. Schließlich schrie ein Mitglied der für ihre Vorschläge berühmten Beratergilde die Lösung heraus.

»Ein Menschenopfer?«

»Ein Menschenopfer«, bestätigte Fuddelhaar dankbar. »Genau so steht es hier.« Fieberhaft versucht er, die nächste Hürde möglichst hoch zu legen. Dabei fiel ihm eine alte Bekannte ein, die ihm vor vielen Jahren nichts als Ärger bereitet hatte, die ihn enttäuscht hatte. Fast hatte er die Frau vergessen, die vor langer Zeit die Hauptstadt verlassen hatte und nie zurückgekehrt war. Den Bürgermeister durchzuckte die rettende Idee.

»Schwärmt aus im ganzen Land, sucht Zwillinge, Junge und

Mädchen, die sich freiwillig zu Ehren des Riesen in den Vulkan Tonaluga stürzen, um ihn zu besänftigen.«

Unter den Anwesenden wurde die Unruhe größer, während der Zauberer am Rande des Marktplatzes sich von einer Qualle in einen Fliegenpilz verwandelte.

»Das kommt der Sache doch schon näher«, freute er sich. »Bin nun bald wieder ganz der Alte.«

Madame Euphrosine konnte im Kerker nichts von alledem wahrnehmen. Mit Kopfschmerz und Ohrensausen hockte sie zornig auf einer harten Holzpritsche. Ihr Haar stand in allen Richtungen weit vom Kopf ab. Der getrocknete grüne Tollschleim klebte wie zäher Honig an ihr.

Bibliothekar Wenzel aber hatte mehr als genug gehört. Mit offenem Mund beschloss er, den dreisten Ausführungen des Bürgermeisters nicht weiter zu folgen. In Windeseile verschwand Wenzel hinter den Mauern der Bibliothek. Er durfte keine Zeit verlieren. Schnell schrieb er mit Zaubertinte ein Pergament, faltete es, drückte seinen Siegelring in frisches rotes Wachs und ließ einen Zombie holen. Trotz oder gerade wegen seiner auffälligen Größe und Gestalt konnte sich ein Zombie unbehelligt, fast unbeachtet durch Dangholt bewegen. Jeder Bürger schlug einen großen Bogen um das Wesen, in der Hoffnung, dass man in der Bibliothek nicht unangenehm aufgefallen war. Wenzels Bote folgte dem Auftrag, das Pergament auf direktem Wege zu Atos zu bringen. Der Bibliothekar hätte unter normalen Umständen die Eilpost beauftragt, hielt es in diesem Fall aber für zu gefährlich, eine Brieftaube zu schicken. Vielleicht wurde das Tier Opfer eines Raubvogels oder einer Zwergenaxt. Fast alle Zwerge liebten gebratene Tauben. Für diese Delikatesse gingen sie so oft wie möglich mit Bumerangäxten auf die Jagd. Zwerge galten als sichere Axtwerfer. Nur manchmal ging ein Bumerang verloren, der dann Angst und Schrecken verbreitete. Aus diesem Grund hatte der Bürgermeister die Axtjagd bei Tage innerhalb der Stadtmauern verboten. Aber man konnte nie wissen. Als Wenzel wieder aus der Bibliothek herausschaute, lief auf dem Marktplatz eine hitzige Diskussion auf vollen Touren.

Ungläubig blickte Anna hinüber zu Atos, der an seiner Milch nippte. Das Mädchen hatte blonde Haare, blaue Augen und erfreute sich trotz des schlechten Essens im Waisenhaus bester Gesundheit. Anna überragte an Körpergröße sogar alle gleichaltrigen Mitbewohnerinnen.

»Du hast gerade etwas von Abschied gesagt?«, wunderte sie sich.

Auch Max sorgte sich. »Genau, wir sind doch gerade erst bei dir angekommen.« Sein kurzes blondes Haar stand etwas struppig vom Kopf ab, auch seine wachen Augen glänzten himmelblau. Natürlich sahen sich Anna und Max ähnlich. Man konnte sie ohne Probleme als Bruder und Schwester erkennen, sofern man genauer hinschaute. Dass sie sogar Zwillinge waren, hatte Madame Euphrosine ihnen eines Tages beiläufig erzählt. Der Mann, der die beiden Kinder vor vielen Jahren im Waisenhaus abgegeben hatte, hatte der Heimleiterin diese Information anvertraut.

Atos blickte seine jungen Besucher lang an, bevor er die richtigen Worte fand.

»Die letzte Nacht dauerte viel zu lange, das konntet ihr spüren, nicht wahr?«

Anna nickte. »Ja, wir sind zur selben Zeit aufgewacht. Uns wurde sofort klar, dass die Welt nicht mehr in Ordnung ist.«

»Nur, was passiert ist, und warum das, was wir nicht verstehen passiert ist, das wissen wir nicht«, ergänzte Max.

»Ganz schön kompliziert, Max.« Atos rang sich ein kurzes Lächeln ab. »Ihr kennt ja die verschiedenen Ansichten, wie unsere Welt aussieht. Meine Meinung ist euch auch bekannt, ich habe sie ausführlich erklärt.«

»Ja, die Welt ist ein Würfel, der sich dreht«, nickte Anna.

»Die Sonne steht dabei fest an der Oberseite des Würfels, und vier der sechs Seiten kommen regelmäßig an der Sonne vorbei«, ergänzte Max.

Atos nickte. »Sehr gut. Nun denken die meisten abergläubigen Bewohner, dass ein Riese tief unter der Oberfläche in einem Rad den Würfel in Bewegung hält. An dieses Riesenrad glaube ich nicht. Wohl aber an das göttliche Pendel auf dem Marktplatz, das, so lange wir denken können, die Bewegungen des Würfels kontrolliert. Nicht zu schnell, und nicht zu langsam, immer schön gleichmäßig, von unten nur nach rechts, weil sich die Welt in dieser Richtung dreht.«

»Und wir fallen nicht vom Würfel herunter, weil eine unsichtbare Kraft uns festhält«, bemerkte Anna.

»Das allerdings darfst du niemandem erzählen, weil wir sonst noch im Kerker landen«, mahnte Atos. »Die Wahrheit zu sagen bekommt einem nicht immer gut.«

»Ich weiß, keine Sorge!«

Max, selbst ein kluger Kopf, konnte im Augenblick seine Gedanken aber nur schwer ordnen.

»Was hat das nun alles mit Abschied zu tun?«

»Geduld. Uns bleibt zwar nicht viel Zeit, aber so viel Zeit muss sein. In der letzten Nacht sind viele Dinge geschehen. Das Pendel wurde langsamer, die Nacht dauerte zu lange. Auch der heutige Tag wird viel zu lang sein, weil der Würfel seine Geschwindigkeit verliert.«

»Warum?«, fragten die Zwillinge wie aus einem Mund.

»Darauf hatte ich zunächst auch keine Antwort, die ganze Nacht suchte ich bei Wenzel in der Bibliothek nach einer Lösung. Wir forschten, sprachen mit einigen sehr alten Vampiren, erhielten aber noch keine brauchbaren Hinweise.«

Atos drehte an beiden Enden seines Schnurrbarts. »Glaubt mir, wir haben mit Hilfe der Zeitdehnung wirklich gründlich gesucht. Doch dann...« Atos unterbrach plötzlich das Gespräch. Angestrengt lauschte er in alle Richtungen. »Nein, alles in Ordnung, wir haben noch genau eine kleine Sanduhr Zeit, bevor unser Besuch kommt.« Aus dem Küchenregal kramte er ein sehr kleines Stundenglas hervor.

»Was ist denn passiert?«, erkundigte sich Anna aufgeregt.

»Wir bekommen gleich Besuch, keine Gefahr«, erklärte Atos.

»Nein, ich meine letzte Nacht. Du hast eben *doch dann* gesagt«

»Genau. Dann kam ich nach Hause und ging ins Bett«, grinste Atos.

Max blickte den Lehrmeister enttäuscht an. »Das ist alles?«

»Fast. Denn als ich mir einer Tasse Kräutertrunk zubereitete, leuchtete plötzlich die Truhe.« Atos sprang auf. Hinter dem mottenzerfressenen Vorhang zum Vorratsraum stand eine goldfarbene Truhe. Die Zwillinge betrachteten gebannt den reich verzierten Behälter.

»Nicht besonders groß«, stellte Max fest.

»Aber wunderschön«, schwärmte seine Schwester.

»Aber schwer wie Blei und fest verschlossen«, ergänzte Atos. »Mir ist die Truhe die ganzen Jahre nicht aufgefallen. Sie stand versteckt unter Kisten, Säcken und Vorräten herum. Bis sie dann in der letzten Nacht grell leuchtete, sich plötzlich bewegte. Der Kasten machte richtig Radau. Und dann fiel mit *alles* wieder ein, als wenn ein Bann vor mir genommen wurde. Ich schwöre, hätte ich mich erinnern können, hätte ich euch schon viel früher davon erzählt.«

Atos sprach aus Sicht der Zwillinge in Rätseln. So aufgeregt hatten sie ihren Dienstherrn und Lehrmeister noch nie gesehen. Die Sanduhr streute in dem Augenblick das letzte Körnchen in den unteren Trichter, als jemand an der Haustür klopfte. Mühsam gelang es dem Zombie, nur sanft gegen die Tür zu hämmern. Bei seinen sonstigen Hausbesuchen schlug er immer zuerst die Tür ein. Erst danach setzte ein Zombie das schlecht eingebaute Gehirn in Gang, um zu überlegen, ob er »Hallo« sagen oder sofort Kleinholz aus der Inneneinrichtung machen sollte. In den Ohren des Zombies klang sein zarter Umgang mit der Eingangstür wie Elfengesang. Anna und Max erschraken, weil es wie Donner hallte. Atos bat Wenzels Boten herein.

»Vorsicht mit dem Kopf!«

Ein knallendes Geräusch zeigte, das die Warnung zu spät kam. Da die meisten Zombies ohne Nervenstränge vollkommen schmerzfrei zusammengebastelt wurden, sorgte sich Atos mehr um sein Mauerwerk. So nah wie heute waren die Zwillinge dem unheimlichen Wesen noch nie gekommen. Um die Bibliothek schlugen sie ängstlich einen weiten Bogen, aber Atos lieh regelmäßig Bücher für die beiden Kinder aus.

»Haben wir ein Eselsohr oder einen Fleck in einem Buch hinterlassen?« Anna kroch in den letzten Winkel des Raumes.

»Deshalb ist der Bote nicht hier«, beruhigte Atos wissend. Schweigend las er Wenzels Nachricht. Mit etwas Asche aus dem Kamin wischte der ehemalige Zauberer anschließend die Zaubertinte vom Pergament. Atos wirkte besorgt. Als Lohn für seine Dienste bekam der Zombie ein Stück rohes Fleisch. Als Wesen der Tat verabschiedete er sich wortlos, aber laut schmatzend. Ein weitaus interessanterer Auftrag wartete schon auf ihn. Ein Auftrag, bei dem es tatsächlich um Eselsohren ging.

»Ich verstehe die Welt nicht mehr. Was bedeutet das alles?« Anna wirkte verzweifelt.

Atos wuchtete die goldene Truhe auf den Tisch. Mit etwas Asche wischte er den großen Tintenfleck im Holz beiseite, den der Junge vorhin versehentlich erzeugt hatte. Ordnung musste sein. Anna und Max staunten. Ihr Lehrmeister überraschte sie immer wieder.

»Setzt euch, wir haben etwas Zeit gewonnen. Dennoch seid ihr in großer Gefahr. Genau, wie eure Tante!«

♦

Auf dem Dangholter Marktplatz herrschte trotz aller Unsicherheit kurzzeitig große Belustigung. Zufällig gelang es dem unfähigen Zauberer, sich auf direktem Wege vom Fliegenpilz in einen Spaten zu verwandeln. Grübelnd lehnte der hölzerne Magier an einer Mauer. Sein starrer Rücken schmerzte.

Bürgermeister Fuddelhaar konnte zufrieden sein. Sein Volk war abgelenkt, hatte eine Aufgabe, Gründe zum Wortgefecht.

»Warum ausgerechnet der Vulkan Tonaluga?«, zweifelte ein Gelehrter. Ein Ort, der am Rand der Welt lag, nur erreichbar, wenn man Trollgebiete, Sümpfe, das Feenland, die angorianischen Drachenwälder und andere unbequeme Ecken der Würfelwelt durchquerte.

Viele Bürger plagten ähnliche Gedanken »Warum nicht einfach ein paar leckere Opfergaben hier direkt auf dem Marktplatz ablegen? Warum so kompliziert?«

»Und woher nehmen wir Zwillinge, die auch noch freiwillig in den Schlund des Vulkans steigen, um sich dem Riesen zu opfern?«

Gelassen bat der Bürgermeister um Gehör.

»Niemand hat gesagt, dass es einfach ist. Opfer zu bringen ist nicht einfach, denkt daran. Die Stadtwache wird euch helfen, Suchtrupps zusammenzustellen. Findet zuerst geeignete Opfer. Ich schlage vor, ihr sucht erst außerhalb der Stadt. Sucht in den Dörfern. Sucht Zwillinge, ein Mädchen, einen Jungen. Es müssen freiwillige Opfer sein. Nur freiwillige Opfer sind gute Opfer. Die Eltern müssen einverstanden sein. Der Finder erhält aus meinem privaten Vermögen fünf Golddublonen.«

Ein bewunderndes Raunen ging durch die versammelte Menge. Fuddelhaar legte eine Kunstpause ein, um die Perücke zurechtzurücken. Er war nicht sicher, ob er mit Hilfe der Gelehrten eine Problemlösung finden würde. Noch sicherer war sich der Stadtobere, dass es einfacher sein würde, bei Nacht eine Stecknadel im Heuhaufen zu finden. Und absolut sicher stand fest, dass er keine fünf Dublonen aus der privaten Tasche bezahlen würde.

Leider hatte er nicht mit dem Einfallsreichtum seiner Zuhörer gerechnet. Schließlich waren fünf Golddublonen eine Menge Geld. In allen Richtungen eilten die Anwesenden davon, um wieder ihrer Arbeit nachzugehen oder Anschluss an einen Suchtrupp zu finden. Einige Diebe und Abenteurer beschlossen, auf eigene Faust zu handeln. Nach kurzer Zeit lag der Marktplatz wie ausgestorben zu Füßen des Bürgermeisters. Nur das Pendel bewegte sich leise, aber unerbittlich langsamer werdend, hin und her.

Ein Spaten verwandelte sich in einen prächtigen Blumenstrauß, doch niemand interessierte sich dafür.

◆

»Du hast uns bisher nur wenig über unsere Tante erzählt«, stellte Anna betrübt fest. »Wir wissen nur, dass sie vor vielen Jahren verschwunden ist, als wir noch sehr klein waren.«

»Vor über zehn Jahren«, ergänzte Max. »Wieso ist unsere Tante in Gefahr, lebt sie? Wo ist sie, woher weißt du das alles?«

»Und warum sind *wir* in Gefahr«, wollte Anna wissen.

Atos seufzte. »Die goldene Truhe vor euch auf dem Tisch ist

der Schlüssel, die Antwort auf eure und meine Fragen. Sitzt ihr bequem? Eure Tante ist eine mächtige Zauberin, vielleicht die mächtigste, die es je auf unserer Seite der Würfelwelt gab.«

Anna und Max schlug beinahe die Kinnlade auf die Tischkante. Mit handtellergroßen Augen starrten sie Atos an, als stamme er von der Unterseite des Würfels.

»Warum hast du das nie erzählt?«, flüsterte Anna.

»Ich konnte nicht. Selbst wenn ich es gewollt hätte. Jeder Versuch wäre gescheitert, es auszusprechen, aufzuschreiben oder nur zu träumen. Ein Bann blockierte jede Erinnerung. So, als wenn du ohne Mund sprechen, ohne Hände schreiben oder ohne Schlaf träumen sollst. Selbst an die goldene Kiste hier konnte ich mich erst erinnern, als sie in der letzten Nacht grell aufleuchtete.«

Die Zwillinge spürten, dass Atos die Wahrheit sagte.

»Was hat es mit der Truhe auf sich, fragt ihr als nächstes?«

Beide nickten.

»Amalia, also eure Tante, gab mir vor unserer Abreise in das Land aus Eis und Finsternis diesen goldenen Behälter zur Aufbewahrung. Wie ich mich jetzt erinnere, für den Fall, dass sie in großer Gefahr schwebt. Sie hat dem Bürgermeister damals nicht vertraut.«

»Damit du dran erinnert wirst, hat die Kiste sich gemeldet«, schloss Anna scharfsinnig aus den Erklärungen ihres Lehrers. »Erzähle uns mehr.« Vorsichtig berührte das Mädchen die goldene Truhe, an der sie kein Schloss und keinen Riegel entdecken konnte.

In diesem Augenblick leuchtete der Behälter, von einer Lichtkugel umgeben, hell auf. Im Innern schien sich zusätzlich etwas zu bewegen, die Kiste vibrierte und klapperte auf dem Holztisch. Erschrocken zog Anna die Hand zurück. Schlagartig kam die Truhe zur Ruhe.

»An der Truhe sind kein Schlüsselloch, keine Schlösser oder ähnliche Vorrichtungen«, erklärte Atos. »Zum Glück habe ich etwas magische Erfahrung, dazu einen Freund namens Wenzel. Nachdem ich ins Bett gehen wollte, dann aber die Truhe wiederfand, kehrte ich in die Bibliothek zurück. Alle Vampire waren sehr freundlich, sie halfen uns bei der Suche. Die Lösung ist einfach, aber wirksam. Die Truhe besitzt ein magisches Schloss.«

»Das bedeutet, man benötigt einen Zauberspruch zum Öffnen?«, fragte Max mit gerunzelter Stirn.

»Schon möglich, in diese Richtung ging auch mein erster Gedanke«, bestätigte Atos. »Leider konnte ich mich aber nicht an einen solchen Spruch erinnern.«

Enttäuschung machte sich bei den Zwillingen breit. Atos beeilte sich daher, seinen Bericht fortzusetzen, wobei der weise Mann immer ein Ohr dem Geschehen draußen vor der Haustür zu widmen schien.

»Die zweite Möglichkeit besteht darin, dass damals eine, zwei oder noch mehr Personen die Truhe berührten, während der Zauber auf den Gegenstand übertragen wurde. Diese Theorie will ich nun mit euch überprüfen. Wir drei haben in der letzten Nacht alle zur selben Zeit etwas gespürt, versuchen wir es.«

Nacheinander legten Atos, Anna und Max eine Hand auf den Deckel der goldenen Truhe. Mit jeder zusätzlichen Berührung wurde das Licht greller, die Bewegung der Kiste stärker. Hände, Arme, schließlich auch Körper und Beine begannen zu kribbeln. Lautlos sprang der Truhendeckel auf. Ein grünes kleines Wesen hüpfte heraus, raste schneller als der Schall über die Tischplatte und schickte sich an, durch die geschlossene Haustür zu laufen.

»Wurrrrde aberrrr auch Zeit. Bin gleich zurrrrück«, rief das Wesen mit gequältem Gesichtsausdruck seinen drei verdutzten Zuschauern hinterher. Offensichtlich hatte es die menschliche Sprache lange Zeit nicht gesprochen. Gewisse Probleme mit einem bestimmten Buchstaben konnten die Anwesenden nicht überhören. Erleichtert kehrte einen Moment später, wieder durch die geschlossene Tür hindurch, ein winziger knallgrüner Kobold in Atos' Haus zurück. Keck hüpfte er ohne Angst auf die Tischplatte zurück.

»Ich musste mal. Die Blase, ihrrrr versteht?«

»Wer bist du?«, fragte Anna lachend. Sie fand den Mini-Kobold witzig.

»Gestatten, Meisterrrr Dost. Dienerrrr von Amalia. Bewacherrrr der goldenen Trrrruhe.«

»Warum bist du nicht einfach aus der Truhe herausgekommen? Du kannst doch auch durch die geschlossene Haustür gehen«, wunderte sich Max.

Meister Dost hüpfte auf einem Bein um die Truhe herum.

»Eine magische Trrrrruhe errrrrlaubt dem Kobold keine Frrrrrreiheit. Errrr kann nicht durrrrch sie hindurrrrchgehen. Leiderrrrr. Über zehn Jahrrrre sind eine lange Zeit, sehrrrr lang.«

»Das heißt, du warst, wie soll ich sagen, zehn Jahre lang nicht auf dem Abort?«, grinst Anna.

»Sehrrrr witzig, wirrrrklich«, beklagte sich der grüne Winzling. »Nun zurrrr Sache. Meine Herrrrrin schwebt in Gefahrrrr! Sie benötigt Hilfe.«

»Also lebt unsere Tante?«, rief Anna aufgeregt.

»Ja«, bestätigte Meister Dost. »Das ist korrrrrekt.«

Max wirkte misstrauisch.

»Woher weißt du das, du hast zehn Jahre oder länger in dieser kleinen Kiste gewohnt, nicht wahr?«

»Korrrrrekt! Aberrr mit Hilfe derrrr Zeitdehnung kam es mirrrr wie wenige Tage vorrrr. Ich konnte mein spannendes Buch noch nicht einmal zurrrrr Hälfte durrrrchlesen, bis derrrrrr Hilferrrruf mich errrrreichte. Kann man gegen das Rrrr etwas unterrrrrnehmen, es störrrt mich selbst.«

Fast im selben Augenblick stand eine winzige Tasse dampfenden Kräutertrunks vor dem Kobold. Anna und Max staunten mit aufgerissenen Mündern.

»Das habe ich gesehen, du hast die Zeitdehnung benutzt, Herrrr Atos«, stellte der Kobold fest.

»Trink, danach ist dein Problem gelöst«, drängte Atos mit Blick auf seine große Sanduhr an der Wand. Der Kobold tat, was ihm aufgetragen wurde. Mit angewidertem Gesicht würgte er den bläulich schimmernden Inhalt der Tasse herunter.

»Widerlich«, stellte Meister Dost fest.

»Siehst du, es hat geholfen«, stellte Atos nüchtern fest.

»Korrekt, der Buchstabe ›R‹ klingt wieder normal«, freute sich der Kobold, wurde aber wenige Wimperschläge später wieder ernsthaft.

»Meine Herrin Amalia nahm in der letzten Nacht Gedankenkontakt zu mir auf. Ich musste ganz schön schwitzen, um anschließend auf mich aufmerksam zu machen. Schließlich konnte ich nicht ahnen, dass Herr Atos die goldene Kiste in der Vorratskammer verbuddelt hat.« Meister Dost klang etwas vorwurfsvoll. Der Kobold hüpfte auf den Rand der geöffneten Kiste und zeigte auf ein winziges goldenes Laufrad, an dem eine magische Lampe baumelte.

»Wo ist unsere Tante jetzt?«, bohrte Anna hartnäckig nach. »Herr Atos erzählte vorhin etwas vom Land aus Eis und Finsternis.«

»Korrekt! Sie wird dort gefangen gehalten.«

»Von wem?«, fragte Max sorgenvoll. Der Kobold blickte betrübt in die Runde.

»Das weiß ich nicht. Die Gedankenübertragung funktionierte sehr schlecht. Finstere Mächte sind am Werk, die Welt ist in Gefahr.«

»Ist das Land aus Eis und Finsternis nicht nur ein Märchen, in vielen alten Büchern steht darüber geschrieben, dass es eine Legende ist«, protestierte Anna.

Atos schlug mit der flachen Hand mehrmals auf die Tischplatte. Er konnte nicht länger dulden, dass die Zeit unaufhörlich fortschritt und die Gefahr für Anna und Max ständig größer wurde. Er durfte nicht länger schweigen. Viele Dinge kamen dem früheren Zauberer plötzlich in den Sinn. Erschrocken blickten sechs Augen auf Atos.

»Also gut, hört genau zu. Auch du, Meister Dost. Vor etwa zehn oder elf Jahren beschloss der Bürgermeister, er hieß übrigens auch damals schon Fuddelhaar, die Grenzen der bekannten Welt zu erkunden und zu überschreiten. Wenn wir uns gedanklich einig sind, dass wir auf einer Würfelseite leben, dann gibt es fünf andere unbekannte Seiten. Wenn wir uns weiter einig sind, dass vier der Seiten durch die Drehbewegung des Würfels von der Sonne beschienen werden, dann steht auch fest, dass zwei Seiten ziemlich finster und kalt sein müssen.«

Anna, Max und auch der Kobold nickten.

»Gut. Unser Teil der Welt ist bekannt, die Grenzen bestehend rund herum aus unüberwindlich erscheinenden Gebirgszügen. Wir besitzen Landkarten und kennen jeden Winkel, jeden Sumpf, jede irgendwo lebende Rasse. Irgendwann wird die Welt in der man lebt langweilig. Langweilige Bodenschätze, langweilige Gespräche, ein langweiliges Pendel. So dachte jedenfalls der Bürgermeister mit seinen Beratern, die, wie ihr wisst, mit ihrer Gilde das höchste Ansehen genießen.«

»Mein Bruder diente früher einem Berater«, verkündete Meister Dost wütend. »Dauernd wurden die Dinge geändert, und alles hat viel Geld gekostet.«

»Obwohl«, fuhr Atos fort, »obwohl wir unsere Welt kennen, ist der Weg an den Rand voller Gefahren, denkt nur an Trollgebiete oder angorianischen Drachenwälder. So kam Fuddelhaar zu dem Entschluss, nicht die Stadtwache oder gierige Abenteurer einzusetzen, sondern er wollte einen Zauberer entsenden. Die Berater vertraten den Standpunkt, dass nur ein Zauberer den Gefahren gewachsen und in der Lage sei, den Rand der Welt zu erreichen und zu überschreiten. Natürlich sollte sich dieser Zauberer *freiwillig* melden«

»Und das hat unsere Tante getan?«, zweifelte Anna. »Sie gab uns im Waisenhaus ab und ging ans Ende der Welt?«

Atos druckste herum.

»Freiwillig ist, nennen wir es mal so, ein dehnbarer Begriff.«

»Was genau meist du mit dehnbar, Herr Atos?«

»Ich meine streckbar, formbar, geschmeidig, nachgiebig, wachsweich«

»Genau wie die Zeit, die man auch dehnen kann«, folgerte Max. »Das bedeutet, der Begriff *freiwillig* ist dehnbar?«

»Nun ja, schon.« Atos wand sich wie ein Aal auf dem Trockenen. »Wir Zauberer sind ein bequemes Völkchen, Stress ist uns zuwider. Fünf geregelte Mahlzeiten, regelmäßiger Mittagsschlaf, weiche Daunenbetten, ein wenig spazieren gehen, das sind die Dinge, die wir lieben.«

»Wir?«, rief Max.

Anna sah traurig aus.

»Ich habe doch vorhin gefragt, ob du Zauberer bist«, flüsterte sie, immer noch voller Respekt für ihren Lehrmeister.

»Nein, du fragtest, ob ich zaubern kann, und ich sagte, dass das mit den Milchbechern keine Zauberei ist«, stellte Atos etwas ungehalten klar. Anna erinnerte und entschuldigte sich. Tatsächlich hatte ihr Dienstherr vorhin nicht gelogen, sondern geschickt um die Wahrheit herumgeredet.

»Wenn man es ganz genau nimmt, bin ich kein Zauberer mehr. Jedenfalls darf ich mich nicht als solchen bezeichnen, seit ich nicht mehr Mitglied der Gilde bin. Ich besitze keinen Umhang, keinen Hut, keinen Vollbart, auch offiziell auch keinen Zauberstab.«

»Erzähl weiter«, drängten die Zwillinge.

»Kurz und gut, von den Zauberern verspürte, meine Person eingeschlossen, niemand Lust und Laune, den beschwerlichen Weg zum Rand der Welt freiwillig zu beschreiten. Zwingen konnte man uns nicht, selbst der Bürgermeister hatte Respekt vor uns. Wisst ihr, Zauberer besitzen keine Familie, sind auch nicht verheiratet. Es gibt uns gegenüber kein Druckmittel, so sehr Fuddelhaar auch tobte und drohte.«

»Dann entsann er sich, dass es eine mächtige Zauberin gab, eure Tante Amalia, die kurz zuvor zwei Kinder in ihre Obhut genommen hatte. Er schickte die Stadtwache, um Amalia, nun ja, zu *überreden*, sich freiwillig auf den Weg zu machen.«

»Was geschah dann?«, fragte Anna mit hochrotem Kopf.

»Aus Sorge um euch Kinder erklärte sich Amalia einverstanden. Um danach weiter in Ruhe leben und arbeiten zu dürfen, so zog sie los.«

»Alleine?«, unterbrach Max.

»Nein, sie kam zu mir als gutem Freund, um sich zu verabschieden. Dann erhielt ich die goldene Truhe für den Notfall. Bis gestern konnte ich mich aber nicht daran erinnern.«

Atos zeigte mit ausgestrecktem Arm auf den grünen Kobold.

»Daran bist du schuld!«, schimpfte er.

»Ich habe nur den Bann meiner Herrin gewahrt, die Kiste erfüllt doch genau ihren Zweck. Amalia ist in Gefahr, und nun ist die Truhe geöffnet. Was willst du mehr, Herr Atos?«

»Zum Beispiel früher nach ihr suchen, wir dachten alle, sie sei nicht nur verschwunden, sondern tot. Sei es, wie es sei. Ich konnte es nicht übers Herz bringen, Amalia alleine reisen zu lassen, daher ging ich bis ans Ende der Welt mit ihr. Dort verloren wir uns aus den Augen. Wie, das würde jetzt wirklich zu weit führen. Nach einem Jahr der vergeblichen Suche kehrte ich ohne Amalia zurück. Prompt bekam ich vom Bürgermeister die Schuld für das Verschwinden eurer Tante zugewiesen. Daraufhin schloss mich die Gilde der Zauberer aus ihren Reihen aus. So, das ist meine Geschichte in Kurzform.«

»Aber eure Tante lebt«, beruhigte Meister Dost die Zwillinge. »Doch die finsteren Mächte versuchen, die Welt zu verändern. Wir müssen sie aufhalten, bevor es zu spät ist. Bevor Amalia besiegt wird.«

»Eine Frage noch, bei allem Respekt«, unterbrach Max. »Wieso sind wir im Waisenhaus gelandet?«

»Das ist der unschöne Teil der Geschichte«, gestand Atos. »Bei Amalias und meiner Abreise versprach die Gilde der Zauberer, sich bis zur Rückkehr eurer Tante um euch zu kümmern, für Nahrung, Kleidung und Unterkunft zu sorgen. Nun, genau das taten sie. Im Waisenhaus gibt es Nahrung, Kleidung und Unterkunft.«

»Du selbst durftest uns nach deiner Rückkehr nicht aufnehmen, weil du zu alt bist«, erinnerte sich Anna.

»Ja, außerdem haben die Beamten, allen voran der Bürgermeister, mir die Verantwortung für Kinder abgesprochen. Zauberer haben keine Kinder, hieß es. Zauberer sind unzuverlässig, sagten sie.«

»Wenn wir das früher gewusst hätten«, überlegte Max.

»Hätte sich nichts geändert«, stellte Atos klar. »Ich ließ Gras über die Sache wachsen, gab regelmäßig Spenden an das Waisenhaus. Es kam die Zeit, in der ihr alt genug wurdet, um zu arbeiten, um zu lernen. An diesem Tag suchte ich Madame Euphrosine auf. Seit diesem Tag kennen wir uns, und ihr kennt den Rest unserer gemeinsamen Geschichte.«

Die Zwillinge schwiegen, dankbar für die Offenheit ihres Lehrmeisters.

»Übrigens«, Atos hielt Wenzels nun wieder leeres Pergament in die Luft, »Madame sitzt für einen Tag im Kerker. Sie ist beim

Bürgermeister in Ungnade gefallen, ist wohl etwas zu neugierig oder zu vorlaut aufgetreten. Ein Brülltroll stauchte sie mit einem Schrei zusammen.«

»Ist das gut oder schlecht für uns?« Anna schien sich nicht sicher.

»Früher oder später wird man euch im Waisenhaus oder anderswo aufsuchen. Der Bürgermeister setzt fünf Golddublonen auf ein Zwillingspaar aus, um es im Vulkan Tonaluga dem Riesen im Innern des Würfels als Opfer zu bringen. Natürlich *freiwillig*.«

Anna und Max blickten sich entsetzt an. Das Mädchen brachte das Problem auf den Punkt.

»Den Riesen gibt es gar nicht!«

»Und so *freiwillig* wie unserer Tante ans Ende der Welt geschickt wurde, landen wir im Vulkan?«, lästerte Max.

»Genau, aber das mach mal einem einfachen Menschen klar. Der Bibliothekar hörte, dass Suchtrupps gebildet wurden, die in diesem Moment das Umland, später vielleicht auch die Stadt durchstreifen.«

»Aber niemand kennt uns, außer Herr Atos. Andere Kinder im Waisenhaus wissen nicht, dass wir Zwillinge sind.«

»Das stimmt, Anna«, bemerkte Atos. »Aber Madame Euphrosine weiß Bescheid. Fünf Golddublonen wird sie nicht verachten. Ihr habt einen Tag Vorsprung!«

»Wozu einen Vorsprung?«

»Vor den Suchtrupps, die euch in den Vulkan werfen werden. Ein sinnloses Opfer, fürwahr.«

»Was sollen wir tun«, fragte Max verunsichert.

»Schaut endlich mal in meine Kiste, ihrrrrr verrrrrpasst sonst wichtige Inforrrrrmationen«, stammelte Meister Dost.

»Nimm noch einen Schluck von deiner Medizin«, bat Atos den grünen Kobold.

Gemeinsam begannen sie, den Inhalt der goldenen Kiste zu untersuchen.

◆

Madame Euphrosine erholte sich im Kerker der Stadtwache langsam vom Schrei des Brülltrolls. Verzweifelt blickte sich die

Leiterin des Waisenhauses in der kleinen Zelle um. An der gesamten Vorderseite versperrten Gitter den Weg, gegenüber hing an der steinernen Wand eine Holzpritsche, auf der die Frau kopfschüttelnd saß. Darüber drang durch ein winziges Fenster, das mehr an eine Schießscharte im Mauerwerk erinnerte, trübes Licht nach unten. Auch die übrigen Wände bestanden aus massivem Felsgestein. So etwas war ihr noch niemals zuvor passiert. Was sollten nur die Leute denken? Vergeblich kämpfte die Leiterin des Waisenhauses gegen ihr unordentliches Haar, der Trollschleim klebte wie Pech an ihr. Auf eine bestimmte Art sorgte sie sich um die Kinder im Heim. Wer würde ihnen nun die Tageseinnahmen abnehmen? Das verdiente Geld durfte schließlich nicht in den Händen von Kindern bleiben. Es gab außer Madame noch eine Küchenhilfe, auch einen Knecht, um den Schlafstall, pardon Schlafsaal, der Waisen hin und wieder auszumisten oder dringende Reparaturen durchzuführen. Bekümmert zählte die Heimleiterin in Gedanken ihr Geld. Nicht auszudenken, wenn irgendein Kind so egoistisch sein würde, sich einen Apfel oder eine Süßigkeit zu kaufen. Direkt am nächsten Morgen würde es eine strenge Kontrolle geben, das galt als beschlossene Sache. Stimmen näherten sich, Ketten rasselten.

»Ich trage die Keule!«

»Nein, ich.«

»Vergiss es, ich bin dein Vorgesetzter.«

Madame Euphrosine erhob sich von der harten Holzpritsche. In ihrer grenzenlosen Neugierde trat sie an die vergitterte Vorderseite ihres Gefängnisses heran, um zwei Soldaten zu beobachten, die den Brülltroll in eine Zelle direkt gegenüber brachten. Vergeblich zerrte die Kreatur an ihren Ketten, die auch an diesem Ort nicht abgenommen wurden. Der Troll hinkte, er schien Schmerz zu verspüren. Seelischen Schmerz, weil er seit Monaten alleine in Gefangenschaft saß. Körperliche Pein, weil der Bürgermeister ihn bei schwierigen Sitzungen holen ließ, um unliebsame Rivalen über den Haufen brüllen zu lassen. Eine Strategie, die immer wieder aufging.

›Geschieht dir recht‹, dachte Madame verbittert. Die Soldaten befestigten die Ketten des Trolls zusätzlich an schweren Eisenringen, die in der felsigen Wand verankert hingen. Rachegelüste stiegen in der Leiterin des Waisenhauses auf. Noch niemals hatte man sie so gedemütigt wie vorhin auf dem Marktplatz. Sie hasste den Bürgermeister. Ihm konnte sie nichts anhaben, stets gut bewacht und abgeschirmt gab er kein brauchbares Ziel für Racheakte ab. Aber sein Folterwerkzeug in Gestalt des Trolls hockte nun hilflos in der Zelle gegenüber. Madame war kaltblütig und gerissen. Die Frau leerte ihr Pudersäckchen auf den kalten Fußboden. Anschließend zerriss sie den Stoff in kleine Stückchen. Mit etwas Spucke befeuchtet und zur Kugel geformt erfüllten sie ihren Zweck als Ohrenstöpsel. Nachdem die Soldaten außer Hörweite angelangten, setzte Madame ihren Racheplan in die Tat um. Jedes Kind wusste, dass Trolle die Stille liebten, Menschmassen verabscheuten und Musik hassten.

»He, du Trottel«, brüllte Madame über den Gang in die Zelle des Trolls hinein. »Verstehst du unsere Sprache, oder bist du nur zur Baumschule gegangen?«

Wütend, aber vergeblich zerrte der Troll an seinen Ketten. Er verstand die Worte ganz genau. Die schrille Stimme der Frau peinigte seine empfindlichen Ohren, die er sich aufgrund seiner engen Fesseln nicht einmal zuhalten konnte. Der Widerhall der nackten Felswände verstärkte jedes Wort zusätzlich. Madame wusste um die Not des Trolls. Genüsslich begann sie zu singen, keine leise Weise, keine schöne Melodie. Sie sang laut, schief, falsch, grauenhaft, schrecklich, in höchsten Tönen, dass Fensterscheiben gesplittert wären, hätte es im Verlies welche gegeben. Der Troll fühlte sich, als würde ihm mit einem Schmiedehammer das Hirn aus dem Schädel gedroschen. Sein ganzer Körper zitterte. Madame Euphrosine sang eine Tonleiter, Ton um Ton schmerzte der Schall unerträglicher. Beim Hohen C hielt es der Troll nicht mehr aus. Der massige Körper zuckte wie Götterspeise im Erdbeben. In unbändiger Wut brüllte die Kreatur los. Madame ging früh genug in Deckung, zusätzlich zu den Stöpseln hielt sie sich vorsichtshalber die Ohren zu. Grüner Schleim tropfte von den Gitterstäben ihrer Zelle. Stimmen näherten sich, fluchende Stimmen von Männern, die der Troll beim Nickerchen, beim Trinken, oder beim Kartenspielen gestört hatte. Geschickt spielte die Heimleiterin ihre Rolle zu Ende. Sie schrie wie am Spieß noch ein Hohes C heraus und ließ sich, die Bewusstlose spielend, auf den Zellenboden fallen. Genau in dem Moment, als zwei Soldaten im Gang zwischen den Zellen standen, brüllte der Troll erneut los. Sein Schrei zerfetzte die Uniformen, schleuderte beide Männer gegen die Gitterstäbe von Madame Euphrosine Zelle. Benommen und fast taub rappelten sich die beiden erst Minuten später wieder hoch.

»Schau, die Gefangene ist ohnmächtig geworden, kann ich verstehen«, brüllte der Ältere.

»Was machen wir denn da?«, schrie der Jüngere begriffsstutzig.

»Erst kommt der Troll an die Reihe, dann kümmern wir uns um die Frau«, wies der Vorgesetzte an. Gemeinsam verprügelten sie den Troll mit zwei Keulen. Madame kicherte leise in sich hinein, als die Soldaten ihr danach auf die Beine halfen. Anschließend erhielt die Leiterin des Waisenhauses einen Brei, den sie keinem Hund vorgesetzt hätte, höchstens den Kindern unter ihrer Obhut. Der wimmernde Troll ging leer aus. Nachdem Madame auf ihre Mahlzeit verzichtet hatte, warf sie sich auf die harte Pritsche, um die Zeit mit einem Nickerchen zu erschlagen.

»Stör mich bloß nicht«, herrschte sie den Troll in der gegenüberliegenden Zelle an. Das geschundene Wesen hielt vorsichtshalber die Luft an.

◆

»Gib auf mein Laufrad Acht«, bat der grüne Kobold, als Atos den Inhalt der goldenen Kiste in Augenschein nahm. Vorsichtig hob der ehemalige Zauberer das kleine goldene Wunderwerk mit der magischen Lampe heraus. Anna und Max betrachteten gebannt die feinen Speichen, das edle Material. Das Mädchen erinnerte sich an ein reich bebildertes Buch, in dem die hundert größten Katastrophen des Würfelzeitalters beschrieben standen. Auf Platz achtundsiebzig brachten es dabei die Hexen von Loppelwuh, die jede Nacht Feuerräder den Berg hinunter trieben, um böse Geister vom gleichnamigen Dorf Loppelwuh fernzuhalten.

Versehentlich vernichteten sie zuerst die gesamte Getreideernte, als ein herrenloses Feuerrad in die große Vorratsscheune einschlug. Beim anschließenden Versuch, den bösen Feuergeist mit weiteren Rädern zu besänftigen, legten die Hexen das gesamte Dorf in Schutt und Asche. Das durch einen Feuerbann geschützte Haus der Oberhexe Ignipota blieb als einziges Gebäude verschont, wurde aber am selben Tag von aufgebrachten Dorfbewohnern mit Äxten zu Kleinholz zerhackt. Seit dieser Zeit verboten die Gesetze dort jedes offene Feuer. Und sei es nur im Kamin. Das Laufrad des Kobolds ähnelte auf verblüffende Weise einem Feuerrad. Nur viel kleiner.

Anna befürchtete, dass die heutigen Pendelprobleme zusammen mit einer viel zu langen Nacht Vorboten einer Katastrophe sein mussten. Einer Katastrophe, die es in einer Neuauflage des Buches bequem auf Platz eins schaffen würde. Schnell widmete sie ihre Aufmerksamkeit wieder Atos, der begann, weitere Gegenstände aus der Kiste zu befördern. Meister Dost hockte als Zuschauer auf dem Rand der goldenen Schatulle.

»Mal sehen, was wir hier haben. Einen goldenen Schlüssel, dann zwei Münzen mit Lederhalsband und eine Spieluhr.« Atos platzierte alle Gegenstände auf dem Tisch neben der Kiste. »Dann ist hier ein winziges Buch, dazu eine noch winzigere Schnupftabakdose. Hier sehe ich auch noch einen kleinen Knobelbecher.«

»Die Sachen gehören mir. Ist gegen die Langeweile, die manchmal aufkommt. Ich liebe Würfelspiele. Würdest du freundlicherweise die Dinge beiseitelegen?«, bat der Kobold.

»Kein Problem. Sehen wir erst einmal weiter. Ein Holzwürfel, dazu zwei weitere goldene Würfel, ein Ledersäckchen mit Sand oder Pulver darin.«

»Ganz unten am Boden liegt noch ein Umschlag«, rief Max.

»Stimmt, es sind sogar zwei«, bestätigte Meister Dost. »Ein Pergament ist für Atos, eines für die Zwillinge. Die Umschläge wurden von Amalia verzaubert, nur der rechtmäßige Empfänger kann das Siegel brechen.«

»Meister Dost, kennst du die Bedeutung all dieser Dinge?«, fragte Anna, die sich noch keinen rechten Reim auf die seltsame

Sammlung machen konnte, die vor ihr auf dem Tisch ausgebreitet lag.

»Lest zunächst eure Briefe«, schlug der grüne Kobold vor. Genüsslich nahm er eine Portion Schnupftabak zu sich. »Danach sehen wir weiter.«

◆

Bürgermeister Fuddelhaar verspürte seit langer Zeit zum ersten Mal wieder Angst. Nicht davor, dass es den Untertanen schlecht ging. Für ihr Schicksal konnte er nur sehr geringes Interesse und keinerlei Mitleid aufbringen. Auch nicht vor seinen Feinden, die er sich mit Hilfe der treuen Stadtwache oder des Brülltrolls problemlos vom Leib hielt. Seine Furcht war spürbar, bedrückend und greifbar. Fuddelhaar hasste Angst. Jedenfalls bei sich selbst. Lieber verbreitete er Angst und Schrecken als Stadtoberer und Richter in einer Person. Seine Furcht hing damit zusammen, dass die Welt im Chaos enden konnte, in Plünderungen, Brandschatzungen, Mord und Todschlag. Die geliebte Macht konnte verloren gehen, seine Schätze und Reichtümer Räubern und Verbrechern zum Opfer fallen. Fuddelhaar hasste Ungewissheit, Unordnung und Ungehorsam. Jede Bedrohung seiner kleinen Welt nahm er sehr persönlich. Ob die Götter dahinter steckten? Oder diese Zauberin, die er vor vielen Jahren ausgeschickt hatte, um nach Reichtümern zu suchen.

»Wie komme ich jetzt nur auf diese Frau?«, wunderte sich Fuddelhaar, wischte den Gedanken aber schnell beiseite. Es gab keine guten Erinnerungen an die alten Geschichten.

Im Rathaus saß der Bürgermeister mit einigen seiner engsten Berater am riesigen, runden Edelholztisch zusammen, darunter auch Astronomen und Astrologen. Zusätzlich erschienen die Meister aller wichtigen Gilden, um über die Bedrohung für die Welt zu diskutieren. Die Meister der Kaufleute, Strauchdiebe und Taschendiebe saßen einträchtig bei Brot und Wein zusammen. Rathausdiener reichten zusätzlich Ochsenbraten, der zu jeder Tages- und Nachtzeit frisch am offenen Feuer briet. Sogar der Oberzauberer Garmander war erschienen. Aus gutem Grund fehlte nur Graf Krommel, der als Vampir Probleme mit dem Tageslicht hatte. Mit Hilfe einer magischen Kristallkugel hätte er per Fernübertragung an der Besprechung teilnehmen können, lag aber stattdessen geschwächt von der langen Tanznacht im Schlafsarg. Zudem plagte den Graf ein Riesenkater. Er hatte mehrere Pokale Blut über den Durst getrunken.

Im Saal tobte der übliche Streit über das richtige Weltbild.

»Die Sonne dreht sich langsamer«, stellte der Astrologe fest.

»Unsinn«, brüllte der Vertreter der Kaufmannsgilde. »Hast du vorhin den Bürgermeister auf dem Balkon nicht gehört. Der Riese tief unter der Erde ist müde, daher dreht sich die Welt langsamer.«

»So einen Unfug höre ich täglich«, fluchte Garmander. »Die Götter haben einfach verschlafen und die Decke nicht rechtzeitig von der Welt gezogen. Glaubt mir. Es ist alles ganz entspannt. Wozu die Aufregung?«

»Verehrte Herren«, unterbrach Fuddelhaar das Stimmgewirr der Anwesenden. »Ihr habt meine Ansprache vorhin gehört. Bis wir wissen, was mit der Welt nicht in Ordnung ist, muss das gemeine Volk beschäftigt werden, damit es nicht auf dumme Gedanken kommt. Zwillinge sind schwer zu finden, es fiel mir vorhin auf dem Balkon einfach so ein. Lasst die Menschen in ihrem Aberglauben, bis ihr, und damit meine ich euch als meine Berater, mir sagt was falsch läuft. Die Gildenmeister sind aufgerufen, ihre Mitglieder im Auge zu behalten. Damit meine ich besonders die ehrenwerten Diebe.«

»Fünf Golddublonen sind eine Menge Geld«, gab Stinkasant, Meister aller Strauchdiebe zu bedenken. »Dafür müssen ehrliche Diebe eine lange Zeit stehlen, äh, arbeiten.«

»Ich denke nicht, dass der Betrag zu Auszahlung gelangt«, stellte Fuddelhaar klar. Mit seiner Ochsengabel kratzte er sich erst am Rücken, danach führte er das Essgerät zwischen Haar und Perücke ein. Genüsslich schabte er auf seinem Haupt umher, einige fettige Schuppen rieselten in den Weinkelch vor ihm. Anschließend spießte Fuddelhaar ein Stück Ochsenbraten mit derselben Gabel auf und schob es genüsslich in den Mund.

»Es werden sich keine Zwillinge finden, schon gar keine Freiwilligen. Wer stürzt sich schon freiwillig in den Schlund des Vulkans Tonaluga?«

Fuddelhaar galt als geschickter Redner. Er setzte eine ernste
Miene auf, um dann mit Worten ein Schreckensbild für die Anwesenden zu zeichnen.

»Nein, wir müssen Chaos vermeiden. Stellt euch vor, was sonst
geschieht. Den Kaufleuten plündert der Mob die Geschäfte,
meine Stadtwache kann niemanden mehr wirksam beschützen.
Alle Zauberer werden noch häufiger verprügelt als bisher,
kurzum, die öffentliche Ordnung ist dahin. Greift zu, es ist noch
Ochsenbraten da.«

Alle Anwesenden schwiegen, viele nickten. Ratlos wirkten ins-
besondere die echten Gelehrten. Niemand hatte auch nur die lei-
seste Ahnung, welche Ursache die zu lange Nacht oder die graue
Wolke oberhalb des Pendels haben mochte. Sie mussten eine Erklärung finden, notfalls auch eine solche erfinden, um von Fuddelhaar nicht in Schimpf und Schande davon gejagt zu werden.
Besorgt blickten die Astronomen aus dem Fenster direkt auf das
zu langsam schwingende Pendel.

Ein lauter Knall zerriss die Stille an runden Tisch. Eilig stürmte
der Major der Stadtwache auf den Balkon, um die Ursache der
Störung zu suchen. Erleichtert kehrte er zurück.

»Keine Gefahr, Herr Bürgermeister«, berichtete der Soldat zackig. »Es ist nur ein Hirsch, der einen Blumenstrauß als Geweih
trägt«, ergänzte er, als wäre es die normalste Sache der Welt.

»Könntest du bitte diesen idiotischen Zauberer vom Marktplatz entfernen lassen«, schnauzte Fuddelhaar. »Die Lage ist
ernst. Ich halte jetzt ein Nickerchen, bei dem ich nicht gestört
werden möchte. Danach nehme ich einen kleinen Imbiss zu mir.
Etwas Leichtes, vielleicht ein Kilo in Butter gebratenen Bauch-
speck. Und wenn ich damit fertig bin, will ich wissen, was wir
unternehmen werden!«

◆

Atos berührte nacheinander beide Umschläge, die mit einem
magischen Siegel versehen sein mussten. Während beim ersten

Versuch nichts geschah, sprang im zweiten Anlauf ein blauer Funke zwischen Hand und Umschlag über. Wie von Geisterhand löste sich die Hülle in ein funkelndes Nichts auf. Ein Pergament kam zum Vorschein. Max und Anna warteten ungeduldig, bis ihr Lehrmeister die Zeilen überflogen hatte.

»Was steht in dem Pergament?«, fragte Anna neugierig.

»Nun«, Atos kraulte sein rasiertes Kinn, an dem in früheren Jahren ein wallender Rauschebart gehangen hatte. »Neben einigen persönlichen Worten von Amalia, die ich hier nicht ausbreiten möchte, sind folgenden Passagen im Text interessant.«

»Was schreibt meine Herrin?«, bohrte Meister Dost neugierig nach.

»Du kennst den Inhalt der Brief nicht, obwohl du über zehn Jahre in der Kiste gesessen hast?«, zweifelte Max.

»Wie ich schon sagte, durch die Zeitdehnung kam es mir sehr kurz vor. Außerdem sind die Umschläge magisch versiegelt. Öffnen für Unbefugte ist streng verboten.«

»Das glaube ich einfach nicht«, meckerte Max.

»Dann lass es doch«, schmollte der grüne Kobold.

Atos unterbrach den aufkommenden Streit.

»Hört auf. Beide! Lauscht besser den Worten eurer Tante oder Herrin.« Atos räusperte sich umständlich. »Wenn du diese Zeilen in Händen hältst, ist das Ziel meiner Reise, schnell und gesund zu meinen Ziehkindern nach Dangholt zurückzukehren, leider gescheitert. Schlimmer noch, ich benötige dann dringend Hilfe. Setze deine Suche dort fort, wo sich unsere Wege einst trennten. Die dunklen Mächte im Land aus Eis und Finsternis werden stärker. Sei den Zwillingen ein guter Lehrmeister und schütze sie vor Gefahren.«

Der Brief endete mit einem weiteren Satz, den der ehemalige Zauberer nicht laut vor vorlas, sondern nur in Gedanken mit Besorgnis wiederholte. ›Achte darauf, dass Meister Dost seine Finger vom Würfelspiel lässt. Er ist dem Spiel verfallen.‹

»Jetzt ist klar, dass unsere Tante noch am Leben ist«, frohlockte Anna. Atos nickte.

»Sicher ist aber auch, dass sie in Gefahr schwebt und Hilfe benötigt«, überlegte Max. Freudig ergriff er den zweiten Umschlag, doch nichts geschah.

»Der ist für euch beide gedacht«, erklärte Meister Dost. Der Kobold hockte im Schneidersitz auf der Tischplatte und nippte an seinem Kräutertrunk. Anna berührte daher ebenfalls den Umschlag. Sofort kroch ein blauer Blitz hindurch, die Hülle verschwand. Beim Versuch, gleichzeitig das Pergament zu lesen, stießen die Zwillinge beinahe mit den Köpfen zusammen. Max ließ Anna den Vortritt.

»Lies du vor, Schwesterchen.«

»In Ordnung. Es ist eine schöne Handschrift«, stellte Anna fest. »Hat Ähnlichkeit mit meiner«, grinst sie.

»Fang an«, schimpfte Max.

»Schon gut. Meine liebe Anna, lieber Max, ich hoffte, dass ihr diese Zeilen niemals lesen müsst, denn es bedeutet, dass ich euch viele Jahre nicht gesehen habe. Vielleicht erinnert ihr euch nicht einmal an mich.«

Das Mädchen schluckte.

»Es bedeutet aber auch, dass ihr alt genug seid, die Welt zu erkunden. Der magische Umschlag wird sich nur dann öffnen, wenn er spürt, dass die Zeit gekommen ist.«

Max unterbrach seine Zwillingsschwester. Staunend schaute der Junge Atos an.

»Jetzt verstehe ich auch deine Worte von vorhin«, rief er.

»Welche Worte meinst du, ich habe vieles gesagt?«

»Dass der Abschied naht, du hast es gewusst oder geahnt, seit sich in der letzten Nacht das Pendel verändert hat.«

»Irgendwann musste die Zeit kommen«, erklärte Atos. »Ihr wisst mehr als jeder andere in eurem Alter. So, nun lies weiter, Anna.«

»Viel ist es nicht mehr«, stellte Anna betrübt fest. »Ein paar persönliche Worte, das unsere Tante in Gedanken stets bei uns ist. Zum Schluss noch ein wichtiger Hinweis. Helft Atos, wie er euch geholfen hat. Bleibt wachsam. Meister Dost wird euch begleiten und dienen, wie er auch mir gedient hat.«

»Das ist alles? Kein Wort zu den vielen Gegenständen in der goldenen Kiste?« Max klang enttäuscht.

»Geduld, junger Herr, Meister Dost weiß einiges über den Inhalt der Kiste«, erklärte der Kobold mit einer leichten Verbeugung.

»Ich auch«, beruhigte Atos. »Wenn auch nicht alles. Lasst uns sammeln, was wir wissen. Aber wer nicht isst, kann auch nicht klar denken.«

Im selben Augenblick lagen auf dem Tisch vier dunkelrote Äpfel, wie sie Anna und Max noch nie zuvor gesehen hatten. Ein sehr kleines Exemplar schien der winzigen Größe des Kobolds angepasst zu sein.

»Für wen ist denn der klitzekleine Apfel dort?«, fragte Meister Dost misstrauisch. »Ich habe Hunger!« Mit wenigen Bissen verschlang das grüne Wesen das größte Obststück. »Lecker!«

Anna musste herzlich lachen.

»Nicht zu glauben. So klein und so verfressen«, lästere Max. »Das wäre so, als wenn ich einen Apfel in Kürbisgröße verspeisen würde.«

»Bekommst du keine Bauchschmerzen?«, erkundigte sich das Mädchen vorsichtig.

»Nein, Kobolde bekommen selten Bauchschmerzen, sie bereiten höchsten anderen Wesen solche. Würdest du mit der Erläuterung der Gegenstände beginnen, Herr Atos?«

Der ehemalige Zauberer nickte. Längst hatte er den winzigen Apfel gegen ein weiteres Prachtexemplar ausgetauscht, ohne dass Anna oder Max etwas bemerkt hätten.

»Tolle Zeitdehnung«, lobte der Kobold.

Die Zwillinge kosteten jeden Bissen aus, alle Gedanken an das Waisenhausessen rückten in weite Ferne. Hier bei Atos verlief jeder Tag so spannend und lehrreich, dass sich beide Kinder keinen besseren Ort vorstellen konnten. Wenn ihnen tags zuvor jemand etwas von Abschied oder Gefahr erzählt hätte, hätten ihn die Zwillinge für verrückt erklärt.

Anna wurde von Moment zu Moment ungeduldiger.

»Welche Bedeutung haben die beiden goldenen Würfel?«

»Du hast Recht, wir schweifen von den wichtigen Dingen ab und verlieren Zeit. Die Quader warnen denjenigen vor Gefahr, der sie in der Hand hält oder am Körper trägt.«

»Wie bemerke ich, dass Gefahr droht?«, fragte Max.

»Der Würfel verändert seine Farbe. Ist alles in Ordnung, sieht er golden aus, so wie jetzt, wo ihn niemand anfasst oder trägt. Je weiter sich die Farbe in Richtung von goldgelb über orange nach rot verschiebt, umso näher ist einem der Feind auf den Fersen. Eine Bedrohung ist dann spürbar. Leuchtet rotes Licht aus dem Würfel, sind Leib und Leben in unmittelbarer Gefahr. Probiert es aus.«

Max und Anna nahmen je einen Würfel in die Hand. Sofort veränderte sich die Farbe in ein schwaches goldrot. Die Zwillinge erschraken.

»Keine Sorge«, tröstete der grüne Kobold. »Diese Reaktion des Würfels ist normal, er übertreibt immer etwas. Wir haben Zeit genug, eure Wanderschaft vorzubereiten.«

»Wanderschaft?« Anna verstand die ganze Aufregung nicht. Wozu auf Wanderschaft gehen, wenn es einem in Dangholt gut ging und selbst ein magischer Würfel keine nennenswerte Gefahren anzeigte.

»Abschied, Neuanfang, Veränderung, Wanderschaft, neue Aufgaben, all diese Dinge machen das Leben doch erst lebenswert und spannend. Ihr müsst euren Platz im Leben finden, das Waisenhaus verlassen, und eurer Tante helfen«, erklärte Atos. »Das Waisenhaus ist nicht euer Lebensinhalt, ich bin es auch nicht. Wenn es euch heute so vorkommt, schmeichelt ihr mir. Aber ich bin nicht das Ziel, sondern ein Teil des Weges, auf dem ihr nicht verweilen dürft.«

Langsam dämmerte den Zwillingen, dass Atos es tatsächlich ernst meinte.

»Als nächsten Gegenstand seht ihr eines meiner Lieblingsspielzeuge, den magischen Holzwürfel«, erklärte der ehemalige Zauberer. »Wie oft hat er mir auf Wanderschaft den Magen gefüllt und ein Schlaflager geboten.«

»Seit wann kann man einen Würfel essen?«

»Wie schläft man auf einem Würfel, das ist doch unbequem.«

»Ich sehe, ihr müsst noch viele Dinge lernen«, stellte Meister Dost besorgt fest. »Wenn man auf der Wanderschaft eine Taverne oder ein Wirtshaus besucht, aber kein Geld besitzt, spielt man mit dem Wirt um die Zeche. Oder mit anderen Gästen um Geld. Viele Menschen spielen gerne, ihr kennt doch die Gaukler auf dem Marktplatz, die mit drei magischen Hütchen und einer Münze oder Murmel darunter die Bürger und Bauern um ihr Vermögen erleichtern. Habt ihr euch schon einmal gefragt, wieso am Ende immer der Gaukler gewinnt? Ähnlich ist es mit diesem einfachen Holzwürfel. Nimm ihn, denk an eine Zahl, und würfele sie einfach.«

»Toll«, schwärmte Max. »Noch ein magischer Gegenstand unserer Tante.« Schnell dachte er an eine sechs, würfelte, und ärgerte sich über die geworfene Eins.

»Der Würfel ist defekt«, beschwerte sich der Junge.

»Nein«, unterbrach Atos. »Es ist eine Frage der Konzentration, eine Frage der Macht aller Anwesenden. Hütet euch vor einem Spiel gegen einen mächtigeren Zauberer. Ich habe deinen Wunsch gerade auf den Kopf gestellt.«

»Du bist doch aber nur ein ehemaliger Zauberer«, überlegte Anna.

»Genau, aber gewisse *Dinge* verlernt man nicht, genau wie das Schwimmen«, stellte Atos klar. »Die Gilde ist nur Theater, eine Bühne für unsere Eitelkeit. Genau wie Hut, Umhang und Stab. Man benötigt grundsätzlich nichts davon, um zaubern zu können. Gut, in komplizierten Fällen ist ein Zauberstab manchmal vonnöten.«

»Wir können nicht schwimmen«, stellte Max betrübt fest.

»Niemand lernt in Dangholt schwimmen, mein Junge«, bemerkte Atos beiläufig.

Dangholt war von den Vorfahren, anders als viele andere große Städte, nicht direkt an einem Flussufer erbaut worden. Einige Meilen entfernt schlängelte sich ein größerer Wasserlauf durch die Landschaft. Der Fluss Klo. Diese Wasserstraße verband die großen Meere miteinander, die zusammen mit unüberwindbar scheinenden Gebirgszügen die natürliche Grenze der bekannten Welt darstellten. Vom Fluss Klo aus führten künstliche Kanäle in die Hauptstadt, aus denen dann Trinkwasser geschöpft wurde. Zusätzliche Brunnen führte man erst ein, als die Zwerge in den Bergwerken tief genug gegraben hatten und auf

Grundwasser stießen. Erst danach glaubten die Bewohner, dass man nicht durch ein zu tiefes Loch von der Welt in die Unendlichkeit stürzen konnte. In den flachen Kanälen konnte man zum Waschen der Wäsche bequem stehen. Leider entsorgten die Bewohner auch jeden Müll, unliebsame Gegner und die eine oder andere Schwiegermutter über die Wasserläufe. Häufig verstopft, mit geringem Gefälle und daher sehr langsam fließend, stellten die Kanäle in der heißen Jahreszeit ein Problem dar. Sie stanken zum Himmel, dass sich sogar die Götter bei ungünstigen Windverhältnissen Nasenklammern aufsetzten. Schwimmen lernte in Dangholts Kanälen *freiwillig* niemand.

»Wozu benötigen wir die Münzen?«, fragte Anna. »Zum Bezahlen sind sie nicht geeignet, schließlich ist ein Loch drin, durch das ein Lederhalsband gezogen ist.«

Atos musterte die Goldtaler von allen Seiten.

»Sie gehören zu euch, soviel ist sicher. Auf der einen Seite steht hier ein A, dort ein M, also Anna und Max. Die Rückseite ist bei beiden Münzen gleich gestaltet. Seht her.«

Die Zwillinge nahmen vorsichtig die Geldstücke in die Hand.

»Ein Schmuckstück, hier ist ein Herz auf der Rückseite«, freute sich Anna. Schnell hängte sie ihr Exemplar als Kette um den Hals. Noch niemals im Leben hatte sie ein Schmuckstück besessen. Keinen Ring, keinen Ohrring, keine Kette, auch keine Brosche, nicht einmal eine Haarspange. Auch Max wurde magisch von der Schönheit der Münze angezogen. Der Junge hängte sich den Lederriemen ebenfalls um den Hals.

»Scheint wirklich Schmuck zu sein, vielleicht ein Glücksbringer, ein Talisman«, überlegte Atos, dem die Funktion nicht klar schien. »Weißt du etwas über diese Dinge, Meister Dost?«

Der Kobold schüttelte den Kopf.

»Nein, Herr Atos. Meine Herrin weiht ihren Diener nicht in alle Geheimnisse ein, manchmal ist das auch gut so. Die viele Magie macht mich manchmal ganz schwindelig im Kopf. Ein wenig Schnupftabak, ein nettes Buch, eine gemütliche Wohnkiste, das wünscht sich ein Kobold. Aber damit ist es jetzt erst einmal vorbei, fürchte ich.«

Der grüne Kobold stellte sich neben das Ledersäckchen.

»Hierzu kann ich etwas erzählen. Der Inhalt hilft gegen Heimweh, so wie der Kräutertrunk gegen das verrrrrlängern von manchen Worten wirkt.«

»Geht es schon wieder los?«, fragte Anna lachend.

»Nein, Verzeihung, ist nur ein Beispiel. Ich wollte damit sagen, wo Sand ist, ist Heimat. Echter Dangholter Sand. Wann immer ihr euch auf der Wanderschaft einsam fühlt, nehmt dieses Säckchen in die Hand.«

»Und das hilft?«, zweifelte Max.

»Sei unbesorgt, Herr Max. Aber etwas mehr Vertrauen in die Erfahrung deines Dieners wäre wünschenswert.«

»Ich hatte noch nie einen Diener«, entschuldigte sich Max. »Woher soll ich wissen, wie ich mit ihm umgehe? In jedem Fall nicht so, wie es viele Herrschaften mit anderen Kindern aus dem Waisenhaus tun, sie beschimpfen, bespucken oder schlagen.«

»Ganz die Tante, das beruhigt mich ungeheuer«, scherzte Meister Dost. Wenige Augenblicke später brüllte der Winzling ein Niesen heraus, dass die Teller im Schrank wackelten. »Eine Überdosis Schnupftabak«, entschuldigte sich der Kobold. »In meiner goldenen Truhe musste ich mich zusammenreißen, jedes Niesen hätte eine Delle in die Kiste gedrückt.«

Atos blickte erneut mit sorgenvoller Miene zur großen Sanduhr an der Wand. Anschließend begab sich der grauhaarige Mann zum Fenster, um die Position der Würfelwelt im Verhältnis zur Sonne zu kontrollieren.

»Wusste ich es«, brummt er. »Auch der Tag wird zu lang, genau wie die letzte Nacht. Der Würfel dreht sich langsamer, das ist bewiesen. Ich frage mich nur, wie lange die Gelehrten des Bürgermeisters brauchen, um eine Problemlösung zu finden, die dann keine ist.«

»Worin liegt denn das Problem begründet?«, fragte Meister Dost.

»Es hängt mit finsteren Mächten zusammen, mit Dingen, die Amalia jenseits der bekannten Welt erforscht hat. Wir werden es herausfinden müssen. Ziel ist es, Max' und Annas Tante zu retten. Mit Hilfe von Amalias Wissen wird es möglich sein, die Welt wieder ins Lot zu bringen.«

Anna freute sich immer noch königlich über ihr neues Schmuckstück. Auch der goldene Quader, den das Mädchen in der Hand hielt, zeigte keine Gefahr an. Die Farbe schimmerte golden. Anna erkannte nur einen winzigen Hauch rot.

»Es bleiben noch die Spieluhr sowie der goldene Schlüssel übrig!«

»Eine nette Unterhaltung, mehr nicht«, erklärte der Grüne Kobold. »Sehr her.«

Mit einer flinken Handbewegung steckte er den goldenen Schlüssel in eine passende Öffnung an der Spieluhr. In mehreren schnellen Umdrehungen zog er eine Feder auf. Wie von Geisterhand öffnete sich der Deckel und gab eine samtrote glatt polierte Fläche frei, auf der aus dem Nichts sieben Elfen erschienen. Zu einer zauberhaften Melodie führten die weiß gekleideten Wesen einen Tanz auf. Keine Tänzerin berührte dabei den roten Untergrund, alle schwebten wie schwerelos darüber. Langsamer und langsamer wurden die Bewegungen, bis schließlich die sieben Elfen einen perfekten Kreis bildeten und erstarrten.

»Ich habe mich oft in der goldenen Kiste mit Musik und dem Reigen entspannt«, gestand Meister Dost freimütig ein.

»Sonst besitzt die Spieluhr keine Bedeutung?«, fragte Max. »Keine Magie?«

»Nicht dass ich wüsste«, bestätigte auch sein Lehrmeister. »Aber sind nicht die Elfen schon Magie genug?«

»Da hat du Recht, Herr Atos«, nickte Anna. »Jetzt, da wir den Inhalt der goldenen Kiste unserer Tante kennen, muss doch etwas geschehen? Warum suchen wir nicht sofort nach unserer Tante?«

Atos nickte.

»Wir werden suchen, das verspreche ich. Doch die Stadttore sind heute geschlossen, es wurden nur einige Suchtrupps herausgelassen, um nach Zwillingen zu forschen. Sonst kommt kein Mann und keine Maus hindurch.«

»Und nun?«, grübelte Max.

»Nehmt noch einen Apfel, und hört meinen Plan«, schlug Atos vor.

Mittlerweile lief der Brülltroll im Kerker bläulich an. Madame Euphrosine schlief schnarchend auf der Holzpritsche, während der Troll bereits seit über einer Stunde die Luft anhielt. Plötzlich kehrte Unruhe im Gefängnis ein. Zwei Männer der Stadtwache gelang es mit Mühe und Not, den auf dem Marktplatz herumspringenden Hirsch mit Blumengeweih einzufangen. Als einfache Soldaten besaßen sie weder Mut noch Intelligenz, Befehle in Frage zu stellen oder überhaupt darüber nachzudenken.

»Ein solches Tier habe ich noch niemals gesehen«, stellte einer der Männer fest. Er war größer als sein Kamerad, dazu gertenschlank.

»Stimmt, wir haben auch noch nie ein Tier eingesperrt. Gut, hier und da einen Troll oder Zwerge, die betrunken randalierten. Aber eben noch nie ein Tier.«

Das Röhren des Hirsches, der sich gegen seine Gefangenschaft heftig zur Wehr setzte, schreckte Madame Euphrosine von ihrem unbequemen Lager hoch. Entsetzt hielt der Troll sich die Ohren zu.

»Bist du wohl still«, herrschte Madame das unschuldige Wesen an. Ängstlich riss der Troll seine Holzpritsche aus der Wand, um dahinter Deckung zu suchen. Genüsslich nahm er einen tiefen Atemzug. Gierig saugten seine Lungen die Leben spendende Luft ein, die Hautfarbe normalisierte sich von tiefblau hin zu trollgrün.

Einer der Soldaten kratzte sich begriffsstutzig am Kopf.

»In welche Zelle setzen wir den Hirsch?«

»Warum fragst du so dämlich?«

»Weil keine Zelle mehr frei ist, du Idiot!«

»Ich bin kein Hirsch, so glaubt mir doch«, klang es aus dem Maul des Wildtiers. Leider hatte der Magier in der Aufregung keinen passenden Zauberspruch parat, um sich aus der misslichen Lage zu befreien. Eine flinke Ratte stürmte vorbei und kauert sich lauschend in eine Ecke.

»Jetzt spricht das seltsame Tier auch noch unsere Sprache«, wunderte sich der Uniformierte.

»Geh zum Leutnant und frag ihn, in welche Zelle das Vieh eingesperrt wird«, schlug der Andere vor.

»Mach es doch selbst, du hast mir nichts zu befehlen, wir haben denselben Dienstgrad!«

»Werfen wir eine Münze.«

»Ich habe aber keine!«

»Dann hol eine herbei.«

»Mach es doch selbst, du hast mir nichts zu befehlen«, wiederholte der Soldat seine kurz zuvor gemachte Äußerung.

»Wie wäre es, wenn ihr mir die Wahl der Zelle überlasst«, schlug der Hirsch vor.

»Halt den Mund«, herrschten beide Männer der Stadtwache den unfähigen Zauberer an. Die Ratte hockte auf ihrem Lauschposten und schüttelte entsetzt den Kopf.

›Was für eine Schade für die Gilde der Zauberer‹, dachte der Nager betrübt. ›Stattdessen wurden fähige Männer wie Atos ausgeschlossen, der ein tausendfach besserer Magier ist‹, führte die Ratte ihren Gedanken zu Ende.

»Also Brunnen, Stein, Pergament«, schlug der Intelligentere der beiden vor. Bei einfachen Soldaten der Stadtwache von Intelligenz zu sprechen, musste streng genommen als Beleidigung für die Intelligenz gewertet werden. Jene willigen, gehorsamen Männer konnten eine Glockenblume nicht von einer Distel unterscheiden. Auf der Würfelwelt konnte dies nicht nur jedes Kind, sondern sogar jeder Grottenolm, der als das dümmste nichtmenschliche Wesen seiner Zeit galt.

Beide Wachleute erinnerten sich leider nicht mehr so genau an die Spielregeln von Brunnen, Stein und Pergament. Grübelnd standen sie auf dem Gang, genau zwischen den Zellen von Madame und des Trolls. Gelangweilt hüpfte der mit einem Seil um den Hals gefesselte Blumenhirsch auf der Stelle herum. Vergeblich versuchte er, eine leckere Butterblume von seinem Kopf zu knabbern.

»Frag den Leutnant nach den Regeln des Spiels«, meckerte der Eine.

»Geht das schon wieder los«, stöhnte der Hirsch. Mit einem Knall verwandelte sich der Zauberer in eine schwarze Katze.

Elegant zog das Tier seinen Kopf aus der nun viel zu weiten Schlinge. Gelangweilt blickte die Katze einer flüchtenden Ratte hinterher. Der träge Zauberer verspürte keinen Jagdinstinkt. In seiner ungewohnten Erscheinung schlüpfte er durch die Gitterstäbe in Madame Euphrosine Zelle, um sich gemütlich unter der Pritsche einzurollen. Ein Nickerchen konnte schließlich nicht schaden. Ein Tritt der Heimleiterin verhinderte dieses Vorhaben.

»Hau ab, du wandelnder Flohzirkus!«

Beleidigt hielt die Katze Abstand zur Gefangenen, um misstrauisch jede weitere ihrer Bewegung zu beobachten.

»Was machen wir jetzt?«, rätselte einer der Soldaten. »Wir sollten doch den Hirsch einsperren. Unseren Auftrag haben wir nicht erledigt. Dem Leutnant wird das nicht gefallen! Die Geschichte mit der Katze wird uns niemand glauben.«

»Ich kann ja als Zeuge mitkommen«, schlug der Zauberer im Katzengewand vor.

»Halt den Mund!«

»Schon gut, schon gut. Ich suche weiter nach dem korrekten Zauberspruch. Ich bleibe freiwillig hier.«

Vorsichtig tastete sich die Ratte wieder näher an den Ort des Geschehens, um die Gespräche besser belauschen zu können. Die Katze, die eigentlich keine war, stellte scheinbar keine Gefahr dar.

Die Soldaten kümmerten sich nicht weiter um ihre Gefangenen, da sie ein weitaus interessanteres Gesprächsthema gefunden hatten.

»Hast du vorhin die Ansprache des Bürgermeisters auf dem Marktplatz gehört?«

»Ich denke, fast jeder Bewohner der Hauptstadt hat das getan«, nickte der Kollege.

»Wer wohl der Glückliche sein wird, die fünf Golddublonen von Bürgermeister Fuddelhaar zu verdienen, das frage ich mich wirklich. Eine solche Menge Geld, da hätte man keine Sorgen mehr.«

»Ja, und wir müssen hier Wache schieben, dürfen nicht mitsuchen nach den Zwillingen.«

Madame Euphrosine schnellte hoch wie ein geölter Blitz. In

ihren Augen blitzte urplötzlich die kalte Gier. Noch konnte sich die Frau keinen Reim auf die mitgehörten Bruchstücke machen, aber fünf Golddublonen stellten einen unermesslichen Reichtum dar.

»Wachtmeister«, sprach sie die Soldaten an.

»Halt den Mund!«

»Nein, das werde ich nicht tun. Erzähl mir erst von den Zwillingen.«

»Nun gut. Die halbe Stadt ist ausgerückt, um im ganzen Land Zwillinge zu suchen. Der Bürgermeister will sie im Vulkan Tonaluga opfern lassen, um den Riesen zu besänftigen. Den Riesen, der die Welt vorandreht. Hast du nichts davon gehört?«

»Nein«, tobte Madame. »Eure Kameraden brachten mich nach der Attacke dieses Trollmonsters hierher, bevor jemand von Zwillingen gesprochen hat. Schon vergessen?«

Der Soldat benötigte drei Anläufe, um die Rede Fuddelhaars ungefähr zu wiederholen. Schweigend hörte die Leiterin des Waisenhauses den Rest der Geschichte, die sie leider nicht direkt auf dem Marktplatz hatte miterleben dürfen.

»Schicke nach dem Bürgermeister, ich habe ihm etwas Wichtiges mitzuteilen«, herrschte Madame im Befehlston eines Leutnants die einfachen Männer an.

»Das geht nicht!«

»Warum nicht, ich habe eine Nachricht für ihn. Er wird mich, äh, euch, fürstlich entlohnen, da bin ich sicher.«

»Es geht trotzdem nicht!«

»Warum zum Tonaluga nicht?«, fauchte Madame wütend.

»Fuddelhaar pflegt ein Nickerchen zu machen, danach ist er zu Tisch. Niemand darf unseren Bürgermeister dabei stören, nicht einmal seine Berater.«

»Die Welt hat ein Problem«, erklärte Madame listig. »Wie wäre es, wenn ihr diese Welt rettet?«

»Kein Interesse!«, erklärte der größere der beiden Soldaten.

»Genau«, plapperte sein Kamerad. »Wir befolgen nur Befehle. Alles andere ist ungesund, sagt unser Leutnant, und der muss es schließlich wissen!«

Madame drohte der Kragen zu platzen, sie riss sich aber zusammen und unternahm einen weiteren Anlauf.

»Ihr werdet sicher befördert, wollt ihr das nicht?«, bohrte die Obere des Waisenhauses weiter. Tatsächlich schienen die Männer einen Augenblick angestrengt zu überlegen. Ihre riesigen Bretter vor den Köpfen ließen dabei allerdings keine gewaltigen Geistessprünge zu. Die Phantasie war auf den Abstand zwischen Stirn und Brett begrenzt.

»Nein, wir wollen nicht befördert werden, ist viel zu anstrengend«, lehnte der Kleinere dankend ab. »Aber Geld ist wichtig. Du hast eben gesagt, dass wir reich werden können.«

»Genau«, bestätigte sein Kollege.

›Endlich beißen die Dorftrottel an‹, dachte Madame Euphrosine erleichtert.

»Bringt mich zum Bürgermeister, oder holt ihn hierher, dann bekommt ihr jeder eine halbe Golddublone von mir.«

»Das geht nicht, wir haben schon erklärt, warum.«

»Holt euren Vorgesetzten«, brüllte die Gefangene zornesrot. Eingeschüchtert beobachtete der Troll aus der gegenüberliegenden Zelle das Spektakel.

»Auch das geht nicht, er macht Pause.«

»Das gibt es doch gar nicht«, stöhnte die Heimleiterin. Sie gab auf. Die beiden Soldaten der Stadtwache schienen dämlicher als ein Stück Brot zu sein. Von beiden ging keine Gefahr für die Belohnung aus, davon schien Madame überzeugt. Sie sah sich bereits mit Lob, Anerkennung und Dublonen überschüttet. Vielleicht wäre sogar die Ehrenbürgerschaft Dangholts möglich. Ein Leben lang keine Steuern mehr zu bezahlen, verehrt, ja, geliebt zu werden.

»Dann richtet eurem Vorgesetzten aus, er möge dem Berater der Bürgermeisters ausrichten, dass er dem Bürgermeister ausrichtet, dass ich Zwillinge kenne, die sich freiwillig in den Vulkan stürzen werden, um die Welt zu retten. Um den Riesen zu besänftigen. Könnt ihr euch das merken? Habt ihr mich verstanden?«

»Klar, kein Problem«, versprach der Größere stolz. »Wir sagen dem Bürgermeister, dass der Leutnant nicht gestört werden will, weil ein Vulkan sich freiwillig auf Zwillinge stürzen wird.«

»Nein«, korrigierte ihn sein Kamerad, als Madame Euphrosine ihre Haare bündelweise herausriss. »Wir wecken den Vulkan, um unseren Leutnant und den Bürgermeister zu Zwillingen zu machen.«

Der Brülltroll biss vor Lachen in die Holzpritsche.

»Aufhören!«, kreischte Madame verzweifelt. »Hier die Fassung für Idioten. Soldaten, zum Vorgesetzten. Vorgesetzter zum Berater. Berater zum Bürgermeister. Zwillinge aus Waisenhaus zum Vulkan. Zwillinge in den Vulkan. Welt gerettet. Golddublonen zu Madame.«

»Warum hast du das nicht gleich gesagt?« Der kleinere der Stadtwächter schlug sich mit der flachen Hand vor die Stirn. »Lass uns gehen, wir werden sofort unserem Leutnant Meldung machen«, versicherte er. Im Gleichschritt entfernten sich die Männer. Stille kehrte ein.

»Na endlich«, freute sich Madame Euphrosine. »Sie haben es begriffen.«

Vorsichtig folgte die Ratte den beiden Soldaten, die den langen finsteren Zellengang entlang marschierten. Der Nager konnte jedes Wort der Männer deutlich verstehen.

»Für wie dämlich hält uns die alte Schachtel eigentlich«, grinste der größere Soldat. »Wir wecken weder den Leutnant, schon gar nicht einen Berater des Bürgermeisters und schon überhaupt nicht Fuddelhaar persönlich.«

»Sondern?«

»Stell dich nicht dümmer als du bist.«

»Das geht doch gar nicht!«

»Lass uns direkt ins Waisenhaus marschieren, die Zwillinge holen. Schon in kurzer Zeit erhalten wir vom Bürgermeister dann die fünf Golddublonen.«

»Aber die Suche sollte doch *außerhalb* der Stadt beginnen. Und was tun wir, wenn die Zwillinge nicht freiwillig mitkommen?«

»Wir überzeugen sie.« Dabei zeigte der Mann auf seinen am Gürtel hängenden Säbel.

»Wie gehen wir vor?«

»Verdacht erregen dürfen wir nicht, daher marschieren wir erst nach Dienstschluss los, wenn die Ablösung hier eintrifft. So fallen wir überhaupt nicht auf.«

»Sehr gut«, lobte der Kollege.

Die Ratte hatte genug gehört, sämtliche Alarmglocken in ihrem Kopf schrillten. Blitzschnell huschte der Nager in einen Seitengang. Von dort aus führte der Weg über ein Abflussrohr direkt zum nächsten stinkenden Kanal. In Windeseile drückte sich das Tier an Häuserwänden entlang, rannte über den Marktplatz und schlüpfte zwischen Gitterstäben hindurch in die Bibliothek. Wenzel erwartete seinen Spion bereits sehnsüchtig.

»Knirk, mein lieber Freund«, begrüßte Wenzel die Ratte.

»Schlimmer Gestank, dort draußen«, schimpfte der Nager. »Es gibt Schwierigkeiten, Amalias Zwillinge sind in Gefahr.«

»Wieso? Alle Welt sucht außerhalb der Stadt. Bis dort überhaupt Zwillinge gefunden werden, dann auch noch Freiwillige, das kann dauern. Fuddelhaar will gar nicht, dass die Opfer schnell gefunden werden. Er will Zeit gewinnen. Außer Madame Euphrosine weiß doch niemand, dass im Waisenhaus Zwillinge zu finden sind.«

Betrübt schüttelte die Ratte den Kopf.

»Die Frau hat sich gerade eben in ihrer Gier verplappert. Zwei Soldaten wissen nun davon, nicht besonders hell im Kopf, aber Geld verleiht bekanntlich Flügel. Die beiden sind noch einige Stunden im Dienst, werden danach aber sofort zum Waisenhaus aufbrechen.«

»Lauf zu Atos«, beauftragte Wenzel die Ratte. »Ich kann nicht noch einen Zombie schicken, das wäre zu auffällig. Zudem sind die Stadttore geschlossen. Steh bitte Atos mit Rat und Tat zur Seite, du kennst jeden Winkel in Dangholt.«

Knirk nickte.

◆

Bürgermeister Fuddelhaar kaute in Gedanken lustlos auf einem Stück Ochsenbraten herum. Unruhig wälzte er sich auf seinem Bett hin und her, an Schlaf war nicht zu denken. Noch niemals zuvor, selbst in Krisen, Konflikten oder Kriegen, hatte der Stadtobere sich so hilflos gefühlt wie in diesem Moment.

Schlecht gelaunt kehrte er zurück in den großen Sitzungssaal, in dem die Berater und Gildenmeister ihre rauchenden Köpfe zusammensteckten. Fuddelhaar zog ein Gesicht wie tausend Jahre Regenwetter als er feststellte, dass die Wolke oberhalb des Pendels jetzt noch etwas dunkler als zuvor aussah. Innerlich fühlte er sich geladen wie ein Pulverfass, an dem bereits die Lunte brannte. Ein falsches Wort, eine falsche Geste, und er würde explodieren. Seine Berater wussten das.

»Irgendwelche Neuigkeiten?«, bellte der Bürgermeister.

Seine Fachleute blickten sich untereinander an, niemand wollte das Wort ergreifen.

»Hat es euch die Sprache verschlagen? Heraus damit«, tobte Fuddelhaar ungehalten. Ein Diener schloss schnell die Türen zum Balkon, damit nicht versehentlich der drohende Streit nach außen drang. Der Astrologe nahm seinen ganzen Mut zusammen.

»Wir benötigen einfach mehr Zeit!«

»Falsche Antwort«, kreischte Fuddelhaar. Schwer atmend ließ er sich auf einen mächtigen Stuhl am runden Edelholztisch fallen. »Soll ich dich einen Kopf kürzer machen lassen, um das Denken zu beschleunigen?«

Besorgt stürmte sein Leibarzt herbei und verabreichte dem Stadtoberen einige Kräutertropfen zur Beruhigung. Der Medikus galt als einer der wenigen Männer, der ungestraft seine Meinung gegenüber Fuddelhaar äußern durfte.

»Man soll den Boten nicht für seine Botschaft töten«, schlug er mutig vor. Der Bürgermeister nickte schweren Herzens.

»Gut, aber ich kann das Volk nicht ewig hinhalten. Was tun, wenn in den nächsten Tagen wirklich jemand Zwillinge als Opfergabe herbeibringt? Dann dauert es noch einige weitere Tage, bis der Vulkan Tonaluga erreicht ist und die beiden im Schlund landen. Wenn dann nicht ein Wunder geschieht, ist es mit der Ordnung vorbei. Und ihr seid dann alle gefeuert!«

Kreidebleich im Gesicht wagte keiner der Berater mehr, ein Wort zu sagen. Der Oberzauberer Garmander pflegte es, lässig und entspannt an Probleme heranzugehen. Der Rauschebart verspürte nur geringe Furcht vor Fuddelhaar.

»Euer Hochwohlgeboren«, begann Garmander umständlich. »Wir sollten nicht die Hände in den Schoß legen, sondern eine neue Expedition aussenden. Diese soll dann herausfinden, was mit der Welt nicht in Ordnung ist. Wir müssen die Grenzen der bekannten Welt überschreiten um zu sehen, ob die Bedrohung von der anderen Seite kommt.«

Fuddelhaar war außer sich.

»Das Thema hatten wir doch schon«, fluchte er, dass die Trinkbecher auf dem Tisch wackelten. »Hast du solch ein schlechtes Gedächtnis? Vor über zehn Jahren ist diese, wie hieß sie noch, Amalia einfach verschwunden. Keine Reichtümer für mich, keine neuen Erkenntnisse über die Welt. Oder willst du dich hiermit freiwillig melden, um das sagenhafte Land aus Eis und Finsternis zu suchen?«

Garmander blieb gelassen. Listig versuchte der Zauberer erneut, den Bürgermeister in eine bestimmte Richtung zu lenken. Ein gefährliches Spiel, aber nicht unmöglich.

»Nein, kein Mitglied meiner Gilde wird gehen!«

Die Berater zogen ihre Köpfe ein. Noch niemals hatte es jemand gewagt, so mit Fuddelhaar zu sprechen. Das Pulverfass konnte jeden Augenblick hochgehen. Seltsamerweise beherrschte der Stadtobere sich noch.

»Sondern? Wer geht?«

Garmander wusste genau, was er wollte. Sein höchstes Ziel bestand darin, Atos weitere Schwierigkeiten zu bereiten. Atos, guter Freund von Amalia und wahrscheinlich mächtiger als Garmander selbst. Den Ausschluss aus der Gilde hatte Garmander damals höchstpersönlich beim Bürgermeister veranlasst, als Atos mit leeren Händen von seiner langen Reise zurückgekehrt war.

»Amalia hatte damals einen Begleiter«, raunte der Gildenmeister geheimnisvoll. »Atos!«

»Atos? Ich kann mich nicht entsinnen«, schüttelte Fuddelhaar seinen Kopf samt der unerträglich juckenden Perücke.

»Wir haben ihn damals mit deinem Einverständnis aus der Gilde der Zauberer ausgeschlossen. Dieser Atos, momentan ein Tagedieb und Müßiggänger, kein ehrenwerter Zauberer mehr, kennt bis zu einem bestimmten Punkt alle Wege, die Amalia einst ging. Wie wäre es, wenn er die Expedition fortsetzt?«

»Warum?«

»Was haben wir zu verlieren, Herr Bürgermeister? Hat er Erfolg, findet er vielleicht die sagenhaften Reichtümer der anderen Seite. Und bringt nebenbei sogar die aus den Fugen geratene Welt wieder ins Lot. Scheitert er, gibt es eine armselige Existenz weniger auf dieser Welt. Was macht das schon?«

Alle Berater tauchten langsam aus ihrer Deckung auf, nachdem Fuddelhaar kurz nickte.

»Major!«

Mit zackigen Schritten erschien der diensthabende Offizier der Stadtwache, salutierte und schlug dabei vorschriftsmäßig die Hacken zusammen.

»Jawoll, Herr Bürgermeister!«

»Bringt einen gewissen Atos zu mir.«

»Aus der Hopfengasse«, ergänzte Garmander.

»Atos bringen, jawoll, Herr Bürgermeister«, brüllte der Soldat. »Ich stelle sofort eine Gruppe zusammen. Marschiere selbst auch mit.«

Zufrieden lehnte sich Garmander zurück und schob sich lächelnd ein Stück Ochsenbraten in den Mund.

◆

Knirk, der Rattenspion, erreichte atemlos, aber unbeobachtet, Atos' Haus. Mit beiden Vorderpfoten kratzte der Nager hektisch an der schweren Holztür.

»Draußen ist jemand«, rief Anna.

»Würdest du bitte öffnen«, bat ihr Lehrmeister, der wieder und wieder die Melodie der Spieluhr nachsummte. Anna tat, wie ihr geheißen. Das Mädchen öffnete die Tür einen Spalt breit. Erstaunt blickte Anna ins Nichts.

»Hier ist niemand, irgendein Scherzbold hat sich einen Spaß erlaubt!«

»Sehe ich aus wie ein Scherzbold?«, klang es beleidigt aus der unteren Etage.

»Eine sprechende Ratte«, stellte Anna nüchtern fest. Sie hatte nicht die geringste Angst vor diesen Wesen. Im Waisenhaus wimmelte es zwar von ihnen, aber keines der Tiere konnte sprechen.

»Knirk, guter Freund, komm herein«, freute sich Atos. »Habe dich lange nicht gesehen, Wenzel hält sich wohl immer gut auf Trab, oder?«

»Das kannst du laut sagen, fett werde ich bei der Anzahl meiner Aufträge nicht«, stöhnte die Ratte.

»Wer ist das?«, fragte Max, während Meister Dost auf den Fußboden hüpfte und die Pfote seines alten Bekannten schüttelte.

»Das ist Knirk«, erklärte der grüne Kobold. »Meisterspion, unsichtbarer Schatten, er passt durch alle Öffnungen, findet alle Gänge, ist überall und nirgends zugleich.«

»Was führt dich zu mir? Magst du etwas essen?«, erkundigte Atos sich.

»Keine Zeit. Wenzel schickt mich«, keuchte der Nager. Zu Anna und Max gewandt fragte er, »seid ihr die Zwillinge?«

»Ja«, nickte Anna.

»Genau«, bestätigte ihr Bruder.

»Die aus dem Waisenhaus von Madame Euphrosine?«

»Woher weißt du...?«

»Keine Zeit für Erklärungen«, unterbrach die Ratte. »Ihr dürft nicht dorthin zurückkehren, unter keinen Umständen dürft ihr ins Waisenhaus zurück!«

»Ganz ruhig«, lächelte Atos. »Madame sitzt im Gefängnis. Wir wissen, dass der Bürgermeister Zwillinge als Opfergabe suchen lässt, aber außerhalb der Stadt. Wenzels Zombie besuchte uns vorhin.«

»Das ist soweit korrekt. Es gibt aber leider neue Informationen. Madame Euphrosine hat sich zwei Männern der Stadtwache anvertraut. Sie prahlte, dass im Waisenhaus *freiwillige* Zwillinge zu finden sind, die in den Vulkan geworfen werden können. Nur gut, dass die Soldaten noch nicht abgelöst wurden, was aber bald geschehen wird. Dann erscheinen sie im Waisenhaus, um die Zwillinge zum Bürgermeister zu bringen. Fünf Golddublonen hat Fuddelhaar als Belohnung ausgesetzt. Madame im Kerker lebt noch in dem Glauben, dass sie das Geld einstreichen wird. Aber die Männer arbeiten auf eigene Rechnung.«

»Eine nette Heimleiterin habt ihr da«, lächelte Meister Dost gequält.

»Ihr müsst aufbrechen«, riet Knirk. »So schnell es geht!«

»Aber alle Stadttore sind geschlossen«, protestierte Max.

»Darum kümmere ich mich. Wenzel beauftragte mich, euch einen Weg aus der Stadt zu weisen. Kinder, nehmt eure Sachen und folgt mir.«

Atos nickte mit besorgter Miene.

»Kommst du mit uns, Herr Atos?«, bettelte Anna.

»Später, ich komme nach. Es wäre zu auffällig, wenn ich mit euch verschwinde. Das Waisenhaus wird euch als vermisst melden. Nicht, weil es sich um euch sorgt, sondern weil ihr euren Tageslohn noch nicht abgegeben habt. Ich bestätige dann, dass ihr wie immer zur üblichen Zeit mein Haus verlassen habt. Ich kann mir dann natürlich auch nicht erklären, warum ihr ausgebüxt seid. Dann wird die Wache in alle Räume meines Hauses schauen, findet euch nicht, und geht wieder. In der Nacht folge ich euch nach. Knirk kennt den Treffpunkt.«

Die Ratte nickte.

Anna und Max stellten mit Sorge fest, dass ihre einstmals goldenen Würfel sich wieder einen Farbton in Richtung rot, in Richtung Gefahr, verfärbten.

»Herr Atos, was geschieht mit mir?«, fragte der grüne Kobold.

»Was soll sein? Du bist der Diener Amalias und damit der Diener ihrer Ziehkinder. Dein Platz ist an ihrer Seite.«

Zufrieden packte der Kobold seine wenigen Habseligkeiten in ein Tuch und befestigte es am Ende eines Holzstabes. So ließ sich das Bündel leicht über der Schulter tragen. Hastig prüften Max und Anna ihre neuen Besitztümer.

»Die Münze um den Hals, den goldenen Würfel in der Tasche, alles in Ordnung«, stellte Anna erleichtert fest.

»Ich habe zusätzlich noch den magischen Holzwürfel dabei«, ergänzte Max, während Atos die Spieluhr samt Schlüssel sowie das Sandsäckchen in einen größeren Lederbeutel stopfte, den man bequem auf dem Rücken tragen konnte.

»Nimm den Beutel an dich, Max«, bat er.

»Was machen wir mit der goldenen Kiste?«, fragte Knirk.

»Die ist zu schwer und zu unhandlich, ich verstecke sie hier«, stellte der ehemalige Zauberer klar.

»Mein goldenes Laufrad, für die Zeitdehnung benötige ich mein goldenes Laufrad«, rief Meister Dost aufgeregt.

Atos öffnete den Lederbeutel noch einmal, um vorsichtig das wertvolle Stück hineinzulegen. Zusätzlich füllte der ehemalige Zauberer ein Fläschchen Kräutertrunk ab. Den fertig gepackten Lederbeutel reichte er an Max zurück.

»Ich habe noch ein Feuerholz für euch eingepackt«, erklärte Atos.

Zufrieden schnippte der grüne Kobold mit Daumen und Mittelfinger.

»In bin berrrrreit!«

Atos drängte zur Eile.

»Wir sehen uns in der Nacht, Kinder. Keine großen Abschiedsszenen. Die Wanderschaft beginnt!«

Mit sorgenvoller Miene blickte Atos der seltsamen Gruppe hinterher, die sich langsam von seinem Haus entfernte.

◆

Beiden Soldaten kam die Dienstzeit im Gefängnis länger vor als jemals zuvor. Dies lag zum einen an der Ungeduld, mit der die Männer darauf warteten, endlich zum Waisenhaus zu gelangen. Jeder Blick zur Sanduhr führte zu dem Ergebnis, dass die Zeit wie eine Schnecke dahin schlich. Tatsächlich drehte sich zusätzlich die Würfelwelt langsamer, auf eine lange Nacht würde ein ebenso langer Tag folgen. Diesen Zusammenhang durchschauten die Wachleute ebenso wenig wie alle übrigen Bürgern von Dangholt. Misstrauisch beäugten sich beide Soldaten. Fünf Golddublonen waren eine so unglaublich große Geldsumme, für die man mit allen Mitteln kämpfen musste.

»Ich muss zum Abort«, erklärte der kleinere der beiden.

»Schön, dann komme ich mit.«

»Warum? Das kann ich alleine erledigen!«

»Das glaube ich dir gerne. Es könnte doch aber sein, dass du stattdessen zum Waisenhaus marschierst, um die Zwillinge zu holen.«

»Ich bin im Dienst«, protestierte der Kleine beleidigt. »Jedes Verlassen des Postens wird vom Leutnant streng bestraft. Wieso glaubst du, ich würde so etwas tun?«

»Fünf Golddublonen für zwei Personen sind gut, fünf für einen Mann alleine sind besser!«

»Darüber habe ich noch gar nicht nachgedacht.«

»Nimm es leicht. Du wärst noch drauf gekommen«, lästerte der Große. »Ich begleite dich auf Schritt und Tritt.«

»Ich dich auch.«

Fieberhaft überlegten beide, wie sie den jeweils anderen Kameraden um seinen Anteil prellen konnten. Ihre Phantasie reichte dabei nicht besonders weit. Stets endeten die Gedanken bei ›ich fessle ihn‹, ›ich sperre ihn in einer Zelle ein, dann werfe den Schlüssel weg‹ oder ›man müsste ihn einfach erschlagen.‹

Endlich erschien die lang ersehnte Ablösung. Nach einer knappen Unterhaltung über Pendel, Wetter und besondere Vorkommnisse im Gefängnis übernahm die nächste Schicht den Wachdienst.

»Bedauerlich, dass wir hier Wache schieben, während die halbe Stadt auf der Suche nach freiwilligen Opferzwillingen ist«, stellte einer der neuen Soldaten betrübt fest.

Beide Abgelösten konnten sich das Grinsen kaum verkneifen.

»Je, es ist schon ein hartes Schicksal, hier als Wache zu dienen«, stöhnte der Größere.

Ohne die Uniformen oder Waffen abzulegen, ein guter Soldat musste schließlich immer im Dienst sein, marschierten die Männer in Richtung Waisenhaus. Dabei achteten sie peinlich genau darauf, nebeneinander zu gehen. Jeder Schritt voraus bedeutete, dem Konkurrenten seinen Hinterkopf für den entscheidenden Schlag anzubieten.

»Wie heißen eigentlich die Zwillinge, die wir suchen?«, durchbrach der Kleinere das beharrliche Schweigen.

»Keine Ahnung, aber die Auswahl wird nicht besonders groß sein. Zwillinge sind eine Seltenheit, ich kenne keine Eltern, die welche haben. Ein Junge und ein Mädchen sollen noch seltener sein als zwei Jungs oder zwei Mädchen.«

Enttäuscht stellten die Soldaten fest, dass das Waisenhaus bis auf eine Küchenhilfe menschenleer war. Ratten und Ungeziefer gab er reichlich, der Gestank verschlug beiden Soldaten den Atem.

»Stinkt das hier immer so?«, fragte der Eine angewidert.

Die Küchenhilfe nickte, drehte ihren Kopf kurz zu den Männern. Im Kessel brodelte bereits das Abendessen, auf der Nase der Magd steckte eine große Holzklammer.

»Ich kann aber nichts dafür, die Zutaten besorgt Madame Euphrosine. Wenn ihr sie sprechen wollt, sie ist vor Stunden ausgegangen, aber noch immer nicht zurückgekehrt.«

»Ich meine mit dem Gestank nicht das Essen, gute Frau.«

»Es *ist* aber das Essen, ein wenig auch der Abwasserkanal vor dem Fenster. Sicherlich wollt ihr nicht probieren? Ich traue mich nicht, das Essen abzuschmecken.«

Beide Männer schauten entsetzt in den Kessel. Ein zäher Brei, der abartig aussah, noch abartiger roch, beißend in den Augen brannte und sehr wahrscheinlich genauso schmeckte.

»Wir haben schon gegessen. Madame ist momentan leider verhindert. Sie schickt uns, die Zwillinge zu holen.«

»Hier gibt es keine Zwillinge«, beteuerte die Magd glaubhaft. »Zwillinge sind ein Geschenk der Götter, kaum jemand hat Zwillinge. Jedenfalls kenne ich niemanden. Nun, ich bin natürlich vom Lande, nicht aus der Stadt.«

»Wo sind die ganzen Waisenkinder jetzt?«, fragte der Soldat.

Die Küchenhilfe wurde misstrauisch.

»Hat Madame euch nichts gesagt? Wo ist sie?«

»Im Gefängnis, der Bürgermeister hat sie zu einem Tag Kerkerhaft verurteilt. Wenn du uns nicht hilfst, nehmen wir dich ebenfalls mit dorthin«, drohte der Andere.

»Ich kann das Essen hier nicht alleine auf dem Feuer lassen«, protestierte die Magd. »Von Zwillingen weiß ich nichts. Das ist die Wahrheit.«

»Wo sind die Kinder?«, wiederholte der Wachmann seine Frage.

»Die Älteren sind arbeiten, bei ihren Herrschaften, verteilt über die ganze Stadt. Die Jüngeren sind auf der Straße zum Betteln. Fragt Madame, ich bitte euch.«

Die Männer waren maßlos enttäuscht, bemerkten aber selbst mit ihrer schwachen Intelligenz, dass sie hier und jetzt keinen Erfolg haben konnten. Jede Drohung oder Einschüchterung würde scheitern, die Frau wusste einfach nichts. Alle fünf Golddublonen lösten sich nacheinander in Luft auf.

»Wir kommen wieder«, brüllte der Kleine. Blind vor Wut trat er den Kessel vom Feuer. Ein zäher Schwall ergoss sich über den steinernen Fußboden, Brei spritzte in jede Ecke der schmuddeligen Küche. Auch die Uniformhosen der Soldaten bekamen eine gehörige Portion der ungenießbaren Masse ab.

»Mist«, fluchte der Größere.

Die Magd zuckte gleichgültig mit den Schultern.

»Dann bekommen die Kinder heute eben nichts zu essen. Dafür freuen sich die Schweine, Ratten und Kakerlaken. Ich denke, in einer Stunde haben die Tiere alles aufgeleckt. Erspart mir den Abwasch.«

Beschmutzt und verärgert zogen sich die Männer zurück. In neuer Rekordzeit erreichten sie den Marktplatz, schenkten dem Pendel aber überhaupt keine Beachtung.

»Was wollt ihr denn schon wieder hier?«, keifte der Leutnant. »Wie sieht eure Uniform aus? Bringt das sofort in Ordnung, oder es setzt einen Sonderdienst!«

»Jawoll, Herr Leutnant. Wir haben etwas vergessen, Herr Leutnant. Unser Essgeschirr befindet sich noch in der Wachstube, Herr Leutnant.«

»Zieht Leine, Jungs«, knurrte der Offizier und ließ die Soldaten passieren. Schnell, aber sorgfältig reinigten die Männer ihre Uniformen. Glücklicherweise hielt sich kein anderer Soldat in der Nähe der Zellen auf, da sich der Rest der Truppe mit Würfelspielen beschäftigte. Madame Euphrosine lief ungeduldig von einer steinernen Zellenwand zur anderen, während der Zauberer in Katzengestalt gemütlich auf der Holzpritsche döste. Er schien keine Eile zu haben, seine Rückverwandlung in seine normale Gestalt erneut zu versuchen. Wahrscheinlich zog er es vor, sicher als Katze oder Kater den Tag zu verbringen. Unke, Ratte, Qualle, Fliegenpilz, Spaten, Hirsch oder Blumenstrauß stellten mitten in der Stadt ganz bestimmt schlechtere Lebensformen dar.

»Da seid ihr ja«, herrschte Madame die Soldaten an. »Seit Stunden marschiere ich hier auf und ab, sogar der Troll gegenüber ist schon vor Langeweile eingeschlafen.«

»Tatsächlich? Nun, der Bürgermeister schickt uns. Er möchte dich und die Zwillinge kennenlernen«, erklärte der Größere. Madame Euphrosine konnte ihr Glück kaum fassen. Mit jubelndem Herzen trat sie näher an die Gitterstäbe heran. Unermesslicher Reichtum und Freiheit schienen nun zum Greifen nahe.

»Dann lasst mich aus der Zelle, damit ich euch zum Bürgermeister folgen kann. Vorher würde ich mir allerdings gerne die Haare richten.«

Der Brülltroll erwachte rechtzeitig, um die freudige Nachricht zu vernehmen. Endlich würde die alte Schachtel aus der Zelle gegenüber verschwinden, nicht mehr kreischen oder singen. Erleichtert rieb sich das gepeinigte Wesen abwechselnd seinen brummenden Kopf sowie den angeschwollenen Fuß. Sekunden später zerplatze der Traum von einer ruhigen Gefangenschaft wie eine Seifenblase.

»Es gibt noch ein Hindernis«, erklärte der Soldat.

»Was für ein Hindernis?«, kreischte Madame, besessen von Ungeduld und Gier. Plötzlich hielt sie inne, schnupperte einem bekannten Geruch nach.

»Es riecht nach leckerem Essen aus dem Waisenhaus«, stellte die Heimleiterin fest. »Ihr wart also bereits dort.«

»Natürlich. Dabei ergab sich ein unbedeutendes Hindernis! Ein klitzekleines Problem. Der Bürgermeister möchte auch die Zwillinge sehen. Fuddelhaar wartet aber nicht gerne. Seine Befehle müssen schnell in die Tat umgesetzt werden. Der Leutnant schickte uns ins Waisenhaus, wir trafen nur eine ungeschickte Magd, die vor Schreck den Kochkessel umwarf.«

»Die Magd weiß nichts von Zwillingen«, ergänzte der andere Soldat.

Dem Gehirn seines Kameraden schien die Gier Flügel zu verleihen. Er bekam einen guten Einfall.

»Genau, Fuddelhaar wird uns, äh dir, nicht glauben, wenn wir die beiden nicht finden. Niemand weiß etwas darüber. Vielleicht ist die Geschichte gelogen? Komm, wir gehen.«

Die Männer wandten sich ab, schnell entfernten sich beide einige Schritte von der Zelle. Sie gaben eine bühnenreife Vorstellung. Madame schnappte nach dem Köder.

»Wartet, kommt zurück«, rief sie mit schriller Stimme. Die Soldaten zierten sich, kehrten aber nach erneuter Bitte langsam um.

»Wo finden wir die Zwillinge?«, fragte der Große betont langsam.

»Bei Herrn Atos«, presste Madame Euphrosine mühsam durch die Lippen.

»Wer zum Tonaluga ist Herr Atos? Den Namen habe ich noch nie gehört?«

»Ich auch nicht«, kläffte sein Kollege.

›Idioten‹, dachte die schwarze Katze schnurrend. ›Ich bin von unfähigen Idioten umgeben! Jedes Kind kennt Atos!‹

»Atos, ein ehemaliger Zauberer«, erklärte Madame ungehalten. »Die Zwillinge arbeiten seit Jahren für ihn, halten das Haus sauber.«

Tatsächlich schienen die Wachen keine Ahnung zu haben, wer der Lehrmeister der Kinder war.

»Wo lebt dieser Atos? In der Stadt? Auf dem Lande?«

›In der Hopfengasse, Idiot‹, schimpfte die Katze lautlos.

»Hopfengasse«, rief Madame. »Was geschieht nun?«

»Wir marschieren sofort zu diesem Atos, holen die Kinder, kommen dann zurück zu dir und bringen euch gemeinsam zum Bürgermeister«, erklärte der Soldat. »Bis bald.«

Lachend stürmten die Männer durch den Gang, die steinerne Treppe aufwärts, direkt in die Arme des Leutnants.

»Stillgestanden, Soldaten«, brüllte der Offizier. Zu Tode erschrocken schlugen die Männer ihre Hacken zusammen. Hatte sie jemand belauscht, um anschließend dem Leutnant Meldung zu machen? Oder war Madame selbst auf die Idee gekommen, dass an der Sache etwas faul sein musste? Durchschaute irgendjemand das gierige Spiel um fünf Golddublonen? Der Größere zeigte auf den Kleineren.

»Der da ist schuld«, jammerte er.

»Nein, der da hat mich angestiftet«, beteuerte der Beschuldigte.

»Wovon redet ihr?«, fragte der Leutnant verwundert. »Ich

wollte euch nur einen schönen Tag wünschen. Ich sehe, die Uniform ist sauber, wie sie sein muss. Wegtreten!«

Die Soldaten nahmen ihre Beine unter die Arme. In sicherer Entfernung entbrannte ein Streit.

»Du bist ja ein *feiner* Kamerad, mir die Schuld zu gegeben!«

»Hättest du auch getan, wenn es dir vor mir eingefallen wäre. Aber du bist zu dämlich zum Milch holen, du Ochse.«

»Warum, einen Ochsen kann doch wohl jedes Kind melken«, protestierte der Kleinere. »Sogar ich.«

◆

Der vom Bürgermeister beauftragte Major wählte vier seiner besten Leute aus. Im Gleichschritt marschierte die Gruppe vom Rathaus auf dem kürzesten Weg in Richtung Hopfengasse. Respektvoll sprangen die Bürger auf Straßen und Wegen zur Seite, da sich Offiziere sonst nur zu Paraden in der Stadt blicken ließen. Auch der Major stellte hier keine Ausnahme dar, aber der Befehl des Bürgermeisters stand über allen persönlichen Vorlieben. Jede Weisung, und sei sie noch so unsinnig, musste immer und unverzüglich befolgt werden. Die Hopfengasse verlief parallel zur ehemaligen Stadtmauer, die nun wie ein Ring im Innern Dangholts lag. Die Hauptstadt war über die Jahrzehnte nach und nach gewachsen. Immer mehr Landbewohner versuchten ihr Glück in der Stadt, landeten aber meist schnell wieder ausgeraubt vor den Toren. Diejenigen, die als Kanalreiniger oder Handlanger Arbeit fanden, hausten in ärmlichen Wohnvierteln. Mit der Zeit entstanden drei Mauerringe. Hinter dem Mittleren verlief die Hopfengasse. Gegenüber der Stadtmauer standen dicht gedrängt schmale, aber schmucke Häuschen, teils aus Stein gemauert, teils aus Fachwerk mit Lehm und Stroh zwischen den Holzbalken erbaut. Inmitten dieser Reihe schlummerte ein gemütliches Häuschen, das etwas weiter von der Hopfengasse nach hinten versetzt lag. Direkt am Straßenrand trennte ein schmiedeeiserner Zaun, unterbrochen durch eine kunstvoll verzierte Pforte, die Gasse vom Grundstück. Trat ein Besucher durch das kleine Tor ein, gelangte er auf einen mit hellen Kieselsteinen gestalteten Weg, der sich durch einen blühenden Vorgarten schlängelte. An der hölzernen Haustür hing ein schwerer Anklopfer, links und rechts des Eingangs durchbrachen große Fenster das Mauerwerk. Selbst auf den steinernen Fensterbänken rankte ein Blumenmeer aus breiten Pflanzkästen hervor. Hinter seinem Haus hatte Atos einen großen Kräutergarten angelegt, der zu jeder Jahreszeit alle Arten von Heil-, Küchen- und Zierkräutern bereithielt. Einige magische Gewächse zur Zubereitung spezieller Zaubertränke wuchsen ganz hinten in einer Grundstücksecke. An einem anderen Ort in Dangholt baute Atos verbotene Kräuter an, deren Aufzucht hier im Garten zu gefährlich war. Inmitten dieser Idylle saß der ehemalige Zauberer oft auf einer alten Holzbank. Obwohl ihn die Gilde vor vielen Jahren ausgeschlossen hatte, litt er keine Not. Wie alle anderen Magier verfügte er über unerschöpfliche finanzielle Mittel. Atos konnte gut leben, ohne anstrengende Arbeiten verrichten zu müssen. In den letzten Jahren hatte er sich nahezu ausschließlich um Anna und Max gekümmert, so wie es ihm Amalia einst aufgetragen hatte. Leider konnte auch er den Zwillingen das Waisenhaus nicht ersparen, da Zauberer ohne Gilde als unzuverlässig galten. Seit die Kinder mit Knirk und Meister Dost sein Haus verlassen hatten, verspürte Atos eine große innere Unruhe. Er überlegte, auf welchem Weg der Rattenspion die Gruppe aus Dangholt hinausführen würde. Als Treffpunkt hatten sie die magische Eichenhöhle vereinbart, zu der Atos in der Nacht nachfolgen würde. Zuvor hatte er noch wichtige Dinge zu erledigen. Sorgfältig versteckt ruhte Amalias goldene Truhe im Vorratsraum unter Säcken und Kisten. Atos schnürte sein Bündel mit allerlei wichtigen Gegenständen, die ihm auf der langen Reise bis an den Rand der Welt nützlich sein würden. Schließlich hatte er den Weg schon einmal hinter sich gebracht, wenn auch mit einem bitteren Ende für Amalia und ihn selbst. Sicher, er war zehn Jahre gealtert. Eine Tatsache, die für Zauberer kein Problem darstellte. Was zählten schon zehn Jahre, wenn die Lebenserwartung mehrere Jahrhunderte betrug? Frisch verschnürt ruhte sein Reisebündel voller Magie auf dem Küchentisch. Ein Fläschchen mit heilender Universaltinktur steckte er in eine Tasche seiner Kleidung.

Ein Geräusch schreckte Atos aus seinen Gedanken hoch.

Quietschend meldete das Scharnier der Gartenpforte, dass Besuch nahte. Schritte knirschen auf dem Kiesweg, viele Schritte, gleichmäßige Schritte, Soldatenschritte. In Windeseile schob Atos sein Gepäck hinter einen Vorhang. Gefahr drohte. An der Haustür klopfte es dreimal.

»Herr Atos, öffnet die Tür«, brüllte der Major. Er meinte sein Geschrei niemals persönlich, sondern verstand es als Teil seines Auftrags. Soldaten musste man anbrüllen, nur so blieben Befehle in den Köpfen haften. Mit den Jahren wurde die Grenze zwischen dienstlichen Befehlen und einer normalen Unterhaltung immer ungenauer und fließender. Irgendwann beschloss der Offizier, ein guter Soldat war schließlich immer im Dienst, stets mit lauter Stimme zu sprechen. Für einen Brülltroll stellte er keine Konkurrenz dar, aber seine Frau und seine Kinder litten bereits an leichten Hörschäden.

Atos öffnete mit einem angestrengten Lächeln auf den Lippen sein Heim.

»Meine Herren, ich bin Atos«, erklärte er.

»Bockelwitz, Major Bockelwitz«, stellte sich der Offizier vor. Mit zusammengeschlagenen Hacken salutierte er genau nach Vorschrift. »Und vier meiner Männer.«

»Was für ein großer Empfang. Fünf Soldaten nur für mich? Was ist geschehen?« Atos wirkte äußerlich ruhig und entspannt, seine Gedanken kreisten aber rund um die Geschehnisse seit der letzten Nacht. Hatte schon jemand die Zwillinge entdeckt? Waren beide durch einen dummen Zufall vielleicht zwei Soldaten in die Arme gelaufen, denen die schwatzhafte Madame Euphrosine zu viel erzählt hatte. Atos versuchte, sich selbst zu beruhigen. Knirk war ein erfahrener Spion, der jede Gefahr, jede ungewöhnliche Veränderung vorhersah und seine Ohren immer am richtigen Ort zu haben schien. Auch Meister Dost würde alles daran setzen, den Auftrag seiner Herrin Amalia zu erfüllen und die Kinder zu schützen.

»Tretet ein«, bot Atos freundlich an.

»Das wird nicht nötig sein, Herr Atos. Wir sind in Eile.«

›Ein Widerspruch, wie er größer nicht sein kann‹, dachte der frühere Zauberer lächelnd. Er fand, dass Soldaten immer hektisch herumspazierten, hektische Befehle brüllten und hektische Körperbewegungen machten. Wirkliche Eile war etwas anderes als diese gespielte Hektik.

»Der Bürgermeister wünscht dich zu sprechen«, schrie Bockelwitz.

»Und dafür schickt er fünf Soldaten?«, zweifelte der Magier.

»Nur für den Fall, dass du Widerstand leistest«, stellte der Major klar. »Schließlich bist du Zauberer. Du wirst doch sicher keine Tricks versuchen, Herr Atos? Oder?«

»Ehemaliger Zauberer«, korrigierte Atos. »Die Gilde entließ mich schon vor langer Zeit. Nehmt doch einen richtigen Zauberer mit Hut, Umhang und all diesem Theater.«

»Es hat so seine Richtigkeit. Der Bürgermeister verlangt dich zu sehen. Der Vorschlag stammt von Garmander, dem Gildenmeister aller Zauberer.«

›Garmander, schau an‹, dachte Atos verbittert. ›Amalia und ich waren ihm immer ein Dorn im Auge, er fürchtet uns scheinbar immer noch! Es genügt ihm nicht, dass Amalia verschollen ist und ich nicht mehr Mitglied der Gilde bin. Garmander will mehr. Er will auch mich loswerden!‹

Major Bockelwitz lächelte. Als Offizier war er nicht auf den Kopf gefallen, auf dem sonst die meisten seiner Soldaten lagen.

»Du hast meine Frage noch nicht beantwortet, Herr Atos.«

»Welche Frage?«

»Keine Tricks, keine Zauberei?«

Atos nickte.

»Keine Tricks, ich folge dir freiwillig.«

»Ist sonst noch jemand im Haus?«, fragte der Major.

»Niemand, ich lebe alleine«, erklärte Atos.

»Vertrauen ist gut, Kontrolle ist besser«, brüllte der Major. Höchstpersönlich warf er einen prüfenden Blick in jeden Raum.

»Alles in Ordnung!«

»Sage ich doch«, knurrte Atos.

Nachdem er sorgfältig seine Haustür verschlossen hatte, begann ein Rückmarsch, den jeder Bürger Dangholts als Peinlichkeit empfunden hätte. Atos kümmerte es wenig. Hauptsache, die

Zwillinge wurden nicht entdeckt. Major Bockelwitz marschierte mit gezücktem Säbel voran, danach folgte eine Formation, die einer Fünf auf dem Würfel ähnlich sah. Zwei Soldaten voran, der ehemalige Zauberer in der Mitte dahinter, als Abschluss erneut zwei Soldaten. Selbst Schwerverbrecher wurden unauffälliger behandelt.

»Buhhh«, schrie Atos aus heiterem Himmel. Alle Soldaten zuckten zusammen, um anschließend ihre Säbel zu zücken. Hektisch fuchtelten fünf Klingen vor der Nase des Magiers herum.

»Was soll das?«, keifte Major Bockelwitz ungehalten. »Das ist nicht witzig!«

»Sollte es auch nicht sein. Auf dem Dach saß ein Grubbelwutz, den ich vertreiben wollte.«

»Na dann ist es in Ordnung«, brüllte der Major. »Männer, die Säbel zurücknehmen. Weiter im Gleichschritt. Marsch!«

Selbstverständlich hatte Atos keinen Grubbelwutz entdeckt, jene gefährlichen fliegenden Unke, die Menschen von hinten ansprang, um Fett aus dem Haaren zu lecken. Aber es hätte gut sein können. Jeder Soldat ekelte sich vor diesen Kreaturen. Wenn die Männer nach einem langen Marsch außerhalb der Stadt unter freiem Himmel schliefen und sich tagelang nicht die Haare wuschen, waren Grubbelwutze verhasste Besucher.

Auf halbem Weg kamen zwei Soldaten aus entgegengesetzter Richtung auf die der Gruppe um Major Bockelwitz zumarschiert.

»Mist, der Major«, zischte der Große. »Bloß weg hier.«

»Wo ist ein Ohr? Was für ein Kloß? Ein Tier?«, erwiderte der Kleine kopfschüttelnd.

»Idiot!«

Zu spät. Major Bockelwitz, der sehr selten durch die Straßen marschierte, hatte die Männer bereits entdeckt.

»Soldaaaaten, stillgestanden«, brüllte er trollgleich heraus.

Schreckensbleich blieben sechs Männer wie erstarrt stehen, Atos lief zwischen seinen beiden Vorderleuten hindurch. Eine Handbreit hinter dem Major kam er zum Stillstand und machte zwei Schritte rückwärts. Belustigt beobachtete der ehemalige Zauberer die Szene.

»Männer, was sucht ihr hier?«, bellte der Major die beiden Soldaten vor ihm an.

»Wir sind abgelöst worden, Herr Major. Haben Freizeit, Herr Major«, brüllte der Große zurück.

»Ein guter Soldat ist immer im Dienst!«

»Jawoll, Herr Major, immer im Dienst«, wiederholte der Kleine artig.

»Wir brauchen Verstärkung«, tobte der Major. »Wir haben hier einen gefährlichen Zauberer aus der Hopfengasse.«

Beiden Soldaten verschlug es den Atem.

»Ddddoch nnnicht etwa Herrn AAAtos?«, stotterte der geringfügig intelligentere der beiden.

»Woher kennt ihr Herrn Atos?«

»Jedes Kind kennt Herrn Atos«, gab der Große an.

»Wir waren gerade...«, verplapperte sich der Kleine um Haaresbreite.

»... auf einem freiwilligen Rundgang«, ergänzte der Große.

»Sehr gut, Männer«, schnarrte der Major. »Reiht euch hinten ein.«

»Ich dachte, vielleicht sollten wir lieber in der Hopfengasse das Haus bewachen, Herr Major?«, schlug der Große listig vor.

Der Offizier lief puterrot an, seine Halsschlagader stand fingerdick hervor. Keuchend schrie er sich die Lunge aus dem Leib.

»Ihr sollt nicht denken! Ihr sollt tun, was ich euch befehle. Habt ihr das verstanden, ihr Kamele? Das Haus ist leer, da gibt es nichts zu bewachen!«

Ein Fenster öffnete sich. Heraus schaute ein böses Weib, die Hand zur Faust geballt.

»Ruhe, zum Kuckuck. Wir sind doch hier nicht in Grindelholmwegeda! Mein Mann ist Nachtwächter und muss schlafen! Sonst bringt er nachher wieder schlechte Laune von der Arbeit mit nach Hause.«

Die Frau warf das Fenster scheppernd wieder zu.

»Nette Frau«, stellte der Major begeistert fest. »Mit einer netten Stimme.«

»Jawoll Herr Major«, klang es aus sechs Kehlen. Wieder öffnete sich das Fenster, der Inhalt eines Nachttopfes ergoss sich auf die am Ende der Gruppe marschierenden zwei Soldaten.

»Ruhe!«, keifte das Weib.

Nach kurzer Zeit erreichte die Gruppe wieder den Marktplatz, in dessen Mitte das Pendel viel zu langsam seine Bahnen zog. Noch immer ragte es aus einer schmutzigen Wolke wie ein drohender Finger heraus. Erneut standen viele Bürger kopfschüttelnd zusammen. Vergeblich fragten sie sich, was den Riesen erzürnt haben mochte, der ihrer Meinung nach die Welt in Bewegung hielt. Atos versuchte, das Stimmgewirr zu überhören. Über einige gewagte Ansichten konnte er nur innerlich lachen, so traurig der Irr- und Aberglaube der Bewohner Dangholts eigentlich war.

»Irgendwann wird jeder einmal müde, der arme Riese hat noch nie geschlafen«, bemerkte ein fetter Kaufmann, der direkt vom Mittagsschlaf auf den Marktplatz stolzierte.

»Vielleicht hat der Riese etwas Falsches gegessen?«, überlegte sein Gildenkollege aus dem Nachbargeschäft.

»Könnte sein, in seinem Alter geht eben alles etwas langsamer. Bestimmt hat die ganze Sache eine natürliche Erklärung, ihr werdet sehen«, gab ein neunmalkluger Lehrer zum Besten.

Die abergläubige Aussage des Apothekers, eines gebildeten Mannes, schlug dem Fass den Boden aus. Atos kochte innerlich vor Wut, ließ sich aber nichts anmerken.

»Es verhält sich so, wie beim Menschen. Gebt dem Riesen Medizin, um er wird gesund! Je schneller die Opferzwillinge in den Schlund des Vulkans Tonaluga geworfen werden, desto besser. Die Medizin wird den Riesen heilen. Hört auf meine Worte.«

Viel Umstehende klatschten heftig Beifall, während man Atos unter den herablassenden Blicken der Anwesenden über den Marktplatz hinweg direkt ins Rathaus führte.

»Ihr bleibt draußen«, herrschte der Major die am Ende marschierenden Soldaten an. »Ihr stinkt wie die Otter. Weggetreten!«

Der Kleine und der Große entfernten sich geknickt wie begossene Pudel, während Atos dem Offizier über die steinerne Treppe hinauf zum Sitzungssaal folgen musste. Zwei weitere Wachposten gaben den Weg durch die große Flügeltür frei. Der Major nahm Haltung vor Fuddelhaar an.

»Herr Bürgermeister, Major Bockelwitz meldet dir, dass Herr Atos gefunden und direkt ins Rathaus gebracht wurde.«

»Herein mit ihm«, rief Fuddelhaar.

»Jawoll, Herr Bürgermeister«, salutierte der Offizier.

Garmander rieb sich unter dem Tisch die Hände, als man Atos hereinführte. Fuddelhaar nickte zufrieden. Der Bürgermeister vergaß vor lauter Zufriedenheit sogar kurzfristig sein juckendes Haupthaar. Major Bockelwitz trat mit seinen Soldaten auf einen Wink des Bürgermeisters einige Schritte zurück, machte auf dem Absatz kehrt und verließ den Saal.

»Willkommen, Herr Atos«, begann Fuddelhaar mit gespielter Freundlichkeit. Viele Augenpaare aus der Runde am Tisch starrten den ehemaligen Zauberer an. Atos schaute mit festem Blick abwechselnd zwischen Garmander und dem Bürgermeister hin und her.

»Es ist schön«, log der Stadtobere, »dass du Zeit für eine Unterredung hast, dass du meiner Einladung gefolgt bist.«

Atos schwieg. ›Eine schöne Einladung‹, dachte er. ›Begleitet von sieben Soldaten kann man eine solche Einladung kaum ausschlagen.‹

»Die anwesenden Herren kennst du sicherlich?«, erkundigte sich Fuddelhaar.

Atos nickte kurz. ›Eine Runde von Ochsen, die ausgerechnet Ochsenbraten essen. Was für eine Beleidigung für die armen Tiere‹, überlegte er weise lächelnd. ›Der Oberochse Garmander hat das größte Stück auf dem Teller. Typisch!‹ In Gedanken befand der Lehrmeister sich weit entfernt. Bei Anna, Max, Knirk und Meister Dost.

»Hat es dir die Sprache verschlagen?«, herrschte Fuddelhaar seinen unfreiwilligen Gast aus heiterem Himmel an.

»Deine Gastfreundschaft macht mich sprachlos vor Glück«, lästerte Atos. »Ich darf ohne Ketten an Händen und Füßen zu dir kommen, darf stehen, während alle anderen sitzen, darf hungern, während alle anderen essen. Ich bin zufrieden und glücklich.«

Fuddelhaar schwoll der Kamm.

»Das kann sich sehr schnell ändern«, drohte er.

»Ist der Ochsenbraten so schlecht, dass du mir damit Angst machen willst?«

»Eine Unverschämtheit!« Garmander mischte sich in das Gespräch ein. »Der Braten ist köstlich. Du solltest froh sein, Atos, dass ich dich nicht für deine Frechheiten verzaubere.«

›Versuche es‹, dachte Atos, der genau wusste, dass Garmander ein schwacher Zauberer war. Allerdings arbeitete der Gildenmeister oft mit schmutzigen Tricks und schwarzer Magie. Man musste immer vorsichtig sein, um nicht in einem unachtsamen Moment doch von einem Zauberspruch erwischt zu werden. Als unklug galt es, Garmander den Rücken zuzukehren.

»Herr Atos«, begann Fuddelhaar erneut. »Vor vielen Jahren hast du der Stadt und damit mir persönlich eine große Enttäuschung bereitet. Auch der Gilde der Zauberer hast du geschadet.«

»Das stimmt«, bestätigte Atos zur Verwunderung aller Anwesenden. »Ich kehrte lebendig zurück. Viele empfanden diese Tatsache sicher als Enttäuschung.« Mit funkelnden Augen starrte er Garmander an.

»Eine Unverschämtheit.« Der oberste Zauberer sprang auf. Eilig zog er seinen Zauberstab aus dem Gewand. »Nimm dies«, schrie er. Mit Blitz und Donner zersprang sein Arbeitsgerät in tausend Stücke. Im feinen Umhang Garmanders klaffte ein rauchendes Loch. Artig klatschten die Anwesenden Beifall. Atos hatte mit einer kleinen Handbewegung Garmanders Angriff blockiert und die Richtung der Attacke umgekehrt. Niemand schien jedoch den wahren Sachverhalt verstanden zu haben. Eilig verbeugte sich der Gildenmeister und nahm mit hochrotem Kopf wieder am Tisch Platz. Atos grinste.

»So, nachdem das geklärt ist, kommen wir zum Geschäft«, erklärte Fuddelhaar ungeduldig. »Vor vielen Jahren habe ich Amalia beauftragt, den Rand der bekannten Welt aufzusuchen. Natürlich ging sie freiwillig.«

»Natürlich«, bestätigte Atos spöttisch.

»Du, Herr Atos, warst ihr Begleiter. Warum kehrtest du zurück, während Amalia verschollen blieb? Nein, keine Sorge. Du brauchst mir diese Frage nicht zu beantworten. Dangholt muss eine neue Expedition zusammenstellen. Ich kann mich nicht darauf verlassen, dass die geplante Opfergabe, sofern überhaupt Opfer gefunden werden, funktioniert.«

Atos schluckte. Er wusste durch Wenzels und Knirks Berichte sehr genau, dass Zwillinge als sinnlose Opfergabe gesucht wurden, um Zeit zu gewinnen, um Unruhen zu vermeiden.

»Was habe ich damit zu tun?«

»Das ist sehr einfach erklärt. Du kennst den Weg zum Rand der Welt, du kennst wahrscheinlich auch den Ort, an dem Amalia verschwunden ist. Vielleicht sogar den Eingang zur Welt aus Eis und Finsternis? Es soll dort unermessliche Reichtümer geben, genug für uns alle.«

Der ehemalige Zauberer schüttelte betrübt den Kopf.

»Nein, wir verloren uns schon vorher aus den Augen, ich kann dir nicht helfen! An einer Expedition bin ich nicht interessiert. Ich habe mein Auskommen hier in der Stadt.«

Zornig schritt Fuddelhaar im Saal auf und ab. Je mehr er sich erregte und schwitzte, desto grauenvoller juckte sein Kopf. Der Bürgermeister verfluchte die Perücke, musste aber kraft seines Amtes einen Rest Würde bewahren.

»Wie wäre es mit etwas Bedenkzeit?«, fragte der Stadtobere listig.

»Bei Ochsenbraten und Wein kann ich mich daran gewöhnen«, reizte Atos den Bürgermeister weiter. »Ich denke in Ruhe darüber nach.« Dabei stand der Entschluss des ehemaligen Zauberers längst fest. Unter keinen Umständen wollte er mit Fuddelhaar oder Garmander zusammenzuarbeiten.

›Ich muss den Zwillingen einen größeren Vorsprung verschaffen, auch wenn ich sie dann nicht mehr persönlich begleiten kann‹, überlegte er fieberhaft. Amalia hatte bestimmt dafür gesorgt, dass die Kinder zur Not auch ohne ihn zurechtkamen. Er fasste daher einen neuen Entschluss. Vielleicht handelte es sich um einen wahnsinnigen Plan, in jedem Fall aber um ein riskantes, gefährliches Vorhaben. Seine nächste Handlung brachte das Wutfass des Bürgermeisters zum Überlauf. Seelenruhig spazierte Atos zum runden Tisch, nahm Garmander die Gabel aus der Hand und schob sich ein großes Stück Ochsenbraten in den

Mund. Ein Schluck Wein aus des Bürgermeisters Kelch rundete die Kostprobe ab.

»Vorzüglicher Ochse«, lobte Atos. »Wahrscheinlich hast du dein bestes Familienmitglied schlachten lassen, Herr Fuddelhaar.«

»Wacheeee«, kreischte Fuddelhaar wie von Sinnen. Schweiß strömte unter der Perücke hervor, rann in Sturzbächen über seine Schläfen. Gierig sog der speckige Kragen die salzige Flüssigkeit auf. Jeder Grubbelwutz hätte ein Festmahl daraus machen können. Alle übrigen Anwesenden saßen zu diesem Zeitpunkt bereits unter dem runden Tisch, um dem Wutanfall des Stadtoberen zu entgehen.

»Majooooor!«

Mehrere Soldaten polterten, angeführt von Major Bockelwitz, zur Tür herein. Zwei besonders intelligente Exemplare stolperten über ihre eigenen Füße und schlugen lag auf den Fußboden.

»Zu Diensten, Herr Bürgermeister«, brüllte der Offizier.

Fuddelhaar schien außer Rand und Band zu sein.

»In Ketten mit diesem gefährlichen Zauberer, in Ketten, dann in den Kerker. Werft ihn in die Zelle des Brülltrolls. Über das weitere Strafmaß muss ich eine Nacht schlafen.«

Bei jedem normalen Bürger wirkte ein Brülltroll als Zellengenosse tödlicher als Tollkirschsaft. Trolle mieden als Einzelgänger die räumliche Nähe zu anderen Lebensformen. Sie besaßen einen Ruf als schwierige, leicht reizbare Wesen. In Dangholt galt es als Schande, wenn jemand im Sternzeichen des Trolls geboren wurde. Eine Nacht in Gesellschaft eines Trolls konnte bereits tödlich enden. Nicht nur das Brüllen drosch jedem Anwesenden das Hirn aus dem Schädel, selbst die Schnarchgeräusche der Kreatur genügten. Gerne setzte man in früheren Zeiten schlafende Trolle als Baumfäller ein, bis es zu einem tragischen Unglück kam. Das Dorf Lollofah stand früher auf in den Sumpf gerammten Holzpfählen. Liebliche Elfen bewohnten edle Häuser aus feinstem Kristall. Es handelte sich um einen der schönsten Orte der gesamten Würfelwelt. Bis ein Bautrupp mit schlafenden Brülltrollen vorbeizog, alle Holzpfähle zerschnarchte und das Dorf versehentlich im Sumpf versenkte. Alle Elfenbewohner schwebten der Legende nach seit dieser Zeit als weiße Irrlichter in den Sümpfen und waren auf Trolle äußerst schlecht zu sprechen. Außerdem versuchten sie, jeden Wanderer mit ihren Gesängen anzulocken und in die Tiefen des Sumpfes zu ziehen. Aus Rache für ihr verlorenes Dorf Lollofah.

Garmander empfand das Urteil des Bürgermeisters als Genugtuung. Selbst die soeben erlittene Niederlage im direkten Duell mit Atos als auch das Loch im teuren Umhang konnte er leicht verschmerzen. Zufrieden verfolgte der Gildenmeister, wie mehreren Wachposten Atos, in Hand- und Fußketten gelegt, aus dem Saal begleiteten. Garmander schien sich sicher, dass der wütende Brülltroll seinem ehemaligen Zaubererkollegen mächtig einheizen würde. Ein Gehörschaden wäre hier noch das geringste Problem. Mit einem gemeinen Grinsen ließ sich der oberste Zauberer vom Saaldiener eine neue Gabel reichen. Fuddelhaar bekam frischen Wein in einen neuen Pokal eingeschenkt. Die schwere Tür fiel scheppernd ins Schloss zurück. Bürgermeister Fuddelhaar spazierte mehrere Runden um den großen Tisch. Niemand sprach ein Wort, nur das Klappern eines Silberbestecks durchbrach die eisige Stille.

Im Beisein des Bürgermeisters gab es verschiedenen Arten der Lautlosigkeit, die seine Mitarbeiter und Sitzungsgäste peinlichst genau unterscheiden mussten. Hatte Fuddelhaar gute Laune, was selten genug der Fall war, brauchten die Anwesenden nur schweigsam sein. War der Bürgermeister hingegen gereizt, also fast der Normalzustand, erwartete er Sprachlosigkeit. Niemand durfte ungefragt das Wort ergreifen. Schlechte Laune bedeutete, dass Geräuschlosigkeit herrschen musste. Stühle rücken, Besteckgeklapper, kratzende Schreibfedern auf Pergament, das alles mussten die Anwesenden in diesem Fall unbedingt unterlassen. Jede Zuwiderhandlung ließ Fuddelhaar streng bestrafen. Sobald der Stadtobere jedoch richtig wütend war, musste Grabesstille herrschen. Nur Atmen gestattete das Protokoll, aber nur ausnahmsweise und dann auch nur leise. Garmander kannte die Regeln, ebenso wusste der Gildenmeister, dass Fuddelhaars Laune irgendwo zwischen schlecht und wütend pendelte.

»Herr Garmander«, rief der Bürgermeister aus heiterem Himmel. Der Angesprochene ließ vor Schreck sein Besteck fallen, alle übrigen Anwesenden zuckten zusammen.

»Verzeihung, Herr Bürgermeister.«

»Aber nein, iss ruhig weiter«, ätzte Fuddelhaar. »Ich bin mir sicher, du wirst für deinen nächsten Auftrag Kraft wie ein Ochse benötigen.«

Garmander würgte den letzten Bissen herunter.

»Auftrag, Herr Bürgermeister?«

»Genau. Ich habe soeben entschieden, dass Atos im Kerker bleibt. Er wird uns ohnehin nicht helfen. Der Troll wird ihn erledigen. Weißt du, worauf ich hinaus möchte, Herr Garmander?«

»Nnnein«, stotterte der Gefragte. »Vielleicht hätte ich Grabesstille halten sollen?«

»Ich helfe dir gerne weiter«, versprach Fuddelhaar mit bösem Lachen. »Dein Vorschlag, Herrn Atos holen zu lassen, hat uns keinen Schritt vorwärts gebracht. Höchstens einen Schritt näher an den Abgrund, mehr nicht.«

Garmander schluckte.

»Aber ich...«

»Kein aber«, unterbrach Fuddelhaar den Gildenmeister barsch. »Noch einmal. Wir sind genauso schlau wie vorher. Wenn ihr weiterhin auf meine Kosten so bequem leben, essen und trinken wollt, muss etwas geschehen. Stellt euch vor, das Volk wird unruhig, meine Wache streikt. Dann geht die Macht dahin. Ich liebe die Macht, also will ich sie behalten. Ihr liebt nicht mich, aber mein Geld. Also wollt ihr mich behalten. Ohne mich seid ihr nichts, das sind die Regeln.«

Es klopfte an der Eingangstür zum Saal. Schüchtern blickte ein ganz in weiß gekleideter Koch durch einen Spalt auf die versammelte Sitzungsgruppe.

»Was ist?«, brüllte Fuddelhaar. Der Windstoß des Schreis riss die Kochmütze vom Kopf des Angebrüllten.

»Verzeihung, Herr Bürgermeister«, flüsterte der Koch schüchtern. »Die Nachspeise für Herrn Garmander ist fertig, er hat sie vorhin extra bestellt!«

»Raus! Tür zu! Verfüttere den Nachtisch an den Troll«, wütete

Fuddelhaar. »Und bring mir eine lange Gabel, mein Kopf juckt wie tausend Ameisen unter der Bettdecke.«

Atos, der gerade die Treppe heruntergeführt wurde, hörte das Gebrüll des Bürgermeisters. Trotz seiner misslichen Lage musste er schallend lachen.

Beleidigt zog sich der Koch zurück.

›Gut‹, dachte er, ›dann bekommt der Troll den Rieseneisbecher mit magischen Früchten und Ziegenmilchsahne, an dem ich zwei Stunden arbeiteten musste.‹ Eiligst schickte der Küchenmeister einen Lehrling, um dem Bürgermeister die bestellte Gabel auf einem silbernen Tablett zu servieren.

»Wo war ich stehengeblieben?«, überlegte Fuddelhaar scheinheilig. Er beantwortete die Frage im nächsten Moment selbst. »Ach ja, mein Entschluss steht fest, es bleibt bei einer Expedition ans Ende der Welt, um in das Land aus Eis und Finsternis vorzudringen. Die Ursache für unser Pendelproblem wird vielleicht dort zu finden sein, vielleicht finden wir auch mehr. Ich denke dabei an Reichtümer. Was benötigt man für eine Expedition, Herr Garmander?«

»Teilnehmer?«

»Genau, und weiter?«

»Gepäck!«

»Ja, ist aber kälter als eben, versuch es noch mal!«

»Packesel?«

»Esel ist schon wärmer.«

»Ich habe es, einen Anführer, Herr Bürgermeister«, freute sich Garmander.

»Genau, weil die Angelegenheit gefährlich und wichtig ist, wirst du dieser Anführer sein«, brummte Fuddelhaar. »Oh, vielen Dank für die Gabel.« Genüsslich schabte der Bürgermeister auf seinem Kopf umher. Das neue Kratzwerkzeug funktionierte wirklich vorzüglich. Die Gabel war sogar leicht gebogen, damit er sie besser zwischen Haar und Perücke die Schädeldecke entlangschieben konnte. Das ideale Kratzwerkzeug.

»Aber...«

»Kein aber, das sagte ich doch schon!« Fuddelhaars Stimme klang plötzlich eiskalt. Von einem einmal gefassten Entschluss ließ er sich höchst selten abbringen. »Du kannst wählen, Herr Garmander. Wähle zwischen Expedition und Kerker, zwischen Gildenmeister und Aushilfszauberer, zwischen Reichtum und bescheidenem Einkommen, zwischen Heldentum als Retter der Welt und dem Jammer des Untergangs, zwischen Ochsenbraten mit Wein und Brot mit Wasser. Wähle jetzt und sofort. Wähle klug!«

Im Saal kehrte Grabesstille ein. Niemand atmete, niemand hustete, einige Berater nickten stumm.

»Es ist mir eine Ehre, Herr Bürgermeister«, log Garmander, dass jedem Gedankenleser auf der Stelle schlecht geworden wäre. »Eine Ehre, das Ende der Welt aufzusuchen, um das Rätsel des Pendels zu lösen.«

»Ist mir schlecht«, murmelte ein mehrere Meilen entfernt wohnender Gedankenleser, als seine Kristallkugel im selben Augenblick einen dunklen Riss bekam. Versehentlich hatte er das Rathaus als Sender eingestellt. Hektisch drehte der Mann sein Werkzeug ein Stück auf der roten Samtunterlage weiter nach rechts, um durch die empfangenen Lügen nicht auf der Stelle wahnsinnig zu werden. Leider fand er keinen Kanal, auf dem nicht das Blaue vom Himmel herunter gelogen wurde.

»Dann sind wir uns einig«, lobte Fuddelhaar den Entschluss Garmanders. »Stell dir eine Gruppe zusammen, die dich begleitet. Major Bockelwitz wird dir behilflich sein.«

»Wann breche ich auf?«, erkundigte sich der Gildenmeister vorsichtig.

»Schon Morgen!«

»Aber...«

»Kein aber! Die Sitzung ist geschlossen! Eine Frage noch. Wo kommt eigentlich diese schwarze Katze hier unter dem Tisch her?«

♦

Auch verzauberte Zauberer verspürten Hunger, ganz gleich, ob sie in Gestalt einer Unke, als Spaten oder Blumenstrauß daherkamen. Der Magen im Katzenkörper knurrte hörbar. Der un-

93

fähige Magier hatte vergeblich versucht, ein ausgiebiges Nickerchen in Madame Euphrosines Gefängniszelle zu halten. Aufgrund der ständigen Streitereien zwischen Heimleiterin und Brülltroll beschloss der hungrige Zauberer schließlich, das Gefängnis zu erkunden. Bequem schlängelte sich sein eleganter Katzenkörper durch die Gitterstäbe. Der Zellenfraß konnte nicht die richtige Ernährung für ein edles Tier sein, wie er fand. Schließlich liebten Zauberer gute Mahlzeiten. Seine momentan sehr gute Nase führte den schwarzen Katzenzauberer durch einen langen Gang, bis an der Wachstube. Lautlos und unbemerkt glitt die Katze vorbei, folgte auf steinernen Stufen einem leckeren Duft. Rathaus und Gefängnis von Dangholt waren zwar in zwei benachbarten Gebäuden untergebracht, dennoch verbanden unterirdische Gänge beide Bauwerke direkt miteinander. Vor Bürgermeister verurteilte Personen oder in Ungnade gefallene Berater ließen sich so ohne viel Aufsehen direkt in ihre Zellen transportiert. Im Rathaus kam der verzauberte Zauberer gerade rechtzeitig, um die Verhaftung von Atos mitansehen zu müssen. Unbemerkt schlüpfte die Katze durch viele Beinpaare hindurch, als mehrere Soldaten Atos bei geöffneter Tür in Ketten legten. Unter dem großen runden Sitzungstisch ließ es sich gut aushalten. Der Fußboden war wärmer als im Kerker, zudem besaßen die meisten der Anwesenden schlechte Tischmanieren. Ständig fielen große Fleischbrocken, Brotreste oder Kartoffelstücke unter den Tisch. Gierig verschlang die Katze jedes noch so kleine Häppchen. Sehr interessant klangen auch die Streitgespräche. Der Katzenzauberer verstand die ganze Aufregung nicht. Als ordentliches Mitglied der Gilde stand sein Weltbild fest. Jeden Abend wurde ein schwarzes Tuch mit winzigen Löchern über die Welt gelegt und am nächsten Morgen wieder entfernt. So einfach konnte die Sache sein. Ob nun eine Nacht oder ein Tag etwas länger oder kürzer dauerte, wen kümmerte es? Umso mehr verwunderte den Katzenzauberer die Eile des Bürgermeisters. Auch der Auftrag an Garmander, eine Expedition zusammenzustellen, erschien ungewöhnlich. War nicht schon Amalia vor vielen Jahren daran gescheitert? Nachdem Fuddelhaar am Ende der Sitzung die Katze entdeckt hatte, musste sich der unfähige Magier einen Stiefeltritt gefallen lassen. Erst im letzten Augenblick dachte er daran »Miau!« und nicht versehentlich »Autsch!« zu rufen. Auch Garmander hatte scheinbar nicht bemerkt, dass die Katze nicht das war, was sie auf den ersten Blick zu sein schien. Mit großen Sprüngen eilte das Tier die Treppenstufen hinab, zurück in Richtung Gefängnis. Im selben Augenblick beendete der gefesselte Atos seinen beschwerlichen Weg vom Rathaus zu den Gefängniszellen. An seinen Fußketten zog der ehemalige Zauberer eine schwere Eisenkugel hinter sich her. Abwechselnd blickte er in die Zellen links und rechts des Gangs. Madame Euphrosine schlug die Kinnlade auf den Fußboden, als sie den in Ketten gelegten Arbeitgeber der Zwillinge erkannte.

»Herr Atos, was tust du hier?«, fragte sie mit ungläubiger Miene.

»Ich mache Urlaub«, grinste der Lehrmeister.

»Im Kerker?«

»Ein gutes Angebot. Tolle Aussicht, gute Verpflegung.«

Ein junger Wachsoldat zerrte den Gefangenen einen Schritt näher in Richtung des Trollkäfigs.

»Los, Zauberer«, bellte er.

»Autsch! Und nettes Personal gibt es auch«, ergänzte Atos lächelnd.

»Zauberer, ich wusste gar nicht dass du Zauberer bist«, wunderte sich Madame.

»Ich bin seit über zehn Jahren kein Mitglied der Gilde mehr«, korrigierte Atos. »Keine Gilde, kein Umhang, kein Hut, also kein Zauberer.«

Erst jetzt stellte er fest, dass in der gegenüberliegenden Zelle der Brülltroll eingesperrt saß. Wimmernd kauerte die Kreatur in einer Ecke. Mit schmerzverzerrtem Gesicht rieb das grüne Wesen abwechselnd seinen verletzten Fuß und den zur Kugel angeschwollenen Bauch. Atos stellte beunruhigt fest, dass der Troll nicht in Ketten lag. Offensichtlich wollte Fuddelhaar sich nicht selbst die Hände schmutzig machen, sondern dem aus seiner Sicht grünen Ungeheuer die Arbeit überlassen. Der ehemalige Zauberer selbst besaß aufgrund seiner Hand- und Fußfesseln selbst nur einen eingeschränkten Bewegungsspielraum. Gegenwehr erschien so kaum möglich.

»Hinein mit ihm«, brüllte Major Bockelwitz zackig. Die Wachleute stießen Atos unsanft in die Zelle des Trolls. Lachend verschlossen die Soldaten die Gittertür und entfernten sich eilig. Der Troll würde früher oder später den ehemaligen Zauberer zu Kleinholz verarbeiten, dessen waren sich die Männer sicher. Die schwarze Katze traute sich nicht in die Trollzelle.

»Hallo Atos, altes Haus«, flüsterte der verzauberte Zauberer im Katzenkörper.

»Purpel, bist du es?«, fragte Atos.

»Stimmt genau, woher weißt du das?«

»Nun ja, schau dich doch an. Aus deinem Rücken wächst gerade eine Blume. Wahrscheinlich hast du wieder alle Zaubersprüche verwechselt oder durcheinander gebracht. Es gibt nur einen Zauberer in Dangholt, der so vergesslich ist. Purpel!«

Mit einer kleinen Handbewegung ließ Atos die Blume auf dem Rücken der Katze wieder verschwinden.

»Du weißt nicht zufällig, wie ich eine normale Gestalt annehmen kann?«, erkundigte sich Purpel vorsichtig.

»Momentan bist du als Katze perfekt«, antwortete Atos ausweichend. »Ich benötige deine Hilfe. Lass das Herumspielen mit Zaubersprüchen eine Weile, sonst endest du noch als Spaten. Ist ziemlich unangenehm und ungesund für den Rücken.«

Purpel nickte verschämt. ›Gut, dass schwarze Katzen keinen roten Kopf bekommen können‹, dachte er. Atos beugte sich tief zum verzauberten Zauberer herunter, um seinen Plan in eines der aufgerichteten Katzenohren zu flüstern. So sehr sich Madame Euphrosine in der gegenüberliegenden Zelle auch an die Gitterstäbe drückte und lauschte, die Heimleiterin verstand kein Wort.

»Was tuschelt ihr denn da?«, meckerte Madame neugierig.

Atos unterbrach für einen Moment seine Erklärungen. Geduldig blickte er die Fragende an.

»Ich erkläre der Katze gerade ein Geheimrezept für Mäusegulasch. Vielleicht wäre diese Delikatesse auch etwas für das Waisenhaus?«

Beleidigt zog sich Madame auf ihre Holzpritsche an der Wand zurück. Ihr Traum von fünf Golddublonen war geplatzt, niemand brachte sie zum Bürgermeister. Nach dem Befinden der Zwillinge erkundigte sich die Heimleiterin nicht. Das Schicksal der Kinder interessierte sie nicht die Bohne. Ihre einzige Sorge bestand darin, dass Atos ihnen den Tageslohn noch nicht ausbezahlt haben könnte.

Noch immer hockte der Troll in seiner Ecke. Das mächtige Wesen griff seinen Zellengenossen nicht an. Unter normalen Umständen hätte Atos als Eindringling gegolten, der das Revier des Trolls verletzte. Nachdem Purpel alle Informationen vom ehemaligen Zauberer erhalten hatte, schlüpfte er elegant durch die Gitterstäbe, um seinen Auftrag zu erfüllen. Atos verharrte in Ketten an seinem Standort und betrachtete den Brülltroll, dessen Schmerzen schlimmer zu werden schienen. Glücklicherweise besaß der Lehrmeister der Zwillinge Kenntnisse in vielen fremden Sprachen.

»Tne gro tuel mine?[1]«, erkundigte er sich auf Trollsch nach dem Wohlbefinden seines Gegenüber.

Mit großen Augen blickte das bedrohlich wirkende Wesen zum ehemaligen Zauberer herüber.

»Ich etwas deine Sprache spreche«, erklärte der Brülltroll. »Bin Gefangener lange Zeit hier. Ich dir tun nichts, wenn du nicht singen tust!«

»Ich komme etwas näher, hab keine Angst«, beruhigte Atos. »Ich singe eigentlich selten oder besser gesagt nie in Anwesenheit eines Trolls. Auch davor brauchst du keine Angst zu haben.«

»Brülltroll keine Angst vor niemandem, außer vor Frau gegenüber, wenn sie singt.«

»Warum hast du deine Pritsche aus der Wand gerissen?«

»Pri...???«

»Na das Holzbrett, auf dem die dicke Madame in der Zelle gegenüber hockt!«

»Wenn Madame singt, Troll geht in Deckung hinter Brett«, jammerte die grüne Gestalt.

---

[1] Wie geht es dir?

Atos blickte sich in der Zelle um. Schräg an die Wand gelehnt stand die Holzpritsche, dahinter verborgen befand sich ein eimergroßer silberner Pokal, neben dem ein Holzlöffel lag.

»Was ist das denn?«, fragte Atos kopfschüttelnd.

Madame Euphrosine meldete sich ungefragt von der gegenüber liegenden Seite.

»Ich habe noch nichts zu essen bekommen, und diesem Monster bringen die Wachen einen riesengroßen Eisbecher. Geschieht dem Troll ganz recht, dass er jetzt Bauchschmerzen hat. Die Portion hätte für zehn Männer gereicht. Ich habe nicht einen einzigen Löffel abbekommen«, zeterte die aufgebrachte Heimleiterin.

»Ich denke, ich kann deinem Fuß und deinem Magen mit etwas Medizin helfen. Vertraust du mir?«, erkundigte sich Atos beim leidenden Brülltroll. Das Wesen nickte. Langsam, Trolle hassten ruckartige Bewegungen, zog der ehemalige Zauberer ein Fläschchen Universaltinktur aus dem Gewand, so gut es seine eigenen Fesseln zuließen.

»Reich mir mal den Löffel an«, bat er das mächtige Wesen.

Zwei winzige magische Tropfen vermehrten sich auf dem Holzlöffel zu einem großen Schluck Medizin. Atos kannte das Rezept der Universaltinktur von seiner Kollegin Amalia. Das Mittel half gegen jede Krankheit und stellte, mit Wasser verdünnt, ein brauchbares Putzmittel dar. Bereits wenige Minuten später erholte sich der Toll sichtlich. Alle Schmerzen an Bauch und Fuß schienen vergessen.

»Dafür ich dir Dank sage. Dir einen Gefallen schulde«, brummte der Troll zufrieden. »Was ich darf tun für dich?«

»Ich hätte da einen Plan«, grinste Atos. Den Rest der Unterhaltung führte der ehemalige Magier auf Trollsch, um Madame Euphrosines Neugierde keine Chance zu lassen.

◆

Anna und Max verließen aufgeregt mit ihren beiden Begleitern das Haus des ehemaligen Zauberers. Knirk bewegte sich immer eng an den Häuserwänden entlang, um nicht versehentlich durch scheuende Pferde, Menschenbeine oder herabfallende Blumentöpfe verletzt zu werden. In den Abwasserkanälen Dangholts lebten unzählige Ratten, sodass der Spion nicht besonders auffiel, solange er nicht sprach. Meister Dost hatte ebenso kein Problem, sich frei in den Gassen zu bewegen. Auch die Kobolde bildeten eine eigene Gilde, genossen jedoch unterschiedliches Ansehen. Zur Meistergruppe, in der auch Dost seinen Platz innehielt, gehörten die geachteten Diener von Zauberern oder Vampiren. Probleme gab es meist mit den Polterkobolden, die als ungebetene Gäste in Kellern oder auf Dachböden hausten und manchen Bewohner zur Verzweiflung brachten. Außerdem gab es ständig Streit mit Poltergeistern um das beste Revier. Manchmal wurden mitten in der Nacht Wettbewerbe veranstaltet, wer am besten lärmen konnte. Viele Bürger beobachteten Meister Dost argwöhnisch, ließen ihn aber in Ruhe seines Weges gehen.

»Hier entlang«, rief Knirk. Gemeinsam bog die kleine Gruppe in eine Sackgasse ab. Links und rechts säumten alte Lagerschuppen den Weg, am Ende befand sich eine massive Steinmauer.

»Hier geht es nicht weiter«, protestierte Anna. »Durch eine Mauer können nur Geister gehen. Nicht einmal Zauberer sind dazu in der Lage, das hat uns Herr Atos gelehrt.«

»Dein Lehrmeister hat recht. Geduld, junges Fräulein. Du glaubst nur, was du siehst, nicht wahr?«, vermutete Knirk.

»Wie meinst du das?«

»Nun, zu beiden Seiten der Gasse geht es nicht weiter, vor dir befindet sich eine Mauer. Tritt mal einen Schritt nach rechts, ja, noch etwas weiter. Gut, und nun streck die Hand aus, stoße dich aber nicht.«

»Ich fühle etwas, was ich nicht sehe«, rief Anna erstaunt. »Etwas aus Holz?«

»Sehr gut!«

»Es führt an den Seiten nach oben, dazwischen sind kleine Querbalken befestigt«, stellte Anna aufgeregt fest.

»Eine Leiter«, freute sich das Mädchen.

»Genau, eine magische Leiter. Niemand hat gesagt, dass wir *durch* die Mauer gehen, wir klettern darüber.«

Flink hangelte sich Knirk an der unsichtbaren Leiter nach oben, er verfehlte keine der unsichtbaren Sprossen. Anna tastete sich vorsichtig aufwärts. Erstaunt blickte sie über die Mauerkrone hinweg in einen herrlichen Garten. Knirk rannte schnuppernd auf der Mauerkante hin und her und mahnte die Gruppe zur Eile.

»Hier auf der anderen Seite befindet sich ebenfalls eine unsichtbare Leiter, habt keine Angst.«

»Wo sind wir jetzt?«, fragte Max. Meister Dost klammerte sich mit geschlossene Augen an der zerlumpten Kleidung des Jungen fest. Der Kobold litt an Höhenangst. Außerdem verspürte er großen Hunger, obwohl er erst vor kurzer Zeit bei Atos einen Riesenapfel verschlungen hatte.

»Wir befinden uns im vergessenen Garten des Lapacho«, flüstere der Rattenspion. Erstaunt blickten die Zwillinge sich um. An allen vier Seiten säumten hohe Mauern das grüne Wunderwerk. Winzige Obstbäume, kaum größer als Meister Dost, wuchsen neben seltsam aussehenden Gemüsesorten und geheimen Kräutern. Genau in der Mitte einer Blumenwiese stand eine Tür ohne Gebäude drum herum.

»Wer ist Lapacho?«, grübelte Anna. »Herr Atos hat uns in keiner Lektion davon erzählt.«

»Ich kann mich auch nicht erinnern«, pflichtete Max seiner Schwester bei. »Und was hat es mit dieser Tür auf sich?« Neugierig lief der Junge einmal rund um die geschlossene Pforte. Es gab kein unsichtbares Haus, zu dem der Eingang gehörte. Rund um die Tür befand sich nichts außer Wiese und Garten.

»Lapacho war oder ist der Legende nach ein uralter Mönch, der diesen Garten angelegt haben soll. Niemand hat ihn je gesehen. Wahrscheinlich ist er so vergesslich, dass er vergessen hat, dass hier sein vergessener Garten liegt. Man sagt, er sei schon einmal jenseits der Berge gewesen. Hinter dem Ende der uns bekannten Welt. Man sagt auch, er sucht immer noch den Rückweg. Eine Legende eben. Eines schönen Tages wird er durch diese Tür spazieren, um die Wiese zu mähen.«

»Das ist alles?«, fragte Max enttäuscht. Bei genauerer Betrachtung stellte der Junge fest, dass die Tür auf beiden Seiten einen Knauf besaß. Er schob und drückte vergeblich, die Tür blieb fest verschlossen. Der Rattenspion schüttelte den Kopf.

»Selbst Atos kann sich keinen Reim auf die Tür machen«, erklärte Knirk.

»Warum sind wir in diesem Garten? Wer baut hier Gemüse und Kräuter an«, erkundigte sich Anna.

»Du bist recht neugierig, nicht wahr?«, stellte die Ratte fest.

»Entschuldigung, ich bin wissbegierig«, korrigierte das Mädchen.

»Also gut«, seufzte Knirk, »der Garten wird von eurem Lehrmeister benutzt und in Ordnung gehalten, bis Lapacho eines Tages zurückkehrt. Hier wachsen geheime Kräuter, die nicht in einen Hausgarten gehören. Zu gefährlich. Entweder magisch, oder giftig. Oder beides zusammen. Wir Ratten sind da sehr empfindlich, aber auch euch Menschen hauen Beißbeere, Bilsenkraut, Bohnenbaum, Eisenhut, Fingerhut, Kellerhals, Stechapfel, Tollkraut oder Wunderbaum aus den Schuhen. Ich bin Spion, kein Gärtner, aber ich bitte euch, probiert keine Kräuter. In den Händen eines Magiers sind es Wundermittel, sonst aber oft tödliche Pflanzen.«

Max zeigte auf seine schmutzigen Füße.

»Wir haben gar keine Schuhe an!«

»Warum sind wir hier?«, wiederholte Anna ihre Frage.

»Weil es ein schöner Platz ist«, vermutete Meister Dost.

»Genau. Hier ist es gemütlich und sicher«, bestätigte Knirk. »Die Stadttore sind immer noch geschlossen, wir können erst im Schutz der Dunkelheit weitergehen, es wird sonst zu gefährlich. Ruht euch aus, ihr werdet auf eurem Weg viel Kraft brauchen. Ein Hinweis noch. Das Obst hier im Garten ist essbar.«

»Ein guter Garten«, freute sich Meister Dost, dessen Magen wie ein Kettenhund knurrte.

Die Zwillinge legten sich auf die Blumenwiese, die sich gemütlich weich wie ein Daunenbett anfühlte. Beide blickten in die Unendlichkeit des Himmels. Ihre Gedanken schweiften von Amalia zu Atos, zum Waisenhaus, zurück zu Amalia. Bald darauf schliefen Max und Anna ein. Meister Dost zog sein Buch aus dem Bündel. Vorsichtig, um die Kinder nicht zu wecken, nahm er nur eine kleine Portion Schnupftabak zu sich. Beim Niesen hielt der Kobold sich die Nase zu. Der aufgestaute Druck zerriss ihn fast.

Knirk behielt unruhig alle vier Mauern rund um den Garten im Auge. Er schlief nur in der Bibliothek, in absoluter Sicherheit, niemals aber während eines Auftrags von Wenzel. Die Zwillinge mussten sicher aus der Stadt gebracht werden, so lauteten die Anweisungen.

Nach einer ganzen Weile zuckte der Rattenspion zusammen, er spürte plötzlich eine Gefahr. Unruhig schnüffelte und suchte er in allen Richtungen, seinem siebten Sinn folgend. Irgendjemand näherte sich durch die Sackgasse der Mauer. Mit flinken Beinen hangelte Knirk sich auf der unsichtbaren Leiter nach oben und prallte entsetzt zurück. Auf der anderen Mauerseite hockte auf der letzten Sprosse eine Katze, die den Rattenspion mit funkelnden Augen anstarrte. Knirk sprintete auf der Mauer entlang, um sich in Sicherheit zu bringen, die Katze blieb ihm dicht auf den Fersen, rutschte ab, und landete auf allen vier Pfoten im Garten.

»Autsch!«, schimpfte Purpel ärgerlich in Richtung des Rattenspions. »Warum rennst du davon?«

»Witzbold! Katzen sind der natürliche Feind der Ratte, aber du scheinst nicht sehr geschickt zu sein?«

»Ich bin auch erst seit heute in dieser Gestalt«, fluchte der verzauberte Zauberer verärgert. »Atos schickt mich mit einer Nachricht!«

»Wer ist Atos?«, stellte Knirk sich dumm.

»Ach so, verstehe. Das Kennwort lautet Tragische Zeichentöhle«, flüsterte Purpel.

Misstrauisch beäugte die Ratte die schwarze Katze, als hätte sie nicht alle Hühner auf dem Balkon.

»Tragische was?«

»Ich meine Nagische Teichmühle. Ich bringe auch immer meine Zaubersprüche durcheinander, bin recht vergesslich.«

»Versuch es noch einmal«, bat der Rattenspion geduldig.

»Lagerische Reichensohle«, stotterte der verzauberte Zauberer.

»Das kann man gelten lassen«, seufzte Knirk. Schließlich klang es fast wie Magische Eichenhöhle. »Berichte bitte.«

»Ich bin Purpel, Gildenmitglied der Zauberer, zurzeit als Katze unterwegs, vorher als Unke, Ratte, Qualle, Fliegenpilz, Spaten,

Blumenstrauß und Hirsch mit Blumengeweih.«

»Tolle Karriere«, lästerte Knirk. »Sind wir uns nicht vorhin schon im Kerker begegnet?«

»Ich war dort, du auch? Die Lage ist leider ernst. Atos sitzt im Kerker, der Bürgermeister wollte ihn für seine Zwecke ausnutzen und ihn auf eine Expedition ins Land aus Eis und Finsternis aussenden. Natürlich weigerte Atos sich und wurde in Ketten gelegt. Sitzt jetzt mit einem Brülltroll gemeinsam in der Zelle. Nicht gut, gar nicht gut. Ich war bereits bei Wenzel, dein Herr weiß Bescheid. Atos hat Weisungen für euch alle.«

Meister Dost verfolgte die Unterhaltung gespannt. Mit einem heftigen Niesen weckte er Anna und Max. Mit kurzen Worten erklärte er den Zwillingen die Lage.

»Die Weisungen von Atos sind folgende. Knirk und Meister Dost, ihr beginnt eure Reise schon heute. Wartet nicht die Nacht oder den Morgen ab, auch wenn es gefährlich wird. Garmander leitet die Expedition des Bürgermeisters und wird schon am kommenden Tag aufbrechen. Er darf euch nicht überholen, nicht vor euch das Ende der Welt erreichen. Findet er Amalia vor euch, nimmt es kein gutes Ende, er hasst die Zauberin, genau wie er Atos hasst.«

»Das hast du gut auswendig gelernt«, lobte Meister Dost den sonst so vergesslichen Zauberer.

»Magie von Atos«, erklärte Purpel, und verwandelte sich zurück in seine menschliche Gestalt. »Das mit der Rückverwandlung jetzt gerade auch.«

Erstaunt sahen die Kinder einen noch recht jungen Zauberer, der einen tiefblauen Umhang trug, auf dem tausende von gelben Sternen funkelten. Nur ein großer Stern mitten auf seiner Brust besaß eine andere Farbe. Rosa. Der Zauberer bewegte vorsichtig seine Hand- und Fußgelenke.

»Der Sturz von der Mauer hat ganz schön weh getan, auch das Kreuz schmerzt«, klagte er. »Ich bin es nicht gewohnt, auf allen Vieren durch die Gegend zu spazieren oder als Spaten an einer Mauer zu lehnen.«

Das Staunen der Zwillinge wich Verzweiflung und Entsetzen.

»Was unternehmen wir nur?«, fragte Anna besorgt. Auch Max

blickte hilflos zwischen Zauberer, Kobold und Rattenspion hin und her.

»Atos gab genaue Anweisungen. Er sagte, geht zur magischen Eichenhöhle. Ich werde euch auf der Wanderschaft einholen und finden. Ihr dürft auf keinen Fall warten.«, erklärte Purpel.

»Als guter Zauberer weiß er sich zu helfen«, ergänzte der junge Magier.

»Aber er ist doch nur ein ehemaliger Zauberer«, gab Max zu bedenken.

»Was macht das schon? Verlernt man das Schwimmen?«

»Ich kann nicht schwimmen!«

»Gut, ein anderes Beispiel. Verlernt man Atmen, Essen und Trinken?«

»Nein, natürlich nicht.«

»Siehst du, und genauso verhält es sich mit der Zauberei. Es sei denn, man vergisst ständig seine Zaubersprüche und endet als Katze.«

»Warum ist ein Stern auf deinem Umhang eigentlich rosafarben?«, fragte Anna ohne Scheu.

»Nun ja«, stammelte der junge Magier. Er wusste, dass alle Umhänge der Gildezauberer tiefblau und mit ausschließlich gelben Sternen bestickt waren. »Es handelte sich um einen Unfall. Bei einem Experiment mit einem Marzipanschweinchen wurde plötzlich das Schweinchen gelb und dafür der Stern rosa. Bisher ist mir ein Umkehrzauber nicht gelungen.«

»Wie wäre es mit Seife und Wasser?«, lästere Max grinsend. Purpel blickte den Jungen an, als hätte er gerade ein Gespenst in der Badewanne gesehen.

»Was für ein absonderlicher Gedanke«, rief er entsetzt.

»Habe ich etwas Falsches gesagt?«, fragte Max.

»Wir brechen auf«, entschied Knirk, und beendete damit die Unterhaltung.

»Nehmt etwas Obst mit«, schlug Meister Dost vor.

Purpel räusperte sich verlegen, und deutete mit ausgestrecktem Arm auf die Mauern rund um den Garten.

»Ähem, da gibt es noch ein kleines Problem. In Menschengestalt habe ich Höhenangst. Wie komme ich aus dem Garten wieder heraus?«

»Nimm doch die Tür«, lästerte der grüne Kobold.

»Gute Idee! Es ist eine schöne Tür!«

Purpel griff den Knauf, öffnete die Tür und trat ein. Wenige Augenblick später war der Zauberer verschwunden, die Tür wieder fest verschlossen. Max rüttelte vergeblich von beiden Seiten daran.

»Das gibt's doch gar nicht«, keuchte Knirk und rieb sich mit beiden Vorderpfoten die Augen.

◆

Das Land aus Eis und Finsternis war aus Sicht der Würfelweltbewohner eine Legende, ein Schauermärchen, eine Sage. Seit Generationen wurden Geschichten von Mund zu Mund weitergegeben, später auch in zahlreichen Büchern festgehalten. In der Dangholter Bibliothek ruhten zusätzlich geheime Pergamentrollen, von Hellsehern, Zauberern oder Vampiren verfasst. Wenzel achtete peinlich genau darauf, dass nur enge Mitarbeiter der Bibliothek Zugang zu diesen Werken bekamen. Ein normaler Bürger konnte solche Dokumente weder ausleihen noch im Lesesaal einsehen. Es sei denn, er überwand zwei Wachzombies, danach drei schwere Eisentüren, eine Fallgrube sowie den Drachen Paul, den die Gnome im Keller der Bibliothek als Haustier hielten. Hätte jemand bis dorthin alle Hürden genommen, stand ihm das nächste Problem ins Haus. Alle Pergamente trugen einen speziellen Vergessenszauber. Las man ein Wort, war dem Gedächtnis das direkt zuvor gelesene bereits wieder entfallen. Sicher musste sicher bleiben, so kam niemand auf dumme Gedanken.

Mit jenen Geschichten, Legenden und Sagen über das Land aus Eis und Finsternis gab es ein geringfügiges Problem. Fast alle stimmten. Doch niemand wusste das. Wie konnten auch dreiäugige schwarze Eiselfen, mit Doppeläxten bewaffnete Polarriesen oder Frostgeier mit messerscharfen Klauen der Wahrheit entsprechen? Niemand hatte je diese Kreaturen gesehen. Er hätte die Begegnung auch nur wenige Sekunden überlebt, um danach

105

als Elfengulasch, Polarriesenhackfleisch oder Frostgeierkükenfutter zu enden. Für den außen stehenden Betrachter war klar, dass oberhalb der Würfelwelt eine Sonne fest in der Unendlichkeit montiert hing, unterhalb des Würfels ein aus eigener Kraft leuchtender Mond. Beide Himmelskörper bewegten sich selbst keinen Millimeter. Dazwischen hängten die Götter den nur zum Teil fertigen Würfel. Dieser drehte sich im Uhrzeigersinn. Viele außen stehende Beobachter, auch die Götter, verglichen die unterschiedlichen Oberflächen der Welt stets mit einem Spielwürfel. Die Seiten mit sechs, zwei, eins und fünf wurden abwechselnd von der Sonne beschienen, während die beiden verbleibenden Quadrate drei und vier fast nur aus Finsternis, aus ewigem Eis bestanden. Wie auf diesen Teil des Würfels, genauer gesagt auf die Seite mit drei Augen, Bewohner geraten konnten, wussten selbst die Götter nicht.

Bis auf einen.

Die Baugötter zankten sich ständig, sodass sie lediglich eine der Sonnenseiten mit lebenswerten Landschaften ausstatteten. Anschließend kickte der Obergott den Würfel einfach ins Universum und überließ ihn seinem Schicksal. Bei der großen Menge von Planeten konnten die Erbauer sich nicht um jede Kleinigkeit kümmern. Normalerweise entwarfen die Götter eine Welt viel sorgfältiger und montierten sie an einen freien Platz im Weltall. Danach legte ein Buchhalter den Vorgang in die Terminmappe. Nach ziemlich genau einer Milliarde Jahren schaute der Kontrollgott mal nach dem rechten. Wenn es die Welt bis dahin noch gab, und sich nicht die Bewohner schon vorher selbst in die Luft gejagt hatten. Existierte die Welt noch, setzte der Kontrollgott mehrere Kreuzchen in ein grauenvoll kompliziertes Formular, unterschrieb, und verteilte die siebentausendachthundertzwölf Durchschriften seines Berichts innerhalb der Götterbehörde. Dieser Vorgang wiederholte sich für alle Welten im regelmäßigen Abstand. Kontrollgott zu sein war ein schlimmer Job. Jeden Tag tausende Welten und Planeten prüfen, abhaken, streichen weil verschwunden, explodiert, verwüstet, verseucht oder von der gemeinen Weltallmaus angeknabbert. Dann weiter verwalten, lochen, abheften. Niemals gab es Urlaub! Selbst die aggressivsten

Bewohner einiger Welten schafften es nicht immer schnell genug, ihre Planeten vor der nächsten Kontrolle zu zerstören. Auch die Bauwut der übrigen Götter war einfach zu groß. Ständig wuchs die Anzahl der Welten in der Unendlichkeit des Alls weiter. Ab und zu tat der Sonnengott seinem Freund, dem Kontrollgott, einen Gefallen und mogelte eine falsch konstruierte Sonne in die Bauabteilung. Pünktlich ein Jahr vor dem Ablauf der ersten Milliarde von Jahren explodierten diese Zeitbombensonnen als weißer Zwerg oder roter Riese. Übertreiben durfte man diese Sabotage aber auch nicht.

Die Sichtweise der Bewohner auf einer unendlichen Anzahl von Welten in der Unendlichkeit des Weltalls lautete völlig anders. Viele Lebewesen fühlten sich von den Göttern verlassen. Ständig beklagten ihr Schicksal, machten die Götter für ihre Probleme verantwortlich, brachten Opfergaben und waren beleidigt, dass diese keine Beachtung fanden. Sie jammerte sich gegenseitig vor, dass es zu kalt, zu heiß, zu trocken, zu feucht, zu nass, zu laut, zu leise oder einfach nur schrecklich sei. Zu wenig Geld, zu viel Körpergewicht, zänkische Nachbarn, zu hohe Steuern oder langweilige Arbeiten zählten zu einer schier endlosen Liste von Problemen, mit denen sich auf jeder Welt jeder Bewohner herumplagte. Ganz gleich ob Mensch, Zwerg, Kobold, Gnom, Vampir oder Troll.

Dabei achtete der Kontrollgott peinlich genau auf Opfergaben. Wurde gerade zufällig in dem Moment eine Opfergabe dargebracht, in dem er nach einer Milliarde Jahren einen flüchtigen Blick auf die Welt warf, setzte er ein besonders schönes Kreuzchen in sein Formular hinter das Feld ›Opfergabe‹. Anschließend schenkte er seinem nächsten Auftrag die notwendige Aufmerksamkeit, die Angelegenheit war für eine weitere Milliarde Jahre erledigt!

Würde man die die Frage stellen, wie Lebewesen in das Land aus Eis und Finsternis gelangen konnten, könnte man keine eindeutige Antwort erwarten.

»Das kann gar nicht sein! Land aus Eis und Finsternis? Wir haben das nicht gebaut, dort lebt niemand«, hätten die Baugötter gelangweilt geantwortet und sich schneller als der Schall wieder ihren aktuellen Projekten gewidmet.

»Es ist aber so, wie es ist. Schließlich leben wir hier. Aber wie wir hier hin gelangt sind, wissen wir auch nicht. Wie auch, es ist zu dunkel, um etwas zu sehen«, hätten Eiselfen, mit Doppeläxten bewaffnete Polarriesen oder Frostgeier genervt gebrüllt.

»Das Land aus Eis und Finsternis? Nur eine Legende. Niemand lebt dort wirklich. Oder doch? Aber in jedem Fall eine schöne Geschichte, damit Kinder am Abend ihre Füße zudecken. Und ihren Teller leer essen und immer vor dem Einschlafen unter dem Bett nachsehen, ob nicht ein Grubbelwutz mit leuchtenden Augen darunter wartet«, pflegten die Bewohner Dangholts zu erklären.

»Verdammt kalt und gefährlich ist es hier«, wusste Amalia. »Die Legenden sind alle wahr!«

»Warum ist es hier so verdammt kalt? Ist da jemand?«, fragte Purpel erstaunt. »Ich gehe lieber wieder zurück in den Garten.«

»Weil ich die schwarze, kalte Saat dort ausgelegt habe«, hätte der Kontrollgott mit einem gehässigen Lachen gerufen. Regelmäßig schlich der überforderte Kontrolleur in die Bauabteilung, während die Architekten unter den Göttern wieder einen neuen Planeten erfunden hatten, die es mit viel Honigwein zu feiern galt. Der Kontrollgott montierte kurz vor dem Aussetzen der neuen Welt immer häufiger eine winzige Kapsel mit konzentriertem Bösem. In dieser Hülse lauerten Dunkelheit, Kälte und Verderben. Seine Rache dafür, dass er niemals zu einer Feier eingeladen wurde. Niemand bemerkte bisher sein Vorgehen, denn niemand kontrollierte den Kontrollgott.

Die Lebewesen im Land aus Eis und Finsternis erkundeten genau wie die Mitbewohner des Würfels auf der Sonnenseite ihren Teil der Welt sehr sorgfältig. Mit der Zeit stellten sie durch ausgedehnte Erkundungsreisen fest, dass genau in der Mitte des eisbedeckten Landes ewige Dunkelheit herrschte. Mit null Grad Gelu legten sie dort den tiefsten Punkt auf der Temperaturskala fest. Zu allen Seiten hin wurde es etwas wärmer, die Landmassen blieben aber von ewigem Eis bedeckt. Auch die Helligkeit nahm geringfügig zu, da man etwas Restlicht der Sonne hinter den Bergen am Horizont in einem schmutzigen grau erkennen konnte.

Zum Lesen eines Buches reichte aber selbst am Ende der Eiswelt, direkt an der Gebirgskante, das Licht nicht aus. Im ganzen Land leuchteten daher kalte Feuer. Während ein normales Feuer Holz, Kohle, Holzkohle, Öl, Stroh, Papier oder das Dorf Loppelwuh als Brennstoff benötigten, hatten kalte Feuer etwas Magisches an sich. Sie benötigten kein Brennmaterial, ihre Flammen leuchteten bläulich bis schwarz, niemals gelb, orange oder rot. Genügend Licht spendeten die flackernden Gebilde wohl, gaben aber so gut wie keine Wärme an die Umgebung ab. Bildete auf der Sonnenseite die Hauptstadt Dangholt den Mittelpunkt der bekannten Welt, war es auf der Seite aus Eis und Finsternis eine schwarze Festung. Eine grauenvoll tiefe Schlucht umgab das Bollwerk. Vor dort aus regiert Eisritter Frigador mit kaltem Herzen seine Untertanen. Wie allen ewig lebenden Herrschern plagte ihn nach Jahrtausenden eine fürchterliche Langeweile. Es fehlte eine neue Herausforderung. Jedes Kunststück seiner Frostgeier kannte Frigador auswendig, das Leben in der Festung verlief von Tag zu Tag gleich. Tag und Nacht ließen sich nicht wirklich unterscheiden, da ständige Dunkelheit herrschte. Frigador legte mit seinen Beratern folgende Regeln fest. Wenn man schlief, herrschte Nacht. Aß man, stritt sich oder ging sich gegenseitig auf die Nerven, galt die Zeit als Tag. Verabredungen zu treffen erwies sich so als äußerst schwierig. Unter »wir sehen uns nach dem Schlafen« oder »lass uns nach dem Essen streiten« sorgten garantiert dafür, dass niemand zur richtigen Zeit am richtigen Ort erschien. Zu einem späteren Zeitpunkt erfand ein mittlerweile an die Frostgeier verfütterter Astronom die Eisuhren, in denen Kristalle, ähnlich einer Sanduhr, von einem Behälter in den nächsten rannen. Nicht nur sein endloses, eintöniges Leben ärgerte Frigador. Auch das einförmige Essen ging dem Ritter immer mehr auf die Nerven. Mangels Licht und Wärme gediehen keine Pflanzen, sodass die einzige Ernährung aus rohem oder gefriergetrocknetem, zähem Fleisch bestand. Weit unterhalb des Eispanzers vermuteten die Bewohner Land- oder Wassermassen, wie sie sich auch an den äußeren Kanten des Eislandes befanden. Ständig lagen einzelne Völker untereinander im Streit. In großen düsteren Schlachten zankten sie sich um Nahrung oder

Ländereien. Dabei sah es an jeder Stelle im Reich gleich aus. Überall nutzte man Fleisch als Nahrung, endlose Eiswüsten dienten als Landersatz. Viele verlustreiche Kämpfe brachten meist nur einen Sieger hervor. Die Frostgeier, die sich prächtig amüsierten. Mit Aufstellung der Truppen zur Schlacht war der Tisch gedeckt. Die mächtigen Vögel mussten lediglich warten, um sich nach Ende der Kämpfe um die besten Stücke zu streiten. In Diensten des Eisritters stand die gefürchtete Armee der Polarriesen. Es handelte sich um üble Raufbolde, die Angst und Schrecken verbreiteten. Ihre messerscharfen Doppeläxte hatte der Festungsschmied zu beiden Seiten mit gemeinen Klingen ausgestattet. Egal wie und wohin man schlug, es wurden entweder Verletzungen oder Eissplitter produziert. Kleinholz war im Land aus Eis und Finsternis unbekannt. Sogar der bloße Anblick einer Doppelaxt verletzte bereits das Auge des Betrachters. Keinen Deut friedliebender verhielten sich die dreiäugigen schwarzen Eiselfen. Die geschickten Jäger besaßen einen wertvollen Schatz. Weißes Licht, dass etwas Wärme verbreitete und betörend schön flackerte. Mithilfe spezieller Weißlichtfeuer lockten sie unvorsichtige Lebewesen aller Art in riesige Eislabyrinthe hinein, aus denen es kein Entrinnen gab. Wie ein Trichter oder eine sich drehende Spirale zog eine endlose Rutschbahn ihre wehrlosen Opfer tiefer und tiefer in den Irrgarten hinein, direkt zur Mitte, in der wie eine Spinne im Netz das Dorf der Eiselfen stand. Dort landeten die Kandidaten direkt auf einem Eisthron, wo ihnen eine Rätselfrage gestellt wurde. Gab der Kandidat die falsche Antwort, führte eine weitere Eisrutsche direkt auf den Marktplatz. Dort tauschten Händler die Opfer an der Fleischtheke, in mundgerechte Stücke zerteilt, gegen andere Waren und Dienstleistungen ein. Niemand entkam den dreiäugigen schwarzen Eiselfen.

Es lebten aber im Land aus Eis und Finsternis auch gewöhnliche Bewohner, die einer geregelten Arbeit nachgingen. Öffentlichen Wege und Straßen mussten ständig von neuen Schneemassen befreit werden. Frigadors Festung aus seltenem schwarzen Eis wurde laufend repariert oder ausgebaut. Als Lohn gab es kein Geld. Bodenschätze waren weitgehend unbekannt, als einzige

Tauschwährung des Landes galt Fleisch. Sehnige, fettige Stücke stellten das Kleingeld dar, magere Filetstückchen die großen Scheine. Dazwischen kannten die Bewohner viele feine Abstufungen, um die Fleischqualität und damit den Tauschwert zu umschreiben. Der Tatsache, aus welchem Lebewesen das Fleisch gewonnen wurde, kam hierbei eine entscheidende Bedeutung zu.

Genau wie in Dangholt und Umgebung bildeten sich mit der Zeit Legenden von fernen Ländern. Und genau wie dort hatte niemand je die fremden Welten mit eigenen Augen gesehen. Eisritter Frigadors Expeditionen erkundeten sorgfältig jeden Winkel des kalten Landes. Alle Seiten endeten vor unüberwindbaren Gebirgsketten. Nicht einmal ein Frostgeier konnte die notwendige Flughöhe erreichen, um einen Blick auf die andere Seite zu werfen. Viele Bewohner des Landes aus Eis und Finsternis erzählten ihren Nachkommen Geschichten vom sagenhaften Sonnenland, das es irgendwo hinter den Bergen geben musste. Ein Land, in dem es immer hell, warm, einfach wohnlich sein sollte. Immer unglaublicher wurden mit den Jahren die Legenden. Manch ein Bewohner der Eiswelt hegte insgeheim den Wunsch, einen gemütlicheren Ort zum Leben zu finden. Frigador, der unsterbliche Eisritter, verfolgte mit seinen Beratern ein anderes Ziel. Als Eisritter liebte er die Kälte. Kluge Astronomen fanden eines Tages heraus, dass es zwar in der Mitte der Eiswelt immer dunkel war, an den Rändern sich aber Dunkelheit und schmutziges Grau in einem festen Takt abwechselten. Tatsächlich kam nach vielen Jahrhunderten des Grübelns ein kluger Kopf auf die Idee, dass man auf einem sich drehenden Würfel wohnte. Zur Belohnung verfütterte Frigador den Wirrkopf als Trockenfleisch an seine Schneefrösche. Erst viel später sah er ein, dass sich, in welcher Form auch immer, weitere Ländereien jenseits der Gebirge befinden mussten. Seinetwegen auch gerne in Würfelform. Als unsterbliches Wesen besaß der Eisritter einen Vorteil. Zeit zum Nachdenken in Hülle und Fülle. Oder zum Schmieden düsterer Pläne. Letzteres tat Frigador, und er tat es gründlich.

»Berater«, rief er eines Tages. »Hört meinen Plan zur Eroberung der gesamten Welt. Beinahe der gesamten Welt, jedenfalls fünf von sechs Teilen«, fügte er eiskalt lächelnd hinzu.«

Keiner seiner Ratgeber hatte eine Ahnung, wovon ihr Herrscher sprach. Der einzige Astronom mit Durchblick war schon vor langer Zeit verfüttert worden, die Übrigen verspürten keine Lust, seinem Vorbild zu folgen. Niemand verstand etwas, doch keiner stellte eine Frage. Die gleiche Szene hätte auch in Dangholts Rathaus ablaufen können. Fuddelhaar führte Volk und Berater in einem sehr ähnlichen Stil. Frigador, der Eisritter, ließ eine Wandtafel aus Eis bringen, in die er mit den spitzen Krallen seines Rüstungshandschuhs eine Zeichnung ritzte. Das Geräusch war schlimmer als alle anderen Geräusche auf dem gesamten Würfel. Der Schrei der Prinzessin von Grindelholmwegeda? Lächerlich! Das Kreischen von Kreide auf einer Schiefertafel? Ein liebliches Geräusch! Fingernägel auf derselben Schiefertafel? Schlimm, aber ein Witz gegen das kreischende Geräusch in der schwarzen Festung. Jedes Lebewesen im Umkreis von mehreren Meilen bekam eine Gänsehaut, wenn das durch Mark und Bein dringende Kratzgeräusch erklang. Genüsslich zeichnete Frigador einen Würfel, darüber einen Kreis. Zwischen Würfel und Kreis schabte der Herrscher einen leicht gebogenen Pfeil in die Eistafel.

»Berater, hört meine Worte. Und sagt eure Meinung!«

Halb taub, mit einer mörderischen Gänsehaut und abstehenden Kopfhaaren ausgestattet, versuchten die Anwesenden, sich wieder auf die Erklärungen des Ritters zu konzentrieren.

»Nehmen wir an, es gibt weitere Ländereien jenseits der Berge!«, rief er.

»Das ist doch aber nicht bewiesen«, flüsterte ein lebensmüder Hilfsastronom seinem Tischnachbarn zu. Bedauerlicherweise bestand auch der Sitzungssaal der schwarzen Festung nur aus purem Eis. Wände, Sessel, Tisch und Tafel, alles Eis. Die kahlen, glatten Wände verstärkten den Schall tausendfach, sodass Frigador den Einwand trotzdem hörte.

»Du hast Recht, du bist ein kluger Kopf«, erklärte er gelassen. Mit geübter Hand schwang er seine Doppelaxt, fuchtelte vor der Nase des Astronomen damit herum und schlug das Kampfwerkzeug krachend in den Eistisch. Zitternd betrachtete der Berater die böse funkelnden Schneiden, die zur Hälfte in den Tisch eingedrungen waren. »Aber was nützt ein kluger Kopf, wenn er nicht mehr zwischen den Schultern sitzt?«, hauchte er mit eiskaltem Atem. Der Astronom zog es vor, noch eine Weile mit der richtigen Körpergröße zu leben. Seine weitere Meinung behielt er daher für sich.

»Bewiesen ist nichts«, fügte Frigador hinzu, »aber woher kommt dann diese Frau? Dieses seltsame Wesen? Aus dem Nichts? Wir halten sie im Kerker gefangen, verhören sie. Obwohl sie von Tag zu Tag schwächer wird, haben wir noch nicht viel erfahren. Woher ist sie gekommen, wenn nicht von der anderen Seite der Berge? Für mich beweist ihre Anwesenheit, dass es weitere Länder gibt, die es zu erobern gilt. Ansonsten interessiert mich die Gefangene nur aus einem Grund. Ich will den Weg wissen, den sie gekommen ist. Unsere Spione können sich dann ebenfalls im fernen Land umsehen. Was die Würfelwelt angeht, zeigen unsere eigenen magischen Bemühungen seit heute erste Erfolge. Seht her!«

Der Eisritter tippte mit der Spitze seiner Lanze erst auf den Würfel, danach auf den darüber geritzten Pfeil.

»Es ist seit heute bewiesen, dass der Würfel sich langsamer dreht. Wie ihr wisst, ist es unser Ziel, die Bewegung völlig zum Stillstand zu bringen. Hierdurch wird nur noch diese Seite«, Frigador wies auf die der Sonne zugewandte obere Würfelseite, »von der Sonne beschienen und langsam aber sicher verbrannt, alle anderen Seiten werden mit der Zeit erkalten, vereisen und damit für uns bewohnbar.«

Ein Berater fiel ihm begeistert ins Wort.

»Und dann ist es leicht, andere Länder zu erobern und neuen, eiskalten Lebensraum für uns zu schaffen!«

»Genau«, bestätigte der Eisritter mit frostiger Stimme, die den Anwesenden das Blut in den Adern gefrieren ließ. Frigador rammte seine Lanze krachend durch die dicke Tischplatte aus Eis. Die Spitze seines Wurfwerkzeugs blieb um Haaresbreite vor dem Fuß des Beraters im Fußboden stecken.

»Stör mich nicht noch einmal«, fluchte der Ritter. »Ich wiederhole mich nur ungern. In der letzten Nacht ist uns der entscheidende Durchbruch gelungen. Der Würfel dreht sich langsamer, immer langsamer. Wir müssen wachsam sein. Wenn es ein Wesen schafft, auf unsere Seite zu gelangen, warum sollten dann nicht auch andere nachfolgen? Verhört die Gefangene weiter!«

Zufrieden nahm Eisritter Frigador Lanze und Doppelaxt wieder an sich und verließ die Besprechung. Über geheime Treppen und Gänge schritt er tiefer und tiefer in das ewige Eis hinein, hin zu einer noch geheimeren riesigen unterirdischen Halle, dem Eisdom. Hier führte ein absolut geheimer Mechanismus leise seine Bewegungen aus.

◆

So sehr Meister Dost, Knirk, Anna und Max sich im vergessenen Garten des Lapacho auch abmühten; gelang es doch niemandem der Anwesenden, die frei auf der Blumenwiese stehende Tür zu öffnen. Der Rattenspion kratzte verwundert mit seiner rechten Hinterpfote an der Vorderpfote derselben Körperseite.

»Wie hat Purpel das nur geschafft?«

»Herr Atos wüsste vielleicht die Antwort?«, überlegte Meister Dost. »Doch wir dürfen nicht warten, dürfen keine Zeit verlieren. Alle sind in Gefahr. Die Zwillinge als mögliche Opfergabe. Amalia, wenn wir das Ende der Welt nicht rechtzeitig durchstoßen, um ihr zu Hilfe zu eilen. Wir als Gruppe, wenn Garmander vor uns das Ziel erreicht.«

»Wie geht es weiter?«, fragte Max.

»Folgt mir«, rief Knirk, der jeden Winkel der Stadt so gut kannte wie seine eigene Nasenspitze. »Wir müssen nun einige spezielle Wege gehen, um bereits am Tag aus der Stadt zu gelangen und die magische Eichenhöhle sicher zu erreichen. Könnt ihr schwimmen?«

Die Zwillinge schüttelten ihre Köpfe.

»Nein, das hat uns Herr Atos nicht gelehrt«, erklärte Anna.

»Kein Wunder«, lächelte Meister Dost. »Zauberer schwimmen immer oben wie ein Stück Holz. Und sie sind, und das ist kein

Vorwurf, immer ein wenig bewegungsfaul. Weißt du einen anderen Ausweg, Knirk?«

Der Rattenspion nickte.

»Sicher. Aber nur, wenn ihr wirklich leise sein könnt. Und wenn ich *wirklich* sage, meine ich das auch genauso.«

Ungesehen verließ die Gruppe über die beiden unsichtbaren Leiter den vergessenen Garten des Lapacho. Einige Straßen weiter bog Knirk in einen Hinterhof ab, der direkt an einen der stinkenden Abwasserkanäle grenzte. Angewidert blickte Anna von der Kante hinab in die langsam dahindümpelnde Schmutzbrühe, in der Müll, tote Tiere und andere unbekannte Gegenstände herumtrieben. Hin und wieder stiegen zähe Gasblasen auf, die der Faulschlamm am Grund des künstlichen Wasserlaufs freigab. Verstärkt durch das Dangholter Sonnenlicht stank es im weiten Umkreis zum Himmel. Selbst Max, der den Geruch im Schlafsaal des Waisenhauses besser vertrug als Anna, rümpfte die Nase.

»Lecker! Und nun? Müssen wir in die Brühe springen?«, erkundigte sich der Junge. Auf der linken Seite verschwand der Kanal in einem dunklen Tunnel, nach rechts gab es außer zu schwimmen keine Möglichkeit zur Fortbewegung. Direkt an den Kanten des künstlichen Wasserlaufs ragten Häuser in die Höhe. Es lebten tatsächlich Personen in Dangholt, die es in der Nähe der Kanäle aushalten mussten.

»Hinein in den Tunnel! Auf beiden Seiten führt ein sehr schmaler Pfad am Kanal entlang. Für die Kanalreiniger«, erklärte Knirk. »Meister Dost, würdest du vorangehen, um für etwas Licht zu sorgen?«

Der grüne Kobold verbeugte sich vornehm, aber umständlich.

»Herr Max, ich benötige das Laufrad aus dem Lederbeutel«, erklärte Meister Dost.

»Lass das Wort Herr weg«, bat der Junge.

»Gerne, Herr Max. Äh, Max«, verbesserte sich der Kobold. Annas Bruder reichte ihm das goldene Laufrad mit der magischen Lampe daran. Lächelnd hüpfte das grüne Wesen in den Reifen hinein, holte tief Luft und begann zu laufen. Schneller, immer schneller, drehte sich die Konstruktion. Von der Seite aus betrachtet verschmolzen bald Rad und Kobold zu einer goldenen Scheibe mit grünem Kern. Bereits nach kurzer Zeit gab die magische Leuchte helles, klares Licht ab, das weiter brannte, als Meister Dost schon wieder schwitzend aus dem Laufrad kletterte. Mit einem winzigen karierten Taschentuch tupfte der Kobold seine Stirn trocken.

»So, das wird eine Weile halten.«

»Ist ja irre«, staunte Anna.

»Eine Mischung aus Muskeln und Magie«, erklärte der Kobold. Ohne Mühe war er in der Lage, das hell erleuchtete Laufrad zu tragen. Zusammen mit Knirk marschierte Meister Dost voran. Bald darauf verschluckte ein übel riechendes Tunnelgewirr die Gruppe. Wie alle Ratten verfügte auch Knirk über einen speziellen Sinn für Gefahren, der auf Hochtouren arbeitet. Peinlich genau prüfte er in regelmäßigen Abständen, dass niemand, in welcher Form oder Gestalt auch immer, die Verfolgung aufgenommen hatte. Max und Anna sahen von Zeit zu Zeit nach ihren goldenen Würfeln, die leicht, aber nicht bedrohlich, in einem schwachroten Farbton glänzten. Es herrschte keine unmittelbare Gefahr. Immer tiefer führte der Weg in Dangholts Unterwelt hinein. Hier und da leuchteten Augenpaare aus Nischen oder Nebengängen. Anna und Max hätten es ohne ihre Begleiter mit der Angst zu tun bekommen. Bei jedem Geräusch blickten sich die Zwillinge um. Knirk fand mit traumwandlerischer Sicherheit seinen Weg. Von Schritt zu Schritt fühlte sich die Luft feuchter und kälter an, dampfender Atem zerfiel zu feinen Nebelwolken. Anna fröstelte.

»Wir kommen wir durch die verschlossenen Stadttore?«, fragte Max.

»Genau, draußen ist es hell. Wenn die Tore geschlossen sind, stehen zusätzlich überall Wachen herum«, gab Anna zu bedenken. »Wir haben das schon oft gesehen.«

Knirk verharrte einen Moment vor einer morschen Holztür.

»Psst. Wenn wir durch diese Tür eintreten, ist der Zeitpunkt gekommen, an dem wir keinen Laut mehr von uns geben dürfen«, erklärte der Rattenspion mit knappen Worten. »Löschst du bitte das Licht, Meister Dost«, ergänzte Knirk im Flüsterton.

Anna und Max stellten entsetzt fest, dass beide Goldwürfel wein-
rot blinkten. Hinter der Tür drohte eine große Gefahr. Lebensgefahr. Die Zwillinge schwiegen, da sie Vertrauen in die Fähigkeiten des Rattenspions hatten. Auch der grüne Kobold schien
ein treuer Diener mit außergewöhnlichen Fähigkeiten zu sein.
Wie von Geisterhand gesteuert schwang die Holztür vollkommen lautlos auf. Kein Knarren des Holzes, kein Quietschen der
Scharniere. Nichts. Eine steinerne Treppe führte hinab in einen
großen, mit Kerzen beleuchteten Saal. An der Decke bemerkte
Anna zuerst den riesigen Kronleuchter, in welchem hunderte
ausgebrannte Kerzenstummel steckten. Nur ein einziges Licht
brannte dort oben noch. Dafür flackerten an allen Wänden frische, weiße Kerzenlichter. Schritt für Schritt, auf Zehenspitzen
und mit angehaltenem Atem schlichen die Zwillinge vorsichtig
weiter. Zu Tode erschrocken prallten sie zurück. Anna konnte
einen Schrei nur mit großer Mühe unterdrücken. Durch den Saal
führte ein langer, schmaler Gang. Link und rechts davon standen
zwei lange Reihen mit einfachen Holzsärgen. Keine Verzierungen, keine Griffe aus Metall, keine eleganten Formen. Eigentlich
hätte man von länglichen Kisten mit Deckel sprechen müssen.
Im flackernden Kerzenschein tanzten die Schatten der vier
Abenteurer gespenstisch auf den unebenen Felswänden entlang.
Niemand gab einen Mucks von sich. Am Ende der unheimlichen
unterirdischen Halle führte eine steinerne Treppe wieder in
Stück nach oben. Auch die Ausgangstür schwang absolut lautlos
auf. Knirk atmete tief durch.

»Gut gemacht, Kinder«, lobte er die Zwillinge.

»Was zum Tonaluga war *das*?«, schnaubte Meister Dost.

»Die Särge wirkten unheimlich«, gestand Anna.

»Ich habe nicht gewagt, zu atmen«, stöhnte Max. Die Zwillinge
prüften ihre Würfel, die sich mit zunehmender Entfernung zur
letzten Tür wieder golden färbten. Es bestand keine direkte Gefahr mehr.

»Das, meine lieben Leute«, erklärte der Rattenspion, »war ein
Teil der Realität. Ein Teil des echten Lebens. Das Dangholter
Obdachlosenheim für heruntergekommene Vampire.«

»Ist so etwas wie ein Waisenhaus, nicht wahr?«, fragte Anna.

»Nur eben für Vampire.«

»Genau, Graf Krommel, Meister der Vampirgilde, besitzt ein gutes Herz und große Reichtümer. Viele Bewohner der Stadt möchten keine Vampire zum Nachbarn haben, deshalb ist es für manche der Blutsauger unmöglich geworden, sich ein Eigenheim zu kaufen oder zu mieten.«

»Tagsüber würde die Sonne sie verbrennen, daher waren vorhin alle Särge mit schlafenden Vampiren belegt«, vermutete Max.

»Genau«, nickte Knirk. »Graf Krommel hat diese Halle mit Vampirbetten gespendet.«

Der grüne Kobold wurde blassgrün und schluckte.

»Was geschieht, wenn jemand die Vampire versehentlich weckt? Ich habe wenig Erfahrung mit diesen Wesen«, erkundigte sich Meister Dost.

»Das ist einfach beantwortet«, erklärte der Rattenspion mit humorloser Stimme. »Die magischen Türen hätten uns als Eindringlinge festgehalten. Aufgeweckte Vampire sind für gewöhnlich mies gelaunt, zudem verspüren sie Hunger. Den Rest kannst du dir denken.«

»Wir wären ihr Frühstück geworden«, rief Anna schockiert.

»Wie konntest du uns nur einer solchen Gefahr aussetzen«, schimpfte Meister Dost.

»Beruhige dich. Das ganze Leben ist eine einzige Gefahr«, lächelte Knirk. »Der Schlafsaal der Vampire liegt genau unterhalb der äußeren Stadtmauer. Mach bitte wieder das Licht an, Meister Dost. Folgt mir.«

Langsam wurde das Gewirr aus Gängen, Treppen und Stufen übersichtlicher, auch der Geruch verbesserte sich von Meter zu Meter. Schließlich blieb nur noch ein einziger langer Gang übrig, der erneut vor einer Holztür endete. Knirk scharrte mit den Pfoten an einer Planke.

»Wer ist dort?«, schnarrte eine krächzende Stimme auf der anderen Seite.

»Knirk!«

»Wie lautet die Parole?«, erklang es jenseits der Tür.

»Grindelholmwegedarisches Moosbeereneis«, antwortete der Rattengott sofort.

»Tretet ein. Der Weg ist frei.«

Langsam öffnete sich die Holztür. Grelles Licht flutete der Gruppe im Gang entgegen. Geblendet hielten Max und Anna eine Hand vor ihre Gesichter. Nachdem ihre Augen sich langsam an die Helligkeit gewöhnt hatten, blickten die Zwillinge in das würdevolle Antlitz eines großen Uhus.

»Gestatten, mein Name ist Buho«, stellte sich der riesige Vogel mit einer leichten Verbeugung vor. »Ihr müsst Anna und Max sein. Atos hat mir in den letzten Jahren immer wieder viel Gutes über euch berichtet.«

Schüchtern blickten die Zwillinge sich um.

»Ihr fragt euch, wo ihr seid, nicht wahr?«, krächzte die Eule. »Willkommen in der magischen Eichenhöhle.«

»Der Treffpunkt, an dem Herr Atos mit uns zusammenkommen wollte«, rief Max.

»Wo ist eigentlich Atos?«, erkundigte sich Buho besorgt. Meister Dost erklärte die Lage. Mit hektischen Handbewegungen unterstrich der Kobold immer wieder spannende Ereignisse des Tages. Aufgeregt hüpfte die grüne Gestalt um den Uhu herum, der mühelos seinen Kopf nach hinten drehen konnte, um Meister Dost nicht aus den Augen zu verlieren.

»Wir müssen bald weiter, um Vorsprung vor Garmander zu bekommen. Seine Expedition bricht schon am kommenden Tag auf«, beendete der Kobold seinen Bericht. »Purpel hat uns vorhin den Stand der Dinge direkt aus dem Rathaus und dem Gefängnis geliefert.«

Buho wirkte betroffen.

»Das mit Atos tut mir leid. Er wird sich aber zu helfen wissen, da bin ich mir ganz sicher. Wenn ich etwas für euch tun kann? Proviant für die Wanderschaft vielleicht?«

Knirk nickte dankbar.

»Was genau ist die magische Eichenhöhle«, fragte Anna.

Buho gab dem Mädchen mit seinem Flügel ein Zeichen.

»Das ist eine lange Geschichte. Und sie ist geheim!«

Zur magischen Eichenhöhle hatten nur Zauberer oder spezielle Wesen mit Vollmacht eines Magiers Zutritt. Dabei machte

Buho, der Wächter, keinen Unterschied zwischen Gildenmitgliedern, ehemaligen Zauberern, fähigen oder unfähigen Zauberern. Auch die Gestalt, in der ein Magier bei ihm auftauchte, war dem Uhu schlussendlich gleichgültig. Zauberer war Zauberer und blieb Zauberer. Nur die Parole musste stimmen, um Zutritt zu erhalten. So einfach konnte es manchmal in der sonst so komplizierten Welt zugehen. Kein Zauberer in oder um Dangholt herum ging einer ernsthaften, regelmäßigen Beschäftigung nach. Ein wenig Kräuterheilung hier, etwas Magieunterricht dort. Dazu ungefragt kluge Ratschläge verteilen, daraus bestand das Arbeitsleben. Reichhaltige Mahlzeiten, die sich mit ausgiebigen Nickerchen abwechselten, gaben jedem Tag die richtige Würze, rundeten die Zufriedenheit jedes Zauberers ab. Trotz des Müßiggangs, manch ein außenstehender Beobachter hätte auch von Faulheit gesprochen, besaß jeder Zauberer genügend Geld oder Gold, um bis zum fernen Ende seiner Tage gesichert leben zu können. Der Grund dieses Wohlstands lag tief unterhalb der magischen Eichenhöhle verborgen. Durch einen wahnsinnig glücklichen Umstand, die genauen Hintergründe konnte niemand mehr zufriedenstellend erklären, hatte sich vor endlos langer Zeit ein Zauberer versehentlich selbst in tausend Stücke gesprengt. Der Magier hatte damals versucht, Steine in Geld oder Gold zu verwandeln. Die Wucht der Explosion riss ein mehrere hundert Meter tiefes Loch, das man schöner nicht hätte bohren können, in die Erde. Mit diesem nutzlosen Loch konnten die nächsten Generationen nichts anfangen, es war einfach nur da und einfach nur tief. Damit niemand in die Tiefe fallen konnte, pflanzte ein freundlicher Troll eine Rieseneiche darüber, und die Sache geriet in Vergessenheit. Wieder eine ganze Zeitspanne später stolperte ein Zauberer über eine Wurzel der Eiche. Zur Strafe verpasste er dem Baum eine Tür und höhlte das Gewächs zum Spaß aus. Dabei stieß der Magier auf das Loch und nannte es Brunnen. Um festzustellen, wie tief der Brunnen war, musste ein Gegenstand hineingeworfen werden. Seltsamerweise war weit und breit kein Stein zu finden, sodass der Zauberer, der damals noch hart für sein Geld arbeiten musste, eine Münze in den Schacht warf. Fast im selben Augenblick spritze kein Wasser nach oben, sondern mehrere Kopien des Geldstücks, die aber zu schnell wieder verschwanden, als dass der Zauberer sie hätte ergreifen können. Wieder und wieder warf er eine Münze hinein, bis sein ganzes Geld bis auf ein Stück verbraucht war. Der Legende nach erfand der Zauberer durch einen weiteren dummen Zufall die Zeitdehnung, mit der er das Problem löste. Voller Vertrauen in seine Fähigkeiten schleuderte er die letzte Münze in den Brunnen, dehnte die Zeit und konnte sehen, wie im Zeitlupentempo mehrere Geldstück nach oben spritzten. Bequem fing er die meisten Taler ein und wiederholte den Vorgang so lange, dass er sich einen Bruch am vielen Kleingeld hob. Danach kaufte er sich ein Schloss und vererbte sein Wissen an die nächste Generation weiter. Bald wusste jeder Zauberer um die Sache Bescheid. Mithilfe der Eulenwächter und magischer Türen schützten sie bis heute erfolgreich ihren Reichtum. Buho erreichte zusammen mit der Gruppe einen weiteren Abschnitt der Eichenhöhle, in dem eine komplette Wand mit würfelförmigen Fächern ausgestattet war. Auf jeder magisch verriegelten Tür stand in goldenen Buchstaben der Name des Eigentümers.

Buho flatterte auf und wies mit dem Flügel auf ein bestimmtes Fach.

»Amalia«, rief Max. »Dort steht der Name unserer Tante.«

Anna wusste ebenfalls von einer Entdeckung zu berichten.

»Hier haben tatsächlich alle Zauberer ein Schließfach. Purpel, Atos, Garmander, alle Namen sind hier zu finden.«

»Den Schlüssel bitte«, krächzte Buho freundlich.

»Welchen Schlüssel?«, fragte Meister Dost.

»Schlüssel, wofür?«, wollte Max wissen.

»Wer hat hier einen Schlüssel?«, stimmte Anna in den Chor der Fragenden ein.

Geduldig blickte der Uhu die Zwillinge an.

»Amalia ist ein guter Mutterersatz gewesen. Sie hat vor ihrer Reise genau wie ihr heute Proviant und Gold geholt. Den Schlüssel für ihr Fach wollte sie aber in keinem Fall mitnehmen. Besitzt ihr keinen Schlüssel, Kinder?«

Anna und Max überlegten. Für das Waisenhaus gab es keinen Schlüssel, auch das Haus von Atos hatten sie stets ohne Schlüssel betreten können. Niemals im Leben hatten Max oder Anna einen Schlüssel besessen. Das Mädchen schüttelte mit fragendem Blick den Kopf.

»Schade!« Buho zuckte mit den Eulenschultern. In diesem Moment erklang aus dem Lederbeutel auf Max' Rücken eine feine Melodie.

»Die Spieluhr«, schrien die Zwillinge wie aus einem Mund.

»Was hat ein Schließfachschlüssel mit einer Spieluhr zu tun?«, wunderte sich der Uhu.

»Der einzige Schlüssel, der sich in unserem Besitz befindet, steckt in einer Spieluhr, die uns unsere Tante zurückgelassen hat«, erklärte Anna. Max zog den goldenen Türöffner aus dem Lederbeutel. Buho ergriff mit seinen messerscharfen Klauen vorsichtig den Schlüssel, der wie angegossen in Amalias Geldfach hineinpasste.

»Viel ist es nicht«, brummte die Eule unzufrieden.

»Aber mehr als nichts«, freute sich Max. »Wir haben noch niemals eigenes Geld besessen. Jedes noch so winzige Stückchen mussten wir im Waisenhaus bei Madame Euphrosine abgeben. Sogar unsere Kleidung hat sie durchsucht.«

Buho musterte die Zwillinge von Kopf bis Fuß.

»So lasse ich euch nicht auf die Wanderschaft gehen. Zusätzlich zum Proviant gibt es neue Kleidung«, versprach der Uhu.

Knirk wurde unruhig.

»Zögert nicht zu lange. Packt eure Sachen, etwas Geld aus Amalias Fach, etwas Proviant, und dann geht euren Weg. Meister Dost wird euch nun führen. Für mich ist hier die Reise zu Ende.«

Entsetzt starrten Anna und Max den Rattenspion an.

»Aber warum?«, fragte Max.

»Meine kleine Welt endet hier. Weiter draußen ist es zu gefährlich. Sicher bin ich nur in der Unterwelt von Dangholt, in den Straßen der Stadt. Dort kenne ich jeden Winkel. Außerdem benötigt Wenzel meine Dienste. Lebt wohl! Viel Glück!«

Knirk hasste lange Abschiedsszenen. Schnell wie ein Phantom verschwand der Rattenspion in der Dunkelheit der Gänge.

»Danke«, flüsterte Anna.

Im vergessenen Garten des Lapacho öffnete sich knarrend die mitten auf der Blumenwiese stehende Tür. Purpel trat bibbernd aus dem Nichts hervor. Er musste seine Hände schützend vor die Augen halten. Das grelle Sonnenlicht blendete schmerzhaft.

»Was für ein Alptraum«, seufzte der vergessliche Zauberer zitternd, »eiskalt und dunkel war es. Wo auch immer ich war?«

Die Dangholter Sonnenstrahlen taten so gut! Fieberhaft aber vergeblich versuchte Purpel, sich einen Reim auf den seltsamen Ort zu machen. ›Die Hölle kann es nicht gewesen sein, sie wäre hell und heiß‹, überlegte er. ›Vielleicht sieht aber so eine *besondere* Hölle für unfähige Zauberer aus?‹

Knarrend schloss sich die magische Tür wieder.

»Müsste mal geölt werden«, brummte der Magier. Mit verzweifelter Miene blickt er sich kopfschüttelnd um.

»Jetzt stehe ich vor demselben Problem wie vorhin. Ich habe immer noch Höhenangst und bin keinen Schritt weitergekommen!«

◆

Der Brülltroll nickte immer wieder zustimmend, während Atos seinen Plan in allen Einzelheiten erklärte. Elegant wie eine Schlange schlüpfte der ehemalige Zauberer aus seinen Hand- und Fußfesseln, als wären sie ihm von Anfang an drei Nummern zu groß gewesen.

»Wie du das gemacht?«, wunderte sich der Troll.

»Eine winzige Prise Magie«, grinste Atos. »Damit ich nicht außer Übung komme, du verstehst?«

Madame Euphrosine tobte in der Zelle gegenüber wie ein wild gewordener Bewohner aus Loppelwuh, dem gerade sein frisch gebautes Haus abbrannte. Noch immer konnte sie die ganzen Geschehnisse des Tages nicht begreifen, beinahe reich und berühmt, nun aber stattdessen voller Trollschleim und noch dazu eingesperrt.

»Was habt ihr da die ganze Zeit zu tuscheln? Wache, hier wird etwas ausgeheckt! Waaaache! Herr Atos hat sich aus den Fesseln befreit!«

»Alte Zimtzicke«, murmelte Atos.

»Waaaaacheeeeeeeeeeeee!«

Niemand erschien. Die Soldaten beschäftigten sich lieber damit, beim Knobeln oder Kartenspiel ihren kompletten Sold durchzubringen. Atos hielt sich mit beiden Händen fest die Ohren zu, während der Troll der Petze von gegenüber einen schleimigen Schrei über den Gang schickte. Madame kauerte wimmernd auf ihrer Pritsche und schwieg. Auch als der Troll losbrüllte, interessierte sich kein Soldat der Stadtwache für den Grund des Radaus.

»Der Schoßhund des Bürgermeisters hat Schmerzen oder macht Kleinholz aus dem Zauberer«, lästerte der Leutnant, als er das Gebrüll des Trolls vernahm. Lässig würfelte der Offizier drei Sechser hintereinander.

Atos untersuchte mittlerweile die Gitterstäbe im Verließ. Sie waren tief in den Fels eingelassen und selbst durch einen kräftigen Troll nicht einfach herauszureißen. Fuddelhaar hatte sogar für seinen brüllenden Dauergast besonders verstärktes Eisen einbauen lassen. Selbstverständlich hätte Atos sich in ein kleines Tier verwandeln und durch die Gitterstäbe schlüpfen können, aber er hielt diesen Aufwand für nicht angemessen. Schließlich konnte es auch ziemlich wehtun, plötzlich auf das Format einer Katze zu schrumpfen. Außerdem hätte Madame, obwohl momentan halb taub, vielleicht einen Zauberspruch gehört, der in den falschen Händen Schaden anrichten konnte. Bei Madames Geltungssucht würde sie damit später garantiert angeben und versehentlich ein Kind im Waisenhaus verletzen. Seelenruhig zog der ehemalige Zauberer das Fläschchen Universaltinktur aus dem Gewand, mit der er zuvor schon dem Troll geholfen hatte. Ein Tropfen auf jedes Scharnier der Zellentür genügte. Weißer, in den Augen beißender Qualm stieg auf, nahm den Anwesenden fast den Atem. Atos pustete den störenden Nebel beiseite, um sein Werk besser betrachten zu können.

»Saubere Arbeit«, lobte er sich selbst. »Wenn du mir bitte behilflich sein würdest? Mit meinen Rückenschmerzen darf ich keine schweren Gewichte heben.«

Der Troll näherte sich der Gittertür, die noch immer an ihrem

Platz stand. Mühelos zog er die schwere Eisenkonstruktion ein Stück in die Zelle hinein. Das Gitter ließ sich wie eine Tür öffnen, nur seitenverkehrt. Als Scharnier und einziger Befestigungspunkt diente nun das Schloss. Atos ergriff den hölzernen Eislöffel und verließ zusammen mit dem Troll die Zelle. Madame Euphrosine packten Wut und Verzweiflung.

»Du kommst hier *niemals* ungesehen heraus, Herr Atos«, keifte die Waisenhausleiterin. »Mit diesem grünen Monster an deiner Seite wird es niemals gelingen. Wache! Wache! Hier bricht jemand aus! Was willst du mit dem Eislöffel anfangen?«

Madame hämmerte mit ihrem Essnapf an die Gitterstäbe. Atos und der Troll würdigten die Frau keines weiteren Blickes. Tatsächlich bestand die Herausforderung des Ausbruchs darin, am Ende des Gangs unbemerkt an der Wachstube vorbeizukommen. Besonders der riesige Troll konnte sich nicht einfach in Luft auflösen.

»Was ist dort eigentlich für ein Radau hinten bei den Zellen?«, erkundigte sich ein geistig einigermaßen wachsamer Soldat. »Irgendjemand randaliert dort. Schau mal nach!«

»Schau doch selber nach!«

»Warum ich?«

»Warum nicht?«

»Geht das schon wieder los?«

»Der Leutnant soll entscheiden!«

»Nein, er sitzt beim Würfelspiel, wir dürfen nicht stören.«

»Aber es ruft jemand nach der Wache, und wir sind im Dienst! Wir sind die Wache!«

»Das ist nur die Gewitterhexe, die von Fuddelhaar persönlich in den Kerker gesteckt wurde, weil sie auf dem Marktplatz seine Ansprache gestört hat. Schenk ihr einfach keine Beachtung.«

Der Leutnant in der Wachstube verlor die Konzentration und damit seinen entscheidenden Wurf. Wütend schleuderte der Soldat den Knobelbecher durch die Wachstube.

»Was qualmt hier eigentlich so?«, brüllte er seine Männer an. »Man sieht ja plötzlich die Hand vor Augen nicht mehr. Und wer schreit dort im Gang eigentlich die ganze Zeit herum? Nur deshalb ist mir der letzte Wurf missglückt«, ergänzte er wütend.

Tatsächlich füllte dichter Nebel alle Zellen, den in Stein gehauenen Gang sowie die Wachstube. Seltsamerweise roch der Dunst nicht nach Feuer oder Rauch. Vielmehr sorgte Atos mithilfe seiner Universaltinktur für Verwirrung. Ein einziger Tropfen der Medizin begann, den Löffel anzufressen und langsam aufzulösen. Das Holz verwandelte sich in dichten weißen Rauch. Alle Soldaten tappten wie blind aus der Wachstube, taumelten nach links und rechts, ohne jede Orientierung. Anders als Brandrauch schmerzte die trübe Luftbrühe jedoch nicht in Augen oder Lunge, sondern ließ lediglich die Soldaten wie betrunken torkeln und aneinander stoßen. Ohne Mühe schlüpfte der Brülltroll an der Wachstube vorbei in die Freiheit. Selbst der gesamte Marktplatz verschwand im wabernden Nebel, sodass die versammelten Bürger weder das Pendel noch den Troll zu Gesicht bekamen. Dankbar entfernte sich das grüne Wesen. Kurz darauf tauchte der Troll in einer der zahlreichen Nebengassen Dangholts unter. Die Anwesenden auf dem Marktplatz hielten die neblige Erscheinung für ein weiteres Zeichen der Götter. Ängstlich tappten sie herum, stießen gegeneinander, schimpften und fluchten. Die Gilde der Taschendiebe, die an das Arbeiten bei Nacht und Nebel gewöhnt war, machte reiche Beute. Versehentlich bestahlen sich sogar einige Diebe gegenseitig.

Bürgermeister Fuddelhaar erschien, aufgeschreckt durch den Tumult, auf seinem Balkon. Die Perücke saß schief, doch niemand bemerkte dies. Der gesamte Bürgermeister verschwand in einer gigantischen Nebelwolke.

»Garmander«, brüllte Fuddelhaar ungehalten. »Garmander!«

Es dauerte eine Weile, bis der Gildenmeister im Sitzungssaal erschien. Der oberste Zauberer musste sich selbst einen Weg durch den Dunst bahnen, der mittlerweile auch das gesamte Rathaus durchflutete.

»Ich bin hinter dir, Herr Fuddelhaar«, erklärte der Magier.

»Warum dauert das so lange? Was geschieht hier?«, tobte der Bürgermeister.

»Zu Frage Nummer eins. Verzeihung, ich saß beim Major, um die Expedition zusammenzustellen. Zu Nummer zwei. Das hier ist magischer Nebel! Atos muss dahinter stecken, sicher stiftet er

Verwirrung, um zu fliehen«, war Garmander sich sicher.

»Tu etwas dagegen«, kreischte Fuddelhaar aufgebracht.

Garmander mühte sich mit einem Gegenzauber, der aber nur quälend langsam wirkte. Unendlich schwerfällig löste sich der Nebel auf, das Pendel, der Marktplatz, die ausgeraubten Bürger, all das wurde langsam wieder sichtbar.

»Zum Tonaluga, warum dauert das so lange«, erregte sich Fuddelhaar erneut. Wütend riss er die Perücke vom Kopf, um den unerträglichen Juckreiz direkt bekämpfen zu können. Genüsslich fuhr der Stadtobere mit allen zehn Fingern über die schuppige Kopfhaut. Klebriges Fett triefte aus der ungewaschenen Frisur. Von der Dachkante des Rathauses stürzte ein begeisterter Grubbelwutz auf Fuddelhaars Kopf, verhakte seine Krallen im tranigen Haar und schleckte begeistert das Fett auf. Wild um sich schlagend versuchte der Bürgermeister, sich den ungebetenen Gast wieder vom Hals zu schaffen. Dabei wusste jedes Kind, dass ein Grubbelwutz nicht ohne weiteres von seinem Opfer abließ. Die fliegenden Unken verließen ihr Opfer erst dann freiwillig, wenn die Haarpracht fettfrei und blitzsauber geleckt glänzte. Im Falle des Bürgermeisters würde dies eine ganze Weile in Anspruch nehmen. Unfreiwillig ließen die gepanzerten Unken sich kaum entfernen, es sei denn, man hätte mit einem Knüppel oder Schwert Fuddelhaars Kopf zusammen mit der Unke zu Brei geschlagen oder gespalten. Der ungebetene Gast trug nicht gerade zur Verbesserung der Laune des Stadtoberen bei.

»Entfernt den Grubbelwutz von meinem Haupt«, kreischte Fuddelhaar ungeduldig.

Garmander schüttelte den Kopf.

»Es gibt keinen Zauber, der nicht gleichzeitig deinen Kopf zerbröseln würde, Herr Bürgermeister«, warnte der Gildenmeister.

Wütend stülpte Fuddelhaar seine Perücke über Kopf und Grubbelwutz. Er gab ein lächerliches Bild ab. Zusammen mit Garmander und Major Bockelwitz stürmte der Bürgermeister in Richtung Kerkerzellen. Stück für Stück löste Garmander den künstlichen Nebel in Wohlgefallen auf. Nur in der Zelle des Brülltrolls gelang es nicht, die Hand vor Augen zu sehen. Garmander erzeugte mit einem neuen Zauberspruch Wind, der nach weiteren wertvollen Minuten den Blick auf die Felskammer freigab. Atos lag regungslos auf dem kalten Steinboden, die Hände und Füße in Ketten gelegt. Die weit geöffnete Gittertür hing unversehrt in ihren Angeln, kein Stück des Metalls sah verbogen aus. Im Schloss steckte ein Schlüssel. Garmander verstand die Welt nicht mehr. Er hätte schwören können, dass Atos das Weite gesucht und gefunden hatte. Enttäuscht und erfreut zugleich betrat der Gildenmeister die Zelle. Gerne hätte er seinen Rivalen von der Stadtwache über die gesamte Würfelwelt hetzen lassen, um den ehemaligen Zauberer wieder hinter Schloss und Riegel zu bringen. Auf der anderen Seite bedauerte er, dass Atos nicht bis in die Unendlichkeit im Kerker schmoren würde. Scheinbar hatte der Troll ihn einfach erschlagen. Vorsichtig tippte Garmander mit dem Schuh an den Körper des ehemaligen Zauberers. Nicht rührte sich, aus einer klaffenden Wunde am Kopf lief ein Rinnsal frisches Blut. Ein Teil der Pritsche lag herausgebrochen neben Atos auf dem kalten Steinfußboden. Auch am Holz entdeckte Garmander Blutspuren. Wahrscheinlich das Mordwerkzeug.

»Endlich bist du hier, Herr Bürgermeister«, keifte Madame Euphrosine ungefragt von der anderen Seite herüber. »Wurde auch Zeit, ich habe schon mehrfach nach dir geschickt. Ich kenne die richtigen Opfergaben. Zwillinge für dich, die Opfer für den Vulkan. Was ist mit den fünf Golddublonen für mich? Was hast du eigentlich unter deiner Perücke, sieht irgendwie komisch aus?«

Fuddelhaar schien förmlich zu explodieren. Die Welt geriet immer mehr aus den Fugen. Das alles konnte einfach nicht wahr sein. Gestern noch hatte sein Leben in unumstößlicher Ordnung stattgefunden. Schlafen, essen, Urteile sprechen und Befehle erteilen, die juckende Perücke verfluchen, so hatte der Alltag auszusehen. Heute gab es ein defektes Pendel, einen toten Zauberer und eine aufsässige Madame zu verkraften. Vom schmatzenden Grubbelwutz auf dem Kopf gar nicht zu reden.

»Bring sie zum Schweigen«, befahl er dem Major. »Schafft den Zauberer aus der Zelle. Jeder verfügbare Mann der Wache geht auf die Suche nach dem Troll. Ich will meinen Troll wiederhaben. Und findet den Schuldigen, der die Zelle aufgeschlossen hat. Verstanden?«

»Jawoll, Herr Bürgermeister«, brüllte Bockelwitz.

»Ich liefere die Zwillinge und will meine fünf Dublonen«, giftete Madame Euphrosine ein letztes Mal, bevor die Wache sie geknebelt in ihrer Zelle zurückließ. Währenddessen trugen zwei Soldaten den schlaffen Körper des ehemaligen Zauberers Atos aus der Zelle. Über einen Nebengang erreichten sie eine Gittertür, hinter der Dunkelheit und unendlicher Gestank eines Abwasserkanals herrschte. Ohne mit der Wimper zu zucken ließen die Männer Atos achtlos in den Kanal fallen. Die Entsorgung des leblosen Körpers würde von der schwachen Strömung übernommen, wie schon bei vielen Gefangenen zuvor. Irgendwo außerhalb der Stadt erreichte der Kanal den Fluss Klo, dessen Wassermassen jeden Unrat früher oder später ins Meer schwemmten.

»Von welchen Zwillingen redet die Frau eigentlich die ganze Zeit?«, wunderte sich Major Bockelwitz. Zwei Soldaten schwiegen eisern.

◆

Purpel irrte verzweifelt durch den vergessenen Garten des Lapacho. Weder die einsam auf der Wiese stehende Tür wollte ein zweites Mal funktionieren, noch fiel ihm ein Zauberspruch gegen Höhenangst ein. In äußerster Verzweiflung verwandelte sich der vergessliche Magier versehentlich in ein Schaf. Bekümmert begann er, die Blumenwiese abzugrasen.

◆

Buho, Wächter der magischen Eichenhöhle, blickte zufrieden der kleinen Gruppe hinterher, die soeben ihre Reise begonnen hatte. Anna und Max trugen nun einfache, aber ordentliche Kleidung. Die zerlumpte Waisenhauskluft taugte nicht einmal mehr als Putzlappen. Die Zwillinge verzichteten auf das Tragen von Schuhen, da sich diese wie Fremdkörper anfühlten und ständig drückten. Stattdessen liefen sie lieber weiterhin barfuß. Für den

Fall, dass auf der langen Reise irgendwann am Ende der bekannten Welt die Temperaturen sanken und Eis oder starker Frost zu Wegbegleitern wurden, hatte die Eule jedem Kind zwei Stücke Fell und zwei Schnüre zur Verfügung gestellt. Diese ließen sich bei Bedarf um die Füße binden, um vor Erfrierungen zu schützen. Die Winter in Dangholt verliefen niemals sehr kalt. Schnee war eine Seltenheit. Madame Euphrosine nahm sowieso niemals Rücksicht auf die Witterung. Max und Anna waren es gewohnt, bei jedem Wetter ohne Schuhwerk durch die Stadt zu laufen. Proviant gehörte ebenso wie etwas Geld zur Reiseausstattung. Meister Dost trug vergnügt sein Bündel. Pfeifend schritt der Kobold neben den Zwillingen her. Anna wirkte nachdenklich.

»Wie es wohl Herrn Atos geht? Es ist schade, dass wir uns nicht in der magischen Eichenhöhle wiedersehen konnten.«

Ihr Bruder nickte.

»Ja, aber er hat angewiesen, dass wir uns möglichst schnell von der Stadt entfernen. Ich freue mich, dass wir auf dem Weg zu unserer Tante sind. Sicher wird Herr Atos uns bald einholen.«

Meister Dost unterbrach die Überlegungen der Zwillinge.

»Niemand außer Atos kennt wirklich den Weg ans Ende der Welt, das ist korrrrrrekt.« Schnell nahm der Kobold einen Schluck seiner Medizin. »Aber um dorthin zu gelangen, stehen uns beschwerliche Wege bevor. Ich denke da nur an die Trollgebiete, verschiedene Sümpfe, das Feenland oder die angorianischen Drachenwälder.«

Die Welt außerhalb der Hauptstadt wirkte auf Anna und Max weitgehend fremd, da sie an jedem Tag der Woche ihrer Arbeit innerhalb der Stadtmauern nachgehen mussten. Atos beschaffte den Zwillingen viele Bücher, von denen auch das eine oder andere über die große Welt vor den Toren der Hauptstadt berichtete. Aber es wirkte bedrohlich, nun plötzlich selbst Teil dieser fremden Welt zu sein. Viele Geschichten rankten um sagenhafte Landschaften, weit entfernt von Dangholt. Bis zum Einbruch der Dunkelheit bewegte sich die kleine Gruppe über Felder, an Kanälen entlang oder im Schutz von Waldwegen. Hin und wieder passierten sie Dörfer, in denen Bauern oder Tagelöhner in ärmlichen Hütten hausten. Soldaten, Strauchdiebe oder andere

Suchtrupps, die nach Opferzwillingen forschten, begegneten ihnen glücklicherweise nicht.

»Ich mache etwas Licht«, schlug Meister Dost vor, nachdem die Dämmerung weiter voranschritt. »Es vertreibt Ungeziefer, Vampire und Diebe.«

Anna gähnte herzhaft.

»Ich bin müde«, erklärte das Mädchen schüchtern. Einerseits wollte sie so schnell wie möglich ihrer Tante zu Hilfe eilen, andererseits versagten die Beine langsam ihren Dienst.

»Ich auch«, pflichtete Max bei.

»In Ordnung, dort vorne liegt ein Dorf«, nickte der Kobold. »Sicher finden wir dort einen Stall oder etwas Heu für unser Nachtlager. Proviant für heute besitzen wir bereits.«

Ein Blick auf die goldenen Würfel zeigte, dass keine unmittelbare Gefahr für die Zwillinge bestand. Vorsichtig näherten sich die drei Abenteurer zunächst der Ortschaft, dann einer etwas abseits gelegenen Scheune, in der sie auch einen duftenden Heuboden fanden. Die wenigen anwesenden Dorfbewohner schienen keine weitere Notiz von der Gruppe zu nehmen. Immerhin gab es in dem verschlafenen Nest ohne Namen aber eine Art Taverne oder Gasthaus, vor denen Atos die Zwillinge immer gewarnt hatte. Folgsam schlugen beide einen großen Bogen um das Haus. Im frischen Heu öffneten sie Buhos Proviantpaket voller Köstlichkeiten. Es gab Brot, Butter, Käse und Speck. Nach einer hastigen Mahlzeit fielen Max und Anna auf ihr gemütliches Lager. Bald darauf schliefen beide tief und fest. Meister Dost las noch ein Kapitel beim Licht seines Laufrades. Mit einer Hand bewegte der Kobold immer wieder seinen Knobelbecher, legte einen gekonnten Wurf ins Heu und wiederholte die Bewegung wie eine Maschine. Ihn stach der Hafer. Meister Dost hatte eine heimliche Leidenschaft, er liebte das Würfelspiel. Vorsichtig überzeugte sich der grüne Gnom davon, dass die Zwillinge fest schliefen. Eine gute Portion Schnupftabak später trat der Kobold vor die Scheune und näherte sich dem Lärm der Taverne, magisch angezogen wie eine Motte vom Lichtschein einer Laterne. Drinnen klapperten Bierkrüge und Würfelbecher. Hier konnte man bestimmt Spaß haben.

Zwischen Meister Dost und den verführerischen Geräuschen befand sich noch ein mächtiges Problem in Gestalt des Türstehers. Viele Gastwirte in Dangholt und Umgebung hielten sich einen Zombie. Als untote Wesen benötigten sie keinen Schlaf, nur manchmal nach größeren Schlägereien einige Ersatzkörperteile. Ihre Mahlzeiten besorgten sich die Kreaturen ebenfalls selbstständig. Niemand wollte so genau wissen, wie und woher. Es hätte auch niemand eine brauchbare Antwort bekommen, sondern eine Gegenfrage im Stile von »was geht dich das an?«, »das hat noch nie jemand gefragt, warum fragst du?« oder »ich zeige es dir gerne, warum kommst du nicht gleich mit mir um die Ecke dort hinten?«

Ein besonders gelungenes Zombieexemplar bewachte die Tür zur Taverne, um Zechpreller am Verlassen und unerwünschte Kreaturen am Betreten des Hauses zu hindern. Wer als unerwünscht galt, lag im Ermessen des Türstehers. Manchmal durfte auch der Gastwirt noch ein Wörtchen mitreden. In der Gilde der Türsteher galt eine eiserne Regel. Sie lautete: Es gibt keine Regeln! Wer heute willkommen war, konnte ohne Probleme am kommenden Tag in der Gosse oder auf dem Misthaufen nebenan landen. Zwerge bildeten eine Ausnahme. Die trinkfesten, zahlungskräftigen Bergleute zechten oft die halbe Nacht, ohne Ärger zu machen. Zusätzlich schwemmten sie als schlechte Spieler und gute Verlierer jede Menge Gold oder Diamanten in die Kasse des Wirts. Ein Türsteherzombie wurde immer an den Einnahmen der Taverne beteiligt.

»Du kommst hier nicht rein«, erklärte der Zombie dem Kobold.

»Warum nicht? Ich verspüre Durst und möchte Würfel spielen«, erklärte Meister Dost gereizt.

Der Zombie schüttelte den vernarbten Kopf. Immerhin gehörte die Kreatur zu den gebildeten seiner Art. Er war in der Lage, ganze Sätze zu sprechen und bis mehr als drei zu zählen. Sogar einige feine Ausdrücke gehörten zu seinem Wortschatz.

»Das wird nicht gehen!«

»Warum nicht?«

»Einen Moment!«

Der Zombie ließ eine Gruppe Zwerge mit roten Mützen in die Taverne hinein. Vorher kontrollierte er die Säcke auf ihren Rücken.

»So, nun habe ich wieder Zeit für dein Anliegen. Zu deinem Wunsch nehme ich gerne Stellung. Verpfeif dich«, erklärte das Monster seelenruhig.

»Aber...«, versuchte der Kobold es erneut. »Ich bin Meister Dost.«

»Kein aber, dein Gesicht gefällt mit nicht, und damit Basta. Einen Meister Dost kenne ich nicht, und ich arbeite schon eine ganze Weile hier. Nein, dein Gesicht gefällt mir wirklich gar nicht.«

›Deins ist auch nicht besser‹, fluchte der grüne Kobold in Gedanken. »Ich besitze genügend Geld und möchte Würfel spielen. Außerdem verspüre ich großen Durst«, fügte er laut hinzu.

»Wenn du mir ein Pfand hinterlässt, etwas Besonderes, nicht einfach nur Geld, und dir eine Tüte über den Kopf ziehst, mache ich vielleicht eine Ausnahme«, lachte der Zombie böse.

Meister Dost zog sich beleidigt zurück, marschierte zum Hintereingang und betrat durch ein Flaschenlager die Taverne.

»So ein Idiot«, murmelte der Kobold, »macht an der Vordertür einen Riesenaufstand, dabei steht die Hintertür offen.«

»Du denkst wohl, ich bin ein Idiot, nicht wahr?«, brüllte ein riesiger Schatten, der plötzlich wie aus dem Nichts erschien. Die mächtige, bratpfannengroße Pranke des Zombies ergriff Meister Dost, schüttelte ihn, bevor sie den Kobold aus der Vordertür direkt auf den Misthaufen warf.

»Ein Pfand und eine Tüte über dem Kopf«, wiederholte die monströse Gestalt. Türzombies konnte man nicht leicht überlisten, ihnen schien kein Trick unbekannt zu sein. Egal, ob ein Besucher sich verwandelte, unsichtbar machte oder vor der Tür explodierte. Der Türsteher durchschaute es. Verärgert trabte der Kobold zurück zur Scheune, wo die Zwillinge immer noch friedlich schliefen. Bekümmert las Meister Dost einige Buchseiten, doch die Geräusche aus der Taverne zogen ihn immer wieder magisch an. Lautlos leerte der Kobold sein Bündel, riss zwei kleine Löcher in den Stoff. Anschließend stülpte er das Tuch über sein Haupt.

›Amalia wird mich umbringen, wenn sie davon erfährt, aber es ist ja nur ein Pfand‹, überlegte er ängstlich und entschlossen zugleich. Mühelos trug der Kobold sein goldenes Laufrad über die Straße. Um jeden Preis musste er ein paar Krüge Honigwein leeren und einige Stunden Spaß beim Würfelspiel genießen. Meister Dost hielt seine Lichtmaschine stolz in die Luft. Anschließend hüpfte er in den Reif hinein, um die magische Lampe zum Leuchten zu bringen.

»Hierrrrr ist mein Pfand«, rief der grüne Kobold aufgeregt. »Was sagst du zu diesem tollen Rrrrad?«

Der Zombie war begeistert, in seinem vernarbten Gesicht zeigte sich aber keine Gefühlsregung. Zu groß schien die Gefahr, dass einige frische Nähte als Ergebnis der letzten Schlägerei wieder aufplatzten.

»Gut, du darfst hinein, aber nimm die lächerliche Kappe ab«, brummte der Untote.

Begeistert riss der Kobold sein Stoffstück vom Kopf und betrat stolz die Taverne. Tabakrauch, Lärm, Geschrei in vielen Sprachen, fliegende Stühle und Fäuste, klirrende Flaschen und zwielichtige Gestalten empfingen Meister Dost. Hier ließ es sich aushalten. Prächtig gelaunt nahm er an einem schweren runden Holztisch Platz, an dem bereits eine seltsame Gruppe versammelt saß. Zwei Zwerge, ein Vampir, ein Troll sowie ein Wasserschatten ließen der Reihe nach den Würfelbecher auf die Tischplatte krachen. Wasserschatten zählten zu den rätselhaftesten Wesen auf der Würfelwelt. In einer tiefschwarzen Hülle, die jede beliebige Form annehmen konnte, gluckerte pechschwarzes Wasser. Momentan sah der Wasserschatten aus wie eine Pyramide mit zwei Armen. Kurz unterbrach die seltsame Versammlung ihr Spiel, um die Regeln zu vereinbaren. Einfache Regeln. Ein Spiel um alles oder nichts, das am Ende nur einen Sieger haben konnte. Vor der Tür spielte ein begeisterter Zombie mit einem seltsam leuchtenden goldenen Rad.

◆

In Dangholts Unterwelt herrschte ein Wirrwarr aus Kanälen,

vergessenen oder geheimen Gängen und verlassenen Bergwerksschächten. Eine triefend nasse Gestalt kletterte frierend aus einem übel riechenden Abwasserkanal heraus. Die Kleidung roch erbärmlich nach allem, was die Bewohner der Hauptstadt täglich über die künstlichen Wasserwege entsorgten. Die Gestalt wartete ungeduldig auf den Einbruch der Dunkelheit.

»Und das alles auf meine alten Tage«, schimpfte ein ehemaliger Zauberer. ›Schade, dass Knirk noch nicht zurück ist, um mir den kürzesten Weg nach draußen zu weisen.‹

Während Atos den Sonnenuntergang abwartete, sorgte er sich sehr um das Wohl der Zwillinge. Beide besaßen noch keine Erfahrungen in der großen weiten Welt, kannten die Risiken und Gefahren nur aus den Erzählungen ihres Lehrmeisters. Sicher, Meister Dost begleitete die Geschwister. Als Amalias Diener würde er niemals die Kinder absichtlich in aussichtslose Situationen bringen. Nur manchmal setzte sein Verstand aus, wenn die Würfel klapperten, oder wenn er einen Becher Honigwein über den Durst trank. Insgesamt vertraute Atos auf die Fähigkeiten des Kobolds, aber man konnte nie wissen. Immerhin war das grüne Wesen nach über zehn Jahren in der goldenen Kiste etwas aus der Übung. Trotz der Zeitdehnung.

Während die Dämmerung über Dangholt hereinbrach, wagte der ehemalige Zauberer sich aus seinem Versteck. Über sorgfältig ausgewählte Nebengassen gelangte er ungesehen zu seinem Haus, das sorgfältig durch einen magischen Verschluss geschützt wurde. Diese nützliche Erfindung ermöglichte es Zauberern, eine Art unsichtbare Käseglocke über Gegenstände zu stülpen, die nur mithilfe eines Gegenzaubers oder Schlüssels wieder entfernt werden konnte. Die Größe des zu schützenden Objekts spielte keine Rolle. Von einem Geldstück über ein ganzes Haus bis hin zur kompletten Stadt hätte Atos einen Schutz installieren können. Natürlich verbot nicht nur der Bürgermeister solche Experimente, auch die Regeln der Gilde besagten, dass ein magischer Verschluss nur bei privatem Eigentum eingesetzt werden durfte. Insofern hielt Atos sich an die Gesetze, obwohl er kein Mitglied der Gilde mehr war. Unbemerkt schlüpfte er durch die Hintertür ins Haus. Ohne Eile, aber hoch konzentriert, bewegte sich der Magier durch sein Heim. Er kannte jeden Winkel auswendig. Um nicht die Aufmerksamkeit der Nachbarn oder zufällig vorbeikommender Wachen zu erregen, entzündete er kein Licht. Zur Sicherheit legte er auch den magischen Verschluss wieder über das Haus. Nachdem er die stinkenden Kleidungsstücke entsorgt hatte, nahm Atos ein erfrischendes Bad. Soviel Zeit musste sein. Das Reisebündel befand sich noch an seinem Platz hinter dem Vorhang. Der ehemalige Zauberer bereitete einige spezielle Flüssigkeiten und Tropfen vor, die ihm auf dem Weg zum Rand der Welt behilflich sein würden. Auch das Fläschchen mit Universaltinktur musste nachgefüllt werden. Wenn alles nach Plan verlief, würde Knirk bald zurück in die Hauptstadt kommen. Was Purpel betraf schien Atos sich seiner Sache nicht ganz so sicher zu sein.

›Bestimmt steckt der Gute wieder in einem Zauberspruch fest und ist als Fledermaus, Schaf oder Wagenrad unterwegs‹, dachte der ehemalige Zauberer. Trotz aller Sorgen musste er grinsen, als er sich seinen Fluchtplan nochmals vor Augen führte. Sich im Durcheinander des Nebels zusammen mit dem Brülltroll aus dem Kerker zu entfernen, wäre kein Kunststück gewesen. Auch die Verwandlung in ein anderes Wesen zog er kurzzeitig in Erwägung. In diesem Fall wäre aber Garmander mit seinen Männern wahrscheinlich sofort aufgebrochen, um seinen Konkurrenten zu jagen. Mit Garmander konnte es Atos jederzeit aufnehmen, dessen war er sich sicher. Der Vorsprung der Zwillinge wäre allerdings stark geschrumpft. Die Wunde am Kopf stellte natürlich nur einen billigen Zaubertrick dar, mit dem normalerweise ein Magier die Zeche in der Taverne prellte. Nachdem man Speisen und Getränke verzehrt hatte, warf man sich schreien auf den Boden und tat, als sein man auf einer Getränkelache oder Essensresten ausgerutscht. Die blutende Wunde verlieh der Situation etwas mehr Wirklichkeit und Nachdruck. Viele Wirte waren schon darauf hereingefallen. Atos hatte niemals zuvor von diesem Zauberspruch Gebrauch gemacht, aber ein Gefängnis stellte schließlich keine Taverne dar. In der Not waren viele Dinge erlaubt.

›Solange ich nicht gesehen werde, gelte ich als tot‹, freute sich

Atos. Außerhalb Dangholts konnte er sich frei bewegen, sofern nicht versehentlich eine Wache oder Garmander selbst ihn entdeckte. Als tot zu gelten, ohne es zu sein, konnte gewaltige Vorteile mit sich bringen. Die Zeit verrann. Atos beschloss, sich das Warten mit einem kleinen Imbiss zu versüßen. Mit den *kleinen* Mahlzeiten verhielt es sich wie folgt. Zauberer waren in alle Jahrhunderten dafür bekannt, dass sie sich mit einem guten Schlaf und einem noch besseren Appetit durchs Leben bewegten. Die Gilde der Magier galt als einer der größten Arbeitgeber Dangholts. Ständig suchte man Köche, Servier- und Spülkräfte. Ein kleiner Imbiss galt als die sparsamste aller möglichen Mahlzeit. Er bestand aus drei Gängen, wobei eine Suppe, Kartoffeln, Fleisch, viel fettige Soße und ein noch fettigerer Nachtisch mit viel Zucker als Mindestanforderung galten. Jedes Nahrungsangebot, das diesen Ansprüchen nicht genügte, betrachtete ein Zauberer nicht als Mahlzeit, sondern als Happen für den hohlen Zahn oder Armenspeisung. Bereits die Menge einer kleinen Zauberermahlzeit überforderte den Magen eines gewöhnlichen Menschen. Die Magier steigerten je nach Appetit und Leibesfülle die Anzahl der Gänge. Vier Stück zählten als Mahl, fünf als Schmaus, sechs als Festessen, sieben als Bankett und acht als Schwelgerei. Den neunten Gang hatte bisher noch niemand überlebt. Zehn Gänge schafften nur die Götter. Atos nickte kurze Zeit später gesättigt am Küchentisch ein. Im Halbschlaf hörte er plötzlich einen zischenden Ton.

»Psssst!«

Atos schreckte hoch. Direkt neben dem Küchentisch ertönte erneut eine leise Stimme. Auch ein kratzendes Geräusch drang in die Ohren des Lehrmeisters.

»Psst! Atos! Wach auf!«, schnarrte Knirk.

»Knirk mein Freund«, rief der ehemalige Zauberer. Verdutzt blickte er den Rattenspion an.

»Was schaust du? Gut, ich rieche momentan nicht so lecker, nachdem ich heute schon zweimal durch die Kanäle gewandert bin«, grinste Knirk verlegen. »Aber ich dachte mir, dass ich sowieso ein drittes Mal mit dir hindurch muss. Ich putze mein Fell später!«

»Nein, deswegen nicht. Ich durfte heute schon selbst den Geschmack der Unterwelt kosten«, beruhigte Atos. »Ich war mir nur absolut sicher, dass ich das Haus mit einem magischen Verschluss versehen habe«, grübelte er. »Wie bist du hineingekommen?«

Der Spion grinste.

»Betriebsgeheimnis!«

»Aber ein interessantes Geheimnis«, musste Atos neugierig zugeben. »Was gibt es Neues?«

»Anna, Max und Meister Dost sind sicher und unbemerkt in der magischen Eichenhöhle angekommen. Buho kümmerte sich um alles, auch um neue Kleidung für die Zwillinge.«

Atos atmete beruhigt durch.

»Und Purpel?«

»Hat mich zu Tode erschreckt, der Gute. Er kreuzte im vergessenen Garten des Lapacho ausgerechnet als Katze auf. Dann ist er einfach durch die Tür auf der Wiese spaziert, als wäre es nichts Besonderes«, grollte der Spion. »Wir haben eine Weile gewartet, aber nichts ist geschehen. Purpel blieb verschwunden.«

Atos konnte es nicht fassen. Seit ewigen Zeiten hatte niemand die Tür öffnen, geschweige denn durchschreiten können.

»Wahrscheinlich ist meinem vergesslichen Kollegen zufällig oder versehentlich der passende Zauberspruch gelungen? Ist dir etwas aufgefallen?«

»Nicht dass ich wüsste«, bedauerte Knirk. »Ich komme direkt von Wenzel. Vorher habe ich noch ein wenig bei der Stadtwache nach dem Rechten gesehen. Die Wolke über dem Pendel wird immer dunkler und bedrohlicher. Fuddelhaar drängt daher deinen speziellen Feind Garmander zum Aufbruch im Morgengrauen. Du hast also noch etwas Vorsprung zur Verfügung, wenn ich dich jetzt gleich aus der Stadt bringe.«

»Dann bleibt noch eine Frage, bevor wir aufbrechen«, überlegte Atos.

»Und die wäre? Warum habe ich meinen Nachtisch nicht aufgegessen? Nein, war nur ein Scherz. Die Frage lautet natürlich, hast du Hunger?«

»Ich dachte schon, du würdest überhaupt nicht mehr danach

fragen. Es duftet lecker. Wahrscheinlich ein *kleiner* Imbiss, nicht wahr?«

Atos grinste. Nachdem der Rattenspion sich gestärkt und sein Barthaar gereinigt hatte, hob Atos die magische Verriegelung des Hauses kurz auf. Zusammen mit Knirk verließ er sein Heim durch die Hintertür. Insgeheim fragte der ehemalige Zauberer sich immer noch, wie der Rattenspion den Schutz vor Eindringlingen hatte umgehen können. Knirk schien die Sorge seines Begleiters zu ahnen. Nicht umsonst galt er als aufmerksamer Beobachter mit Gespür für jede Veränderung. Informationen und geheimes Wissen gehörten zu seinem Handwerkszeug.

»Sorge dich nicht, Atos. Deine magische Verriegelung funktioniert einwandfrei. Jedenfalls oberhalb der Erde«, fügte Knirk grinsend hinzu. »Es gibt mehr unterirdische Gänge und Stollen unterhalb der Stadt, als man denkt. Daher habe ich mir erlaubt, durch deinen Keller einzutreten. Aber auch das ist kein Problem, weil ich einen eigenen magischen Verschluss in meinen Gang eingebaut habe.«

Atos staunte immer wieder über den geheimnisvollen Rattenspion. Gleichzeitig setzte er volles Vertrauen in dessen Fähigkeiten. Auch Bibliothekar Wenzel schätzte die Verlässlichkeit Knirks und beauftragte ihn immer wieder mit schwierigen Aufgaben.

»Seit wann kannst du zaubern?«

»Ich würde es nicht zaubern nennen«, erklärte Knirk bescheiden. »Das Zaubern überlässt man besser euch echten Magiern. Meine Fähigkeiten beschränken sich darauf, hier und da einen Zauberspruch aufzuschnappen. Natürlich gehe ich kein Risiko ein. Purpel ist für mich immer ein warnendes Beispiel.«

Dunkelheit lag über Dangholt wie ein schwarzes Tuch. In den Straßen brannten keine Laternen, da der Nachtwächter verschlafen hatte. Nur auf dem äußeren Ring der Stadtmauer loderten Feuer, an denen die zur Wache eingeteilten Soldaten sich in der kühlen Nacht die Finger wärmten. Auch innerhalb der Häuser gab es nur bei Magiern, reichen Bewohnern oder Kobolden mit Laufrad Licht, das hin und wieder auf den Gehsteig fiel. Atos und Knirk bewegten sich lautlos. Hin und wieder kam ein Vampir vorbei, der im Schutz der Dunkelheit seinen Geschäften nachging oder zum Tanz bei Graf Krommel geladen war. Für die Gilde der Taschendiebe gab es in dieser Nacht nicht viel zu tun. Die meisten Bürger verschlossen ängstlich ihre Türen. Viele Bewohner verstanden noch immer nicht, welches Unheil über der Stadt lag. Das Pendel lief nicht mehr im Takt der Zeit. Angst hing in der Luft, bedrohlich, für jedermann spürbar. Fast greifbar. Am Ende einer stockfinsteren Seitengasse bog Knirk scharf nach rechts ab. Eine steinerne Wendeltreppe führte in die Unterwelt hinab. Atos zog aus seinem Bündel eine Glaskugel, in der prekorianische Glühwürmchen umhersurrten. Die winzigen Tierchen waren in der Lage, Licht in unterschiedlicher Farbe und Helligkeit abzugeben. Vorsichtig schüttelte der ehemalige Zauberer die Lichtquelle, die kurz darauf rötlich zu leuchten begann. Das ungleiche Paar setzte seinen Weg fort, immer tiefer in die Unterwelt hinein, dann hinaus aus der Stadt.

◆

»Wach auf, Max«, flüsterte Anna. Vorsichtig schüttelte sie ihren Bruder am Arm. Schlaftrunken drehte sich der Junge im Stroh auf die andere Körperseite, aber seine Schwester ließ nicht locker. »Draußen auf der Straße ist Radau. Irgendetwas läuft schief.«

Max rappelte sich hoch, rieb die Augen und gähnte herzhaft. Verwundert blickte er sich um.

»Wo ist Meister Dost?«

»Das ist eines unserer Probleme. Der grüne Kobold ist verschwunden. Auch sein goldenes Laufrad ist nicht mehr hier«, erklärte Anna. »Und draußen ist ein Getöse, dass ich davon aufgewacht bin.«

Plötzlich wurde es still. Ungewöhnlich still. Grabesstille herrschte. Dann hörten Anna und Max Schritte. Schwere, langsame Schritte, die sich der Scheune näherten. Keuchender Atem ertönte. Beide goldenen Würfel der Zwillinge begannen, sich rot zu verfärben. Gefahr drohte, von Meister Dost fehlte jede Spur. Anna und Max versuchten vergeblich, durch eine Luke in der

Scheune Einzelheiten zu erkennen. Die Schritte kamen immer näher. Und ein Licht.

»Wir müssen hier raus«, flüsterte Max. So schnell es die Dunkelheit zuließ, packte der Junge seinen Beutel zusammen und kroch von der Luke weg ins Innere der Scheune.

»Unten in der Scheune ist irgendetwas oder irgendjemand«, wisperte Anna voller Angst. Die Zwillinge lauschten angespannt. Aus der unteren Ebene des Gebäudes führte eine wackelige Holztreppe auf den Heuboden, auf dem Anna und Max sich versteckten. Die untere Sprosse knarrte, als der Unbekannte sie mit einem Fuß betrat. Eine Etage darüber zitterten zwei Kinder, suchten fieberhaft nach einem Ausweg. Ein lautes Knackgeräusch durchbrach die unheimliche Stille. Offenbar war unter dem Gewicht des Unbekannten die erste Sprosse gebrochen.

»Verflucht«, schimpfte eine monströse Stimme. Der Zombie rappelte sich hoch und unternahm einen erneuten Anlauf, um den Heuboden zu erreichen. Alle nachfolgenden Querstreben der Leiter hielten seinem Gewicht stand. Sein mächtiger Kopf schaute durch die Luke. In einer Hand leuchtete ein kleines goldenes Rad in jede Ecke des Heulagers. Wütend begann der Untote, das Heu zu durchwühlen, ließ keinen Halm unberührt. Vergeblich.

›Der grüne Kobold hat mich trotz Gewaltanwendung belogen‹, dachte der Zombie. ›Keine Zwillinge weit und breit. Keine fünf Golddublonen für mich. Schade, dass ich dem Wicht nicht den Hals umgedreht habe.‹

Enttäuscht durchwühlte er nochmals das komplette Heu und wand sich ab. Langsam verließ der Zombie die Scheune. Misstrauisch blickte er sich hin und wieder prüfend um, in der Hoffnung, doch noch irgendein Licht, eine Bewegung oder ein Geräusch aufzuschnappen. Anna und Max pressten sich lautlos flach auf das Dach und wagten kaum zu atmen. Im letzten Augenblick hatten sie die Verwirrung des Zombies beim Bruch der Leitersprosse genutzt, um unbemerkt durch eine Luke auf das Dach zu gelangen. Dabei war Annas Bruder mit einem Ärmel an einem rostigen Nagel hängengeblieben.

»Mist«, flüsterte er unhörbar. Ein Stückchen Stoff riss heraus und blieb am Metallstift hängen. Der Zombie bemerkte die verräterische Spur glücklicherweise nicht. Vorsichtig spähte Max über die Dachkante. Entsetzt stellte der Junge fest, dass der Untote mit Meister Dosts goldenem Laufrad in einer gegenüber liegenden Gasse verschwand.

»Meister Dost wurde beraubt«, flüsterte Max seiner Schwester zu. »Ein Zombie trägt sein magisches Laufrad davon.«

»Dann muss auch Meister Dost etwas zugestoßen sein, er würde doch niemals sein Rad freiwillig hergeben?«, überlegte Anna. So schnell es die Dunkelheit zuließ, verließen die Zwillinge ihr Versteck, um das schwächer werdende Leuchten des Laufrads nicht aus den Augen zu verlieren. Um nicht aus dem Hinterhalt angegriffen oder unbemerkt verfolgt werden zu können, prüften beide Kinder immer wieder die goldenen Würfel.

»Wir haben ihn aus den Augen verloren«, schimpfte Max an einer Weggabelung.

»Dort links am Ende der Straße sind Licht und Lärm, rechts ist es dunkel. Ich bin für Links«, schlug Anna vor. Ihr Bruder nickte. Plötzlich blieben die Zwillinge wie angewurzelt stehen.

»Hörst du das?«, flüsterte Anna.

»Und ob«, bestätigte Max. »Ich habe einen Gänsehaut wie ein Reibeisen.«

Vor der rechten Seite drang aus absoluter Dunkelheit ein wimmerndes Geräusch an ihre Ohren. Ab und zu unterbrach ein leises Stöhnen die unheimlichen Klagelaute.

»Das ist aber nicht der Zombie«, vermutete Max. »Wir benötigen Licht! Vielleicht finden wir eine Kerze?«

Anna schnippte mit Daumen und Mittelfinger.

»Schau in unser Bündel. Herr Atos hat doch ein Feuerholz hineingetan«, erinnerte sich das Mädchen. Tatsächlich fand Max eine kleine längliche hölzerne Schachtel.

»Die Schachteln der Feuerhölzer, die ich kenne, sehen aber anders aus«, nörgelte ihr Bruder. »Schau hier, an keiner der Seiten ist die Schachtel rau. Wie sollen wir das Feuerholz entzünden?«

Seine Schwester untersuchte im schwachen Licht, das von der linken Seite herüber drang, den länglichen Behälter. Er fühlte sich von allen Seiten glatt poliert an, auf der schmalen Oberseite fühlte Anna eine runde Wölbung, nicht aus Holz gefertigt, sondern aus einem anderen Material. Aus der stockfinsteren Gasse drang erneut ein Wimmern. So, als hätte jemand Schmerzen oder eine Verletzung erlitten. Das Mädchen drückte mit dem Daumen auf die Wölbung. Im selben Moment klappte ein Teil der hölzernen Schachtel an einem Scharnier auf. Ein ellenlanger Feuerstoß schoss heraus. Erschrocken ließ Anna das seltsame Kästchen fallen, das Feuer erlosch wieder.

»Autsch!«, rief Max.

»Das tat weh«, klagte eine unbekannte Stimme.

»Ist etwas passiert?«, fragte Anna erschrocken.

»Mein Haar ist angesengt«, stellte Max schnuppernd fest.

»Und mir brummt der Schädel«, klagte die unbekannte Stimme.

»Woher kam die Stimme«, lauschte Anna. »Jedenfalls nicht aus der Seitengasse, dort ist immer noch das Wimmern zu hören.«

»Von hier unten, wo du mich hingeworfen hast. Direkt vor deinem großen Zeh liege ich im Schmutz«, schimpfte die Stimme. Sie klang zum Glück nicht gefährlich oder bedrohlich. »Bitte drück beim nächsten Mal etwas vorsichtiger auf den Auslöser!«

Anna und Max schauten sich verdutzt an, ohne in der Dunkelheit das Gesicht des jeweils anderen deutlich sehen zu können. Vorsichtig hob der Junge die Schachtel wieder auf und übergab sie seiner Schwester.

»Drück noch mal an der Stelle, an der du es eben getan hast. Nur halt bitte das Ding in die andere Richtung« , bat er. Anna ertastete erneut die Wölbung. Diese Mal drückte das Mädchen nur ganz vorsichtig darauf. Wieder öffnete sich eine Kappe, eine kleine Flamme leuchtete.

»Schau hier, Max«, rief Anna aufgeregt. »Je stärker ich drücke, desto länger wird der Feuerschweif, der aus der Schachtel ragt.«

Plötzlich erlosch die Flamme, so lange oder fest das Mädchen auch drückte. Es klang, als wäre ein Lebewesen außer Atem gekommen, als schnappte jemand nach Luft.

»So etwas ist mir ja lange nicht passiert«, fluchte eine Stimme in der Schachtel. »Jeder Zauberer, der mich bisher besaß, konnte besser mit mir umgehen. Ich bin nicht für Dauerfeuer geschaffen, mehr für kurze Stichflammen.«

Den Zwillingen wurde es zu bunt. Schließlich wollten sie Meister Dost und den Zombie finden. Zusätzlich bestand jederzeit die Gefahr, als Opfergabe entdeckt oder von Garmander eingeholt zu werden. Auch die Sehnsucht nach ihrer Tante war wichtiger als eine seltsame Stimme in einer Feuer spuckenden Schachtel. Max blickte sich um.

»Warte hier. Wir benötigen besseres Licht!«

Der Junge spurtete davon und erschien kurze Zeit später mit etwas Holz und Stroh.

»Wo warst du?«, fragte Anna.

»In der Scheune. Ich habe die zerbrochene Holzsprosse der Leiter mitgebracht. Und Stroh zum Anzünden«, erklärte Max stolz.

Mit einer kurzen Stichflamme setzte die Schachtel ein Bündel Stroh in Brand. Kurz darauf loderte die Holzsprosse lichterloh. Die Zwillinge beeilten sich, nach rechts in die Gasse abzubiegen. Nach wenigen Schritten sahen sie die Bescherung. Meister Dost lag gekrümmt vor Schmerzen im Schmutz, jammerte und wimmerte leise vor sich hin.

»Meister Dost! Was ist geschehen?«, sorgte sich Anna.

Der grüne Kobold war nicht in der Lage, eine Antwort zu geben. Vorsichtig hob Max den Winzling in die Höhe, um ihn aus der Gasse hinauszutragen. Der Junge wollte unbedingt vermeiden, dass die brennende Fackel die Aufmerksamkeit der Dorfbewohner erregte. So schnell wie möglich näherten sich die Zwillinge dem Lichtschein der Taverne, ohne selbst entdeckt zu werden. In einer Häusernische gegenüber dem Gasthaus flößte Anna dem Kobold einen Tropfen Universaltinktur ein. Schon kurze Zeit später hustete und keuchte Meister Dost. Seine Schmerzen überall am Körper verringerten sich schlagartig. Ein kräftiges blaues Auge und eine blutende Lippe würden den Kobold aber eine Weile an das Erlebte erinnern.

»Er hat mit einen Schaaaahn ausgeschlagen«, beschwerte sich Meister Dost. Anna und Max waren glücklich, dass es ihren Begleiter scheinbar nicht zu arg getroffen hatte.

»Ein Schaaahn?«, tönte es aus der hölzernen Schachtel.

»Wer in grindelholmwegedas Namen spricht dort?«, schimpfte Meister Dost. Die Kappe am Ende der hölzernen Schachtel wurde von innen geöffnet. Langsam schob sich ein winziger Drache aus der Öffnung.

»Gestatten, Midrafo, mein Name ist Midrafo. Ein Feuerdrache im Feuerholz. Von Zauberern erfunden, von Zauberern benutzt. Und von euch in den Schmutz geworfen!«

»Das war keinen Absicht«, entschuldigte Anna sich. »Ich bekam einen Schreck, als die Flamme herausschoss.«

»Ihr seid keine Zauberer, nicht wahr?«, vermutete der Minidrache. Misstrauisch zog sich das Wesen ein Stück in den Schutz seiner Schachtel zurück.

»Ich diene einem Schauberer, die Kinder sind Schüler von Herrn Atosch«, nuschelte Meister Dost. Das Vorderteil des Drachens kam wieder zum Vorschein.

»Herr Atos ist ein guter Lehrmeister«, erklärte Max. »Er legte uns das Feuerholz ins Reisebündel.«

»Bin euch zu Diensten«, nickte der Drache. »Aber immer nur für kurze Zeit. Ich muss mich jetzt von den Anstrengungen erholen. Gute Nacht.« Langsam schloss sich die Klappe.

»Eine Frage noch«, rief Anna dem Drachen in die Schachtel hinterher.

»Ja?«

»Wieso verbrennt deine Schachtel nicht? Sie ist aus Holz gemacht, und du spuckst Feuer?«

»Willst du die Antwort wirklich wissen?«

»Natürlich!«

»Sie könnte dich enttäuschen!«

»Ich möchte es trotzdem gerne wissen«, bekräftigte Anna.

»Magie. Es ist Magie. Nicht mehr, und auch nicht weniger.«

Bevor Anna enttäuscht sein oder über die Antwort nachdenken konnte, drängte Meister Dost zur Eile.

»Ein Schombie ist Türsteher vor der Taverne«, erklärte der Kobold. »Er hat meine Schaaahn auf dem Gewissen! Und er gab mein Laufrad nicht zurück, das ich ihm als Pfand überlassen habe.«

»Ein Pfand wofür?«, grübelte Max.

Meister Dost berichtete geknickt, was bisher geschehen war. Von seiner unbändigen Lust auf ein Würfelspiel und einige Krüge Honigwein, vom Türsteher, vom Hintereingang sogar vom Misthaufen, auf dem er unsanft gelandet war.

»Ich würfelte sehr gut. Nicht umsonst nennt man mich *Meister*«, erklärte Meister Dost stolz. »Manch ein Schauberwürfel hat trotz Magie keine Chance gegen mich. Das fanden auch meine Mitspieler schnell heraus.«

»Wer waren deine Mitspieler?«, fragte Anna.

»Zwei Schwerge, ein Vampir, ein Troll sowie ein schwarzer Wasserschatten«, erklärte der Kobold. »Die Schwerge sind gute Verlierer, haben ihre Scheche beschahlt und gingen, nachdem sie ihr ganzes Gold an mich verloren hatten.«

»Nimm bitte noch einen Tropfen Universaltinktur«, bat Max. »Oder besser gleich schwei, äh zwei«, schlug der Junge vor.

»Nachdem die Zwerge, huch, ich kann wieder Zwerge sagen«, freute sich der Kobold, »nachdem die Zwerge fort waren, kam der Troll an die Reihe. Als er ebenfalls Pleite ging, verprügelte er einige Gäste der Taverne. Dann biss er noch ein Stück Holz aus der Tischkante. Der Zombie warf den Troll zur Strafe aus der Taverne.«

»Was geschah dann?«, fragte Midrafo aus dem Innern der Holzschachtel, die Atos als Feuerholz bezeichnet hatte.

»Der Vampir war eine harte Nuss«, stöhnte der Kobold. »Ein sehr guter Spieler, listig, klug. Aber Meister Dost nutzte eine Glückssträhne. Ich spendierte ihm noch eine Runde Bluttrunk. Auch er ging zufrieden nach Hause, trotz leerer Geldbörse. Kein Problem, ein sehr eleganter Verlierer, der mir sogar noch eine gute Nacht wünschte. Dann blieb nur noch der Wasserschatten übrig. Es ging um alles oder nichts!«

»Was hat der Wasserschatten getan?«, hakte Anna nach, die aus einer Erzählung ihres Lehrmeisters die seltsamen Gestalten kannte, die ständig ihr Aussehen veränderten.

»Er ist vor Wut geplatzt«, grinste Dost. »Die gesamte Taverne ist nun mit schwarzer Flüssigkeit beschmutzt. Der Wirt rief sofort nach dem Zombie. Für den angeblichen Schaden habe sie mir den gesamten Gewinn abgenommen und sogar das Laufrad behalten. Dabei kann man für den Gegenwert drei neue Tavernen bauen«, klagte der Kobold. »Amalia bringt mich um, wenn sie davon erfährt.«

»Geschieht dir recht«, meckerte der Minidrache.

»Halt den Schnabel, Feuerteufel«, fluchte der Kobold. Eine Stichflamme schoss aus der Schachtel und verfehlte ihn um Haaresbreite. Um die Breite eines sehr dünnen Haares.

»Streitet nicht«, bat Anna verzweifelt. »Wir müssen zusammenhalten. Ich habe eine Idee. Vielleicht eine etwas gefährliche, aber einen Versuch ist sie wert.«

Sie kramte eine Weile im Reisebündel herum. Zum Entsetzen aller Anwesenden trat das Mädchen danach aus der schützenden Dunkelheit heraus und marschierte schnurstracks auf die Taverne zu. Damit hatte niemand gerechnet.

»Bleib hier«, zischte Max seiner Schwester hinterher. Machtlos musste er mit ansehen, wie Anna vor dem riesigen Zombie stehenblieb.

»Das ist nicht *vielleicht* etwas gefährlich, sondern ganz bestimmt lebensmüde«, raunte der Junge.

»Guten Abend, Herr Zombie«, rief das Mädchen mit gespielter Fröhlichkeit. Der goldene Würfel in ihrer Kleidung schlug knallroten Alarm, aber Anna kümmerte sich nicht darum.

»Verpfeif dich«, grollte der Zombie, während er liebevoll mit dem goldenen Laufrad spielte.

»Genau das hat er zu mir auch gesagt«, flüsterte Meister Dost, bevor er sicherheitshalber seine Augen schloss. Er konnte das Unvermeidliche nicht mit ansehen.

»Aber ich soll meinen Papa abholen«, log Anna. »Mama ist krank und benötigt dringend Hilfe.«

Das eiskalte Herz des Zombies verspürte keinerlei Mitleid.

»Das ist nicht mein Problem«, erklärte das Monster ungerührt.

»Aber Mama wird sterben, wenn Papa nicht schnell nach Hause kommt!« Anna ließ einige dicke Krokodilstränen über ihre Wangen rollen.

Das eiskalte Herz des Zombies verspürte einen leichten warmen Hauch.

»Du kannst nicht in die Taverne, sie ist für Kinder verboten. Wer ist denn der Papa?«

»Du kannst ihn leicht erkennen, es ist der Wasserschatten«, erklärte Anna schluchzend.

Das eiskalte Herz des Zombies verspürte einen Stich. Er wusste genau, dass der geplatzte Wasserschatten nicht mehr mit nach Hause gehen konnte. Er würde nie mehr aus eigener Kraft irgendwo hingehen, sondern von Aufnehmern in Eimer gewrungen und in die Gosse gekippt werden.

»Es gibt da ein kleines Problem«, erklärte der Untote. Verlegen spielte das Monster mit dem Laufrad des Kobolds. Anna weinte und schluchzte nun so laut, dass ihrem Bruder auf der anderen Straßenseite einen eiskalten Schauer den Rücken herunter lief. Auf der Straße blieben bereits die ersten Schaulustigen stehen. Viele der normalen Bürger waren schon vom Zombie abgewiesen worden. Sie hatten die Taverne noch niemals von innen gesehen.

»Was machst du denn da mit dem Mädchen?«, rief ein mutiger Mann. Dem Zombie schien die Situation etwas peinlich zu sein. Er erledigte seine Problemfälle sonst lieber alleine, ohne Zeugen, ohne Aufsehen.

»Verpfeift euch, hier gibt es nichts zu sehen«, brüllte der Untote. Einige Leute folgten der Warnung, andere traten nur zwei Schritte zurück, blieben aber weiterhin vor der Taverne stehen.

»Hol doch bitte meinen Papa«, schluchzte Anna weiter.

Das eiskalte Herz des Zombies gab auf. Er musste diesen besonderen Fall mit dem Wirt besprechen. Mit diesen Dingen fühlte er sich überfordert Er wurde fürs Grobe bezahlt. Vorsichtig reichte er Anna das goldene Laufrad.

»Halt das Spielzeug hier für mich fest, ich bin sofort wieder da. Warte hier.«

Das Mädchen setzte sich mit gespielter Begeisterung auf den Boden, der Tränenstrom riss langsam ab und versiegte. Der Zombie öffnete die von ihm bewachte Tür, ein kurzer Blick in die Taverne zeigte ihm, dass die Putzkolonne noch alle Hände voll zu tun hatte. Eine schwarze Flüssigkeit schwappte auf die Straße. Schnell schloss der Untote von der anderen Seite die Tür.

Im selben Augenblick sprang Anna auf, raste an den wenigen Schaulustigen vorbei zur gegenüber liegenden Straßenseite.

»Weg hier«, rief sie keuchend.

»Wie hast du ...?«, begann Max.

»Später! Einfach nur weg!«

In Windeseile verließ die kleine Gruppe um Meister Dost trotz Dunkelheit den Ort, ohne sich um die genaue Richtung zu kümmern. Sie verfolgten das lebensnotwendige Ziel, einen genügend großen Abstand zwischen sich und den Untoten zu bringen. Ein markerschütternder Schrei in der Ferne ließ ihnen das Blut in den Adern gefrieren.

»Er hat gemerkt, dass du ihn überlistet hast. Jetzt ist er wütend«, grinste Max.

»Weiter«, drängte Anna, die dem Zombie noch vor kurzem gegenüber gestanden hatte. Sie würde diesen Anblick so schnell nicht vergessen. Ein lustloser Mond trieb sich am Himmel herum und liefert gerade soviel Licht, dass man die Umrisse der Landschaft einigermaßen erkennen konnte. Die kleine Schar erreichte einen seichten Wasserlauf, einen kaum knietiefen Bach. Max steckte einen Zeh ins Wasser.

»Brrrr! Ist das kalt!«

»Wir gehen trotzdem eine Weile im Bach weiter«, riet Meister Dost. Geschickt kletterte der Kobold auf die Schulter des Jungen. »Der Zombie wird uns verfolgen. Im Wasser hinterlassen wir keinen Spuren, die Strömung verwischt jeden Fußabdruck am Grund wieder.«

Für die Schönheit der Landschaft hatte in dieser Nacht niemand einen Blick übrig. Der Mond glitzerte im Wasser, die Wanderer warfen lange Schatten hinter sich. Anna gähnte müde und fror im eisigen Bach wie ein Schneider. Nach einer endlos wirkenden Wegstrecke gab Meister Dost die Anweisung, den Bach wieder zu verlassen. Der Weg führte in einen undurchdringlich wirkenden Wald hinein. Erst jetzt wagte der Kobold, sein Laufrad wieder in Betrieb zu nehmen und Licht zu erzeugen. Glücklicherweise hatte der magische Gegenstand in den groben Händen des Zombies keinen Schaden genommen. Beide goldenen Würfel der Zwillinge zeigten, dass keine unmittelbare Gefahr mehr bestand. Schweigend suchten die drei Abenteurer ein Bündel Reisig zusammen. Wenig später flackerte ein wärmendes Feuer in der einsamen Landschaft. Max platzte fast vor Neugierde und durchbrach als erster die Stille.

»Sag mal, Anna. Wie hast du das mit den Tränen gemacht? Mir lief es warm und kalt den Rücken herunter!«

Tatsächlich verspürte Max immer noch eine Gänsehaut, die nur zum Teil durch die Kälte der Nacht verursacht wurde.

»Es war eine Mischung aus vielen Dingen. Ich dachte an Tante Amalia, da wurde ich schon etwas traurig. Dazu kam etwas Wut, dadurch fühlte ich mich noch trauriger. Den Rest erledigte eine Zwiebel aus Buhos Proviantpaket. Ich habe mir Zwiebelsaft in die Augen geträufelt«, grinste Anne. »Es brennt immer noch höllisch.«

Ihr Bruder staunte Bauklötze, während Meister Dost verlegen von einem Bein auf das andere trat.

»Ich habe mein gesamtes Geld verloren«, gestand er kleinlaut ein. »Wenn ich Würfel sehe, vergesse ich, wer ich bin.«

»Geld ist nicht wichtig«, erklärte Anna. »Wir haben niemals auch nur eine einzige Münze besessen. Unseren gesamten Lohn bekam immer Madame Euphrosine. Trotzdem leben wir und sind glücklich!«

»Nun sag es schon«, meckerte der Minidrache aus seinem geöffneten Feuerholz heraus in Meister Dosts Richtung.

»Was soll ich sagen?«, giftete der grüne Kobold den noch grüneren Drachen an.

»Das weißt du ganz genau«, zickte der Feuerspucker zurück. Meister Dost wusste es ganz genau.

»Danke und Entschuldigung«, murmelte er in Richtung der Zwillinge.

»Na, es geht doch«, grinst der Drache. »Legt euch hin und schlaft, ich halte Wache.«

»Du?«, spottete Meister Dost.

Der winzige Drache schickte einen meterlangen Feuerstrahl in den Himmel. Um ein Haar entfachte er einen Waldbrand.

»Das reicht als Schutz gegen jedes wilde Tier«, versprach er.

Minuten später fielen Max und Anna in einen tiefen Schlaf. Meister Dost beschäftigte sich noch eine Weile mit seinem Buch, bevor auch er die Augen schloss und etwas döste. Midrafo achtete im Schutz seiner Schachtel auf jedes Knacken im Unterholz. Hin und wieder hörte er in der Ferne das wütende Geheul eines Zombies, der die Fährte der Verfolgten offensichtlich verloren hatte.

◆

Im vergessenen Garten des Lapacho schnarchte ein sattes Schaf auf der saftigen Blumenwiese. Wilde Träume quälten sein Hirn auf der Suche nach einem passenden Zauberspruch. Der vergessliche Zauberer sehnte sich nach einer vernünftigen Gestalt, in der er dann für eine möglichst lange Zeit verweilen wollte. Purpel fand, dass die bisherigen Versuche als Unke, Ratte, Qualle, Fliegenpilz, Spaten, Blumenstrauß, Hirsch mit Blumengeweih oder schwarze Katze nicht seinen Vorstellungen entsprachen. Das Essen schmeckte einfach nicht. Auch die saftigen Blumen auf der Wiese sahen viel besser aus, als sie beim Verzehr dann tatsächlich mundeten. Schreiend schreckte der Magier aus seinem Alptraum hoch. Jemand nahm ihm gerade die Wolle, jetzt fühlte sich die nachtfeuchte Wiese kühl an. Purpel beschloss, sich wieder in eine menschliche Gestalt zu verwandeln. Ein neuer Versuch mit der seltsamen Tür auf der Wiese konnte auch nichts schaden. Es schien der einzig mögliche Weg, den Garten zu verlassen, wollte man nicht über die Mauer klettern. Gesagt, getan. Mit dem passenden Zauberspruch ging die Umformung leicht von der Hand. Purpel stutzte.

»Irgendwie ist im Garten alles größer geworden. Auch die Tür sieht so riesig aus! Warum bloß?«

Ihm blieb gerade noch genügend Zeit um festzustellen, dass er als weißen Zwergkaninchen auf der Wiese hockte. Im selben Augenblick fühlte er im Genick einen eisernen Griff. Eine unsichtbare Kraft riss ihn in die Höhe. Der unfähige Zauberer hing in den Klauen eines Adlers, der sich über Dangholts Dächer erhob. Sehr hoch.

Purpel wurde unheimlich übel.

Die Glaskugel mit prekorianischen Glühwürmchen erlosch, als Atos die runde Lichtquelle in sein Bündel zurücklegte. Am Ende des Gangs erkannte der ehemalige Zauberer eine Gittertür, schwaches Mondlicht blinzelte hindurch.

»Ab hier trennen sich unserer Wege«, erklärte Knirk. »Wir befinden uns an der Grenze meines Bezirks. In einem für dich sicheren Abstand zur Hauptstadt.«

»Hab Dank, lieber Freunde«, freute sich Atos. Mit einigen Tropfen Universaltinktur ätze er das Schloss aus der Tür. Die Scharniere gaben ein kreischendes Geräusch von sich, dass durch die Stille der Nacht hallte. Seit ewiger Zeit hatte scheinbar niemand den geheimen Ausgang genutzt. Atos beschloss, im Schutz der Dunkelheit in Richtung der magischen Eichenhöhle zu marschieren. Dort wollte er die Fährte der Zwillinge wieder aufnehmen. Zu erkennen geben wollte der Magier sich allerdings nicht, um seine Vorteile nicht zu verspielen. Bei Fuddelhaar und Garmander galt er als tot, keine Wache würde momentan nach ihm suchen. Zudem galt er außerhalb der Stadt nur als ein Wesen unter vielen. Kaum jemand kannte ihn. Die Zeit, als er zusammen mit Amalia den Weg ans Ende der bekannten Welt zurückgelegt hatte, lag lange zurück. Alle Probleme der damaligen Reise lagen ebenfalls in weiter Ferne und schienen doch gleichzeitig zum Greifen nahe. Amalia schwebte in größter Gefahr, die Zwillinge besaßen in der weiten Welt noch keine Erfahrung. Auf Meister Dost konnte man sich so lange verlassen, bis er eine Taverne sah oder einen Würfelbecher in die Finger bekam. Eine verfahrene Situation, also für einen Zauberer völlig normal. Eigentlich gab es für Zauberer, ob nun Mitglied einer Gilde, fähig, unfähig, vergesslich oder noch vergesslicher keine normale Lebenslage. Kein Magier der Welt kam auf die Idee, jeden Morgen zur gleichen Zeit aufzustehen, einer geregelten Tätigkeit nachzugehen oder nach getaner Arbeit sein Haus aufzuräumen. Viel lieber hockten sie im Haus ihrer Gilde in kleinen Gruppen zusammen, um ihre letzten Heldentaten in haarsträubenden Geschichten anzupreisen. Je unglaublicher oder gefährlicher die Leistung, desto besser. Manch ein Zauberer, der aufgrund seiner Leibesfülle nur noch ächzend in einem der schweren Ledersessel hocken konnte, machte sich selbst zum Helden. Mit dem Mundwerk marschierte er viele Meilen zu Fuß, um eine holde Prinzessin zu retten. Nebenbei wurden noch Drachen oder Trolle mit einer Hand aus dem Weg geräumt. Man konnte es auf den Punkt bringen; fast alle Zauberer waren unglaubliche Angeber. Was diesen Teil des Zaubererlebens anging, weinte Atos der Gilde keine Träne nach. Er konnte die immer gleichen Geschichten nicht mehr hören. Besonders schlimm verhielt sich Garmander, der seit seiner Wahl zum Gildenmeister noch unausstehlicher war als zuvor. Ständig hockte er als Berater beim Bürgermeister herum und heckte neue Gemeinheiten gegen die Bevölkerung aus. Atos war seinem Zaubererkollegen in vielen Dingen überlegen. Die Zwillinge hingegen stellten für Garmander eine leichte Beute dar, würde er sie auf seiner Verfolgungsjagd einholen.

Atos genügte das schwache Mondlicht, um seinen Weg zu finden. Vorsichtig bewegte er sich in sicherer Entfernung um die halbe Stadt herum. Dangholts Umland wirkte friedlich, doch dieser Eindruck täuschte gewaltig.

◆

Garmander marschierte wütend im Raum auf und ab.

»Warum dauert das so lange?«, herrschte er Major Bockelwitz, den Chef der Stadtwache ungeduldig an.

»Wir arbeiten so schnell es geht«, verteidigte sich der Offizier beleidigt. »Aber es ist nun einmal mitten in der Nacht. Wir müssen erst einige Soldaten zu Hause wecken und abholen. Außerdem arbeiten meine Männer hart daran, Lastpferde bereitzustellen.«

»Was willst du am Ende der Welt mit Pferden?«, tobte der oberste Zauberer. »Du hast die Stadt noch nie verlassen, nicht wahr?«

»Nun ja, dafür habe ich meine Leute. Draußen ist es gefährlich!«

»Dann lass die Pferde in der Stadt, sie sollen weiter auf den

Feldern Dienst tun«, schimpfte Garmander. »Wir gehen mit kleinem Gepäck zu Fuß und sind dadurch viel beweglicher.«

In diesem Fall hatte er recht, obwohl er die Unbequemlichkeit eines langen Marsches hasste. Je länger er darüber nachdachte, desto wütender wurde er. Aber gegen Bürgermeister Fuddelhaars Anweisung gab es keine Chance zum Widerstand, wollte Garmander nicht selbst, sofort und direkt im Kerker landen. Außerdem hing der Gildenmeister an seinem Beraterposten wie die Fliege am Leimtopf.

Der Major verstand die ganze Aufregung nicht.

»Warum keine Pferde?«, hakte er nach.

Garmander musste sich schwer zusammenreißen, um nicht auf der Stelle zu explodieren und einen riesigen Krater in der Landschaft zu hinterlassen.

»Major, durch welche Gebiete führt der Weg ans Ende der bekannten Welt?«

»Mmmmh«, überlegte der Offizier aufreizend lange. »Ich kenne mich in der Stadt gut aus, aber ...«

Garmander platzte der Kragen.

»Ich will es dir sagen«, fluchte er laut. »Wir müssen durch Trollgebiet, Sümpfe, das Feenland und die angorianischen Drachenwälder.«

»Na und?«

»Na und?«, schnaubte der Gildenmeister. Er fühlte sich von Idioten umgeben, mit denen er die nächsten Tage und Wochen verbringen musste. Den Auftrag des Bürgermeisters empfand Garmander als Zumutung. Aber wenigsten Atos konnte ihm nicht mehr in die Quere kommen.

»Wo Menschen hinkommen, gelangen auch Pferde hin«, beharrte Bockelwitz auf seinen Ansichten.

»Sehen wir kurz den Tatsachen ins Auge. Danach ist Ruhe, denn du unterstehst während der Reise meinem Kommando«, seufzte Garmander säuerlich. »Trolle lieben Pferdefleisch, im Trollgebiet verlieren wir also die ersten Tiere. In den Sümpfen versinken anschließend weitere Rösser. Im Feenland sind die Bewohner ganz in Ordnung, dort könnte ein Pferd tatsächlich lebend hindurch gelangen ...«

»Na siehst du, Herr Garmander«, strahlte der Major.

»... um anschließend von einem angorianischen Drachen gegrillt zu werden.«

Beleidigt ging Bockelwitz wieder an seine Arbeit, brüllte Untergebene an und beachtete Garmander nicht weiter. Obwohl die Nacht länger dauerte als jemals zuvor, zeigte der Offizier keine Eile. Erst im Morgengrauen stand Bockelwitz zusammen mit zehn Soldaten bereit und meldete Einsatzbereitschaft. Unter den Soldaten befanden sich einige bekannte Gesichter und Körperformen. Auch ein Großer und ein Kleiner standen im Aufgebot des Majors.

»Leutnant und Soldaten der Wache stillgestanden«, keifte Bockelwitz. »Herr Garmander, ich melde dir, dass meine Männer bereit sind, dir zu folgen. Der Leutnant wird die Truppe führen. Ich selbst bleibe in der Stadt zurück.«

Hätte zufällig ein Tisch in der Nähe gestanden, wäre Garmanders Kinnlade durch die Holzplatte geschlagen. Wie vom Donner gerührt starrte der Gildenmeister den Major an. Mit zu winzigen schmalen Schlitzen zusammengekniffenen Augen giftete er den Offizier an.

»Was soll das heißen, du bleibst in der Stadt zurück?«, schrie Garmander wie von Sinnen. War er schon bei guter Laune ungenießbar, wurde er nun ätzend wie eine uribesmatische Megazitrone. Dieses sonderbare Gewächs schmeckte derart sauer, dass jedem Betrachter schon beim bloßen Anblick das Wasser aus dem Mund lief. Presste man den Saft der Zitrone in einen Eimer, ätzte die Flüssigkeit in Windeseile ein Riesenloch in den Boden. Jeder Verzehr galt als absolut tödlich, es sein denn, man setzte einige Kräuter und etwas Magie hinzu. Im vergessenen Garten des Lapacho wuchs ein uribesmatische Megazitronenbaum, aus dessen Früchten Atos seine magische Universaltinktur braute.

Entspannt hielt der Major dem bösen Blick Garmanders Stand.

»Befehl vom Bürgermeister persönlich. Ein fähiger Mann führt die Expedition, das bist du, Herr Garmander. Und ein anderer fähiger Mann passt auf, dass in Dangholt nicht das Chaos ausbricht. Dieser Mann bin ich«, grinste der Offizier.

Garmander schleuderte zornig seinen Umhang auf den Boden. Blind vor Wut stürmte er zurück ins Rathaus.

»Wo ist Bürgermeister Fuddelhaar?«, brüllte er eine der Wachen vor dem großen Sitzungssaal an.

»Er versucht, den Grubbelwutz vom Kopf zu bekommen und darf nicht gestört werden. Von niemandem«, betonte der Wachmann mit wichtiger Miene.

»Schnickschnack, öffne die Tür«, herrschte der Gildenmeister den einfachen Mann an.

»Das geht wirklich nicht, Herr Garmander.«

Der Gildenmeister schob kraftvoll die halbe Portion beiseite. Vergeblich rüttelte er am goldenen Griff. Die Tür war fest verschlossen

»Herr Bürgermeister, bist du da«, brüllte Garmander. Zu seiner Enttäuschung erhielt er beim ersten Versuch keine Antwort. Wild trommelten seine Fäuste gegen die Tür.

»Bürgermeister Fuddelhaar, Major Bockelwitz will nicht mit ans Ende der Welt reisen«, petzte der Zauberer. Dieses Mal bekam er eine Antwort.

»Und weiter?«, klang es dumpf aus dem Sitzungssaal.

»Er sagt, du hast es so befohlen«, klagte Garmander. Die Antwort, die er hörte, gefiel dem Magier gar nicht.

»Warum störst du mich dann, wenn du meine Befehle schon kennst? Mach dich vom Acker!«, schnaubte Fuddelhaar. Die vom Grubbelwutz verursachten schleckenden und schmatzenden Geräusche trieben den Bürgermeister in den Wahnsinn.

»Aber ...«, versuchte Garmander erneut sein Glück.

»Der Mann versteht unsere Sprache nicht«, tobte Fuddelhaar. »Mach dich vom Acker, mach die Fliege, verpfeif dich, mach die Biege, sieh zu dass du Land gewinnst, schleich dich, nimm die Beine unter die Arme! Hast du verstanden?«

Garmander begriff. Mit einer ungeheuren Portion Wut im Bauch stampfe der Gildenmeister zurück zur Truppe. Rachegedanken zogen durch sein Hirn wie schwarze Gewitterwolken. Ab und zu zuckte ein Blitz durch den Körper. Der dazu gehörende Donner verursachte rasende Kopfschmerzen.

›Ich räume alles und jeden aus dem Weg, der mich aufhält.

Dann rette ich die Welt und stelle nebenbei noch sicher, dass weder Amalia noch die Zwillinge mir jetzt oder in der Zukunft Probleme bereiten. Vielleicht werde ich sogar Bürgermeister‹, dachte er hasserfüllt. ›Dann kann Fuddelhaar mit seinem Grubbelwutz sich zum Tonaluga scheren. Oder besser noch als zusätzliche Opfergabe in den Tonaluga springen.‹ Grundlos brüllt der Zauberer den Leutnant an.

»Was steht ihr hier so gelangweilt in der Gegend herum? Wir marschieren ab!«

Der Leutnant blieb gelassen. Er wurde im Dienst ständig von Major Bockelwitz angeschrien. Sobald er nach einem schweren Tag zu Hause eintraf, übernahm seine Ehefrau die Rolle des Vorgesetzten und keifte herum. Sogar sein eigener Hund biss ihn regelmäßig in die Wade. Was machte da schon ein Zauberer aus, der mit hochrotem Kopf vor ihm herumtobte.

»Jawoll, Herr Garmander. Männer, im Gleichschritt, Marsch.«

Wortlos überquerte die Schar den Marktplatz. Die Farbe der Wolke, aus der ein viel zu langsam schlagendes Pendel herausragte, verhieß nichts Gutes. Statt dunkelgrau drohte eine fast schwarze Himmelserscheinung den Bürgern Dangholts weitere Probleme an. Mühsam quälte sich die lustlose Sonne durch das Morgengrauen hindurch. Zwei Wächter öffneten auf Befehl des Leutnants eines der Stadttore. In dem Augenblick, als der Trupp sich wieder in Bewegung setzen wollte, prallten zwei Gestalten mit dem Leutnant zusammen, die schon ungeduldig außerhalb Dangholts warteten.

»Wohin so früh am Morgen?«, erkundigte sich der Leutnant bei dem äußerst seltsamen Paar. Sein Blick wanderte auf und ab, um abwechselnd beide Gestalten betrachten zu können. Ein kleiner dicker Mann mit rotem Gesicht und noch roterer Knollennase kam in Begleitung eines riesigen Zombies daher. Beide sahen nach einer schlaflosen Nacht nicht besonders Vertrauen erweckend aus.

»Ich möchte ein Verbrechen melden«, begann der Tavernenwirt.

»Und ich auch«, ergänzte der Zombie.

»Ihr wollt ein Verbrechen melden, und seht selber wie Strauchdiebe aus?« Der Leutnant behandelte die Neuankömmlinge von oben herab. Beim Wirt funktionierte dies auch von der Körpergröße her. Er sah aus wie ein Fass, bei dem der Küfer Höhe und Breite verwechselt hatte. Der Zombie überragte den Offizier jedoch um zwei Köpfe.

»Schert euch zum Marktplatz, dort liegt das Gebäude der Stadtwache«, ergänzte der Leutnant unfreundlich.

Der Wirt unternahm einen neuen Anlauf, um seine Version der Geschichte zu erzählen.

»Aber es ist ein schweres Verbrechen geschehen! Ein gerissener Kobold spielte ein falsches Spiel. Er brachte meine Gäste um ihr gesamtes Geld«, log der Tavernenbesitzer. »Dann brachte er einen Wasserschatten zum Platzen. Meine gesamte Wirtschaft ist ruiniert.«

Großzügig verschwieg der Wirt die ganze Wahrheit und ließ es bei der Hälfte, die ihm Vorteile verschaffte. Meister Dost hatte zwar das gesamte Geld am Spieltisch gewonnen, aber der Zombie hatte ihm auch alles wieder abgenommen und abzüglich seines Anteils dem Wirt ausgehändigt.

»Solche Dinge geschehen jeden Tag. Strauchdiebe, Kobolde, Raufbolde, Trolle. Unser Gefängnis ist voll von solchen Kreaturen. Geht zur Wache, wir haben es wirklich eilig. Wichtige Angelegenheiten des Bürgermeisters«, erklärte der Offizier mit noch wichtigerer Miene. Garmander stand grinsend daneben und beobachtete, wie der Soldat sich die beiden ungleichen Gesellen vom Hals schaffen wollte.

›Sollen sich doch die anderen um das Problem kümmern‹, dachte der Leutnant. »Ich war hier am Stadttor nie zuständig, bin jetzt nicht zuständig, und werde auch niemals zuständig sein.«

Garmander grinste immer noch wie ein Honigkuchenpferd. Aus irgendeinem Grund verspürte er keine besondere Eile. Der Zombie protestierte.

»Mir wurde ein goldenes Rad gestohlen, das leuchtete!«

Garmander gefror sein breites Grinsen zu einer starren Grimasse.

»Sag das noch mal«, keuchte er.

»Magische Dinge müssen am Eingang abgegeben werden, damit niemand beim Spiel betrogen wird«, log der Zombie.

»Hatte der Kobold das Rad bei sich?«, hakte Garmander nach.

»Ja«, nickte der Untote. »Und ein Mädchen hat es mir gestohlen. Dann flohen ein Junge und ein Mädchen zusammen mit dem goldenen Leuchtrad. Beide waren barfuß. Leider verloren wir ihre Spur an einem Bachlauf aus den Augen.«

»Wahrscheinlich Strauchdiebe in der Ausbildung«, kommentierte der Leutnant ungefragt die Lage. Der Zauberer gab ihm mit einer eindeutigen Handbewegung zu verstehen, dass Schweigen Gold ist und Reden tödlich sein konnte. Garmanders Gedanken kreisten rasend schnell, sein Hirn begann eins und eins zusammenzuzählen. Kein einfacher Kobold von niederem Rang besaß ein magisches leuchtendes Rad. Sicher, es konnte gestohlen sein. Aber ein Meisterspieler mit goldenem Laufrad, das konnte kein Zufall sein. Diese Kombination gab er nicht oft. Vor mehr als zehn Jahren, glaubte Garmander sich zu erinnern, hatte es genau so einen Kobold in Amalias Diensten gegeben.

»Er hieß...«, überlegte der Wirt angestrengt. »Nannte er eigentlich seinen Namen?«

Garmander platzte fast vor Neugierde. Der Zombie half aus.

»Ich hatte ein nettes Gespräch mit dem Kobold. Er wollte eigentlich zuerst gar nicht in die Taverne, aber dann lud ich ihn ein «, log der Untote eiskalt weiter, ohne zu erröten. »Er nannte sich Meister ...«

»...Dost!« Garmander schnippte mit den Fingern. »Ich wusste es. Dann waren der Junge und das Mädchen die gesuchten Zwillinge, von denen die Frau im Kerker gefaselt hat.«

»Du meinst Madame Euphrosine«, erklärte der Leutnant.

»Genau. Und Meister Dost stand vor über zehn Jahren in Diensten Amalias.«

Keiner der Soldaten verstand die Zusammenhänge. Garmander lachte zufrieden.

»Eure Anzeige ist hiermit aufgenommen. Zeigt uns den kürzesten Weg zurück ins euer Dorf«, befahl er dem Gastwirt.

»Wer ersetzt unseren Schaden?«, fragte der kleine fassartige Mann.

»Wenn wir Erfolg haben, die Diebe und Falschspieler fassen, wird Bürgermeister Fuddelhaar euch persönlich auszeichnen und entschädigen.« Auch Garmander konnte dreist lügen. Im Eilschritt, sodass der Wirt gerade noch mit seinen kurzen Beinen folgen konnte, setzte sich die Gruppe in Bewegung. Garmander hatte Blut geleckt, eine erste Spur gefunden. Eine gute Spur, wie er fand.

◆

Im Land aus Eis und Finsternis stand Frigador zufrieden im unterirdischen Eisdom, dessen Eingang von einem bulligen Polarriese bewacht wurde. Seine scharfe Doppelaxt ließ keinen Zweifel daran aufkommen, dass er jeden Eindringling mit Vergnügen einen Kopf kürzer machen würde, bevor dieser auch nur »Hallo« sagen konnte. Auf einem Eisvorsprung weit oben in der riesigen Halle lauerten Frostgeier auf eventuelle Opfer. Der Eisritter war mit dem Fortschritt seiner Pläne eigentlich ganz zufrieden. Obwohl er als Unsterblicher auch über unendlich viel Zeit verfügte, trieb er seine Bediensteten immer wieder zur Eile an. Seit Generationen arbeiteten Astronomen, magische Eiselfen und der Eisritter selbst an einem geheimen Mechanismus, einer besonderen Maschine. Die Konstruktion stellte in jeder Hinsicht etwas Einmaliges dar. Zunächst überstieg die Größe jede Vorstellungskraft. Alleine die unterirdische Halle anzulegen hatte über einhundert Jahre gedauert. Jeder verfügbare Arbeiter des Landes musste mit Hammer, Meißel, Axt oder Doppelaxt dem Eisritter kostenlose Dienste leisten, um Stück für Stück den gewaltigen Hohlraum ins Eis zu schlagen. Mit Eimern trugen Helfer die Eissplitter an die Oberfläche, um Jahr für Jahr einen immer höheren Kristallberg aufzutürmen. Gewinner gab es bei der harten Arbeit kaum, nur die Frostgeier fraßen sich dick und rund. Nach der Fertigstellung des Eisdoms begannen Eismetze damit, die Konstruktionspläne der magischen Maschine in die Tat umzusetzen. Die Besonderheit bestand in der Tatsache, dass der gesamte Mechanismus nur aus Eis bestand. Jedes Zahnrad, jede Schraube oder Mutter, jeder Hebel, jeder Kolben, alles meißelten geschickte Handwerker aus purem Eis. Am längsten dauerte die

Herstellung eines riesigen Pendels, viel größer als das aus den Wolken herabhängende Gegenstück in Dangholt. Die gesamte Maschine sah aus wie eine turmhohe Schaukel, in der das Pendel langsam, aber regelmäßig hin und her schwang. Trotz ihrer überragenden Größe und des unvorstellbaren Gewichts verliefen alle Bewegungen nahezu lautlos. Kaum ein Bewohner des Landes aus Eis und Finsternis wusste um die Bedeutung des Eisdoms. Nur die engsten Berater des Ritters bekamen Zutritt zum unterirdischen Bauwerk. Frigadors Pläne schienen zu funktionieren. Seit sein Pendel hin und her schwang, kam langsam aber sicher die Würfelwelt aus dem Gleichgewicht.

Das Pendel auf Dangholts Marktplatz erfüllte eine gänzlich andere Aufgabe und besaß andere Funktionen, die direkt mit dem gestressten Kontrollgott in Verbindung standen. Die Bauabteilung der Götter nahm bekanntlich keine Rücksicht auf die Probleme des Kontrollgottes, der ständig überarbeitet war und keinen gesunden Schlaf mehr fand. Auf seinem Kontrollformular fand sich auch eine Position, die grauenvoll komplizierte Berechnungen erforderlich machte. Noch grauenvoller sah der Name des Formularfeldes aus.

›Rotationsgeschwindigkeit des Astralkorpus proportional zum taxierten Sollparameter?‹

Der Kontrollgott verstand kein Wort und hasste den Erfinder des Formulars, einen Götterbeamten auf Lebenszeit, so lange er denken konnte. Also ziemlich lange. Sogar sehr lange. Dieser Beamtengott schaffte es regelmäßig, den Kontrollgott zur Weißglut zu treiben. Jedes Formular aus der Feder des Beamten kam so unendlich kompliziert daher, dass man ein meterdickes Handbuch studierten musste, bevor man überhaupt den Sinn verstand. Wütend schlug der Kontrollgott damals Seite siebenhundertsechsundachtzig auf, die das Formularfeld ›Rotationsgeschwindigkeit des Astralkorpus proportional zum taxierten Sollparameter?‹ erklärte.

»Das kann nicht wahr sein«, brüllte damals der Kontrollgott. Kopfschüttelnd las er immer wieder den Hilfetext im Handbuch.

»In das Formularfeld ›Rotationsgeschwindigkeit des Astralkorpus proportional zum taxierten Sollparameter‹ ist ein Häkchen zu setzen, wenn die Drehgeschwindigkeit der Welt noch in Ordnung ist. Warum schreibt der Beamte das nicht gleich so ins Formular?«, fragte er sich zornig. Auch wenn in der heutigen Zeit das Formularfeld noch immer so hieß, da ließ sich der sture Beamte nicht erweichen, bedeutete das Pendel eine ungeheure Erleichterung für die Kontrolltätigkeit des Kontrollgotts. Alle ab einem bestimmten Termin neu erschaffenen Welten bekamen von der Bauabteilung am Werk ein Kontrollpendel verpasst. An diesem konnte man direkt ablesen, ob mit der Welt alles zum Besten stand. Aus einer Honigweinlaune heraus kam ein Baugott auf die Idee, das Pendel in einer Wolke aufzuhängen. Gesagt, getan. Von nun an konnte der viel beschäftigte Kontrollgott schnell und sicher die Drehgeschwindigkeit an der Pendelbewegung und der Wolkenfarbe ablesen und den erforderlichen Haken in sein Formular setzen.

In Dangholt machten die Bewohner das göttliche Pendel zum Mittelpunkt der Stadt. Nach und nach entstanden der Marktplatz, ringförmige Stadtmauern, Straßen und Gassen. Niemand außer den Göttern kannte die genaue Bedeutung des Pendels, aber alle Bewohner der Hauptstadt wussten, dass etwas mit ihrer Welt nicht mehr in Ordnung sein konnte.

Im Land aus Eis und Finsternis hatten kluge Köpfe schon vor langer Zeit das wahrscheinliche Aussehen der Würfelwelt erkannt, auch den wahrscheinlichen Stand einer wärmenden Sonne.

›Wenn wir den Würfel anhalten könnten‹, dachten die Eisweisen, ›dann stehen uns plötzlich fünf Seiten des Kubus als bewohnbare Fläche zur Verfügung. Die zur Sonne gewandte Seite wird dann zwar verschmoren, aber was kümmert es uns?‹ Der Eisritter hatte nichts gegen fremde Welten oder deren Bewohner, so lange er in Ruhe seinen Plänen nachgehen konnte. Wie jeder große Herrscher versuchte er, seine Macht und seine Ländereien zu vermehren. Sein Vorteil lag in der Unendlichkeit der Zeit. So lange niemand den geheimnisvollen Mechanismus im Eisdom zerstörte, konnten ihn nichts und niemand aufhalten. Schließlich lebte er ewig. Das einzig Beunruhigende für Frigador war diese seltsame Gefangene, der die Polarriesen kein Wort entlocken konnten. Gab es weitere Spione aus einer Welt jenseits der Berge in seinem Reich? Der Eisritter fühlte sich nicht sicher. Welchen Weg hatte die Frau genommen? Frigador wollte diese Information unter allen Umständen bekommen, danach interessierte ihn das Leben der Gefangenen nicht weiter. Sobald er den Weg kannte, würden seine Spione auf den anderen Seiten der Welt nachsehen, ob man Bauwerke einfrieren könnte. Diese sollten dann später von Polarriesen oder Eiselfen bewohnt werden. Nach und nach würde Frigador alle Seiten des Würfels erforschen. Die für seine Zwecke wenigste geeignete Seite sollte unter ewiger Sonne verbrennen. Hierzu musste der Eisritter die Gefangene, die bisher kaum mehr als ihren Namen preisgegeben hatte, unbedingt weiter verhören. Er beschloss, seinen Eiskerker aufzusuchen. Mit zufriedenem Blick zurück in den Eisdom verließ Frigador die unterirdische Halle.

Kurze Zeit später polterte der Eisritter mit geschulterter Doppelaxt durch die engen Gänge des Gefängnisses in der schwarzen Eisfestung. Sein Weg führte ihn vorbei an in Ungnade gefallenen Beratern und anderen gefangenen Wesen. Im Land aus Eis und Finsternis herrschten raue Sitten mit harten Bestrafungen. Einfache Verbrechen wie das Stehlen von Fleisch, der einzigen Währung des Landes, wurden mit Haft in eisigen Zellen geahndet. Alle Wände bestanden aus gefrorenem Wasser, ebenso die Gitterstäbe und ein länglicher Klotz, der als Bett diente. Schwerverbrecher erwartete ein schlimmeres Schicksal. Frigador ließ ihre Körper einfrieren, nur der Kopf ragte noch aus dem Eis heraus. Das schwerste Verbrechen bestand aber in der Beleidigung des Eisritters. In diesem Fall nahm er selbst die Angelegenheit in seine Hände. Mithilfe der Doppelaxt erledigte er den Fall auf seine Weise. Seine Haustiere, die Frostgeier, brachen regelmäßig in Begeisterungsstürme aus, wenn es außer der Reihe einen Happen Fleisch gab. Vor der letzten Zelle am Ende des langen Gangs bewachte ein Polarriese die geschlossene Eisgittertür. Zu seinen Füßen ruhte ein Reisebündel, das die Wachen der Gefangenen bei ihrer Verhaftung abgenommen hatten. Der Polarriese grüßte seinen Herrscher mit einer tiefen Verbeugung und trat einen

Schritt zur Seite. Frigador blickte in die Zelle.

Er sah die wunderhübsche Frau einer Rasse, welche im Land aus Eis und Finsternis keinen Namen trug. In Dangholt hatte diese Zauberin vor über zehn Jahren als Amalia ihre lange Reise in unbekannte Welten begonnen. Dabei musste sie, von Bürgermeister Fuddelhaar und ihrem Konkurrenten Garmander gezwungen, ihre Ziehkinder Anna und Max in der Hauptstadt zurücklassen. Es sollte nur eine kurze Reise werden, die aber nun schon länger als zehn Jahre dauerte. Verzweifelte Jahre, in denen der Zauberin die Rückkehr auf die andere Seite immer wieder missglückt war. Seit sie im Kerker der schwarzen Eisfestung saß, ahnte Amalia auch den Grund hierfür. Die Zauberin dachte angestrengt nach. Die Expedition hatte damals viel versprechend begonnen. Atos begleitete Amalia als Vertrauter, um ihr in gefährlichen Situationen mit seiner Erfahrung zur Seite zu stehen. Nach vielen Abenteuern im Trollgebiete und Durchquerung verschiedener Sümpfe erreichten beide das Feenland. Schwierig verlief der Weg durch die angorianischen Drachenwälder, dort bekamen es die beiden mit bissigen, hinterlistigen Feuerspuckern zu tun. Hingegen verlief ein Kurzbesuch im Reich des Popelkönigs ohne Probleme. Schließlich standen die Zauberer vor einer unüberwindlichen Bergkette, deren Gipfel in einem Wolkenmeer verschwanden. An eine Besteigung des Gebirges dachten die beiden nicht. Zu steil und gefährlich sahen die Felswände aus. Ewiges Eis überzog die Gipfel. So lange sie auch suchten, sie fanden zunächst keine Stelle, an der eine Durchquerung des Gebirges gelingen wollte. Amalia und Atos verloren viel Zeit, bis sie eines Tages eine schmale Öffnung im Bergmassiv entdeckten, die in eine enge, lang gezogene Schlucht mündete. Die Zauberer folgten einem holprigen Pfad, der sie in eine riesige Tropfsteinhöhle führte. Uralte Stalaktiten ragten bedrohlich von der Decke hinab. Tropfen um Tropfen fiel auf vom Boden ragende Stalagmiten. An einige Stellen wuchsen Jahrtausende alte Gebilde mit den Spitzen zusammen. Aus mit prekorianischen Glühwürmchen gefüllten Glaskugeln der Zauberer strahlte farbiges Licht, sodass die Schatten der Abenteurer an den verwunschen aussehenden

Wänden tanzten. Immer tiefer führte die Höhle in den Fels hinein. Um den Rückweg sicher finden zu können, markierte Atos sorgfältig die Wände in regelmäßigen Abständen mit magischer Farbe, die nur Zauberer oder Hellseher sehen konnten. Nach vielen Stunden beschwerlichen Marsches standen Amalia und Atos damals vor einer Weggabelung.

»Wir gehen zusammen in eine Richtung«, schlug Atos damals vor. Amalia verfolgte andere Pläne. Sehr genau erinnerte sie sich an ihre damaligen Worte.

»Nein, wir verlieren zu viel Zeit. Wir trennen uns hier.«

Atos hielt das Risiko für zu groß, wusste aber aus Erfahrung, dass Amalia ihren Kopf früher oder später durchsetzen würde. Der Zauberer gab nach. Mit dem Versprechen, sich am nächsten Tag zur selben Zeit wieder zu treffen, trennten sich ihre Wege. Aus heutiger Sicht machte Amalia sich immer noch Vorwürfe, dass sie nicht auf Atos gehört hatte und nun schon seit über zehn Jahren im Land aus Eis und Finsternis festsaß. Bei ihrem Marsch durch die Höhle erreichte die Zauberin damals einen Raum am Ende des Gangs. Zu Amalias Überraschung schimmerte Licht heraus. Mutig trat sie ein und erschrak zu Tode. Sie war nicht mehr alleine.

»Willkommen«, rief eine fröhliche Stimme, als wäre es selbstverständlich, mitten im Bergmassiv am Ende der bekannten Welt eine weitere Person anzutreffen. Amalia stand versteinert vor Schreck im Raum. Sie starrte ungläubig in das faltige Gesicht eines sehr alten Mannes. Er saß in einem gemütlichen Schaukelstuhl und las ein Buch. Der Mann trug eine lange braune Kutte. Eine Kordel hielt die Kleidung vor dem Bauch zusammen. Seine nackten Füße steckten in offenen Sandalen, auf dem fast kahlen Kopf entdeckte Amalia nur einen schmalen Haarkranz. Im Schaukelstuhl saß ein lesender Mönch aus Fleisch und Blut. Trotz seiner spärlichen Bekleidung und der geringen Haarpracht fror der Klosterbruder nicht. Einige Meter neben ihm flackerte ein gemütliches Feuer unter einem blitzblanken Kupferkessel. Es duftete verführerisch gut nach Biersuppe. Wohlige Wärme durchströmte den unterirdischen Raum.

»Verzeih mir die Unhöflichkeit«, rief der Mönch besorgt, während Amalia mit offenem Mund unbeweglich dastand. »Ich habe mich noch nicht vorgestellt.« Für sein Alter wirkte der Mönch erstaunlich beweglich, erhob sich aus dem Schaukelstuhl und ging einen Schritt auf die Zauberin zu. Mit zum Gruß ausgestreckter Hand blieb er stehen. »Lapacho ist mein Name.«

Amalia musste trotz ihrer misslichen Lage grinsen, als sie an die Begegnung mit dem legendären Mönch zurückdachte. Damals war ihre Kinnlade bis auf die Füße gefallen, als sie den Namen des Mönchs hörte.

»Aber, du bist nur eine Legende«, stammelte die Zauberin. »Niemand hat dich je gesehen!«

»Gesehen haben mich schon viele Wesen, nur erkannt hat mich niemand«, erklärte Lapacho weise.

»Aber was ist mit deinem Garten in Dangholt? Was bedeutet die seltsame Tür auf der Wiese?«, fragte Amalia.

Für einen winzigen Augenblick blickt der Mönch betrübt drein, setze aber sofort danach wieder eine fröhliche Miene auf.

»Ja, die Wiese. Ich müsste sie mal wieder mähen.«

»Und die Tür?«, hakte Amalia nach.

»Die Tür muss unbedingt frisch gestrichen werden«, erklärte Lapacho. Er wirkte sehr zerstreut und geistesabwesend. »Etwas Biersuppe gefällig, Zauberin Amalia?«

Die Tante der Zwillinge staunte nicht schlecht über das Wissen des Mönchs.

»Woher kennst du meinen Namen?«

»Du kennst meinen Namen doch auch«, entgegnete der Mönch gelassen. Scheinbar konnte oder wollte er keine Fragen direkt beantworten. »Biersuppe?«

»Ja, ein Schälchen nehme ich gerne«, bedankte sich die Zauberin. »Was genau tust du hier?«

»Auf dich warten«, freute sich der Mönch.

Amalia wurde aus den Äußerungen Lapachos nicht schlau.

»Nein, ich meine, warum bist du hier?«

»Weil du genau hierhergekommen bist. Du möchtest auf die andere Seite, nicht wahr?«

»Woher weißt du...?«

»Lapacho weiß alle, er vergisst nur schrecklich vieles wieder«, erklärte der Mönch lächelnd. »Beantworte mir folgende Frage, um in den nächsten Raum zu gelangen.«

»Ich sehe hier keinen weiteren Raum«, protestiert Amalia, während sie ihre Glaskugel zurück in ihr Reisebündel legte.

»Eben drum«, entgegnete Lapacho. »Hier also die Frage. Was ist oben rot und unten aus Holz? Antworte weise, Zauberin Amalia.«

Amalia überlegte kurz.

»Ein Fass mit Zwergenmütze«, grinst sie.

Es knallte ohrenbetäubend, dichter Nebel umgab Amalia. Orientierungslos irrte sie umher, bis ihr Gegenzauber schließlich die dichte Rauchwolke besiegte. Eilig kramte die Zauberin ihre Lichtkugel aus dem Bündel. Amalia befand sich in einem leeren Raum, aus dem ein Gang herausführte. Kein Schaukelstuhl, kein Lapacho, kein gemütliches Feuer mehr. Es war eisig kalt hier, so frostig, dass jede Atemwolke zu Eiskristallen erstarrte und klirrend auf den Höhlenboden fiel.

›Und wie komme ich zurück?‹, überlegte sie fieberhaft. ›Vielleicht hätte ich das vorher fragen sollen?‹

Lapacho war und blieb verschwunden. Nach vielen Tagen des Wartens beschloss Amalia, die andere Seite zu erkunden, da auch Atos ihr nicht nachfolgte. Von Zeit zu Zeit kehrte sie in den Raum zurück, ohne dass sich eine Gelegenheit zur Rückkehr ergab. Amalia verzweifelte immer mehr, die Sehnsucht nach ihren Ziehkindern wuchs von Tag zu Tag. Bei der Reisevorbereitung hatte die Zauberin bei Atos eine goldene Kiste hinterlassen. Meister Dost wartete dort für den Notfall. Seine Aufgabe bestand darin, bei Gefahr Alarm zu schlagen. Dummerweise wirkte der Zauber nur, wenn das Leben Amalias in wirkliche Gefahr kam oder die Zauberin in Gefangenschaft geriet. Nur in diesem Fall empfing Meister Dost ein Signal und hatte von seiner Herrin den Auftrag, Hilfe zu rufen. Durch die richtige Beantwortung von Lapachos Frage hatte Amalia die andere Seite der Bergkette erreicht, was aber nicht als Gefahr oder Gefangenschaft galt. Sie hatte einfach Pech gehabt. Ein Zauberer konnte nicht einfach durch dicke Berge marschieren. Amalia beherrschte die Verwandlung in eine Vielzahl von Gegenständen oder Tieren, aber kein Adler flog hoch genug, um das Gebirge zu überqueren. So oft sie auch in den Raum des Übergangs zurückkehrte, Atos oder Lapacho hatte sie niemals wiedergesehen.

›Und nun bin ich hier gefangen‹, dachte die Tante der Zwillinge. Sie war sich sicher, dass Meister Dost in seiner goldenen Truhe den Notruf empfangen hatte. Im Eiskerker wirkten aus unbekannten Gründen ihre Zauberkräfte nicht. Wie gerne hätte sich Amalia ein magisches Feuer entzündet oder die Verwandlung in einen Eisbären durchgeführt. Doch es funktionierte einfach gar nichts.

Frigador betrachtete die frierende Gefangene ohne das geringste Mitleid zu zeigen.

»Hat sie geredet?«, erkundigt er sich mit klirrender Stimme bei der Wache. Der Polarriese schüttelte den Kopf.

»Nein, Herr Eisritter. Die Frau wird immer schwächer, aber verraten hat sie nichts.«

»Ich habe Zeit. Unendlich viel Zeit«, knurrte Frigador. »Aber keine unendliche Geduld. Ich komme morgen wieder.«

◆

Midrafo beschloss, die Nacht der drei schlafenden Wanderer mit dem ersten Hahnenschrei zu beenden. Dabei gab es ein Problem. Weit und breit war kein Hahn in Sicht. Der Feuerdrache wurde misstrauisch. Überall, eigentlich in der *gesamten* bekannten Welt, hielten sich die Bewohner schreiendes Geflügel als Wecker. Vorsichtig schob Midrafo seinen winzigen Kopf aus dem oberen Ende des Feuerholzes. Die Sache war eindeutig. Der Morgen erwachte, doch kein Geräusch eines Hahns erklang weit und breit. Hin und wieder knackte es im Gebüsch. Der Drache lauschte angestrengt, ob nicht doch in weiter Ferne ein tierischer Wecker schrillte. Nichts. Das Misstrauen wich blankem Entsetzen. Die Gruppe befand sich dort, wo sie nicht sein durfte.

»Aufstehen! Gefaaaaaahr!«, brüllte er mit einem Feuerstoß heraus. Anna, die einen leichten Schlaf hatte, stand sofort senkrecht in Wald.

168

»Gefahr? Wo? Wer?«, erkundigte sich das Mädchen, während ihr Bruder seine verschlafenen Augen rieb. Meister Dost, der niemals richtig schlief, sondern nur vor sich hin döste, schreckte hoch.

»Werrrrr brrrrült hierrrrrr so laut am frrrrrühen Morrrrrrgen«, schimpfte der Kobold. Sein Schädel brummte, alle Knochen im Leib schmerzten. Zur Vorsicht nahm er einen Tropfen Universaltinktur ein.

»Wir befinden uns im Trollgebiet«, rief der Feuerdrache aufgeregt und ruderte hektisch mit seinen kleinen Flügeln.

»Ausgeschlossen«, meckerte Meister Dost. »So heftig verlaufen haben wir uns gestern bestimmt nicht.«

»So? Und wo befinden wir uns deiner Meinung nach«, zickte Midrafo beleidigt zurück.

»Jedenfalls nicht in Gefahr«, tobte der Kobold.

»Sondern?«

»Schluss jetzt!«, bat Anna. »Das ist ja schlimmer als im Waisenhaus.«

Wenige Augenblicke erstarrte die Gruppe. Max und Anna wurden schreckensbleich, während Kobold und Drache eine hellgrüne Haut bekamen. Von allen Seiten drangen Geräusche aus dem Unterholz an ihr Ohr, unerträgliches Gebrüll kam noch hinzu. Max blickte sich gehetzt um, versuchte zu flüchten. Die sonst goldenen Würfel der Zwillinge brannten feuerrot. Zu spät. Ein großes Fangnetz begrub den Jungen unter sich, auch Anna und Meister Dost verschwanden unter engen Maschen. Das Mädchen schob mit einer geschickten Handbewegung das wertvolle Feuerholz in ihre Kleidung. Der Feuerdrache zog sich in die Schachtel zurück und schloss die Kappe von innen.

»Ich habe es gewusst«, schimpfte Midrafo leise.

»Zu spät«, rief Meister Dost kleinlaut zurück.

Die Gruppe jagender Wildtrollen betrachtete zufrieden ihre Beute. Eine leckere Mahlzeit. Dem Anführer lief bereits das Wasser im riesigen Mund zusammen. Leider verstand keiner der Gefangenen auch nur ein einziges Wort Trollsch. Zwei der mächtigen Wesen schwangen sich je ein Netz über ihre Schulter.

Schweigend marschierten die Jäger immer tiefer in den Wald hinein. Anna und Max verloren jede Orientierung. Wildtrolle zählten zur großen Rasse der Trolle, eng mit den Brülltrollen verwandt. Die geschickten Jäger und Sammler waren derart verfressen, dass in ihrem Revier kein einziges essbares Wesen mehr lebte. Der Drache im Feuerholz kannte diese Besonderheit des Trollgebiets scheinbar. In der letzten Nacht war ihm aber nichts Besonders aufgefallen. Erst als der übliche Hahnenschrei ausblieb, ging ihm schlagartig ein Licht auf. Die Trolle hatten alle Wecker schon vor langer Zeit verspeist. Anna und Max drohte nun dasselbe Schicksal. Für Meister Dost standen die Chancen gut, zu Brei für einen Babytroll verarbeitet zu werden. Vor einer Waldlichtung blieb die Trollgruppe kurz stehen, bevor sie erneut in wildes Gebrüll ausbrach. Die Zwillinge konnten den Grund hierfür nicht erkennen, da die massigen Trollkörper ihnen die Sicht nach vorne versperrten. Außerdem konnten Max und Anna sich in ihrer misslichen Lage im Fangnetz kaum bewegen. Aus der Ferne erklangen ähnliche Brülllaute wie ein Echo zurück.

»Irgendwo halten sich noch weitere Trolle auf«, überlegte das Mädchen flüsternd.

»Vielleicht melden sie uns zum Essen an. Sicher geben sie zu unseren Ehren ein Festmahl«, spottete Meister Dost.

»Nein«, murmelte Max geknickt. »Sie werden ein Festmahl *aus* uns kochen. Wir *sind* das Festessen. Sie melden uns *als* Essen an.«

Die hungrigen Wildtrolle marschierten einen schmalen Trampelpfad entlang, der hinauf zu einem Hügel führte. Unsanft warfen die Jäger ihre Beutenetze auf den Fußboden. Anna blickte zwischen einer Vielzahl Trollbeine hindurch. Höhleneingänge durchlöcherten den Hügel wie einen loppelwuhischen Stinkziegenkäse. Aus allen Öffnungen strömten Trolle, um die fette Beute freudig zu betrachten. Sofort machte sich eine Gruppe Jungtrolle an die Arbeit, um Feuerholz zu beschaffen. Zwei weitere kräftige Kerle zerrten einen riesigen Kochkessel herbei, in den sie Wasser einfüllten. Trollmahlzeiten galten als nicht besonders schmackhaft. Als Hauptzutaten benutzten die Höhlenwesen Wasser und Fleisch, dazu einige Bündel Bitterkräuter. Fertig.

Manchmal, aber nur bei echten Festessen, kamen Kastanien in der Stachelhülle mit in den Kochtopf. So wie heute. Der Obertroll hatte in aller Herrgötterfrühe überraschenden Besuch von einem lange vermissten Verwandten bekommen. Natürlich befand sich wie immer nicht genügend Nahrung im Haus, wie die Trolle selbstbewusst ihre Höhlen nannten. Nachdem der Obertroll vergeblich einen Schuldigen gesucht und nicht gefunden hatte, schickte er seine besten Jäger auf die Pirsch, um eine ordentliche Portion Fleisch zu beschaffen. Der Gast sah erbärmlich abgemagert aus. Menschen in Dangholt hatten ihm Schmerzen zugefügt. Dafür hasste der Besucher diese Menschen. Dem Obertroll bereitete es daher ein besonderes Vergnügen, seinem Besucher ausgerechnet menschliches Fleisch vorzusetzen. Pferdefleisch wäre ihm noch lieber gewesen, aber diese Tiere verirrten sich nur selten auf das Trollgebiet. Aber Fleisch schmeckte besser als Beeren oder Gemüse. Dem Gast fehlte Kraft und Energie. Schließlich bekam man von Eiskrem nur Magenschmerzen, aber keine Muskeln. Hungrig trat der Brülltroll zusammen mit seinem Gastgeber aus einer Höhle. In ihren mächtigen Händen zogen sie noch mächtigere Holzkeulen hinter sich her. Alle anderen Anwesenden unterbrachen kurz ihre Arbeit, um den Anführer und dessen Gast zu begrüßen. Die mächtigen Gestalten näherten sich der Beute im Netz. Anna schloss die Augen, als sie den feuchten Atem der Wesen auf ihrer Haut spürte. Nach den Regeln der Gastfreundschaft gebührte der erste Keulenschlag immer dem Besucher. Keine Beute musste bei lebendigem Leib in den Kochtopf wandern. Trolle waren schließlich keine Untiere ohne Manieren. Langsam hob der Brülltroll die Keule. Anna zitterte am ganzen Leib.

»Schade, dass wir Herrn Atos niemals mehr wieder sehen«, schluchzte das Mädchen. Ihr Bruder nickte traurig. Der Brülltroll stutzte.

»Atos, du haben gesagt Atos?«, fragte er verwundert. In jahrelanger Gefangenschaft hatte er in Fuddelhaars Kerker die menschliche Sprache recht gut verstehen gelernt. Langsam ließ das mächtige Wesen die Keule auf den Boden sinken.

»Sokja!²«, rief der Brülltroll, als statt seiner der Obertroll die Keule zum Schlag erheben wollte.

»Tje kaal?³«, fragte der Obertroll verwundert.

»Sirokma!⁴ «, bat der ehemalige Kerkerinsasse seinen Gastgeber. Anschließend schenkte er seine volle Aufmerksamkeit wieder dem Mädchen. » Woher du den Namen Atos kennen?«

»Herr Atos war, besser gesagt ist unser Lehrmeister in Dangholt«, sprudelte es aus Anna heraus. So lange sie sprach, würde sicher kein Troll zuschlagen, vermutete sie. »Mein Bruder Max und ich, wir leben eigentlich im Waisenhaus. Bei Madame...«

»Euphrosine!«, brüllte der Troll mit ohrenbetäubender Stimme. Zu ihrem Glück lagen die Zwillinge fest verschnürt und flach am Boden. Etwas weiter entfernt knickten zwei morsche Bäume um. Andere Gewächse im Umkreis von mehreren Metern trieften von grünem ätzendem Schleim. Die Trolle applaudierten.

»Offenbar kennt er eure Heimleiterin«, schaltete sich Meister Dost in das Gespräch ein. Der Kobold schöpfte wieder Hoffnung. Vielleicht war doch noch nicht alles verloren. Vielleicht ging das Leben noch etwas weiter.

»Eure Madame, ein schreckliches Weib. Singt immer«, klagte der Brülltroll. »Auf euch fünf Golddublonen Belohnung ausgesetzt sind! Tot oder lebendig!«

Anna schluckte. ›Darum geht es also. Er will die Belohnung kassieren, statt uns zu essen‹, dachte sie betrübt. Ihre Hoffnung auf Rettung zerplatze wie eine Seifenblase an den Nadeln eines Tannenbaums. ›Dann landen wir statt im Kochtopf im Vulkan Tonaluga.‹

»Keine Angst«, erklärte der Brülltroll zur Überraschung der Gefangenen. Sogar der Feuerdrache wagte einen kurzen Blick aus dem Feuerholz. »Ihr sein müsst Max und Anna.«

Max starrte das mächtige Wesen ungläubig an.

»Anna, er kennt unsere Namen!«

---

² Stopp!
³ Was ist?
⁴ Warte!

»Und er kennt Herrn Atos«, ergänzte seine Schwester. »Woher kennst du unseren Lehrmeister, Herr Troll?«

Der Brülltroll kämpfte gerade mit einem anderen Problem. Er musste den übrigen Anwesenden erklären, warum er sich mit einer Mahlzeit unterhielt, statt ihr eine Keule über den Schädel zu ziehen. Mit wilden Armbewegungen und lauter Stimme berichtete er von seiner Gefangenschaft in Fuddelhaars Kerker. Zwischendurch hüpfte er auf einem Bein herum, als hätte ihn die Keule des Bürgermeisters am Fuß getroffen. Mit beiden Armen deutete er die Umrisse seines Bauchs an, nachdem er den riesigen Eisbecher hatte verspeisen müssen. Die Trolle pfiffen, trampelten auf dem Waldboden herum und schimpften auf die Peiniger in Dangholt. Sie hassten die Menschen. Feindselige Blicke trafen die Zwillinge. Doch dann erklärte der Brülltroll, wie Atos ihn mit Medizin versorgt und ihm schließlich zur Flucht verholfen hatte. Im dichten Zauberernebel, durch Nebengassen und schließlich durch stinkende Abwasserkanäle hindurch war er aus der Stadt in Freiheit gelangt. Beifall kam auf. Auch dem Obertroll schien klar, dass der Brülltroll Atos großen Dank schuldete. Enttäuscht musste er feststellen, dass Anna und Max als Schüler und Schützlinge des ehemaligen Zauberers als Mahlzeit nicht in Frage kamen. Freunde des Gastes mussten auch seine Freunde sein, das schrieb die Ehre und Gastfreundschaft vor. Mit knappen Anweisungen regelte der Obertroll die weitere Aufgabenverteilung. Anna und Max wurden ebenso wie Meister Dost aus den engen Netzen befreit. Im Kessel kochten Kastanien, Kräuter und Wasser. Durch einen Tropfen Universaltinktur entstand eine schmackhafte Suppe, die Anna noch mit gesammelten Pilzen verfeinerte. Zum Frühstück hockten Trolle, Menschen, Kobold und Feuerdrache friedlich zusammen um den Kessel und löffelten Gemüsebrühe.

»Die Kuh haben wir gerade noch vom Eis geholt, und das an einem Ort, wo sich Fuchs und Hase gute Nacht sagen«, seufzte Meister Dost erleichtert. »Aber erstmal haben die Trolle alle Pferde scheu gemacht. Und wir mussten uns im Netz winden wie ein Aal. Da wird doch der Hund in der Pfanne verrückt.«

»Wenn du nicht sofort aufhören zu sprechen von Mahlzeiten

aus Fleisch, Trolle vergessen gute Sitten. Machen Koboldgulasch aus dir!« Der Brülltroll schluckte die im Mund zusammengelaufene Spucke herunter und wischte mit dem Ärmel den am Kinn herunterlaufenden Sabber ab. Meister Dost zog es vor, zu schweigen. Ein weiser Entschluss.

»Ich euch führen an Grenze von Trollgebiet«, bot der Brülltroll an. Sein Gastgeber ging bereits wieder seinem Tagesgeschäft nach und schickte die Jäger erneut auf die Pirsch, um anderes Fleisch herbeizuschaffen. Anna ging zum Anführer und zupfte an seinem Hosenbein.

»Das ist für dich«, erklärte sie, und überreichte dem verdutzten Obertroll den magischen Holzwürfel, mit dem man im Wirtshaus jedes Spiel gewinnen konnte.

»Der schöne Würfel«, jammerte Meister Dost. Annas Blick tadelte den Kobold.

»Vom Würfelspiel müsstest du eigentlich genug haben«, schimpfe das Mädchen.

›Ganz die Tante‹, dachte der Kobold.

Bald darauf führte das mächtige grüne Wesen die ihm im Gänsemarsch folgende Gruppe über verborgene Pfade an die Grenze des von Trollen bewohnten Reviers.

»Hier ich mich verabschieden muss«, erklärte der Brülltroll und bewegte sich keinen Millimeter weiter vorwärts. »Hier unsere Grenze ist. Vorsicht, die Sümpfe vor euch liegen. Verwunschene Gegend. Lollofah wartet. Kein guter Ort für Trolle. Elfen singen auch, schlimmer als Madame, viel schlimmer. Lebt wohl.«

Schneller und leiser als man es der massigen Gestalt zugetraut hätte, verschwand der Brülltroll im Dickicht des Waldes und ließ drei verstörte Wanderer zurück. Der vierte schaute kurz aus dem Feuerholz heraus.

»Lollofah, wer oder was ist Lollofah?«, fragte der Feuerdrache neugierig.

»Oh je«, stöhnte Meister Dost. »Lollofah ist unser nächstes Problem. Ihr kennt doch die Geschichte des versunkenen Dorfes, nicht wahr?«

Max und Anna nickten. Der Kobold erklärte Midrafo kurz die Fakten.

»In knappen Worten geht die Geschichte so. Ein Dorf aus feinsten Kristallhäusern stand einst auf Holzpfählen erbaut im weiten Sumpf. Lollofah galt als der schönste Ort weit und breit, in dem liebliche Elfen wohnten. Bis vor vielen Generationen ein Bautrupp der Brülltrolle versehentlich im Schlaf das Dorf zerschnarchte, zersägte und versenkte. Die Legenden besagen nun Folgendes. Alle Elfen schweben seit dieser Zeit als weiße Irrlichter in den Sümpfen umher und hassen Trolle. Und jeden anderen Besucher auch. Die Lichter locken dich an den Ort, an dem einst Lollofah stand. Dort versinken die Körper dann im Sumpf.«

»Und der Gesang der Irrlichter lockt dich zusätzlich zum Licht ebenfalls an«, wusste Anna.

Max blickte sich um. Irgendwie sah die Sumpflandschaft nicht sehr einladend aus.

»In welche Richtung müssen wir denn genau marschieren?«, erkundigt sich der Junge.

»Immer der Nase nach«, schlug Meister Dost vor, tat einen Schritt nach vorne und versank bis zum Hals im Morast.

◆

Atos marschierte ungesehen über Wiesen und Felder. Erfolgreich ging er allen Nachtwesen und Strauchdieben aus dem Weg. Er wollte seine magischen Kräfte schonen. Früher oder später würde es zu Auseinandersetzungen mit mächtigen Feinden kommen. Daher ging der ehemalige Zauberer sparsam mit seinen Fähigkeiten um. Zauberei strengte schrecklich an. In der weiten Einsamkeit gab es viel Zeit zum Nachdenken. Eigentlich wusste er noch nicht recht, ob und wie er Amalia helfen konnte. Wieder und wieder flogen an seinem geistigen Auge die Geschehnisse der ersten Reise vorbei. Das Ereignis lag über zehn Jahre in der Vergangenheit. Langsam kehrten Stück für Stück verloren geglaubte Erinnerungen zurück, als sei ein Bann gebrochen worden. Atos erinnerte sich an die Tropfsteinhöhle, die Weggabelung, an der sich Amalia von ihm getrennt hatte. Es war das letzte Mal, dass Atos seine Begleiterin gesehen hatte, denn am folgenden Tag erschien Amalia nicht am vereinbarten Treffpunkt. Atos wartete vergeblich und folgte schließlich den Markierungen der

Zauberin. Die Suche endete in einem Raum, der aber in eine Sackgasse führte. Irgendjemanden hatte Amalia dort getroffen, das magische Feuer glühte noch. Auch der Schaukelstuhl deutete auf eine weitere Person hin. Atos suchte mehrere Wochen vergeblich nach seiner Kollegin oder anderen Lebewesen, kehrte immer wieder in die verlassene Höhle zurück. In Dangholt erklärte Fuddelhaar die Zauberin Amalia zunächst für verschollen und später für tot. Garmander belegte anschließend die Angelegenheit mit einem Bann des Vergessens.

›Warum habe ich sie nicht begleitet? Warum ließ ich die Trennung an der Weggabelung in der Höhle zu?‹ Atos machte sich große Vorwürfe. Er wusste bis heute nicht, wie er das Gebirge am Ende der Welt durchschreiten sollte, um Amalia zu helfen. Zunächst aber galt es, die Zwillinge zu finden und zu unterstützen. ›Hoffentlich ist ihnen noch nichts geschehen‹, dachte der ehemalige Zauberer der Gilde. Noch gab es keine Spur von Meister Dost, Anna oder Max. Die magische Eichenhöhle wollte Atos nicht aufsuchen. Er hatte Angst, von anderen Zauberern entdeckt zu werden, die sich dann anschließend in Dangholt verplapperten. Daher beschloss er, durch magische Gedankenübertragung mit Buho Kontakt aufzunehmen. Vielleicht wusste die Verwaltereule etwas? Die Gedankenübertragung stellte eine schwierige Herausforderung dar, mit der man viel Schaden anrichten konnte. Höchste Konzentration und genaues Zielen auf den gewünschten Gesprächspartner waren unbedingt erforderlich. Traf man daneben, hörte ein ahnungsloser Empfänger plötzlich fremde Stimmen in seinem Kopf. Viele unschuldige Personen kamen jedes Jahr um den Verstand weil sie dachten, dass aus dem Jenseits die Schwiegermutter zu ihnen sprach. Und es kam zu Missverständnissen. Ein besonders schwerer Fall schaffte sogar die Aufnahme in das Buch der hundert größten Katastrophen des Würfelzeitalters. Zwar nur auf Platz neunundneunzig, aber immerhin. Damals unterhielten sich zwei Zauberer mit magischer Gedankenübertragung über ein neues Kochrezept. Im falschen Moment lief ein Feuerteufel durch die Funkstrecke.

»Du musst sie komplett abbrennen«, wollte der Zauberer seinem Kollegen erklären, traf aber das falsche Hirn.

»Guuuut!« Der Feuerteufel hörte auf seine innere Stimme und fackelte die Häuser eines ganzen Dorfes ab. Dabei meinte der Zauberer die Borsten eines Schweins, die vor der Zubereitung mithilfe einer Flamme entfernt werden sollten.

Atos stand mitten auf einer saftigen Wiese und konzentrierte sich. Er kannte die Richtung genau, in der die magische Eichenhöhle lag. Etwas lenkte ihn ab. Ein Schrei, der wie ein in die Länge gezogenes »Aaaaaaaaaaaaaaaaaaaaaaaaaaaaaaaaaah!« klang und schnell lauter wurde. Atos blickte sich um. Auf der Wiese genoss er freie Sicht in alle Himmelsrichtungen. Vorne, hinten, links und rechts? Niemand zu sehen! Seltsam! Trotzdem kam der unsichtbare Schrei immer näher.

»Aaaaaaaaaaaaaaaaaaaaaaaaaaaaaaaaaaaaaaaah!«

In letzter Sekunde bemerkte Atos, dass ein Problem von oben nahte. Er riss seinen Kopf in den Nacken und verwandelte die vom Himmel fallende Person in ein Federkissen, das Sekundenbruchteile später neben ihm auf der Wiese einschlug.

»Autsch!«, rief das Kissen. »Vielen Dank, Herr Atos!«

»Langsam wirst du anstrengend«, tadelte der ehemalige Zauberer den schneeweißen Gegenstand. Mit geübter Hand verwandelte er Purpel vom Kissen in seine menschliche Gestalt zurück.

»Wieso fällst du hier im Morgengrauen einfach so vom Himmel?«, fragte Atos entsetzt. »Was wäre gewesen, wenn ich nicht zufällig hier entlang spaziert wäre?«

Purpel winkte ab.

»Ich wäre schon noch selbst auf den richtigen Zauberspruch gekommen, um mich in einen Vogel oder ein Kissen zu verwandeln!«

»Du warst noch drei Meter vom Erdboden entfernt.«

»Na siehst du, alles kein Problem«, lachte Purpel.

»Ich bin gerade dabei, eine Gedankenübertragung zu Buho aufzubauen, aber das kann ich mir nun sparen. Du wirst für mich zur magischen Eichenhöhle gehen und Erkundigungen einholen. Etwas Geld wäre auch nicht schlecht«, bat Atos, während er seinen Haarzopf neu ordnete. »Aber jetzt erzähle bitte deine Geschichte. Fasse dich kurz, denn ich bin in Eile.«

»Garten, Schaf, Kaninchen, Alder, Mensch, Absturz, Kissen. Ist das kurz genug?«, fragte Purpel besorgt.

»Etwas ausführlicher wäre freundlich«, grinste Atos.

»Also. Ich kam zurück durch die Tür in den vergessenen Garten des Lapacho«, erzählte der vergessliche Zauberer, als sei es die selbstverständlichste Sache der Würfelwelt, dies zu tun. Atos schnappte nach Luft.

»Wie hast du das gemacht?«, fragte er halb bewundernd, halb entsetzt. »Hast du einen Zauberspruch aufgesagt?«

»Ich kann mich nicht erinnern«, klagte Purpel. »Jedenfalls kehrte ich zurück, als die Zwillinge und Meister Dost schon gegangen waren. Danach verwandelte ich mich in ein Schaf und graste ein wenig auf der Wiese. Beim Versuch, mich in einen Menschen zu verwandeln, unterlief mit ein klitzekleiner Fehler. Plötzlich sah ich aus wie ein Kaninchen, ein Adler hob mich in die Lüfte. Mir ist immer noch schlecht davon. Dank einer glücklichen Fügung fiel mir der richtige Zauberspruch ein, um mich in einen Vogel zu verwandeln.«

»Deshalb bist du als Mensch vom Himmel gefallen?«, spottete Atos.

»Kleiner Kunstfehler!«

Purpel begab sich nach einer kurzen Pause auf den Weg zu Buho, um die notwendigen Erkundigungen für Atos einzuholen.

»Erzähle niemandem, dass du mich gesehen hast. Immerhin gelte ich als tot und das soll auch eine Weile so bleiben«, rief der ehemalige Zauberer seinem vergesslichen Kollegen hinterher. Tatsächlich gelang es Purpel, sich seinen Auftrag zu merken, sich nicht zu verplappern und sogar den Weg zurück zum ungeduldig wartenden Atos zu finden. Eine wahre Meisterleistung, fand zumindest Purpel selbst.

»Hier, Herr Atos. Ich habe etwas Geld aus meinem Schließfach geholt und mich nebenbei mit Buho unterhalten. In der magischen Eichenhöhle ist das Gerücht von deinem Ableben schon angekommen. Niemand weiß etwas, selbst Buho nicht.«

Atos beschloss, es zunächst dabei zu belassen. Je mehr Mitwisser es gab, desto gefährlicher wurde seine Reise. Der ehemalige Zauberer bediente sich gerne eines Sprichworts.

»Was einer weiß, weiß sonst keiner. Was zwei wissen, wissen alle«, pflegte er oft zu sagen. Knirk, der Brülltroll und Purpel stellten bisher seine einzigen Kontakte dar. Es gab also einige Mitwisser. Atos schätzte das Risiko aber als gering ein.

»Sind Anna und Max schon in der magischen Eichenhöhle gewesen?«

»Ja«, nickte Purpel. »Buho hat die Zwillinge neu eingekleidet, auch Proviant bekamen die beiden. Ebenso Felle für die Füße.«

»Und Garmander?«, sorgte sich Atos.

»Ist in der magischen Eichenhöhle nicht aufgetaucht. Ich könnte mich aber in einen Vogel verwandeln und nach ihm suchen«, schlug der vergessliche Magier vor.

»Vergiss es«, winkte Atos dankend ab.

»Gern, darin bin ich geübt. Was unternehmen wir jetzt?«, erkundigte sich der junge Zauberer hoffnungsfroh.

»Wir?«, fragte Atos.

»Ja, ich kann dir sicher dienlich sein«, schlug Purpel mit treuem Blick vor. »Schließlich hast du im Kerker auch um meine Hilfe gebeten, als ich wie eine Katze aussah.«

Der ehemalige Zauberer nickte. Zu zweit ließ es sich besser wandern, und vier Augen sahen mehr als zwei.

»Willkommen in der Expedition ans Ende der bekannten Welt. Vielleicht auch darüber hinaus. Wir werden sehen. Hier entlang bitte.«

Atos kannte zwar den kürzesten Weg in Richtung Gebirge, musste aber auf die Zwillinge und Meister Dost Rücksicht nehmen. Er bekam eine Idee, wo er nach der Reisegruppe suchen könnte.

◆

Anna, Max und Meister Dost steckten in der Tinte. In schwarzer Tinte. Die Zwillinge standen an der Grenze zwischen Elfenland und Trollgebiet. Max zog einen pechschwarzen Kobold mit grünem Kopf am Kragen seiner Kleidung aus dem blubbernden

Morast heraus.

»Danke sehrrrr«, schnarrte Meister Dost aufgeregt. Er kannte den genauen Weg durch die Sümpfe nicht, nur die grobe Marschrichtung konnte der Kobold am Stand der Sonne ablesen.

»Wir müssen wohl etwas weiter links durch den Sumpf«, erklärte er. Anna runzelte die Stirn.

»Dort sieht es nicht anders aus als hier. Denk bitte daran, dass wir nicht schwimmen können«, bat das Mädchen. Anna blickte sich um. Die Landschaft vor ihr sah nicht besonders einladend aus. Das Mädchen entdeckte abgebrochene Baumstümpfe, die wie mahnende Zeigefinger aus dem tiefschwarzen Sumpf herausragten. Schlingpflanzen würgten die Baumreste, drängten nach oben, kämpften um jeden Sonnenstrahl. An verschiedenen Stellen trudelten Gasblasen an die Oberfläche, um dort mit einem schwerfälligen »Plopp« zu zerplatzen. Soweit das Auge reichte, ließ sich kein Anhaltspunkt erkennen, an dem man sich orientieren konnte. Mit anderen Worten; steckte man erst einmal mitten im Sumpf, gab es nur noch eine Farbe und meist auch nur noch eine Bewegungsrichtung. Schwarz und abwärts. Schon ohne bedrohliche Lebewesen darin stellten die Sümpfe eine tödliche Gefahr dar. Doch genau diese Lebewesen gab es im Morast. Gemeint waren damit nicht die Stechmücken oder Moskitos, die in anderen Sümpfen jedem Wanderer das Leben zur Hölle machten. Gegen die Blutsauger ließ es sich gut aushalten, rieb man die Haut mit stark verdünnter Universaltinktur ein. Stark verdünnt hieß, dass auf ein Weinfass ein halber Tropfen Tinktur gegeben und gut verrührt werden musste. Anschießend sprang jeder Moskito angeekelt freiwillig in den Sumpf, um den stechenden Geruch aus fauligen Trauben nicht länger ertragen zu müssen. Die Zwillinge standen mit Meister Dost jedoch am Ufer eines Sumpfgebietes, in dem eine andere Art von Lebewesen hauste, in dem es eine besondere Bedrohung gab. Irgendwo im Sumpf lauerte das Verderben. Nicht in Gestalt eines Matschkrokodils oder einer Torfschlange, sondern viel gefährlicher. An einer bestimmten Position, niemand kannte sie heute noch genau, lag das versunkene Dorf Lollofah in ewiger Dunkelheit schwarzer

Sumpftunke verborgen. Darüber schwebten zuckende, weiße Elfen, die am Tage sangen und in der Nacht zusätzlich als Irrlichter umhertanzten. Der Legende nach, niemand hatte den Anblick oder den Gesang bisher lange genug überlebt, um darüber berichten zu können, zogen die feinen Gestalten jedes unvorsichtige Lebewesen ohne Gnade in ihren Bann. Kluge Berater gaben Reisenden in teuren Reiseführern Tipps, wie man sich vor einer Kristallelfe schützen sollte. Man solle sich die Augen verbinden und Harzstopfen in die Ohren stecken, hieß es dort immer wieder. Leider war keiner der Reisenden bisher zurückgekehrt, um die Wirkung der Beratertipps zu bestätigen. Ein über den Sümpfen schwebender Beobachter wäre zu folgendem Ergebnis gekommen. Alles Unsinn! Mit verbundenen Augen kam man im Sumpf sofort vom rechten Weg ab und versank auch ohne Zutun der Elfen. Selbst wenn sich ein Wanderer die Ohren zustopfte, drangen die Gesänge trotzdem weiter direkt ins Gehirn ein und machten jedes Lebewesen zur willenlosen Marionette.

»Ich bin der Diener Amalias, sie hat mich beauftragt, Herrn Atos bei der Reise ans Ende der Welt zu begleiten. Auch soll ich euch unterstützen, so gut ich kann«, versprach Meister Dost.

Midrafo schaute unruhig aus dem Feuerholz hervor, auch Max trat nervös von einem Bein auf das andere.

»Ich will ja nicht drängeln«, meckerte der Feuerdrache, »aber wir stehen immer noch auf Trollgebiet. Nicht jeder Toll ist Herrn Atos zu Dank verpflichtet. Wie wäre es, wenn wir uns langsam verziehen? Denkt an das Ziel der Reise. Nicht der Sumpf hier ist das Ziel, sondern das Ende der Welt.«

Anna Bruder nickte.

»Wir benötigen ein Boot oder ein Floß«, überlegte er. »Holz genug gibt es hier jedenfalls.«

Meister Dost nickte, schüttelte aber wenige Augenblicke später schon den Kopf.

»Nur hat leider niemand von uns eine Säge oder Axt dabei. Wahrscheinlich kommen auch nicht gerade zufällig Zwerge vorbei, die diese Arbeit für uns erledigen.«

»Ich bin eine Art Säge«, rief der Feuerdrache aufgeregt. »Wenn ich mich sehr anstrenge, schneidet mein Feuerstoß schärfer als jede Klinge.«

Anna hob das Feuerholz an und drückte kräftig auf die Wölbung. Gleichzeitig führte sie das Werkzeug langsam an einem mitteldicken Baumstamm entlang. Midrafo brüllte eine schmale Stichflamme heraus, die das Holz wie Butter durchtrennte. Der Baum kippte.

»Baum fällt«, rief Anna.

Max nahm einen langen Ast mit angefeuchteten Blättern zu Hilfe, um die brennende Schnittstelle am Stamm auszuschlagen. Es funktionierte. Der Feuerdrache japste atemlos in seiner Schachtel.

»Ich benötige einen Moment Pause«, bat er. Nach einer Weile fällte der Winzling einen weiteren Baum und zerteilte ihn in etwa gleich lange Abschnitte. Max riss fingerdicke Schlingpflanzen von anderen Bäumen herunter. Mit geschickten Händen band er Stamm für Stamm zusammen, bis ein kleines Floß entstanden war. Meister Dost dichtete die Zwischenräume mit Moos ab. Nun wirkte das Wasserfahrzeug wie ein grüner Teppich, der im Sumpf parkte. Anna fand in der Zwischenzeit zwei schlanke, aber sehr lange Äste. Nachdem sie das gesamte Laub und kleinere Seitenarme entfernte hatte, blieben zwei Stangen übrig, mit deren Hilfe man sich am Grund des Sumpfes abstoßen konnte. Zusätzlich bastelte Max aus vier Ästen ein Paddel. Es sah aus wie ein Dreieck mit Stiel, auf das man zur Not ein Stück Stoff binden konnte, sollte das Wasser zum staken zu tief werden. Vorsichtig betraten die Nichtschwimmer ihre Konstruktion. Das Floß wackelte für einen Moment bedenklich hin und her, trug aber schließlich sicher die Last der beiden Kinder. Meister Dost hüpfte hinterher. Für seine Größe und sein Gewicht hätte bereits das Blatt einer großen Seerose genügt, um ihn sicher über den Sumpf zu bringen.

Es erforderte etwas Geschick, mit zwei Stangen das Floß in der gewünschten Richtung fortzubewegen. Nach einigen vergeblichen Versuchen, bei denen sich Anna und Max nur im Kreis drehten, gelang die Fahrt schließlich recht gut. Mit steigendem Sonnenstand wurde die Luft stickiger und feuchter. Seltsamerweise belästigten keine Mücken, Fliegen oder Moskitos die kleine

Gruppe.

»Das liegt am Brandgeruch der abgesägten Stämme«, erklärte
Meister Dost. Anna und Max sahen sich immer wieder aufmerksam um, damit nicht unbemerkt eine unbekannte Gefahr auftauchte. In regelmäßigen Abständen prüfte der Junge auch seinen goldenen Würfel. Die nur leicht rötliche Verfärbung ging
allgemein vom sumpfigen Wasser aus, nicht von einer speziellen
Bedrohung. Immerhin konnte Max nicht schwimmen. Ansonsten verhielt der Würfel sich ruhig. Dank Buhos Proviantpaket
wurden alle Abenteurer satt. Midrafo verschlang ein besonders
großes Stück Speck. Der kleine Feuerdrache wollte nach seinem
Einsatz als Holzfäller schnell wieder zu Kräften kommen. Trinkwasser gewann Meister Dost mit einem einfachen Trick. Der
Kobold schöpfte sumpfiges Wasser in ein Stofftuch, das alle festen Teilchen heraussiebte. Das Ergebnis schmeckte muffig, war
aber genießbar. Anna schmerzten die Arme. Das Mädchen biss
aber die Zähne zusammen und stakte mühsam weiter. In einer
kurzen Pause zog sie aus dem Reisebündel die Spieluhr hervor.
Vorsichtig drehte Anna den goldenen Schlüssel, um den Mechanismus in Gang zu setzen. Der Deckel sprang auf, die wunder-
schöne, magische Vorführung des Elfenreigens begann. Eine
zauberhafte Melodie erklang, die Anna an ihre Tante denken ließ.

›Vielleicht hat unsere Tante diese Spieluhr früher schon genutzt, als wir noch sehr klein waren‹, überlegte das Mädchen ver-
träumt. Eine Kleinigkeit verlief jedoch anders als beim ersten
Abspielen der Uhr im Haus des ehemaligen Zauberers. Damals,
so erinnerte sich Anna genau, bildeten die sieben weißen Elfen
einen Kreis, bevor sie erstarrten. Heute jedoch standen fünf der
feinen Wesen in einer Reihe hintereinander, jeweils eine weitere
Tänzerin stellte sich links und rechts neben einem Ende auf. Die
sieben Figuren bildeten einen Pfeil, der in eine fest stehende
Richtung zu weisen schien. Anna bemerke erstaunt, dass der El-
fenpfeil sich mit jeder ihrer Bewegungen neu ausrichtete.

»Schaut her, was ich entdeckt habe«, rief das Mädchen aufge-
regt. Behutsam stellte sie die Spieluhr auf das Floß, damit auch
Meister Dost den Vorgang betrachten konnte. Max drehte das
Wunderwerk in eine andere Richtung. Sofort tanzten alle Elfen

ein Stück gegen die Drehrichtung, sodass der Pfeil wieder in seine ursprüngliche Richtung wies. Selbst der winzige Feuerdrache strahlte über beide Ohren ob des magischen Wunderwerks.

»Die Richtung des Pfeils stimmt aber nicht mit unseren Plänen überein«, gab Meister Dost zu bedenken und wies mit ausgestrecktem Arm einen anderen Weg. »Der Sonne nach zu urteilen müssten wir dort entlang.«

In Anna und Max siegte die Neugierde. Irgendeine wichtige Bedeutung musste die magische Spieluhr ihrer Tante doch haben, dessen waren sich beide sicher. Sie ließen den Behälter mit aufgeklapptem Deckel auf dem Floß stehen. So schnell es ihre Kraft zuließ, bewegten die Zwillinge das Wassergefährt in Pfeilrichtung voran. Außer einem leisen Gluckern hörten sie bald kein Geräusch mehr. Alle Vögel schwiegen, kein Insekt summte. Die gesamte Gegend sah nicht nur ausgestorben aus, sie war es auch. Jeder Winkel der Landschaft wirkte bedrohlich, abweisend und unheimlich. Mutig setzte die kleine Expedition ihren Weg fort.

Plötzlich begann der Sumpf um das Floß herum zu beben, irgendetwas drückte von unten gegen das Gefährt. Mit einem tiefen Grollen hob eine unbekannte Kraft eine Seite des platten Wasserfahrzeugs an. Anna warf sich noch rechtzeitig flach auf die Holzstämme und rettet sich und die Spieluhr vor dem Abrutschen. Ihr Bruder aber verlor das Gleichgewicht. Vergeblich versuchte Max, sich mit der langen Holzstange abzustützen. Es gab keinen Halt mehr, der Junge stürzte schreiend in den Sumpf, der ihn augenblicklich erbarmungslos in die Tief zog. Wild mit den Armen rudernd versank Max Stück für Stück, bevor Anna ihrem Bruder eine rettende Hand reichen konnte. Genau so plötzlich, wie der Sumpf in Unruhe geriet, kehrte wieder gespenstische Stille ein. Nur einige Luftblasen markierten noch die Stelle, an der Max in undurchdringlicher Schwärze versunken war. Meister Dost stand mit entsetzten Blick am Rand des Floßes und starrte in den Sumpf. Anna flossen dicke Tränen über die Wangen. Durch einen dicken Wasserfilm in ihren Augen bemerkte sie, dass die Elfen auf der Spieluhr nun keinen Pfeil mehr bildeten, sondern wieder in Kreisform erstarrten.

»Gibt es keine Rettung?«, schluchzte das Mädchen verzweifelt. Ihr Nacken fühlte sich plötzlich an, als hinge ein schweres Gewicht daran. Irgendeine unsichtbare Macht versuchte, sie in die Knie zu zwingen.

Meister Dost schüttelte stumm den Kopf.

›Amalia wird mich dafür bis in alle Ewigkeit verdammen‹, dachte der Kobold betrübt und wütend zugleich. ›Warum kann Atos in diesem Augenblick nicht hier sein? Er hätte den Jungen sicher retten können.‹

◆

Atos befand sich zu diesem Zeitpunkt auf dem Weg ins Trollgebiet, um aus dem Dangholter Kerker befreiten Brülltroll aufzusuchen. Purpel fühlte sich von vielen unsichtbaren Augenpaaren beobachtet, aber Atos beruhigte seinen stets vergesslichen Begleiter.

»Es ist gut, wenn uns die Trolljäger schnell finden und ins Dorf bringen. Das spart Zeit.«

Purpel schüttelte entsetzt seinen Kopf.

»Du machst Witze, nicht wahr?«

»Keineswegs, mein Lieber. Keineswegs!«, entgegnete Atos lächelnd. »Vielleicht hat jemand hier die Zwillinge gesehen?«

»Oder die beiden zum Frühstück verspeist?«, sorgte sich der vergessliche Zauberer.

Atos wusste, dass Trolle als wilde Raufbolde auftraten, aber ihr Herz am rechten Fleck trugen. Zur Not beherrschte der Magier immer noch genügend Zaubertricks, um sich einen hungrigen Troll vom Leib zu halten. Oder auch eine ganze Gruppe, die genau in diesem Augenblick brüllend aus dem Unterholz hervorbrach. Kurze Zeit später rieben sich die Jäger verdutzt ihre großen Augen. Alle Netze prallten an Atos und Purpel ab wie Wasser vom Blatt der Lotosblüte. Die hungrigen Gestalten zogen lange Gesichter und versuchten ihr Glück nun mit ihren gefährlich aussehenden Holzkeulen. So heftig die Trolle ihren Schlag auch führten, niemals erreichte das Schlagwerkzeug die Körper der Zauberer. Atos grinste. Mit einem einfachen Trick hatte er schon beim Betreten des Trollgebiets eine unsichtbare Schutzkappe erzeugt, die selbst einen umstürzenden Mammutbaum aufhalten würde. Keiner der Jäger verstand das Problem. Ein leckeres Menü lief ganz frisch direkt vor ihrer Nase herum, und doch schien es unantastbar wie ein weit entfernter Stern.

»Bringt mich zu eurem Anführer«, bat der ehemalige Zauberer auf Trollsch. Die mächtigen Gestalten zogen es vor, klein beizugeben. Vielleicht ergab sich später noch eine Chance. Das Knurren der Mägen hallte dumpf durch den Wald. Von einer lächerlichen Pilzsuppe zum Frühstück konnte schließlich kein erwachsener Troll satt werden.

»Manchmal verliert man, und manchmal gewinnen die anderen«, grinste Purpel, der keine Ahnung hatte, wie Atos den Zauber zu Stande brachte. Er nahm einen dicken Ast in beide Hände und schlug sich den Knüppel auf den Kopf, um die unsichtbare Schutzwirkung zu testen.

»Auaaaaaaaa!«, brüllte er. Mit schmerzverzerrtem Gesicht sank Purpel auf die Knie. Wenige Augenblicke später zierte eine stattliche Beule in der Größe eines Hühnereis sein Haupt. Die Trolle sahen eine günstige Gelegenheit und schlugen kräftig zu. Jeder Schlag prallte ohne Wirkung von den Magiern ab.

»Was ist *das* denn für die Zauber?«, schimpfte Purpel.

»Ein logischer«, lachte Atos.

»Was ist daran logisch? Ich kann mich selbst mit einer Keule schlagen, aber alle anderen Wesen nicht?«, meckerte der vergessliche Zauberer. »Warum der Unterschied?«

»Sieh es so«, entgegnete Atos kühl. »Man muss sich selbst berühren können, um sich die Nase zu putzen, zu essen und zu trinken. Das ist bei langen Reisen von Vorteil. Es hat vor dir noch niemand probiert, sich selbst mit einer Keule zu schlagen. Ich werde den Zauber aber beim nächsten Mal verfeinern.«

Purpel lächelte verlegen, stolperte über eine Baumwurzel und schlug der Länge nach auf den Waldboden. Wenig später erreichten die Jäger mit ihrer unantastbaren Beute das Ziel. Im Dorf der Trolle entstand wieder großer Jubel über zwei stattliche Portionen Fleisch. Nach und nach fielen aber die Kinnladen der hungrigen Meute auf die zu groß geratenen Füße. Einige oberschlaue

Bewohner glaubten den Jägern kein Wort, bis auch sie kläglich am Schutzschild scheiterten. Mit einer Handbewegung erzielte der Obertroll Ruhe bei seinen Untertanen. Zum Glück erklärte der Brülltroll seinem Gastgeber die Situation. Zu Atos gewandt schilderte er das Problem des Trollgebiets.

»Großes Gebiet, kein Fleisch. Manchmal Wesen sich verirren. Landen im Kochtopf. Doch schon lange kein Fleisch mehr hier gewesen. Trolle wütend sind.«

Atos nickte.

»Verstehe, aber schaut mal genauer im Kessel mit der Pilzsumme nach«, schlug der ehemalige Zauberer vor. Er trat kurz an die Kochstelle, murmelte einige geheime Formeln und träufelte Universaltinktur in den riesigen Behälter.

»Vielleicht hilft euch ein kleines Feuer unter dem Kochtopf weiter?«

Der Brülltroll verstand zunächst nicht, worauf Atos hinaus wollte. Im Gefängnis hatte er gelernt, dass er manchmal, aber nur in begründeten Ausnahmefällen, sein Misstrauen gegenüber den Menschen vergessen musste. Eilig legte der Troll daher frisches Feuerholz in die vom Frühstück noch schwach glimmende Glut. Trotz aller Eile wartete Atos ab, bis die Suppe wärmer wurde und plötzlich einen verführerischen Duft verbreitete.

»Kreilegs!5«, riefen die ersten Trolle und schnupperten begeistert mit ihren besonders großen Nasen.

»Es nach Huhn duftet«, freute sich der Brülltroll wie ein kleines Kind. Tatsächlich schwammen fette Suppenhühner im riesigen Kessel. »Wie du das gemacht?«

»Eine kleine Prise Magie«, lächelte Atos.

Diese Art der Zauberei gehörte eigentlich auf Rummelplätze und war normalerweise unter der Würde eines Gildenzauberers. Da Atos momentan keiner Gilde angehörte und zudem die Zwillinge in Bedrängnis sein konnten, machte er eine Ausnahme. Der Trick funktionierte immer ähnlich, ganz gleich, ob ein Kaninchen in einen Zylinder oder ein Huhn in den Topf gesteckt werden sollte. Dabei spielte die Größe der Gegenstände keine Rolle.

---

5 Hühner!

Auch einen Elefanten in einen Fingerhut oder ein Kamel durchs Nadelöhr zu zaubern war problemlos möglich, aber weder für den Elefanten noch für das Kamel besonders gesund. Nach und nach näherten sich immer mehr Trolle dem köstlich duftenden Kessel. Atos und Purpel blieben zur Sicherheit unter ihren unsichtbaren Schutzschilden verborgen, man konnte nie wissen.

»Kann ich dich kurz sprechen?« Der ehemalige Zauberer zog den Brülltroll ein Stück zur Seite.

»Ja, Troll weiß, was Herr Atos möchte wissen«, nickte der Troll. »Njel tu Kreilegs pfrikolla!⁶«, mahnte der Gast seine Artgenossen.

»Hast du die Zwillinge gesehen?«

»Ja, fast sind in Kessel gelandet! Habe gebracht zu Grenze an Sumpfgebiet. Alle wohlauf«, erklärte das massige Wesen.

»Kannst du mich zur selben Stelle führen?«, erkundigte Atos sich freundlich. »Natürlich erst nachdem du gegessen hast«, fügte der Lehrmeister eilig hinzu. Nickend rannte der Brülltroll zur Kochstelle zurück, um sich seinen Anteil am köstlichen Mahl zu sichern.

◆

Garmander erreichte zusammen mit seinen Leuten das Dorf, in dem Meister Dost und die Zwillinge zuletzt gesehen worden waren. Die durch den vor Wut geplatzten Wasserschatten übel zugerichtete Taverne interessierte den Gildenmeister dabei nur wenig. Sein Mitleid für den dicklichen Wirt hielt sich in engen Grenzen. Vielmehr suchte er nach Spuren, die einen Anhaltspunkt für seinen weiteren Weg boten. Zauberer besaßen sehr feine Nasen, die sogar dem Geruchssinn von Hunden überlegen sein konnten. Aus diesem Grund führte Garmander auch keine speziellen Bluthunde bei sich, sondern schnüffelte selbst umher. Leider fand der Zauberer keine eindeutige Fährte von Meister Dost, da der beißende Gestank der schwarzen Soße aus dem geplatzten Wasserschatten jeden anderen Geruch überdeckte. Enttäuscht wand der Expeditionsleiter seinen Kopf dem Zombie zu.

---

⁶ Esst nicht alle Hühner auf!

»Zeig mir, was außerhalb der Taverne geschah«, brummte Garmander missgelaunt.

»Hier entlang, Herr«, bat der Untote. Er zeigte die Hintertür, den Misthaufen für unhöfliche Gäste und seinen Arbeitsplatz an der Vorderpforte.

»Nein, nein. Das meine ich nicht. Gibt es denn sonst keine Spuren?«, tobte der Zauberer. Auch seine Soldaten brachten nichts Brauchbares zu Stande. Ein besonders dümmlicher Soldat trabte mit einem ausgetretenen Schuh in der Hand herbei, den er in irgendeiner Ecke aufgelesen hatte.

»Eine Spur, Herr Garmander, eine heiße Spur«, rief der Mann aufgeregt, bevor der Leutnant ihn hätte zum Schweigen bringen können. Langsam nahm der Zauberer die Fußbekleidung in die Hand, drehte sie, betrachtete aufmerksam alle Seiten. Nach einigen Sekunden schlug er dem Soldaten den Schuh links und rechts um die Ohren.

»Fällt dir etwas an dem Schuh auf?«, fragte der Gildenmeister bissig.

»Äh, ja, nein. Ein Schuh, eine Spur!«

»Der Schuh ist so groß, dass er dem Zombie passen könnte. Und er riecht auch nach Zombie. Waisenhauskinder laufen für gewöhnlich barfuß. Außerdem ist der grüne Kobold kleiner als der Schuh lang ist. Idiot!«

Eilig nahm der Zombie seine Fußbekleidung wieder an sich. Dabei durchzuckte ihn eine Idee.

»Ich führe euch zur Scheune, Herr Garmander. Dort hörte ich damals Geräusche, fand aber niemanden. Es war zu dunkel, um genauer nachzusehen.«

Eilig marschierte die gesamte Truppe, angeführt durch den Zombie und Garmander, zur Scheune. Dort durchwühlten die Soldaten den Heuboden und entdeckten dabei auch die Luke, durch die Anna und Max auf das Dach des Gebäudes gelangten. Nach einer ganzen Weile meldete ein Soldat stolz seinen Fund.

»Hier hängt ein Stück Stoff, Herr Garmander!«

»Nicht anrühren!«, brüllte der Gildenmeister. »Keine Spuren verwischen, keine fremden Gerüche.«

Garmander eilte die morsche Leiter nach oben, der Leutnant

folgte dicht dahinter, dabei brach eine weitere Sprosse heraus. Mit verstauchtem Fuß blieb der Mann fluchend am Boden liegen. Garmander kümmerte sich nicht weiter darum.

›Wer fällt, ist schwach‹, dachte der Zauberer mit bösartigem Lächeln. Vorsichtig betrachtete er den Stofffetzen, der immer noch unberührt an einem rostigen Nagel hing. Entsetzt schauten mehrere Soldaten zu, wie Garmanders Kopf sich langsam verwandelte. Sein Haupt wurde schmal und länglich, an der Spitze bildete sich eine Art Rüssel. Am Ende der Umwandlung saß der Kopf eines Ameisenbären auf menschlichen Schultern. Gierig sog die lange Nase alle Gerüche aus dem Stoff und speicherte sie im Gehirn des Zauberers ab. Plötzlich verschwand der Tierkopf wieder, der Gildenmeister stand wieder als er selbst vor den erstaunten Männern. Garmander steckte zufrieden das Stoffstück in sein Gewand.

»Wir sind hier fertig«, befahl er, ohne den immer noch am Boden liegenden Offizier eines Blickes zu würdigen. Dem Gildenmeister wurde klar, dass die von Bürgermeister Fuddelhaar angewiesene Begleitung durch die Stadtwache eine Last darstellte. Wie ein Klotz am Bein. Die Verletzung der Leutnants bot einen guten Vorwand, sich alleine auf den weiteren Weg zu machen.

»Kümmert euch um euren Leutnant«, bat Garmander scheinheilig die umherstehenden Soldaten. »Der Rest der Truppe sollte sich in der Taverne nützlich machen und dem Wirt beim Aufräumen helfen. Schließlich verdanken wir ihm und dem Zombie unsere Spur. Ich schau derweil, ob die Fährte gut ist, und komme später hierher zurück.«

Der Leutnant nickte mit schmerzverzerrtem Gesicht. Eigentlich wirkte er froh, dass sein Weg hier im Dorf unterbrochen wurde oder vielleicht sogar endete. Seine Männer sahen das genauso. Der weitere Weg ans Ende der Welt versprach wenig Lohn, wenig Ruhm, große Gefahren und noch größere Anstrengungen.

»Wir müssen aber, während wir auf dich warten, essen, trinken und schlafen«, bemerkte der Offizier listig. Der Zauberer verstand sofort, woher den Wind wehte, hatte aber keine Lust auf

Diskussionen oder Beschwerden bei Bockelwitz oder Fuddelhaar. Als Gildenmitglied verfügte er in der magischen Eichenhöhle über unbegrenzte Geldmittel. Ohne mit der Wimper zu zucken drückte er dem verdutzten Leutnant einige Goldmünzen in die Hand.

»Das sollte reichen, nicht wahr?«, lächelte er. Tatsächlich hätte man für den Betrag einhundert Männer für mehrere Wochen versorgen können. Dem Offizier blieb die Spucke weg. Dankend salutierte er, schlug die Hacken zusammen und brach vor Schmerzen im Knöchel jammern zusammen. Garmander schwang sein Bündel über die Schulter und verließ im Eilschritt das Dorf. Sobald der Zauberer außer Sichtweite kam, verwandelte er seinen Kopf zurück in die Form des Ameisenbären. Der Weg, den Anna, Max und Meister Dost nahmen, lag plötzlich als Duftspur wie ein offenes Buch vor ihm. Er musste nur noch hereinschnuppern, die Zwillingen finden, aus dem Weg räumen und das Kapitel schließen. Mit einem bösen Kichern marschierte Garmander voran.

◆

Max hörte seine Schwester schreien. Dann fühlte er, wie kaltes Sumpfwasser zuerst seinen Kopf und wenig später beide nach oben gereckten Hände verschlang. Im tiefschwarzen Morast zog ihn eine unsichtbare Kraft immer tiefer nach unten. Der Junge rang nach Luft und schloss die brennenden Augen. Vergeblich versuchte er noch, das rettende Floß oder Annas Hand zu ergreifen. Tausend Gedanken schossen ihm durch den Kopf, sein Leben raste vor einem inneren Auge in wenigen Sekunden an ihm vorbei. Er sah seine lächelnde Tante Amalia, seine Schwester, Atos, Madame Euphrosine, Meister Dost und viele andere Personen, die in seinem bisherigen Leben eine Rolle gespielt hatten. Lange reichte sein in den Lungen gespeicherter Sauerstoff nicht mehr aus, der Junge wusste das. Schließlich hielt Max es nicht mehr aus, er öffnete seine Augen und schnappte nach Luft. Drei Überraschungen erwarteten ihn.

›Ich kann atmen‹, dachte er verwundert. ›Bin ich noch am Leben?‹ Dagegen sprach, dass sich das Wasser immer wärmer anfühlte, je tiefer Max versank. Die zweite Überraschung bestand in der Tatsache, dass das Wasser plötzlich kristallklar und hell erleuchtet wirkte, obwohl die Morastschicht an der Oberfläche keinen Sonnenstahl hindurch ließ. Nach kurzer Zeit stand Max mit beiden Füßen auf sandigem Untergrund. Vor ihm lag als dritte Überraschung ein Dorf, komplett aus Kristallhäusern gebaut. Jedes kleine Heim reichte Max nur bis zur Mitte seiner Waden. Im grellen Licht funkelten die Kristallgebäude in vielerlei Farben. Ein wunderschöner Anblick. Wie im Traum. Oder im Paradies? Mitten im Dorf stand ein besonders prächtiges Bauwerk. Der Junge betrachtete aufmerksam einen Palast mit vielen Türmen und Verzierungen.

›Das *muss* das Paradies sein‹, dachte Max. Aufmerksam blickte er sich um. Der kleine Ort erwachte plötzlich zum Leben. Aus fast allen Häusern schwebten schneeweiße Elfen hervor, ihre feinen Flügel quirlten geschickt im Wasser umher. Neugierig und ohne Furcht näherten sich die feinen Wesen dem Jungen, schwirrten um ihn herum. Ganz mutige Gestalten berührten Max vorsichtig an Händen und Füßen. Ein angenehmes Gefühl durchströmte den Jungen von Kopf bis Fuß.

»Willkommen in Lollofah«, hauchte eine Elfe, deren winziges Haupt eine Krone schmückte. Max verspürte Furcht.

›Ausgerechnet mir musste so etwas passieren‹, dachte er verbittert und nahm einen tiefen Atemzug. An der Oberfläche waren ihm keine leuchtenden oder in der Luft tanzenden Wesen aufgefallen. Leider schien die Legende zu stimmen, die Elfen hatten seine Seele erwischt.

»Hab keine Angst«, beruhigte das gekrönte Wesen. »Du bist in Sicherheit, denn du kommst ohne böse Absichten.«

Max erinnerte sich an den goldenen Würfel in seiner Tasche. Er zog den Gefahrenmelder aus der triefend nassen Kleidung. Ein prüfender Blick zeigte ein so perfektes Gold, wie er es noch niemals zuvor gesehen hatte. An diesem Ort drohte nicht die geringste Gefahr. Hier herrschten Frieden und Geborgenheit. Der Junge versuchte zu sprechen. Es kitzelte in der Kehle, klang etwas gurgelnd, aber es funktionierte.

»Bin ich tot?«

Viele Elfen kicherten, als sie den besorgten Blick ihres Besuchers wahrnahmen.

»Nein, du bist munter wie ein Fisch im Wasser«, versicherte das unbekannte Wesen. »Mein Name ist Alborina, Königin der Wasserelfen«, ergänzte die Elfe mit sanfter Stimme.

Max verbeugte sich artig, wie Atos es ihn und seine Schwester schon vor langer Zeit gelehrt hatte.

»Max, Neffe und Ziehkind der Amalia, Schüler von Herrn Atos«, berichtete der Junge erfreut. In dieser unwirklich scheinenden Zauberwelt vergaß er jede Furcht, all seine Pläne, das Floß. Alles schien vergessen. Nur die um seinen Hals gehängte Münze, der Talisman aus der goldenen Kiste seiner Tante, zog immer wieder an ihm.

»Ich bin hoch erfreut, Herr Max. Was führt dich zu uns?«

»Sag bitte einfach Max«, bat der Junge. »Ich bin mit dem Floß unterwegs, um meine Tante zu suchen. Plötzlich hob eine seltsame Kraft eine Seite des Gefährts an, ich stürzte in den Sumpf und versank. Deshalb bin ich hier. Ich konnte an der Oberfläche keine Irrlichter sehen und hörte auch keinen Gesang. Trotzdem ist meine Seele nun bei euch.«

Alborina lächelte weise. Ihre Begleiter kicherten wieder leise, ohne albern zu wirken.

»Die alte Legende lebt noch immer«, erklärte die Königin. »Setz dich, ich erkläre dir die Geschichte meines Volkes.«

Max tat wie ihm geheißen. Das Halsband mit dem Talisman zog ihn ein Stück nach oben, nur mit viel Kraftaufwand gelang es dem Jungen, auf dem sandigen Untergrund Platz zu nehmen. Max dachte an nichts und niemanden. Gebannt starrte er immer wieder auf die leuchtenden Kristallhäuser.

»Vor langer, langer Zeit«, begann Alborina, »zersägten und versenkten Brülltrolle unser auf Pfählen erbautes Kristalldorf im Schlaf. Diesen Teil der Geschichte kennst du sicherlich. Einige Elfen ertranken, doch die meisten konnten sich in die Lüfte retten. Meine Vorfahren lebten zunächst auf Bäumen. Dann entdeckten wir das Wasser als unser Element. Dieser Schritt lag nahe, schließlich standen alle versunkenen Häuser unbeschädigt am Grund des Sumpfes. Wir lernten schwimmen und mit Hilfe eines Zauberers, niemand kennt heute mehr seinen Namen, schufen wir unser nasses Reich, in dem es keine Furcht gab oder gibt. Wir leben in einer großen Wasserkugel mit magischem Licht. An der Oberfläche sind wir nur noch sehr selten anzutreffen. Von der Außenwelt dringen keine störenden Geräusche und kein Sonnenstrahl zu uns herab. Umgekehrt schützt eine dicke Schicht Morast uns vor neugierigen Blicken von außen. Niemand kennt diesen Ort, du bist unser erster Besucher. Dass du uns gefunden hast, ist Zufall. Ein unglaublicher Zufall!«

»Warum habt ihr unser Floß umgeworfen, Frau Königin?«, fragte Annas Bruder vorsichtig. Seine Stimme klang nicht vorwurfsvoll, er wollte nur die Zusammenhänge verstehen. Die Königin der Wasserelfen lächelte nachsichtig.

»Auch das ist ein unglaublicher Zufall oder aus deiner Sicht unglaubliches Pech. Unsere Wasserkugel versorgen wir hin und wieder mit frischer Luft von der Oberfläche des Sumpfes. Die verbrauchte Luft entweicht als riesige Gasblase. Wir haben gelüftet, das ist alles. Diese Gasblase brachte dein Floß zum Kentern. Auch die Magie muss atmen.«

»Eine Frage habe ich noch. Was hat es mit dem Gesang und den Irrlichtern auf sich?«, fragte Max. Sein Hals schmerzte, der Talisman zerrte immer stärker an ihm. Vergeblich versuchte der Junge, das Halsband mit der Münze abzunehmen. Es klebte an ihm wie eribulanischer Höllenhonig.

»In den ersten Jahren, in denen die Legende entstand, kehrten wir immer wieder an den Ort zurück, an dem Lollofah einst auf Pfählen erbaut stand. Unsere Gesänge waren Klagelieder. Natürlich sind wir auf Trolle nicht besonders gut zu sprechen, was aber wohl verständlich sein dürfte. In der Nacht gedachten wir mit kleinen Laternen der Opfer. Daher rührt die Legende mit dem tief ins Gehirn dringenden Gesang und den Irrlichtern. Die meisten Mitglieder unseres Volkes leben hier unter Wasser, Nahrung gibt es im Überfluss. Manche Elfen dienen Zauberern, andere sind auf Wanderschaft. Aber irgendwann kehrt jede Elfe an den Ort ihrer Herkunft zurück. Wir verfügen über einen guten Orientierungssinn, ganz gleich, wo wir uns auf der Würfelwelt gerade befinden. So Herr Max, nun musst du gehen, jemand benötigt deine Hilfe.«

Max hätte sich gerne weiter in der geheimnisvollen Unterwasserwelt umgesehen, aber der Kraft des Talismans konnte der Junge nicht länger widerstehen. Auch die Königin der Wasserelfen spürte, dass zusammen mit Max eine große Portion Magie in ihr Reich geschwappt war. Eine Magie, die ihr bekannt vorkam. Sie wusste nur nicht mehr, woher. Alborina winkte dem Jungen hinterher, der den Gruß freundlich erwiderte. Bedrohlich kam die pechschwarze Morastschicht näher, während das zauberhafte Dorf langsam kleiner wurde. Max hielt den Atem an und streckte seine Arme weit nach oben. Er befürchtete, beim Auftauchen aus der undurchsichtigen Masse versehentlich mit dem Kopf unter das Floß zu stoßen. Tatsächlich fühlten seine Hände einen Widerstand. Mit letzter Kraft hangelte der Junge sich bis zur Kante des Wasserfahrzeugs nach außen. Prustend, nach Luft ringend, bekam er gerade noch rechtzeitig seinen Kopf an die Oberfläche. Verbissen klammerte er sich an einem der glitschigen Holzstämme fest. Anna hockte mit vor dem Gesicht zusammen geschlagenen Händen am Rand des Floßes und weinte, als sie eine plötzliche Veränderung bemerkte. Die Münze am Lederband zog sie nicht mehr nach unten. Vor wenigen Augenblicken noch hatte eine unsichtbare Kraft so stark auf das Mädchen eingewirkt, dass sie das Gleichgewicht verlor und auf die Knie gesunken war.

»Helft mir hoch«, hustete Max. Er spürte etwas von der schwarzen Sumpftunke in seinem Mund. »Ich kann immer noch nicht schwimmen.«

»Max«, schrie Anna. Sie riss ihre Augen weit auf, wischte sich mit beiden Händen den Tränenschleier von den Pupillen, um besser sehen zu können. »Bist du ein Geist?«

»Ich denke nicht«, grinste ihr Bruder. »Geister riechen nicht nach fauligem Morast.«

Erleichtert lächelte Anna. Mit viel Kraftaufwand zog sie Max zurück auf das Floß. Keuchend blieb der Junge einige Minuten auf dem Rücken liegen. Meister Dost hüpfte aufgeregt hin und her. Er hatte seinen kleinen Körper bereits auf dem Grill der Verdammten brutzeln sehen, auf den Amalia ihn in seinen Gedanken geworfen hatte. Abgeschmeckt mit Salz, Pfeffer und Kräutern.

»Wie kann es sein, dass du nach vielen endlosen Minuten wieder an der Oberfläche erscheinst? Kein Mensch kann so lange die Luft anhalten«, wunderte sich der grüne Gnom kopfschüttelnd. Anna umarmte ihren Bruder herzlich.

»Was ist dort unten geschehen?«

Max erzählte aufgeregt von seinem Abenteuer. Plötzlich erwachte die Spieluhr zum Leben, ohne dass Anna den Mechanismus mit dem goldenen Schlüssel aufgezogen hätte. Seltsamerweise erklang keine Melodie, aber sieben weiße Elfen, die bisher erstarrt im Kreis gestanden hatten, bildeten nun ein Ausrufungszeichen.

»Was bedeutet das?«, wunderte Max sich.

»Es könnte Vorsicht oder Achtung bedeuten!«, rief Meister Dost. Die Zwillinge prüften ihre Goldwürfel, es drohte keine ernste Gefahr.

»Sie bewegen sich wieder, seht nur«, rief Anna aufgeregt. Tatsächlich tanzten die Elfen umeinander herum und blieben schließlich in einer neuen Anordnung stehen.

»Ein ›B‹«, stellte der Feuerdrache fest. Alle Elfen verbeugten sich. Erneut kam Bewegung in die kleine Gruppe.

»Jetzt ein ›I‹, sogar ein Pünktchen ist obendrauf«, freute sich das Mädchen. Wieder folgte eine Verbeugung, scheinbar als Bestätigung, dass die Zuschauer das Zeichen richtig erkannt hatten.

»Das ist ein ›T‹«, lachte Max. »Und hier ist gleich noch eins.«

»Und ein ›E‹«, erkannte Meister Dost.

»B, I, T, T, E«, buchstabierte Anna. »Bitte. Bitte was?«

Max ahnte als erster die Lösung.

»Sie sind zu Hause angekommen, Anna«, erklärte ihr Bruder.

»Verstehe«, nickte auch der grüne Kobold. »Die Tänzerinnen der Spieluhr stehen bis heute in Diensten Amalias. Eine besondere Magie, ein Vertrag oder ein Versprechen verhindert, dass sie die Tanzfläche ohne Freigabe ihrer Herrin verlassen.«

»Aber wir können die sieben Elfen nicht bezahlen, und wir

wissen nicht, welche Vereinbarung unsere Tante mit ihnen getroffen hat«, gab Anna zu bedenken. Erneut tanzten die Elfen auf der Spieluhr einen Buchstabenreigen.

»M, A, G, I, E «, las der Feuerdrache.

»Ich verstehe die Bedeutung noch nicht, aber geht nach Hause«, bot Max den Elfen an. »Ich wäre ohne eure Heimat Lollofah ertrunken. Bist du einverstanden, Anna?«

Seine Schwester nickte. Sieben strahlende Elfen hüpften von der Tanzfläche der Spieluhr. Zwei der Wesen zogen den goldenen Schlüssel aus dem Wunderwerk, und gaben diesen mit einer Verbeugung an das Mädchen zurück. Direkt danach hoben die zerbrechlich wirkenden Gestalten die Spieluhr auf ihre schmalen Schultern. Drei Träger auf jeder Seite transportierten die kleine Schatulle an den Rand des Floßes und warfen sie über Bord. Gluckernd versank die Spieluhr im Morast.

»Aber ihr könnt doch nicht...«, protestierte Meister Dost. Anna legte ihren Zeigefinger auf die Lippen. Der Kobold schwieg, schließlich diente er den Ziehkindern Amalias. Alle sieben Elfen stellten sich nun in einer Reihe auf, verbeugten sich ein letztes Mal tief. Mit einem eleganten Kopfsprung verschwand die Tanzgruppe im Sumpf. Sie folgten der Spieluhr in Richtung Lollofah.

»Die Magie steckte in der Uhr, die Spieluhr ist der Lohn für ihre Dienste«, vermutete Max. Seine Schwester nickte.

»Sie benötigen keinen Schlüssel für die Spieluhr. Die Elfen wissen, dass der Schlüssel noch einem anderen Zweck dient. Wir haben damit das Schließfach unserer Tante in der magischen Eichenhöhle geöffnet.«

»Da geht sie hin«, seufzte der grüne Kobold. »Die schöne Melodie.«

Anna und Max saßen nachdenklich auf dem Floß. Das Mädchen war dankbar, dass ihr schon verloren geglaubter Bruder auf wundersame Weise hatte zurückkehren dürfen. Den Zwillingen wurde klar, dass ein unsichtbares Band sie miteinander verknüpfte. Ihre Schicksale hingen voneinander ab. Schon früher im Waisenhaus spürten die Kinder oft, dass sie eine gemeinsame Aufgabe erfüllen mussten. Durch Amalias Talisman, den beide um ihren Hals trugen, wurde die Verbindung nochmals verstärkt.

Erst in den letzten aufregenden Tagen verstanden Anna und Max, dass es sich um ein ernsthaftes Ziel handelte. Ihre Tante schwebte in großer Gefahr.

»Meine Münzkette zog mich fast in den Sumpf hinunter«, erklärte Anna ihrem Bruder.

»Bei mir lief es genau umgekehrt. Die Kette riss so stark an meinem Hals in Richtung Wasseroberflächen, dass ich fast erstickt bin.«

Langsam trocknete die Sonne die Kleidung des Jungen. Seine Haare sahen verschmutzt und zerzaust aus, aus dem Stoff seines Gewands bröckelte getrockneter Torf. Auch die Hände und Füße überzog eine schwarze Kruste. Anna rümpfte grinsend die Nase.

»Du könntest ein Bad vertragen, Bruderherz. Deine Kleidung auch. Es riecht wie in der Höhle eines posulanischen Pumas.«

Max grinste. Der Junge wusste, dass seine Schwester manchmal übertrieb. Der posulanische Puma lebte in den Bergen, weit ab von jeder Siedlung und stank wirklich zum Himmel. Ein vor einem Monat verbuddeltes und heute wieder ausgegrabenes Stück Fleisch roch lieblich dagegen. Kein Mensch, Tier, Troll, Zwerg, Zombie, Elf oder Grubbelwutz wollte etwas mit diesen Luftverpestern zu tun haben. Selbst das Riesenstinktier aus den fernen Stummelwäldern duftete im Vergleich zum Puma wie Parfum. Dabei stank das Stinktier so erbärmlich, dass die Nadeln und Blätter von allen Bäumen fielen, unter denen es entlang lief.

Midrafo lugte aus dem Feuerholz hervor und traf einen wunden Punkt bei Meister Dost.

»Ich will ja nicht drängeln, aber in welcher Richtung kommen wir aus den Sümpfen heraus? Wo ich auch hinsehe, es sieht überall gleich aus.«

Der grüne Kobold kratzte sich verlegen am Kopf.

»Nun, leider ist die Sonne hinter dicken Wolken verschwunden. Ich kann mich nicht mehr orientieren«, gestand er seinen Begleitern kleinlaut ein. Verzweifelt blickte sich die kleine Gruppe um.

Plötzlich stiegen feine Luftbläschen rund um das Floß auf.

Anna und Max klammerten sich ängstlich aneinander. Die Zwillinge erwartete eine neue Schieflage ihren Wassergefährts, aber nichts dergleichen geschah. Stattdessen tauchten sieben bekannte Gesichter auf und flatterten aufgeregt rund um die Köpfe von Max und Anna. Zusätzlich erschien die Königin der Wasserelfen an der Oberfläche. Weder an ihrer weißen Kleidung noch an der goldenen Krone haftete auch nur das geringste Körnchen Schmutz oder Morast.

»Habt Dank für die Magie aus der großen Hauptstadt, Ziehkinder der Amalia, Schüler des Atos«, erklärte die Herrscherin vornehm. »Habt Dank für eure Großzügigkeit. Sieben Elfen sind lange vor der geplanten Zeit wieder zu Hause angekommen. Dafür möchten die Tanzelfen euch einen letzten Dienst erweisen. Sie werden euch an die Grenze der Sümpfe zum Feenland geleiten. Mit der Abkürzung werdet ihr viel Zeit sparen.«

Winkend sprang die Königin zurück ins schwarze Nass des Sumpfes. Die sieben weißen Elfen bildeten an der vorderen Kante des Floßes einen Pfeil, der nun immer in Richtung des angestrebten Ziels wies. Anna und Max stakten das Wasserfahrzeug so schnell es ging voran.

◆

In Dangholt zog sich quer über den Marktplatz bis hin zum Rathaus eine lange Schlange unterschiedlichster Personen. Alle verfolgten aber ein gemeinsames Ziel. Fünf Golddublonen aus der Stadtkasse für Opferzwillinge warteten darauf, kassiert zu werden. Echte Zwillinge, dazu auch noch Junge und Mädchen, stellten auf der gesamten Würfelwelt eine große Seltenheit dar. Nur manchmal gelang einer Zauberin oder dem Zufall solch ein Wunder. Die Gilde der Strauchdiebe leistete ganze Arbeit und verschleppte reihenweise Kinder aus den Dörfern. Ihre Opfer knebelten und schnürten sie paarweise zusammen. Bürgermeister Fuddelhaar saß gereizt in seinem wuchtigen Sessel und gähnte. Er hatte in der letzten langen Nacht kaum ein Auge zugetan. Mit einem schmatzenden Grubbelwutz auf dem Kopf schlief es sich einfach nicht gut. Das Haarschmalz schleckenden Wesen fühlte sich dafür unter der schweren, warmen Perücke von Stunde zu Stunde unwohler.

»Der nächste«, schnaubte Fuddelhaar gelangweilt.

Zwei zerlumpte Gestalten zerrten ein gefesseltes Kinderpaar in den Sitzungssaal des Rathauses. Mit einer ungeschickten Verbeugung blieben sie einige Meter vor dem Bürgermeister stehen. Zwei Leibwachen versperrten ihnen den weiteren Weg zum Stadtoberen, der sich keine Flöhe, Läuse oder andere Krankheiten holen wollte.

»Nehmt den Kindern die Knebel aus dem Mund«, befahl Major Bockelwitz, der kerzengerade neben Fuddelhaar stand.

»Aber die Kinder können sowieso nicht sprechen«, log einer der Strauchdiebe. »Es handelt sich um Zwillinge. Können wir nun die Golddublonen bekommen?«

Ein Wachmann zog den sich heftig wehrenden Kindern die mit Stoff gefüllten Ledersäckchen aus dem Mund. Sofort begannen die verängstigten Gestalten zu schreien und verlangten nach ihren Müttern. Nach einer kurzen Befragung stellte sich heraus, dass die Kinder unterschiedlich alt waren und aus verschiedenen Dörfern stammten. Die Opfer konnten weder Zwillinge noch Freiwillige sein, wie es Fuddelhaar angeordnet hatte, um Zeit zu gewinnen. So oder ähnlich verlief die Veranstaltung nun schon seit Stunden. Fuddelhaar blieb nur deshalb im Raum, um als oberster Richter mit Genuss die passenden Strafen zu verhängen. Niemals würde auch nur eine einzige Golddublone den Besitzer wechseln, soviel stand fest. Leider platzte der Kerker Dangholts mittlerweile aus allen Nähten. Betrüger überfüllten die Zellen. Auch Madame Euphrosine musste sich ihre neue Heimat mit zehn weiteren Strauchdieben teilen, die nicht sehr lecker rochen. Major Bockelwitz flüsterte Fuddelhaar den momentanen Stand der Dinge ins Ohr.

»Alle Zellen sind zum Bersten voll, Herr Bürgermeister!«

Fuddelhaar dachte nach. Entnervt trat der Stadtobere auf den Balkon des Sitzungszimmers und blickte auf die nicht enden wollende Schlange mit angeblichen Zwillingsopfern. Mittel auf dem Marktplatz stand sein eigentliches Problem, ein langsames Pendel mit einer bedrohlich schwarzen Wolke direkt darüber.

›Hoffentlich findet Garmander bald die Ursache‹, schimpfte

Fuddelhaar in Gedanken. Plötzlich durchzuckte ihn eine Idee.

»Sperrt alle weiteren Betrüger ab sofort nicht mehr ein. Werft sie aus dem Rathaus. Verprügelt sie auf dem Marktplatz und jagt sie aus der Stadt«, wies der Bürgermeister böse lachend an. »Der Nächste bitte.«

Vom Balkon aus sah er genüsslich zu, wie die Strauchdiebe die verhängte Strafe erhielten.

»So geht es jedem, der den Bürgermeister betrügt«, warnte einer der Soldaten die im Kreis stehenden Zuschauer. Wie ein Lauffeuer verbreitete sich die Nachricht in der Menge, während die Wachsoldaten zwei humpelnde Strauchdiebe vom Marktplatz trieben. Nach und nach löste sich die Menschenschlange auf. Nur todesmutige oder größenwahnsinnige Personen versuchten noch ihr Glück, wurden aber nach und nach alle abgewiesen und bestraft. Erschöpft legten Fuddelhaar und sein Grubbelwutz eine Pause ein. Diener servierten eine köstliche Mahlzeit, an der auch Major Bockelwitz als Zuschauer teilhaben durfte. Nach anstrengender Arbeit und durchwachter Nacht versuchte der Bürgermeister vergeblich, ein Nickerchen zu halten. Hässliche, laute Geräusch erklangen, es donnerte, knarrte, quietschte, blitzte und schabte. Es klang, als hätte jemand eine Eisenstange in ein riesiges Uhrwerk gesteckt. Es klang, als kämpften Zahnräder vergeblich gegen einen Fremdkörper. Dangholts Erde bebte für kurze Zeit, Teller und Schüsseln fielen vom Tisch und zerschellten auf dem Fußboden. Wenzel in der benachbarten Bibliothek stürzten reihenweise wertvolle Bücher aus den Regalen. Sogar der Grubbelwutz löste sich ängstlich vom Kopf des verdutzten Bürgermeisters und sucht samt Perücke Deckung unter dem schweren Tisch. Fuddelhaar persönlich trieb das lästige Wesen wieder heraus. Mit einem gekonnten Tritt beförderte er den Störenfried aus dem Raum. Es blieb keine Zeit, sich über die Befreiung vom Schmalzsauger zu freuen. Urplötzlich kehrte Stille ein. Eine ungewöhnliche, ungewohnte, bedrohliche Ruhe. In Windeseile stülpte der Stadtobere seine Perücke über sein samtweiches, sauberes Haar. Auf dem Balkon angekommen, sah er die Bescherung. Das Pendel stand zum ersten Mal in seiner endlosen Geschichte still. Wie ein Fremdkörper ragte der goldene Zeiger regungslos aus einer nun pechschwarzen Wolke hervor. Die Würfelwelt stand still. Alle Anwesenden schwiegen verängstigt. Diener fegten eilig Porzellanscherben zusammen, die in diesem Fall kein Glück gebracht hatten.

◆

Vom Beben, das in Dangholt für Verwirrung und Verängstigung gesorgt hatte, spürte die Floßbesatzung in den Elfensümpfen nichts. Ohne weitere Zwischenfälle erreichte das Wasserfahrzeug sicheres Land. Entkräftet aber glücklich legten sich die Zwillinge für einen Moment auf den Rücken. Mittlerweile lösten sich die letzten Wolken auf, eine strahlende Sonne lachte vom Himmel.

»Was für eine Reise«, stöhnte Meister Dost.

»Hast ja auch selbst viel dazu beigetragen«, lästerte der Feuerdrache.

»Und du? Was hast du die letzten Stunden getan?«, meckerte der Kobold verärgert zurück.

»Streitet nicht«, mahnte Anna.

Max befestigte mit einigen Schlingpflanzen das Floß an einem Baumstamm. Anschließend tarnte der Junge das Gefährt mit Ästen, Laub und Grasbüscheln. Winkend verabschiedeten sich sieben schneeweiße Elfen.

»Habt Dank«, rief Anna lächelnd. Das Mädchen wurde den Eindruck nicht los, dass der heutige Tag endlos dauerte. ›Das liegt wahrscheinlich an der anstrengenden Fahrt auf dem Floß‹, überlegte sie. Ihr Bruder gesellte sich zwecks weiterer Beratung zur Gruppe der Abenteurer.

»Wo geht es nun weiter?«, fragte Max den grünen Kobold. Mit gerunzelter Stirn blickte Meister Dost immer wieder zum Himmel.

»Hier stimmt etwas nicht«, erklärte der König des Würfelspiels. »So kann ich den Weg nicht finden.«

»Das ist doch wieder ein Ausrede, weil du nicht mehr weiter weißt«, schimpfte Midrafo aus dem Feuerstab.

»Ist es nicht! Schau zum Himmel, du Winzling«, tobte Meister Dost. »Die Sonne bewegt sich nicht weiter, die Welt ist stehen

202

geblieben, du Zwerg.«

Anna hatte von den Streitereien zwischen den beiden Begleitern endgültig genug.

»Schade, dass ich nicht zaubern kann«, seufzte das Mädchen. »Ich würde euch beiden gerne einen Maulkorb verpassen, das muss ich ehrlich zugeben.«

Es folgte kein Protest, denn sowohl Meister Dost als auch Midrafo waren nur noch in der Lage, sich mit Händen, Füßen oder unverständlichen Lauten bemerkbar zu machen. Zwei goldfarbene Maulkörbe bedeckten ihre Münder.

»Mhhh mhhhhh mhh mhhhhhhhhhmhh?[7]«, versucht Meister Dost zu fragen.

»Mhh mhhhhm mhhhhmhhh mhhhhh![8]«, schimpfte der Feuerdrache.

Max staunte Bauklötze. Doch auch seine Schwester wirkte erschrocken über sich selbst.

»Ich weiß gar nicht, was ich gemacht habe, damit es funktioniert«, schüttelte das Mädchen den Kopf. »Jedenfalls tut es mir leid.«

Wie von Geisterhand verschwanden die Maulkörbe so schnell wie sie zuvor erschienen waren. Beide Streithähne vertrugen sich vorsichtshalber wieder. Niemand wollte ein weiteres Risiko eingehen.

›Es steckt doch mehr Magie in den Zwillingen als ich dachte‹, wunderte sich der grüne Kobold. Schnell vergaßen alle den Zwischenfall. Anna und Max blieb keine Zeit, sich weiter über das Geschehene zu wundern. Ein erneuter Blick zum Himmel verriet, dass Meister Dost mit seiner Beobachtung Recht behielt. Die Sonne hing wie angenagelt am selben Fleck, die Würfelwelt drehte sich nicht mehr.

»Was hat das zu bedeuten«, erkundigte sich Max.

»Es wird warm werden, und es wird keine Nacht mehr geben«, grübelte Meister Dost kopfschüttelnd. »Den Vampiren wird das gar nicht gefallen. Es bedeutet auch, dass hinter dem Ende der

---

[7] Seit wann kannst du zaubern?
[8] Das ist alles deine Schuld!

bekannten Welt Dinge geschehen, die nicht geschehen dürfen. Wir marschieren weiter, die grobe Richtung finde ich vielleicht. Hier im Feenland drohen keine großen Gefahren.«

Das Feenland sah bezaubernd aus, nicht so schön wie der Kristallort Lollofah, aber dennoch reizvoll. Mächtige Schluchten unterbrachen plötzlich die weiten Ebenen, große Waldgebiete boten Schutz vor neugierigen Blicken. Nach Dangholt wagten sich die zarten, durchsichtigen Wesen nur in der Nacht, um Zähne unter Kopfkissen gegen kleine Leckereien zu tauschen. Manchmal gewährten die Feen einem verzweifelten Bürger drei Wünsche. Tagsüber hatte noch niemand eine der schwebenden Gestalten in Dangholt gesehen. Auch ihr eigenes Land wirkte unbewohnt, die großen Wohnhöhlen der Feen versteckten sich hinter perfekten Tarnungen. Abenteurer berichteten immer wieder, dass oftmals am Wegesrand Speisen oder Getränke standen, um Hunger und Durst der vorbeiziehenden Fremden zu stillen. Natürlich lebten auch einige übellaunige oder bösartige Feen hier, aber ihre Macht reichte nicht aus, anderen Wesen bleibende Schäden zuzufügen. Nach einiger Zeit führte der Weg die Gruppe an einem See entlang, der kristallklares Wasser enthielt.

»Hatte ich schon gesagt, dass du ein Bad vertragen könntest?«, fragte Anna ihren Bruder.

»Ja, und du hast mich dabei Bruderherz genannt«, lachte Max. Die Abenteurer beschlossen, eine Rast einzulegen. Anna und Max nahmen ein Bad im herrlich kühlen flachen Wasser, nach und nach löste sich dabei der Schmutz von Haut und Kleidung.

»Kommt auch ins Wasser«, rief Anna zum Ufer.

Der Feuerdrache schüttelte den Kopf.

»Die erste Drachenregel lautet, Feuer und Wasser, das verträgt sich nicht.«

»Die achte Koboldregel klingt ähnlich. Wasser ist wie Magie, gehe sparsam damit um«, grinste Meister Dost und nahm eine gehörige Portion Schnupftabak. Max ärgerte sich ein wenig über das Loch im Ärmel, das er sich am rostigen Nagel in der Scheune auf der Flucht vor dem Zombie gerissen hatte. Die Zwillinge ließen in der Sonne ihre Kleidung trocknen und vertilgten die Reste aus Buhos Proviantpaket. Eine unsichtbare Fee saß ebenfalls am

Ufer. Entsetzt hörte sie vom Zustand der Würfelwelt und wurde vor Schreck für einen Wimpernschlag sichtbar. Anna spürte die Anwesenheit des fremden Wesens.

»Hier ist jemand in der Nähe«, flüsterte sie. »Ich habe einige Schritte neben uns kurz einen Umriss gesehen. Wahrscheinlich eine Fee.«

»Ich wollte euch nicht erschrecken«, sang eine glockenklare Stimme aus dem Nichts. »Mein Name ist Melissa, Schutzfee im Dienste aller uns wohl gesonnenen Wanderer. Wohin führt eure Reise?«

Die Zwillinge erklärten abwechselnd den Zweck ihrer Wanderschaft. Sie erzählten von ihrer Tante, von Atos und berichteten über die bisher erlebten Abenteuer. Meister Dost lobte seine Leistungen als Würfelspieler in der Taverne, Midrafo begeisterte mit einer Probe seiner Feuerkunst.

»Wie können wir Feen euch helfen?«, fragte Melissa besorgt. »Wir verlassen nur sehr selten unser Land, außer als Zahnfee oder Wunschfee. Mit unseren Nachbarn haben wir niemals Streit. Aber wenn die ganze Würfelwelt stillsteht, wird die Sonne uns früher oder später verbrennen. Das dürfen wir nicht zulassen!«

»Ich habe da eine Idee«, rief Anna begeistert. Fünf Köpfe rückten näher zusammen. Das Mädchen erklärte flüsternd ihren Plan. Hinter einem Stein ganz in der Nähe lauschte eine versteckte böse Fee. So sehr sie sich auch anstrengte, hörte sie doch nur Wortfetzen ohne Zusammenhang.

»Auf zu den angorianischen Drachenwäldern«, rief Max. Seine Schwester gähnte nach einer Weile wie ein loppelwuhischer Berglöwe. Anna setzte mühsam einen Fuß vor den anderen, ohne dabei noch genau auf den Weg zu achten. Schließlich fielen ihr einfach die Augen zu. Meister Dost rettet sich im letzten Augenblick mit einem mutigen Sprung zur Seite, bevor das Mädchen schlafend ins warme Gras fiel.

»Wir müssen weiter«, drängelte der grüne Kobold, der niemals Schlaf zu brauchen schien. Max schüttelte den Kopf.

»Es geht nicht«, erklärte er. »Ich bin auch hundemüde. Wo nur Herr Atos bleibt? Er wüsste Rat!«

»Wir dürfen unseren Vorsprung nicht verlieren. Vielleicht verfolgt uns auch immer noch der Zombie aus der Taverne«, mahnte Meister Dost. »Wenn uns dieser schreckliche Zauberer Garmander erreicht, bevor Herr Atos hier ist, gibt es keine Rettung.«

Melissa, die gute Fee, schwebte ein Stückchen in die Höhe. Plötzlich fiel sie im Sturzflug nach unten und zog hinter einem großen Stein die Lauscherin hervor.

»Was hast du gehört? Seit wann bist du hier?«, fragte sie mit sanfter, aber fester Stimme, erwartete aber keine Antwort. Melissa löste ihren Griff, die entdeckte Rivalin suchte schnell das Weite.

»Wer war denn das?«, erkundigte sich der winzige Feuerdrache.

»In Dangholt würde man böse Fee sagen, wir sagen Hexe oder Schwiegermutter dazu«, lächelte Melissa. Besorgt betrachtete sie die fest schlafenden Zwillinge. »So jung und schon solch eine große Wanderschaft.«

»Die beiden sind stark, sie werden es schaffen«, hoffte Meister Dost. Melissa nutzte die Ruhepause der anderen, um in eine nahe gelegene Schlucht herabzuschweben. Dort lagerten in einer kühlen Höhle Obst, Brot und andere Leckereien. Sogar Schnupftabak und Schnaps gehörte zum Vorratslager der Feen. Sie selbst ernährten sich von Wasser, Blütennektar und ausgewählten Pflanzen, unterhielten aber die Vorräte, um geschwächte Wanderer zu erfreuen. Zuckerstangen, Kringel oder Bonbons nahmen die Feen mit nach Dangholt, um sie als Zahnfee unter die Kopfkissen der Kinder zu schieben. Auch den Nikolaus, an den seit Generationen die Kinder glaubten, gab es nicht mehr. Er war nach dem Vorfall mit einem kleinen gierigen Mädchen und einem Riesenstiefel schon vor vielen Jahren in die Berge ausgewandert. Das Befüllen der Stiefel erledigten seither fleißige Elfen. Hierfür ritten die zarten Wesen auf starken weißen Hirschen durch die Lüfte und schwebten durch den Kamin oder Schornstein in die Küche. Melissa stellte ein großes Proviantpaket zusammen und kehrte zu den schlafenden Zwillingen zurück. Meister Dost freute sich über eine Portion Schnupftabak und nahm sofort eine Kostprobe zu sich. Das daraus entstandene

Niesen zerriss fast den Körper des Kobolds, vermochte aber die Zwillinge nicht zu wecken.

»Ich hätte da ein geheimes Pulver, Feenstaub genannt«, erklärte Melissa. »Wir gewinnen es aus dem Blütenstaub einer nur in unserem Land wachsenden Blume. Es hält uns in langen Arbeitsnächten wach und munter.«

Vorsichtig füllte die Fee eine winzige Menge aus einem Säckchen auf ihren Handteller. Mit warmem Atem hauchte sie nacheinander den feinen Glitzerstaub in die Gesichter von Max und Anna. Die Zwillinge schlugen nacheinander ihre Augen auf, reckten und streckten ihre Arme.

»Das tat gut«, rief Anna voller Tatendrang. »Wie lange habe ich geschlafen?«

»Lange genug, um ausgeruht zu sein«, antwortete Meister Dost ausweichend. Melissa verteilte den Proviant. Anschließend führte die Fee ihre Reisegruppe neben einem kristallklaren Bach entlang. Nach einer Weile verließ sie den Pfad, um den Wasserlauf zu überqueren. Das kühle Nass prickelte an Füßen und Waden. Von nun an verlief die Wanderung über Stock und Stein, durch Schluchten, Wälder und über große Blumenwiesen. Niemand ohne Führer oder Ortskenntnisse würde diese Route jemals finden. Es handelte sich um den kürzesten Weg zu einer gefürchteten Grenze. Auf der anderen Seite begannen die angorianischen Drachenwälder.

◆

Atos und Purpel verloren gegenüber ihrem Verfolger Garmander wertvolle Zeit. Das ausgiebige Mahl im Trolldorf dauerte länger als erwartet. Direkt danach musste der ehemalige Zauberer dem Brülltroll erneut einige Tropfen Universaltinktur verabreichen, da sich das mächtige Wesen am Hühnereintopf überfressen hatte. Mit müden Schritten führte er schließlich die beiden Magier an den Ort, an dem er die Zwillinge vor den Elfensümpfen zurückgelassen hatte. Nach einem kurzen Abschied entfernte sich der Brülltroll schnell wieder.

»Elfen nicht gut auf Trolle zu sprechen sind. Ort hier nicht gut für Brülltroll«, rief er noch im Gehen. Kurze Zeit später verhallten die stampfenden Schritte im Wald. Atos und Purpel hielten sich nicht mit dem Bau eines Floßes auf, wie es die Zwillinge vor ihm getan hatten. Lächelnd bemerkte der Lehrmeister, dass die Kinder mit Hilfe des Feuerdrachen vor einiger Zeit Bäume gefällt haben mussten. Es roch noch nach verkohltem Holz. Leider hatten die Abenteurer vor ihm nicht daran gedacht, ihre Spuren zu verwischen. Jeder erfahrene Spurensucher konnte die Fährte so problemlos im Auge oder in der Nase behalten. Für die Fortbewegung über die Sümpfe nutzte Atos einen Trick, den er sich vor Jahren bei den Bergbewohnern am Ende der Welt abgeschaut hatte. In Dangholt schneite es so gut wie nie, aber im Gebirge am Ende der Welt lag ab einer bestimmten Höhe das ganze Jahr über Schnee in Hülle und Fülle. Dort schnallten sich die Dorfleute seltsame schmale Bretter unter die Füße, auf denen sie mühelos ins Tal gleiten konnten. Die Fußgänger trugen längliche Pfannen unterhalb ihrer Schuhe, um die Fläche des Fußes zu vergrößern und nicht so leicht im weichen Schnee zu versinken. Das Gleichgewicht ließ sich mit zwei zusätzlichen Stöcken in den Händen verbessern. Atos suchte im Wald zwei etwa gleich lange Äste. Anschließend verzauberte er seine Schuhe. Unter den erstaunten Blicken seines Begleiters wuchsen die Stiefel in die Länge und wurden auch ein Stückchen breiter. Jeder Schuh sah nun aus wie ein kleines Boot. Auch die unteren Enden der Äste vergrößerte der ehemalige Zauberer zu Tellern, um sich an der Wasseroberfläche kräftiger abstoßen zu können. Purpel verstand die ganze Aufregung nicht.

»Warum verwandeln wir uns nicht einfach in Vögel und fliegen über den Sumpf?«, fragte er Rat suchend.

»Hierfür gibt es drei Gründe«, erklärte Atos. »Erstens hasse ich die Schmerzen bei der Verwandlung in ein anderes Wesen. Es fühlt sich schrecklich an, wenn der Körper zusammengestaucht wird. Fast so, als werde dir jeder Knochen im Leib gebrochen. Dafür bin ich zu alt, würde es aber den Zwillingen zuliebe sogar tun. Der zweite Grund ist unser eigentliches Hindernis. Auch für die Magie gibt es Grenzen. Selbst wenn wir uns in den größten Adler verwandeln, könnten wir unsere Reisebündel nicht tragen, das Gewicht ist zu groß. Wir benötigen aber in jedem Fall die warme Kleidung und allerlei andere Dinge, um auf der anderen Seite im Land aus Eis und Finsternis zu überleben.«

Purpel verstand. »Und der dritte Grund?«

»Ist persönlich. Ich möchte in Lollofah vorbeischauen, schließlich ist das Unterwasserreich auch mein Werk. Sicher wissen die Elfen, wo die Kinder mit dem Floß entlang gefahren sind.«

Es erforderte viel Geschicklichkeit, um auf der spiegelglatten Wasseroberfläche das Gleichgewicht zu halten. Purpel stolperte mehr als dass er lief, ständig rutschen seine Beine zur Seite weg.

»Autsch«, rief der vergessliche Zauberer.

»Toller Spagat«, lobte Atos voller Ironie.

Mit der Zeit lief die Fortbewegung immer besser. Auf diese Weise kamen die beiden Magier viel schneller voran als es mit einem Floß möglich war. Atos wusste genau, an welcher Stelle im Sumpf Lollofah unter der Wasseroberfläche verborgen lag. Als junger Zauberergeselle war er einst auf Wanderschaft gegangen, um sein Wissen zu erweitern und die Welt kennen zu lernen. Dabei traf er im Sumpf die auf Bäumen lebenden Elfen, deren Kristalldorf ein Bautrupp Brülltrolle versehentlich versenkt hatte. In langen Gesprächen entstand damals die Idee, das komplett unter Wasser liegende Reich wieder bewohnbar zu machen. Alle Elfen hielten dies für unmöglich, zu kalt, zu dunkel und zu luftarm schien es in der Tiefe zu sein. Viele Experimente und viele grauenvoll komplizierte Zaubersprüchen später gelang es schließlich, ein warmes, helles Unterwasserreich zu erschaffen. Die Geschehnisse lagen soweit in der Vergangenheit, dass sich niemand mehr daran erinnerte. Selbst Atos dachte nur noch selten an sein Meisterstück aus jungen Jahren zurück. Mitten im Sumpf stoppte der ehemalige Gildenzauberer den Marsch.

»Warte hier«, bat er Purpel. »Und halte bitte kurz meine beiden Stöcke.«

Nach einem einfachen Zauberspruch schrumpften die Schuhe des Lehrmeisters auf ihre normale Größe. Atos versank im Sumpf und hinterließ einige schwarze Blubberblasen an der Oberfläche.

»Das wird ja immer verrückter«, murmelte Purpel kopfschüttelnd und verlor fast das Gleichgewicht.

Nach kurzer Zeit tauchte Atos strahlend wieder an der Oberfläche auf, seine wieder aufgeblasenen Schuhe hoben ihn aus dem Sumpf. Anders als bei Max perlten Schmutz und Wasser an Haut und Kleidung des Magiers ab. Sauber und trocken setzte er seinen Marsch fort. Atos kannte nun den weiteren Weg der Zwillinge. Purpel folgte wortlos, blickte sich aber immer wieder sorgenvoll um.

»Was ist das hinter uns eigentlich für eine seltsame Kugel?«, fragte der vergessliche Zauberer besorgt. Atos drehte sich um und erschrak fürchterlich.

◆

Garmanders feine Nase eines Ameisenbären arbeitete unbeirrbar, doch auch seine Augen ließen ihn nicht im Stich. Problemlos fand er die Fußspuren der Zwillinge, die plötzlich an einem Bach zu enden schienen. Schnuppernd watete der Zauberer durch das kalte Gewässer, bis sein Geruchssinn am anderen Ufer eine neue Spur fand. Tatsächlich tauchten dort auch bald neue Fußspuren auf, die direkt ins Trollgebiet führten. Garmander wurde vorsichtiger. Alle Trolle hassten Bürgermeister Fuddelhaar, viele Trolle hassten auch ihn als direkten Berater des Stadtoberen. Ein bestimmter Brülltroll jedoch würde ihn sofort in der Luft zerreißen. Sicherheitshalber schützte Garmander sich mit einem durchsichtigen Umhang, damit ihn Keulenschläge, Steinschleudern, Speere oder andere Jagdwerkzeuge nicht verletzen konnten. Die Jägertrolle streiften gereizt durch den Wald, bereits zweimal hatten sie heute schon Beute mit ins Dorf gebracht, die dann aber wieder aufrecht und an einem Stück davonmarschiert war. Zur Sicherheit befahl der Obertroll, einen weiteren Jäger mit Sprachkenntnissen in die Gruppe aufzunehmen. Tatsächlich spürten die Waldtrolle den Gildenmeister kurz nach seinem Grenzübertritt auf. Vergeblich warfen sie ihre Netze aus, schlugen mit Keulen um sich und gaben schließlich entnervt auf.

»Du auch ein Zauberer bist?«, fragte ein der menschlichen Sprache mächtiger Jäger.

»Ja. Aber wieso *auch*?« Garmander begriff die Frage nicht.

»Ach, vergiss es«, schimpfte der Troll und zog mit seiner Gruppe davon. Kopfschüttelnd schnüffelte der Zauberer weiter an der Fährte. Plötzlich blieb er stehen, blickte abwechselnd geradeaus und nach links. Die Spur teilte sich, Garmander schaute genauer hin. Zwar hatten riesige Trollfüße viele Abdrücke hinterlassen und andere Spuren zerstört, aber der Fall schien trotzdem eindeutig. Geradeaus entlang gab es Schuh- und Barfußabdrücke in beiden Laufrichtungen, nach links aber nur in einer Richtung. Garmander bog sofort nach links ab und erreichte einen Ort, an dem es fürchterlich verbrannt roch. In der Nase eines Ameisenbären schmerzte der Gestank nach verkohltem Holz unerträglich. Der Zauberer zog es daher vor, mit seinem zum Körper passenden Kopf auf die Suche nach weiteren Hinweisen zu gehen. Vor sehr kurzer Zeit hatte jemand mehrere Äste entfernt. Alle Bruchstellen fühlten sich noch feucht an. Garmander lachte hinterlistig. Das Rennen schien für ihn so gut wie gewonnen, dessen war sich der Magier sicher. Wenn vor ihm die Zwillinge mit einem Floß durch den Sumpf stakten, wahrscheinlich ohne Orientierung, konnte es sich nur noch um wenige Stunden Vorsprung handeln. Garmander wusste genau, dass er viel schneller als ein Floß unterwegs sein würde. Dass Atos und Purpel statt der Zwillinge direkt vor ihm reisten, konnte Garmander nicht ahnen. Anna und Max befanden sich zu diesem Zeitpunkt bereits im Feenland. Ihr Vorsprung schrumpfte aber ständig. Garmander kannte einen guten Trick, um sich schnell im Wasser fortzubewegen, ohne dabei selbst nass zu werden. Er zauberte um sich herum eine durchsichtige, mit Luft gefüllte Kugel, an deren Außenseite viele kleine Schaufelblätter hingen. Sobald der Gildenmeister begann, in der Kugel vorwärts zu gehen, drehte sich diese und rollte über das Wasser. In regelmäßigen Abständen stoppte der Zauberer sein Gefährt, um in alle Richtungen Ausschau zu halten. Die Sonne blendete stark, aber bewegten sich nicht dort in weiter Ferne ein oder zwei Gestalten?

»Hab ich euch«, rief Garmander zufrieden. Eilig trieb er seine magische Kugel voran.

In den angorianischen Drachenwäldern lebten die gleichnamigen angorianischen Drachen. Diese Kreaturen gehörten neben Fuddelhaar zu den bösartigsten, hinterlistigsten und grausamsten Wesen, die auf der Würfelwelt ihr Unwesen trieben. Groß wie ein Haus, schwerer als drei Elefanten zusammen, fraßen sie alles, was ihnen zwischen die messerscharfen Zähne und Klauen kam. Erst danach stellten sie sich die Frage, ob der gerade verschlungene Wanderer mit Rucksack ihrem Magen bekommen würde oder nicht. Nur geübte, erfahrene Zauberer konnten das Risiko eingehen, überhaupt einen Fuß in das Drachengebiet zu setzen. Alle anderen Besucher kamen üblicherweise ohne Fuß zurück. Oder ohne weitere Körperteile, sofern sie ein Bein oder mehr über die Grenze setzten. Gemeinerweise hausten die wilden Bestien nicht in Höhlen, sondern in großen Nestern auf Mammutbäumen. Von dort aus verfügten sie über einen hervorragenden Ausblick, um mögliche Opfer frühzeitig zu erspähen. Außerdem konnte man in luftiger Höhe gut starten und landen. Unterhalb vieler Bäume türmten sich große Abfallhaufen. Drachen verschlangen ähnlich wie Eulen ihre Beute mit Haut, Haaren und sonstigem Zubehör, konnten aber kein Holz oder Metall verdauen. Alle unverträglichen Gegenstände wie Spitzhacken, Äxte oder Rüstungsteile spuckten die Drachen zusammen mit einem Feuerstrahl in die Tiefe. Atos und Amalia war es bei ihrer ersten Wanderung nur mit Mühe und Not gelungen, fast unverletzt durch das Drachengebiet zu gelangen. Bis auf kleine Brandblasen ging die Sache damals gut aus. Für Anna, Max und Meister Dost würde jeder Versuch der Durchquerung in einer Katastrophe enden. Midrafo, der Feuerdrache, sah die Angelegenheit gelassener. Seinen natürlichen Feind stellte nicht das Feuer dar, sondern Wasser. Außerdem konnte der Winzling sich ungesehen überall herumtreiben.

»Ich könnte den Weg erkunden, und ihr folgt mir aus einer sicheren Deckung heraus Stück für Stück nach«, schlug Midrafo mutig vor.

»Haben wir keine andere Wahl? Können wir nicht die Zauberkräfte von Anna und Max nutzen? Oder einfach auf Herrn Atos warten?«, knurrte Meister Dost unwirsch, da er nicht selbst die Hauptrolle übernehmen konnte.

»Können wir nicht«, protestierte Anna. »Das mit dem Maulkorb muss Zufall gewesen sein, ich kenne keine Zaubersprüche und mache alles vielleicht noch viel schlimmer als es sowieso schon ist. Herr Atos wurde sicher aufgehalten. Unsere Tante schwebt in größter Gefahr!«

›Wie sollen wir Amalia helfen, wenn wir alle im Magen eines angorianischen Drachen liegen?‹, dachte Meister Dost verbittert, behielt aber seine Meinung vorsichtshalber für sich. Auch Max stand unsicher an der Grenze zwischen dem friedlichen Feenland und der schlimmsten Ecke auf der bekannten Würfelwelt heerum und traute sich nicht weiter. Zu viele schreckliche Legenden rankten sich um die Drachengebiete.

»Wenn wir vorankommen wollen, soll Midrafo sein Glück versuchen«, beschloss der Junge. Freudig erregt kroch der winzige Drache aus dem Feuerholz heraus, machte ein wenig Flügelgymnastik und erhob sich in die Lüfte. Ein gieriger Vogel verwechselte den Winzling mit einem Insekt und schnappte nach ihm. Midrafo verschmorte mit einem gezielten Feuerstoß eine lange Schwanzfeder. Beleidigt drehte der Vogel ab und beklagte, dass die Insekten von heute sich auch nicht mehr so wie in früheren Zeiten verhielten. Respektvoll gegenüber Vögeln und immer erfreut und bereit, gefressen zu werden. Vorsichtig flatterte der kleine Feuerdrache voran, suchte Höhlen, verborgene Winkel und dichte Waldstücke, in denen sich die Zwillinge und Meister Dost verstecken konnten. Stolz kehrte Midrafo zu den Wartenden zurück.

»Es gibt einen guten Weg, an dessen Verlauf sich mehrere Höhleneingänge finden. Dorthin könnt ihr euch bei Gefahr begeben«, erzählte er aufgeregt. Die Welt außerhalb des Feuerholzes gefiel ihm gut.

»Hast du einen angorianischen Drachen gesehen?«, fragte Anna ängstlich.

»Nein, nur einige leere Nester mit wahnsinnig viel Schrott rund um die Baumstämme. Alle Drachen sind ausgeflogen«, beruhigte Midrafo.

»Ist eigentlich Tag oder Nacht«, erkundigte sich Max. »Ich meine, was wäre jetzt, wenn die Würfelwelt noch in Bewegung wäre?«

Niemand konnte die Frage beantworten. Ohne den gewohnten Lauf der Sonne am Himmel, ohne Morgendämmerung, ohne Abendrot und ohne eine kühlende, dunkle Nacht ging das Zeitgefühl völlig verloren.

◆

Die endlose Helligkeit bildete auch den Grund für eine Versammlung aller Drachen in der Feuerschlucht. Bei wichtigen Angelegenheiten ertönte der Ruf des Megadrachen durch das weite Land. Von nah und fern flogen dann alle gefährlichen Kreaturen auf dem kürzesten Weg zum Treffpunkt. Hohe Felswände umgaben den Abgrund. Nach und nach füllten sich die Plätze am Rand der Schlucht. Wie die Hühner auf der Stange hockten weit über hundert der mächtigen Wesen nebeneinander, um den Auftritt des Megadrachen zu erwarten. Zuerst nur als schwarzer Punkt am sonnigen Himmel zu erkennen, kam der größte und kräftigste aller Drachen schnell näher. In einer spiralförmigen Flugbahn stürzte er sich an den versammelten Artgenossen vorbei in die Tiefe der Schlucht und schoss wie eine Fontäne wieder aus dem Abgrund hervor. Auf der Stelle schwebend begann der Megadrache seine Ansprache. Er rief zu besonderer Wachsamkeit auf. Niemand verstand, warum der Tag endlos dauerte und die Sonne sich nicht mehr bewegte. Dennoch spürte jedes Wesen, dass mit der Welt etwas nicht mehr in Ordnung sein konnte.

»Wir müssen eine Opfergabe bringen, um den Drachengott zu besänftigen«, befahl der Megadrache. Wie alle Feuerspucker benutzte auch er die Sprache der Menschen. Drachen spielten auf der Würfelwelt eine bedeutsame Rolle in Märchen, Sagen und Legenden. Da schien es ratsam, diese Schriftstücke hin und wieder zu lesen, um seinem Ruf als fürchterliches Monster auch gerecht werden zu können. Aus den einstmals friedlichen Wesen entwickelten sich nach und nach gefährliche Biester, weil es so geschrieben stand. Und nun beschwerten sich die Menschen über das Verhalten der Drachen, für das sie selbst verantwortlich waren.

»Wir müssen ein Opfer finden«, wiederholt der Megadrache unter tosendem Beifall seiner Zuhörer. »Bringt eine holde Maid zur Schlucht. Lebendig, wenn ich bitten darf. Das wird die Drachengötter milde stimmen.«

»Lebendig? Das machen wir doch sonst nie!«, protestierte ein Jungdrache. Ein Feuerstoß des Megadrachen fegte ihn vom Rand der Schlucht. Wie eine Feder im Sturm torkelte der Bestrafte durch die Lüfte.

»Weitere Fragen?«, fauchte der Megadrache.

»Was ist eine holde Maid?«, erkundigte sich ein Drache, der nur die Baumschule besucht hatte. Schallendes Gelächter bestrafte den Fragenden.

»Dummkopf. Kannst du nicht lesen? So steht es in den Märchenbüchern der Menschen. Suche nach einem jungen, hübschen Mädchen«, feuerte der Megadrache wütend heraus. Gerade noch rechtzeitig konnte sich sein Gesprächspartner ducken, um der Stichflamme zu entgehen.

»Weitere dumme Fragen?«, keifte der Megadrache.

Seine Untergebenen blickten zischend und pfeifend in den Himmel, auf ihre Klauen, zu ihrem Nachbarn oder in die tiefe Schlucht hinein.

»Gut. Die Versammlung ist beendet. Wir sehen uns wieder, um die Opfergabe gemeinsam in die Schlucht zu stürzen.«

Alle Drachen erhoben sich wieder in die Lüfte, um schnell zu ihren Nestern zurückzukehren und eine passende Opfergabe zu finden. Der zufriedene Megadrache kreiste noch eine Weile über der Feuerschlucht.

◆

Anna und Max erreichten zusammen mit Meister Dost keuchend die erste Höhle in einer Felswand. Auf ihrem Weg dorthin kamen sie an mehreren verlassenen Nistbäumen entlang. Ein riesiger Schrotthaufen lag kreisförmig um den Baumstamm herum. Der hier lebende Drache musste einen guten Appetit besitzen.

Einen empfindlichen Magen konnte er sich auch nicht erlauben. Die Zwillinge sahen zu ihrem Entsetzen, dass komplette Rucksäcke, Wanderstöcke, Schaufeln, eine Kuckuckswecker, Zaubererhüte, Schuhe, Keulen, Fangnetze, Ritterrüstungen und viele andere Dinge achtlos ausgespuckt herumlagen. Viele größere Gegenstände wiesen Bissspuren auf. Die mächtigen Drachenkiefer zerbrachen alle Gegenstände in mehrere Einzelteile. Nachdem Anna nach dem letzten Spurt wieder normal sprechen konnte, schüttelte sie verwundert den Kopf.

»Wer zum Tonaluga trägt im Gepäck einen riesigen Kuckuckswecker mit sich herum?«, fragte das Mädchen ungläubig. Niemand ihrer Begleiter wusste eine Antwort. Bibliothekar Wenzel hätte die dazu passende Geschichte erzählen können.

Auf der Würfelwelt, weit ab in den Bergen, lag ein seltsames Dorf. Alle Bewohner lebten in einfachen Häusern, glücklich und zufrieden als Viehhirten oder Bauern. Irgendjemand kam nach ein paar Schnäpsen auf die Idee, der Hahn auf dem Misthaufen sei ein altmodischer Wecker und gehöre in den Suppentopf. Der Ruf eines Bergkuckucks klänge viel lieblicher. Schnell schnitzte der Erfinder ein verziertes Häuschen, das seinem Wohnhaus ähnlich sah. Schiefe Wände, Löcher im Dach, aber sonst ganz nett. Zusätzlich sägte er eine Öffnung in den Giebel, die der Erfinder mit einer kleinen Klappe verschloss. Den Bergkuckuck hatte zu diesem Zeitpunkt zwar jeder Bewohner schon oft gehört, aber noch niemals gesehen. Der unbekannte Erfinder ging auf die Vogeljagd, erwischte aber im ersten Versuch einen Specht. Der machte wütend Kleinholz aus dem lieblichen Weckergehäuse und flog davon. Der nächste Anlauf verlief nicht viel besser. Ein Feuervogel fackelte das Schnitzwerk ab. Nur mit Mühe und Not konnte der Erfinder verhindern, dass auch sein Wohnhaus abbrannte. Endlich glückte der Fang eines Kuckucks, der sich bei guter Pflege und Fütterung sogar in seinem neuen Heim wohl fühlte. Zwar schrie er zu jeder unmöglichen Tages- und Nachtzeit aus seiner Klappe ein lautes »Kuckuck!« heraus, aber das störte niemanden. Neidisch begannen alle Nachbarn, auch Kuckuckswecker herzustellen. Bald waren alle frei lebenden Kuckucke gefangen, es mangelte an Nachschub. So banden sich viele Bewohner einen Kuckuckswecker ohne Kuckuck auf den Rücken, um auf der Wanderschaft daraus einen Kuckuckswecker mit Kuckuck zu machen. Versehentlich verirrten sich einige Wanderer auch in das Gebiet der angorianischen Drachen, die daraus Kuckuckswecker ohne Kuckuck und ohne Träger machten.

Nach einer kurzen Verschnaufpause flog Midrafo ein weiteres Stück voraus. Zufrieden kehrte der Winzling zurück.

»Die Luft ist rein, wir können weiter«, rief er zufrieden. Erschöpft aber glücklich marschierte die kleine Gruppe durch die trügerische Stille des angorianischen Drachenwaldes. Zwei feurige Augen beobachteten aus sicherer Entfernung das Geschehen am Boden. An messerscharfen Reißzähnen lief Speichel herunter, giftiger als Fliegenpilze. Der riesige Drache duckte sich flach in sein Nest, um nicht entdeckt zu werden. Dort unten lief genau das, was er suchte. Drachen überraschten ihre Opfer gerne von hinten mit einem Feuerstoß. Die mächtigen Wesen verspürten keine Lust, erst mühsam einen gefährlichen Nahkampf gegen Lanzen oder Speere aufzunehmen. Sie bevorzugten schnelles Grillfleisch. Langsam und fast lautlos erhob sich der Drache in die Lüfte, kreiste über den Baumwipfeln und achtete sorgfältig darauf, keine verräterischen Schatten auf den Boden zu werfen. Dann schien ein günstiger Moment gekommen, in dem er sein Ziel erreichen konnte. Nur noch das Mädchen fest im Blick, legte er die mächtigen Flügel eng an den Körper. Wie ein Stein fiel der Jäger vom Himmel, raste mit irrwitziger Geschwindigkeit von schräg hinten auf die ahnungslosen Wanderer zu. Kurz vor dem Ziel streckte der Drache seine Klauen nach vorne aus und bremste mit ausgebreiteten Flügeln seinen freien Fall. Gedanken schossen dem Jäger durch den Kopf.

›Der Megadrache hat mich vor der ganzen Versammlung als Dummkopf bezeichnet. Und ausgerechnet ich bringe nun die holde Maid als Opfergabe herbei!‹ Nur noch wenige Meter trennten seine messerscharfen Klauen von Annas Rücken. Viel zu spät bemerkten die Wanderer den Sturzflug des hinterlistigen Drachen, spürten seinen schlechten, rauchigen Atem im Genick, sahen erst jetzt seinen Schatten. Es blieb nicht einmal genügend

Zeit, sich noch flach auf den Boden zu werfen. Anna schrie laut auf. In diesem Augenblick schoss der angorianische Drache wie vom Blitz getroffen in die Höhe, ohne sein Opfer überhaupt berührt zu haben. Sein mit Panzerschuppen geschützter Schweif roch angebrannt. Wütend spie die mächtige Gestalt Feuer und setzte einige Bäume in Brand. Die Zwillinge rannten zusammen mit Meister Dost um ihr Leben, doch die nächste rettende Höhle lag noch zu weit entfernt. Nach einer kurzen Erholungspause begann der gereizte Drache einen weiteren Angriff. Holde Maid hin oder her, er würde jetzt die gesamte Gruppe grillen. Sollte der Megadrache doch sehen, wo er seine lebendige Opfergabe hernahm. Der eigene Magen genoss Vorrang. Blind vor Zorn verschätzte sich der Jäger, blieb mit seinen mächtigen Flügeln an einem Baum hängen, stürzte, erhob sich und griff erneut an. Kurz vor dem Ziel schickte er einen alles vernichtenden Feuerstoß aus der Kehle. Wieder traf ihn der Blitz. Der Drache flatterte hilflos herum, drehte den Kopf, um die Herkunft der Störung zu ermitteln. Anna und Max spurteten auf einen rettenden Höhleneingang zu, stolperten, rappelten sich wieder auf. Meister Dost lief mit seinen kurzen Beinen erstaunlich schnell. Der Kobold erreichte zeitgleich mit den Zwillingen die Öffnung im Fels und schlüpfte hinein. Midrafo flog schockiert hinterher. Der Winzling machte sich Vorwürfe, weil er den Angreifer bei seinem Erkundigungsflug nicht früher entdeckt hatte. Sein riesiger jagender Artgenosse landete siegesgewiss vor dem Höhleneingang. Er kannte die Ausbuchtungen im Fels genau. Sein massiger Körper war zwar viel zu groß geraten, um in das Versteck hineinkriechen zu können. Ein paar Feuerstöße hatten in der Vergangenheit aber immer ausgereicht, um jeden Wanderer wieder ans Tageslicht zu holen und zu verspeisen. Seine feuerroten Augen näherten sich dem Höhleneingang, er konnte seine leckere Mahlzeit bereits riechen. Seine Opfer hatten Angst, das gab dem Fleisch den richtigen, würzigen Geschmack. Ein dritter Blitz fegte den Drachen von seinem Platz. Fauchend zog er sich auf einen Baum zurück, um die Lage zu beobachten. Früher oder später würde die Mahlzeit wieder zum Vorschein kommen. Schließlich gab es aus der Höhle keinen anderen Ausgang.

»Ist er weg?«, flüsterte Max. Midrafo flatterte ein Stück aus der Höhle und sah sich um.

»Nein, er lauert oben im Baum. Tut mir leid, das mit dem Drachen.«

Meister Dost wagte ebenfalls einen Blick auf den wartenden Riesendrachen, der missmutig die Schäden an seinem rauchenden Schweif betrachtete. Schnell kehrte er wieder zusammen mit Midrafo in den Schutz der Felswand zurück.

»Sein Schwanz brennt«, grinste der Kobold. »Hat jemand von euch die Blitze gemacht?«

»Nein!« Eine bekannte Stimme erklang vor der Höhle

»Tolle Vorstellung«, lobte eine zweite Stimme.

Ein ehemaliger Gildenzauberer betrat lächelnd zusammen mit seinen vergesslichen Kollegen die Höhle. Gemeinsam blickten beide in vier verstörte Augenpaare. Anna gewann als erste ihre Fassung zurück.

»Herr Atos! Herr Purpel!«, rief sie aufgeregt. Das Mädchen strahlte bis über beide Ohren, alle Anstrengungen der letzten Tage schienen für einen Moment vergessen. Auch Max, Meister Dost und der Feuerstabdrache freuten sich riesig über das unverhoffte Wiedersehen.

»Wo bist du gewesen, Herr Atos?«, fragte Max gespannt.

»Das ist eine lange Geschichte, wir unterhalten uns auf dem weiteren Weg darüber. Jetzt nur so viel in Kurzform. Ich saß im Kerker, habe einen Troll befreit, gelte im Moment als tot und Garmander ist euch auf den Fersen. Unser Vorsprung ist gering, und der Gildenmeister ist leider sehr gut im Spuren lesen. Er kommt schneller voran als wir in der Gruppe es könnten. Habt ihr außer euren Fußspuren irgendwelche Gegenstände verloren oder zurückgelassen?«

Max schluckte. Schüchtern hob er die Hand.

»Ich, Herr Atos. Aber nicht absichtlich. In der Scheune, in der wir uns vor einem Zombie versteckt hielten, blieb ein Stück Stoff meines Ärmels an einem Nagel hängen. Es war dunkel, und ich habe mir nichts weiter dabei gedacht.«

»Ärgere dich nicht. Es erklärt nur, warum Garmander so schnell und zielstrebig näher kommt«, erklärte Atos. »Hört daher meinen Plan an. Er muss genau befolgt werden.«

Schweigend lauschten Purpel, Anna, Max, Dost und Midrafo den Erklärungen ihres Kollegen, Lehrherren und Meisters.

»Habt ihr die weiteren Schritte genau verstanden?«, hakte Atos am Ende seiner Ausführungen nach.

»Wie war das noch mal mit dem vergessenen Garten?«, grübelte der vergessliche Zauberer, der einen gewissen Schwachpunkt darstellte. Aber ohne Purpel konnte der Plan nicht funktionieren. Atos erklärte daher geduldig nochmals die Rolle, die der vergessliche Zauberer zu übernehmen hatte.

»Muss das wirklich sein?«, mäkelte Purpel ein wenig widerspenstig. Wie alle Zauberer hasste er Anstrengungen und Unbequemlichkeiten.

»Es muss sein, junger Freund«, nickte Atos. »Lasst uns nun aufbrechen«, mahnte der ehemalige Gildenzauberer schließlich.

»Und der Drache im Baum?«, wisperte Anna ängstlich.

»Mit dem werden wir fertig. Gefährlich wird es erst, wenn mehrere der mächtigen Wesen zusammen angreifen oder der Megadrache höchstpersönlich erscheint.«

Vorsichtig verließen die Wanderer ihre schützende Höhle, vom angorianische Drachen nach wie vor misstrauisch beäugt. Mit einer Mischung aus Respekt und Wut verzichtete der Jäger auf weitere Angriffe, flog aber von Baum zu Baum hinter seiner Mahlzeit her.

◆

Garmander verlor in den Sümpfen die Gestalten weit vor sich wieder aus den Augen. Dennoch fühlte der Zauberer, dass er die richtige Spur verfolgte. Wer sonst würde sich bis ans Ende der Welt wagen, wenn nicht Amalias Ziehkinder?

›Die beiden erledige ich mit einer Hand‹, lachte der mächtige Gildenmeister lautlos in sich hinein. ›Dann rette ich die Welt und werde Bürgermeister von Dangholt.‹

Nichts konnte Garmander von seiner Fährte abbringen. Geruch und Fußabdrücke passten immer noch zu denen im Dorf mit der Taverne. Melissa bekam die Entschlossenheit des Zauberers im Feenland zu spüren. Um den verfolgten Zwillingen und Atos einen Vorsprung zu verschaffen, verwickelte sie Garmander in ein Gespräch. Jedenfalls versuchte sie es mit allen Tricks, bot dem Reisenden Wein und Süßigkeiten an. In Dangholt gab es Vorkoster für jede Speise, die im Rathaus serviert wurde, hier im Feenland jedoch nicht. Misstrauisch verzichtete der Zauberer auf das großzügige Angebot. Wortkarg stampfte er neben der guten Fee her, unbeirrt behielt er die Spur im Blick und in der Nase. Melissa griff zu einem letzten Trick, schwebte direkt vor Garmanders Gesicht und wies mit beiden Händen in eine falsche Richtung.

»Ich glaube, sie sind hier entlang marschiert«, flunkerte sie ein wenig. In Notlagen erlaubten die Regeln auch einer guten Fee dieses Verhalten. Leider tauchte in diesem Augenblick aus dem Nichts die lauschende Konkurrentin auf und verriet den richtigen Weg.

»Petze!«, schimpfte Melissa.

»Netter Versuch. Wenn du mich jetzt bitte entschuldigst«, brummte Garmander und marschierte wortlos von dannen. Langsam näherte er sich der Grenze zu den angorianischen Drachenwäldern. Fieberhaft kreisten die unterschiedlichsten Zaubersprüche durch sein Gehirn, mit denen man bissige Haustiere abwehren konnte. Mit Drachen bekam man es in Dangholt nur sehr selten zu tun. Fuddelhaar ließ in der Stadt nur kleine zahme Exemplare zu, deren Besitzer persönlich für eventuelle Schäden hafteten. Jeder Feuerspucker musste im Rathaus angemeldet werden, kostete Drachensteuer und trug eine Plakette um den Hals. Paul im Keller der Bibliothek gehörte zu dieser Gruppe von zahmen Haustieren. Wenzels Gnome hielten sich den Schoßdrachen mit Vergnügen. Das Wesen gehörte zu einer Drachenrasse, die kein Feuer speien konnte.

»Probieren geht über Studieren«, murmelte Garmander entschlossen. »Irgendein Spruch gegen wilde Bären würde auch gegen Drachen helfen. Zur Not muss ein Wasserzauber herhalten, um die Flammen zu löschen.«

Ohne Furcht überquerte der Gildenmeister die grüne Grenze zwischen Feen- und Drachenreich. Auch hier folgte er einer deutlichen und eindeutigen Spur. Zur Kontrolle nahm Garmander das Stoffstückchen aus dem Gewand und schnupperte erneut als Ameisenbär daran, bevor er seinen Kopf wieder in die menschliche Form verwandelte. Plötzlich teilte sich die Fährte überraschend auf. Geradeaus führten Abdrücke, die klar von Füßen ohne Schuhe stammten. Nach rechts bog aber eine weitere Spur mit Abdrücken von Schuhen ab. Unter normalen Umständen wäre Garmander ohne zu zögern den schuhlosen Spuren gefolgt. Zwei Tatsachen sorgten aber dafür, dass er sich genauer umsah. Zum einen kam der passende Geruch des Stoffstücks von rechts. Der Zauberer wirkte für einen Moment verwirrt. Zum anderen kamen ihm die nach rechts verlaufenden Schuhabdrücke bekannt vor. Vorsichtig drückte der Gildenmeister seinen eigenen Schuh zum Vergleich direkt daneben ins weiche Erdreich. Erschrocken prallte er zurück und blickte sich hektisch um. Ein Zauberer musste in der Nähe sein. Ihre Schuhe waren Spezialanfertigungen eines Schusters aus Dangholt. Nur Magier trugen diese schlanken Stiefel mit lang nach vorne gezogener Spitze und einem besonders geformten Absatz.

›Vielleicht ist es nur ein Strauchdieb, der gestohlene Schuhe trägt?‹, hoffte er vergeblich und beantwortete sich die Frage selbst. ›Aber was hat ein Strauchdieb bei den angorianischen Drachen zu suchen? Außerdem haben Zauberer besonders schlanke Füße, kaum jemand sonst passt in die Stiefel hinein. Nein. Es muss ein Zauberer in der Nähe sein! Aber wer, und warum?‹ Garmander rupfte im Geiste eine Blumenblüte. ›Geradeaus, rechts, geradeaus, rechts, geradeaus, rechts.‹ Das letzte Blütenstückchen fiel zu Boden. Der Zauberer folgte seiner bösen Vorahnung und marschierte nach rechts. Garmander folgte den Schuhabdrücken. Mit jedem Schritt verstärkte sich der Geruch, der zum richtigen Ziel führen musste. Bewegte sich dort vorne nicht etwas im Gebüsch? Ein Drache konnte es nicht sein, dessen war Garmander sich sicher.

»Komm heraus«, rief er, und schickte einen magische Kugel ins Unterholz. Krachend riss die Explosion Blätter und kleine Äste entzwei. Ein Mann sprang auf und rannte davon. Garmander sah für den Bruchteil einer Sekunde das Gesicht des Flüchtenden und erstarrte. Mühsam rang der sonst mit allen Wassern gewaschene Gildenmeister nach Luft. Ein Alptraum wurde gerade wahr.

»Das kann nicht sein. Atos?«, keuchte er. »Aaaaaatos!« So schnell ihn die Beine trugen, nahm er die Verfolgung auf. ›Wie kann das sein?‹, überlegte der Zauberer entsetzt. ›Ich habe mit eigenen Augen gesehen, wie die Wachen seinen leblosen Körper im Kanal entsorgt haben.‹

Die Verfolgung gestaltete sich schwierig. Garmander kam nur langsam näher. ›Atos ist für sein Alter noch erstaunlich gut in Schuss‹, wunderte er sich. Mehrere magische Kugeln verfehlten ihr Ziel und explodierten links, rechts oder hinter dem Flüchtenden. Schließlich stolperte der Verfolgte über eine Baumwurzel und schlug der Länge nach auf den Waldboden. Das Ablenkungsmanöver lief perfekt. Es lag nun wieder genügend Abstand zwischen Garmander und den Zwillingen.

»Autsch!«

»Keine Bewegung, Atos«, brüllte Garmander, und fuchtelte wie von Sinnen mit seinem Zauberstab vor der Nase des Gestürzten Kollegen herum. Schuhe, Kleidung, das Gesicht. Alles stimmte. Atos lebte, lag aber wehrlos und ohne Zauberstab im Schmutz des Drachenreiches herum. »Jetzt ist ein für alle Male Schluss mit Atos. Hier gibt es keine Zeugen, nur dich und mich!«, schrie Garmander mit irrem Gesichtsausdruck und schlug auf sein Opfer ein. Der am Boden liegende Zauberer wehrte sich kaum, zu sehr hatte die Verfolgungsjagd an seinen Kräften gezehrt. Schließlich konnte er es nicht mehr länger aushalten und brach in lautes Gelächter aus. Garmander ließ verdutzt die Fäuste sinken. Ein weiterer Alptraum spielte sich direkt vor seinen Augen ab. Das Gesicht und die Kleidung verwandelten sich langsam. Atos wurde zu Purpel. Purpels Gewand verschwand, er trug nun das am Ärmel eingerissenen Kleidungsstück von Max, an dessen Geruch Garmander sich die ganze Zeit orientiert hatte.

»Du bist nicht Atos?«, grollte Garmander.

»Atos ist tot, das weißt du doch genau«, entgegnete Purpel keuchend. »Doch Amalias Ziehkinder sollen vor dir das Ende der

Welt erreichen. Nicht dass du noch den Ruhm für die Rettung der Würfelwelt einstreichst und am Ende noch Bürgermeister wirst.«

»Das wirst du mir büßen! Ich werde dafür sorgen, dass du aus der Gilde ausgeschlossen wirst, genau wie damals Atos«, kreischte der Gildenmeister. »Es ist streng verboten, das Aussehen eines anderen Zauberers anzunehmen!«

Er wusste, dass er einem uralten Verwandlungszauber auf den Leim gegangen war. Einer der schlechtesten und vergesslichsten Magier aller Zeiten hielt ihn zum Narren.

»Damit kann ich leben«, rief Purpel trotzig.

»Sollen dich die Drachen fressen«, fluchte Garmander. Mit aller Gewalt schlug er zu und überließ das Opfer seinem Schicksal. Im Eilschritt verfolgte Garmander seine eigene Spur zurück, er musste die verlorene Zeit wieder aufholen. Purpel sah, halb bewusstlos, fliegende Funken, kreisende Sterne, die sich schneller und schneller drehten. Am Himmel lauerten fliegende Drachen.

»Man reiche mir einen Spaten«, murmelte er mit letzter Kraft wirr vor sich hin. Dem vergesslichen Zauberer wurde schwarz vor Augen. In einer Jackentasche blinkte ein knallroter Würfel. Es bestand höchste Gefahr für Leib und Leben. Drei fliegende Drachen setzten um die Wette zum Sturzflug an. Ihr Tisch stand reich gedeckt bereit.

◆

Atos gönnte sich, den Zwillingen und Meister Dost keine Ruhepause mehr. Mühsam hielt der ehemalige Zauberer der kleinen Reisegruppe die wütenden Angriffe verschiedener angorianischer Drachen vom Leib. Nur Midrafo zog sich in sein Feuerholz zurück. Er ließ sich nach der ganzen Aufregung ein Stück des Weges tragen.

»Hoffentlich hält Purpel möglichst lange durch und gerät nicht in die Hände von Garmander. Er soll uns nur genügend Zeit verschaffen und dann spurlos verschwinden. Schließlich hat er in Dangholt noch wichtige Dinge zu erledigen«, erklärte Atos. »Max, du siehst Klasse aus!«

Der Junge blickte stolz an seinem schmalen Körper herunter.

Purpels Zauberergewand war ein wenig zu groß geraten, ließ sich aber bequem tragen. Auf dem tiefblauen Umhang funkelten tausende von gelben Sternen mit einem rosafarbenen Zusatzstern auf der Brust. Auch Anna fand, dass der Kleidungstausch aus Max einen richtigen Magier machte.

»Kleider machen Leute, aber keine Zauberer«, lächelte Atos. »Der ganze Schnickschnack ist nett anzusehen, aber selbst einen Zauberstab benötigt der wahre Magier nur gang selten. Das ist meist Jahrmarktrummel, sonst nichts!«

»Das stimmt«, klagte der winzige Midrafo in seinem Feuerholz und erzählte von seiner Erfahrung mit dem goldenen Maulkorb. Während des gemeinsamen Marsches schilderten die Zwillinge ihrem Lehrmeister alle Erlebnisse. Auch der ehemalige Zauberer berichtete von seiner Gefangennahme, der Flucht aus den Kerkern der Hauptstadt und seinem abenteuerlichen Weg bis zum glücklichen Wiedersehen. Meister Dost beichte kleinlaut seinen Ausflug in die Taverne, auch den Ärger mit Wirt, Zombie und Wasserschatten ließ er nicht aus. Atos hätte die Wahrheit eher früher als später sowieso herausbekommen, soviel stand fest. Auch Atos musste ein Geständnis ablegen.

»Ich litt unter einer höllischen Angst, dass euch etwas zustößt und ich euch niemals wiedersehe!«

Anna und Max verspürten auch ohne die Einnahme von Melissas Feenpulver keine Müdigkeit mehr. Strahlend marschierten beide hinter ihrem gemeinsamen Vorbild her. Ein weiterer Blitz vertrieb zwei Drachen, die sich gefährlich der Gruppe zu nähern versuchten.

»Hoffentlich schaffen wir es bis zur wilden Klamm, bevor der Megadrache erscheint«, keuchte Atos. Der Abwehrzauber erforderte viel Kraft und Konzentration, auf Dauer konnte diese Belastung kein Zauberer der Würfelwelt aushalten. Selbst Amalia war vor über zehn Jahren nur knapp den Attacken des größten aller angorianischen Drachen entkommen.

»Was ist die wilde Klamm?«, fragte Anne neugierig.

»Und was ist ein Megadrache?«, wollte Max wissen.

Atos richtete das Lederband um seinen grauhaarigen Zopf und zupfte gedankenverloren an seinem Schnurrbart herum. Immer wieder blickte er prüfend um sich. Besonders die am Himmel kreisenden Punkte, die wie Geier ihre Bahnen zogen, ließ er nicht aus den Augen.

»Zur ersten Frage. Die wilde Klamm ist eine schmale Felsschlucht, die zu den angorianischen Kalkhöhlen führt. In der Felsspalte fließt ein reißender, wilder Bach, aber kein Drache kann uns hierher folgen.«

Anna nickte. Atos blickte das Mädchen an und sah in ein zufriedenes Gesicht. Ein pfeifendes Geräusch forderte plötzlich seine gesamte Aufmerksamkeit. Mit ausgestrecktem Arm wies er auf einen sich schnell von oben nähernden Punkt.

»Dort kommt die Antwort auf Frage zwei! Lauft um euer Leben!«

Der größte und kräftigste aller angorianischen Drachen schoss mit angelegten Flügeln vom Himmel herab. Verärgert über die Berichte seiner erfolglosen Jäger wollte er nun selbst nach dem Rechten sehen. Sei massiver Körper durchschnitt pfeifend die Luftschichten. Mit ihm hatte selbst Amalia als beste Zauberin aller Zeiten ernsthafte Probleme gehabt. Heute musste Atos nicht nur sich selbst, sondern auch seine Begleiter schützen oder in Sicherheit bringen. Die Felsspalte lag greifbar nahe vor den Wanderern, aber die Zeit reichte nicht. Schon rochen Max und Anna teerige Wärme, der Megadrache schleuderte Feuerstöße in beängstigender Reichweite aus seiner Kehle hervor. Anna stolperte und schlug der Länge nach auf den steinigen Untergrund. Max stoppte, half seiner Schwester auf, die humpelnd versuchte, mit Atos Schritt zu halten. Feuer versengte des Mädchens Haar. Plötzlich erklang eine piepsige Stimme.

»Halt!«

Verdutzt versuchte der Megadrache eine Vollbremsung und kam direkt vor dem aufgeregt herumflatternden Midrafo in der Luft zum Stehen.

»Geh mir aus dem Weg, Winzling«, keifte das riesige Wesen, dessen Feuerstoß Midrafo nichts anhaben konnte. Atos, Meister Dost und die Zwillingen liefen so schnell es ging weiter voran.

»Dort läuft eine holde Maid, die wir in der Feuerschlucht opfern müssen, damit die Sonne sich wieder bewegt!« Wütend schnappte der Megadrache nach seinem winzigen Artgenossen. Geschickt flatterte dieser um den Kopf des verwirrten Riesen herum.

»Nichts da! Wir waren zuerst da! Die holde Maid und ihr Bruder sind auf dem Weg, als Opfergabe in den Vulkan Tonaluga zu springen! Anweisung von Bürgermeister Fuddelhaar persönlich«, log Midrafo keck. »Und wenn sie das überleben, dann kommen sie gerne zu dir zurück, um auch noch in die Feuerschlucht zu springen. Ist das nicht ein faires Angebot?«

Der Megadrache versuchte, sein großes aber sehr langsames Gehirn auf Trab zu bringen. Wenn er die Lage richtig beurteilte, ließ er sich gerade von einem klitzekleinen Drachen mit großem Mundwerk davon abhalten, eine Opfergabe nebst einer leckeren Zusatzmahlzeit zu erlegen. Was hinderte ihn daran, den kleinen Artgenossen mit einem Flügelschlag aus dem Weg zu wischen, um sein Werk zu vollenden?

»Machst du Witze?«, presste er als Ergebnis seiner Überlegungen mühsam durch die feurigen Lippen seines Mauls.

»Ich mache niemals Witze, sehe ich so aus?«, entrüstete sich Midrafo. »Schließlich bin ich ein Drache. Machst *du* Witze?«

Wieder überlegte der Große, ob sich eine List, ein übler Trick oder eine Finte hinter den Äußerungen des Kleinen verbergen mochte.

›Vielleicht handelt es sich um einen verwandelten Mega-Megadrachen, der in Wirklichkeit viel größer ist als ich?‹, grübelte er verzweifelt. ›Sonst hätte er doch nicht gewagt, mich einfach so aufzuhalten!‹

»Du bist in Wirklichkeit viel größer, nicht wahr?«, rief der Jäger, als sei ihm ein sonnengroßes Licht aufgegangen.

»Langsam denkst du in die richtige Richtung«, bestätigte Midrafo.

Mittlerweile hatten Atos, Meister Dost und die Zwillinge sich bis an die Pforte zur wilden Klamm gerettet. Aufgeregt beobachteten sie die Unterhaltung der beiden ungleichen Feuerspucker, konnten aber aufgrund der Entfernung kein einziges Wort verstehen.

»Was treiben die beiden dort so lange?«, fragte Max ungläubig.

»Der Feuerholzdrache ist doch dem Megadrache nicht gewachsen!«

»Beurteile niemals ein Wesen nach seiner körperlichen Größe oder seinem Aussehen«, riet Atos. »Es gibt eine nicht zu unterschätzende geistige Größe. Midrafo denkt bei Gefahr messerscharf, er hat uns wohl alle gerettet.«

»Können wir ihm helfen?«, fragte Anna.

»Nein, er bekommt die Lage alleine in den Griff, da bin ich sicher.«

Tatsächlich wagte der Megadrache keinen Angriff auf das winzige Gegenüber. Nachdenklich lauschte er den Worten Midrafos.

»Ich werde oft nicht für voll genommen«, jammerte der Kleine. Er bot ein perfektes Schauspiel. »Die Menschen zwängen mich in ein enges, dunkles Feuerholz. Dabei könnte ich viel mehr erreichen. Selbst die kleinsten Kinder necken mich.«

Langsam wurde der Megadrache wütend. Mehr und mehr verstand er die gespielten Sorgen des Winzlings. Midrafo legte noch etwas Glut ins Gefühlsfeuer des Riesen.

»Manche Menschen werfen mich zum Spaß im Feuerholz durch die Luft. Mann, wird mir dabei immer übel.«

»Das ist unerhört und empörend«, schrie der Megadrache und spuckte wilde Feuerstöße in alle Richtungen. Versehentlich teilte er einen mächtigen Baum in der Mitte des Stamms in zwei Hälften. Midrafo suchte das Weite. Krachend traf die herabstürzende Baumkrone den Riesen mit voller Wucht am Kopf. Torkeln fiel er zu Boden und blieb benommen liegen.

›Idiot‹, dachte der kleine Feuerdrache. Midrafo flattere zum Eingang der Klamm.

»Was ist geschehen?«, fragte Atos ungläubig. »Du hast den Megadrachen besiegt!«

»Nein, er hat sich selbst besiegt«, grinste der Feuerdrache. Stolz schlüpfte er zurück in sein gemütliches Feuerholz. Die Abenteurer begannen ihren gefährlichen Einstieg in die Felsspalte. Immer tiefer grub sich der eiskalte Bachlauf zwischen die Felsen. Auf den vom Wasser glatt geschliffenen, bemoosten Steinen glitten Max und Anna wiederholt aus. Immer weniger Sonnenlicht fand seinen Weg in den tiefen Felseinschnitt. Es wurde immer kühler. Anna fror. Nach einer längeren Wegstrecke mündete der Bachlauf in einen kleinen, kristallklaren See. Auf der gegenüberliegenden Seite stürzte ein Wasserfall in das Gewässer. Atos stoppte seinen Marsch, die Zwillinge blickten sich verwundert um.

»Wir sitzen in einer Sackgasse«, stellte Anna fest. »Überall nur Felswände, und auf der anderen Seite vom See tobt ein Wasserfall.«

»Manchmal sind die Dinge nicht so einfach, wie sie auf den ersten Blick erscheinen«, lächelte Atos. »Wir müssen durch den See und sehen dann weiter.«

»Aber ...«, begann Max seinen Protest.

»... ihr könnt nicht schwimmen«, vollendete der ehemalige Zauberer den Satz des Jungen. »Daran habe ich natürlich gedacht.«

Ohne zu Zögern setzte Atos seinen Weg fort, Meister Dost klammerte sich an einer Schulter des ehemaligen Gildenzauberers fest. Das Gewässer reichte dem Lehrmeister bis knapp unter die Knie. Anna und Max folgten gespannt. Der felsige Untergrund des Sees fühlte sich glatt geschliffen an, das eiskalte Wasser ließ die Füße und Waden erstarren. Ein lauter Knall erschreckte die Wanderer fast zu Tode. Dicht neben Max spritzte eine Wasserfontäne nach oben.

»Vorsicht«, mahnte Atos. »Seht nach oben!«

Am Rand der wilden Klamm hockte der wütende Megadrache und schleuderte riesige Steinbrocken in die Tiefe. Das nächste Geschoss verfehlte Anna um Haaresbreite. Außer sich vor Zorn und mit gehörigem Schädelbrummen warf das mächtige Wesen immer neue Felsstücke hinab. Max bemerkte, dass Atos einfach durch den Wasserfall hindurch lief. Schnell zog er seine Schwester am Ärmel durch den rauschenden Vorhang aus Feuchtigkeit auf die andere Seite. Erstaunt blickten die Zwillinge zurück auf den verschwommen erkennbaren See, aus dem immer neue Fontänen in die Höhe schossen.

»Willkommen in den angorianischen Kalkhöhlen«, rief Atos erfreut. »Meister Dost, wenn du bitte für Licht sorgen würdest?«

Schnell setzte der grüne Kobold sein Laufrad in Bewegung, die magische Lampe erzeugte genügend Helligkeit für eine sichere Fortbewegung. Anna staunte nicht schlecht. Der Bachlauf setzte sich, gespeist aus dem See, nun unterirdisch in einem Höhlensystem fort. Über viele Generationen hinweg hatte sich das Wasser schon seinen Weg durch weiches Gestein wie eine Flamme durch Butter gegraben. Zum Glück führte auf einem schmalen Felsvorsprung bald ein Fußweg neben dem Gewässer entlang. Das Mädchen war froh darüber, da sie die eiskalten Füße im Wasser kaum noch gespürt hatte.

»Wohin fließt der Bach?«, erkundigte sich Max.

Atos wusste die Antwort.

»Der Wasserlauf versorgt wie viele andere Bäche und Rinnsale den Fluss Klo mit sauberem Nass«, erklärte er. »Der Fluss Klo fließt in diesem Teil unterirdisch und mündet jenseits des Drachenreichs direkt ins Meer.«

»Heißt das, wir sind die angorianischen Drachen los?«, freute sich Midrafo.

»So ist es!«

Ohne das geringste Zeitgefühl marschierten die Abenteurer immer weiter entlang des breiter werdenden Stroms. Meister Dosts Laufrad spendete angenehmes Licht. Nach einer endlos erscheinenden Zeit, in der sich alle nur kurze Ruhepausen gönnten, tauchte nach einer Biegung im Höhlensystem plötzlich wieder Tageslicht auf. Frische Meeresluft strömte den müden Wanderern entgegen. Atos wirkte erleichtert. Der Höhlenausgang mündete direkt in einen breiten Sandstrand, durch den hindurch der Fluss Klo ins Meer floss. Weißer Pulversand, von der Sonne aufgeheizt, wärmte die Zwillinge schnell wieder auf. Beide kannten das große Meer nur aus unzähligen Berichten und Geschichten, hatten es aber noch niemals zuvor mit eigenen Augen gesehen. Sanfte Wellen rollten ans Ufer, überschlugen sich schäumend auf dem Sandstrand und zogen sich wieder ein Stück ins Meer zurück. Etwas weiter vom Strand entfernt hing eine dichte Nebelwand über dem Wasser.

»Weit hinter den Nebeln liegt das Gebirge. Es bildet die Grenze zwischen der bekannten Welt und dem Reich aus Eis und Finsternis«, erklärte Atos mit feierlicher Stimme. »Unser erstes Ziel ist bald erreicht. Von Garmander gibt es noch keine Spur. Purpel scheint seine Sache gut gemacht zu haben. Hoffentlich befindet er schon auf dem Rückweg nach Dangholt. Unser Leben hängt davon ab.«

»Wie überqueren wir das Meer?«, wollte Meister Dost wissen. »In dem dichten Nebel sieht doch niemand etwas.«

»Mit einem Floß?«, riet Anna. Ihr Lehrmeister schüttelte den Kopf.

»Nein, Anna. Das Meer ist für ein Floß zu groß. Hier benötigen wir tatsächlich fremde Hilfe. Ich rufe Sticks!«, erklärte Atos. Der ehemalige Zauberer richtete sein Gesicht auf das offene Meer aus. So laut seine Stimme es zuließ brüllte er seinen Ruf hinaus in die neblige See.

»Sticks, Beherrscher der Meere, Begleiter der Seeleute, Lotse der Unwissenden, erscheine uns, hol über!«

»Muss ja ein toller Typ sein«, lästerte Meister Dost unbekümmert. »Beherrscher der Meere, wie das klingt!«

»Wer ist dieser Sticks, Herr Atos?«, fragte Max wissbegierig. »Ein Meeresgott?«

»Nein. Es ist der Fährmann. Er liebt theatralische Anreden. Nehmt euch in Acht, lasst mich allein verhandeln. Er ist ein listiges Wesen und mit allen Wassern gewaschen!«, warnte Atos.

Kaum hatte der Magier den letzten Satz beendet, öffnete sich die Nebelwand wie ein zur Seite gezogener Vorhang. Da die Oberfläche der Würfelwelt, anders als bei einer Kugel, keine Krümmung aufwies, konnte man nun sehen, soweit das Auge reichte. Zunächst nur als dunkler Punkt zu erkennen, wurde langsam ein gewaltiges Schiff sichtbar. Mit voll gesetzten Segeln pflügte ein Dreimaster durch die Wellen. Oben im Krähennest erkannten die Zwillinge eine einzelne Person. Der Segler raste ohne sein Tempo zu verringern direkt auf die Küste zu. Max stellte entsetzt fest, dass niemand hinter dem Steuerrad stand. Wie von Geisterhand bewegte sich das Schiff zielsicher ans Ufer, drehte im letzten Augenblick quer bei und blieb einige Meter vom Strand entfernt im Wasser liegen. Die Person, die eben noch im Ausguck gestanden hatte, saß nun plötzlich auf der

Bordkante und ließ die Beine nach unten baumeln.

»Ahoi, mein Name ist Sticks«, rief der Fährmann. Die Zwillinge musterten einen kleinen, dicken Seemann mit Vollbart, Dreispitz und Pfeife. Sticks trug eine blaue Uniform mit weißem Kragen und hellen Manschetten. Prächtige silberfarbene Schnallen schmückten seine schwarzen Lederstiefel.

»Ahoi, hol über«, grüßte Atos zurück.

»Steigt ein!« Der Fährmann rieb sich die Hände. So viele Fahrgäste auf einen Streich, der Tag verlief gut. Nur schade, dass es keine Nacht mehr gab, in der noch Zeit zum Deck schrubben und zum Schlafen blieb. Atos schüttelte den Kopf.

»Nein«, erklärte der ehemalige Zauberer.

Anna und Max blieb die Spucke weg, auch Meister Dost schaute ungläubig zu Atos.

»Warum...?«, begann der Kobold, biss sich aber sofort auf die Zunge.

»Warum nicht?«, fragte stattdessen Sticks, und setzte eine beleidigte Miene auf.

»Auf diesem Trick bin ich vor vielen Jahren schon einmal hereingefallen«, winkte Atos ab. »Für das Geld, das Amalia und ich dir zahlen mussten, hättest du einen funkelnagelneuen Viermaster kaufen können. Wie ich sehe, fährst du aber immer noch deinen klapprigen Kahn von damals.«

Der Seemann grinste.

»Angebot und Nachfrage bestimmen den Preis. Oder siehst du hier noch ein anderes Schiff, das dich zur anderen Seite bringen würde?«

»Nenn deinen Preis, vorher betritt kein Fuß deinen Seelenverkäufer«, erwiderte Atos. Der Fährmann galt als harte Nuss in Verhandlungen und wollte seinem Ruf gerecht werden.

»Für jeden Passagier eine Golddublone«, verlangte Sticks.

Anna und Max plumpsten entsetzt in den Sand. Einen solchen Riesenhaufen Geld konnte sich keiner der beiden vorstellen. Für den Gegenwert hätten sie noch hundert Jahre lang bei Herrn Atos das Haus in Ordnung halten müssen. Nicht, weil ihr Lehrmeister sie schlecht bezahlte, sondern weil eine Golddublone einfach einen so unglaublich hohen Wert besaß. Ihr Lehrmeister ließ sich nicht beirren.

»Ich habe noch eine Fahrt frei. Falls du dich nicht mehr an mich erinnerst. Ich bin Atos und habe damals die Hin- und Rückfahrt für zwei Personen bezahlt. Nur ich alleine kehrte aber von der anderen Seite wieder zurück.«

Sticks schüttelte gnadenlos den Kopf. Er verschwand in seiner Kajüte, kramte aus alten Kisten ein dickes Buch mit Ledereinband hervor und stolzierte zurück an Deck.

»Was ist das«, fragte Max laut genug, dass es der Fährmann hören konnte.

»Die allgemeinen Transportbedingungen, die jeder Fahrgast mit Betreten meines Schiffes anerkennt«, erklärte Sticks grinsend. Mit sicherem Gespür schlug er eine Seite mitten im Buch auf. »Hier steht es schwarz auf weiß«, rief er siegesgewiss. »Paragraf achthundertsiebenundsechzig, Abschnitt drei, hier ist es. Bucht ein Fahrgast eine Hin- und Rückreise, darf zwischen diesen beiden Ereignissen maximal der Zeitraum eines Jahres liegen. Ansonsten verfällt das Recht auf Überfahrt ohne Entschädigung.«

Das alte Schlitzohr machte seinem Namen alle Ehre. Atos wusste, dass die Zeit drängte, ließ sich aber äußerlich nicht aus der Ruhe bringen. Ohne weitere Worte beäugte der ehemalige Magier das Schiff von oben bis unten, dann von links nach rechts. Sticks wurde nervös.

»Was ist denn nun, ich habe nicht den ganzen Tag Zeit. Ich esse zeitig und benötige viel Ruhe«, meckerte der Fährmann. Atos zog seinen entscheidenden Trumpf aus dem Ärmel.

»Wo ist denn die DÜB-Plakette für dein Schiff?«, fragte der ehemalige Gildenzauberer scheinheilig. Sticks entglitten die Gesichtszüge. Atos hatte einen Volltreffer gelandet. Mitten ins Schwarze und dabei den Nagel auf den Kopf getroffen. Bei der Dangholter Überwachungsbehörde, kurz DÜB genannt, mussten seit dem großen Fährunglück von Jojoka alle Schiffe für den Personentransport zugelassen werden. Damals verwechselte ein betrunkener Kapitän auf seiner Seekarte die Himmelsrichtungen und setzte sein Schiff gekonnt auf eine unterirdische Klippe. Dabei zerbrach das als unsinkbar geltende Schiff in zwei Teile, weil

die Baumeister die Planken nur mit Spucke zusammengebastelt
hatten. Alle Fahrgäste gingen zusammen mit der Ladung, Gold
und Diamanten, im Meer unter. Sticks besaß keine solche Plakette. Sein abgetakelter Seelenverkäufer wurde nur von vom
Teer zwischen den Holzbohlen und etwas Magie zusammenge-
halten. Außerdem besaß das Schiff Schlagseite, defekte Segel und
keinen Abort für die Passagiere. Der Fährmann errötete vor
Wut.

»Was schlägst du vor?«, fragte er mit vor Zorn bebender
Stimme.

»Eine viertel Golddublone für uns alle zusammen, Hinfahrt
und Rückfahrt eingeschlossen, versteht sich«, überlegte Atos.
»Keine Tricks und keine Bummelei! Vollgas voraus! Gezahlt wird
nach der Hinfahrt am anderen Ufer.«

»Das ist Erpressung«, klagte der Fährmann.

»Ich würde es eher als genialen Einfall bezeichnen«, grinste
Atos. Sticks gab sich geschlagen. Er wusste, dass dieses Angebot
immer noch mehr als großzügig war.

»Der Handel gilt. Schlag ein und kommt an Bord«, rief der
Fährmann. »Und kein Wort in Dangholt über mein Schiff! Wo
möchtet ihr an Land?«

»An einer unbewohnten Stelle«, bat Atos.

»Loppelwuh?«

»Loppelwuh ist gut.«

Anna, Max, Meister Dost und Atos kletterten über eine Strick-
leiter die Bordwand hinauf. Das Schiff schien in einem erbärmlichen Zustand zu sein, seit Jahren nicht mehr gereinigt, geflickt
oder gestrichen. Sticks verschwand im Ausguck, das Steuerrad
kannte den Kurs auswendig. Der Fährmann nannte diese Fähig-
keit Autokapitän. So alt und zerbrechlich der Dreimaster auch
wirkte, das Schiff pflügte mit einer atemberaubenden Geschwindigkeit durch die Wogen, obwohl kaum ein Lüftchen wehte. Jede
Holz- und Stofffaser triefte vor Magie. Die Zwillinge nutzen die
Zeit zum Schlafen. Es gab reichlich Nachholbedarf. Meister
Dost studierte sein Buch, während Atos ständig mit einem Fernrohr alle Richtungen rund um das Schiff kontrollierte. Garman-

der entdeckte er dabei nicht. Bis auf einen unbedeutenden Zwischenfall mit einem Piratenangriff verlief die rasende Reise ruhig. Sticks segelte sein Gefährt einfach mitten durch das Piratenschiff hindurch, ohne sich weiter um die Angelegenheit zu kümmern.

»Land in Sicht«, rief nach langer Zeit die Stimme aus dem Krähennest. Atos richtete das Fernrohr in Fahrtrichtung aus. Tatsächlich tauchte aus dem Nebel plötzlich eine riesige Gebirgswand auf. Anna und Max staunten nicht schlecht. Die Zwillinge konnten keinen einzigen Gipfel erkennen, alle Berge tauchten früher oder später in die Wolkendecke ein.

»Niemand kann die Berge überklettern oder überfliegen, sie sind endlos hoch«, erklärte der Lehrmeister. »Wir gehen daher an einen Ort innerhalb der Berge, an dem eure Tante Amalia damals verschwunden ist.«

Anna bekam eine Gänsehaut. Ein eiskaltes Kribbeln lief über ihren Rücken, wenn sie an ihre Tante dachte. Viele schwache Erinnerungen versuchten, sich aus einem dichten Gewirr von Gedanken an die Oberfläche des Gehirns zu kämpfen. Das Gebirge verhinderte wie eine Mauer klare Bilder, aber das Mädchen wusste, dass auf der anderen Seite die Lösungen für alle Probleme lagen. Ihrem Bruder schienen ähnliche Gedanken durch den Kopf zu schwirren.

Gekonnt segelte Sticks seinen klapprigen Dreimaster zwischen aus dem Wasser ragenden Riffs hindurch. Nur ein wirklich erfahrener Lotse konnte hier überleben. Viele Wracks in Ufernähe dienten als stumme Zeugen misslungener Landungsversuche. Atos zahlte den vereinbarten Preis. Sticks verabschiedete sich mit einer tiefen Verbeugung, als seine Passagiere von Bord gingen.

»War mir eine Ehre, euch überzusetzen«, rief er. »Ich hoffe, den jungen Herrschaften ist die Fahrt gut bekommen.«

Die Zwillinge nickten. Atos erwiderte den Dank und verließ den Seelenverkäufer als letzter Passagier. Schneller als die am Ufer stehenden Reisenden es sich vorstellen konnten setzte der Fährmann volle Segel und verschwand in einer Nebelwand. Er besaß gute Ohren. Auf der anderen Seite wartete neue Kundschaft auf ihn.

»Wo genau befinden wir uns jetzt?«, erkundigte sich Meister Dost.

»Am Strand in der Nähe von Loppelwuh«, antwortete Atos. »Wir kommen nachher direkt daran vorbei.«

Tatsächlich erschien nach kurzem Marsch eine verlassene Ortschaft, die einen traurigen Anblick bot. Anna fiel auf, dass Atos im Sand keine Fußspuren hinterließ, so als schwebte er über den Boden. Das Mädchen stieß Max in die Rippen und flüsterte ihrem Bruder die Entdeckung ins Ohr. Schweigend marschierten die Zwillinge hinter ihrem Vorbild her. Am Fuß des mächtigen Gebirges lag ein Dorf, dessen einstmalige Gebäude nur noch aus verbrannten Ruinen bestanden. Auch das durch einen Feuerbann geschützte Haus der Oberhexe Ignipota erkannten Max und Anna sofort. Ein Berg verfaulendes Kleinholz zeigte, dass hier die früheren Bewohner mit Äxten das Haus zerlegt hatten.

»Wo sind die Menschen geblieben?«, wollte Anna von ihrem Lehrmeister wissen.

»Nach dem Unglück mit den brennenden Rädern wurde jedes Feuer, selbst das im Kamin, bei Strafe verboten. Im nächsten Winter wanderten die Feuerhexen an einen anderen Ort, es ist hier einfach zu kalt. Niemand weiß genau, ob und wo die Nachfahren heute leben.«

»Wahrscheinlich immer dort, wo Brandruinen zu finden sind«, lästerte Meister Dost.

»Lasst uns weitergehen«, schlug Atos vor.

◆

Purpel lag regungslos in Gestalt eines Spatens im angorianischen Drachenreich herum. Kurz bevor er bewusstlos geworden war, gelang ihm durch Glück, Zufall und ein wenig Können die Verwandlung in einen Spaten. Die drei vom Himmel heranstürzenden Drachen trauten ihren Augen nicht. Der aus der Luft so lecker aussehende Mensch war nirgends zu finden. Stattdessen lag eine uninteressante Beilage in Form eines Buddelwerkzeugs hier herum. Zusammen mit ihrem Opfer verschlagen die riesigen Gestalten regelmäßig sperrige Gegenstände, aber einen Spaten alleine wollte niemand fressen. Missgelaunt schnupperten die

Feuerspucker eine Weile am Boden herum und entdeckten schnell eine andere Fährte, die sehr lecker roch. Sie überließen den Spaten seinem Schicksal. Purpel wachte eine Weile später mit dröhnendem Schädel auf. Der immer gleiche Stand der Sonne erlaubte keinen Rückschluss, wie lange er hier schon bewusstlos gelegen haben mochte. Nur ein fürchterliches Durstgefühl zeigte, dass seine Ohnmacht längere Zeit gedauert haben musste. Purpel wusste noch wer er war und wo er sich befand. Durch den harten Schlag Garmanders war sein Gedächtnis trotzdem etwas durcheinander geraten. Der ungeschickte Zauberer konnte sich beim besten Willen nicht mehr an die Anweisungen von Atos erinnern. Sollte er nicht irgendetwas erledigen? Aber was? Und wo? Purpel hatte es vergessen. Betrübt pflückte er eine Blume am Wegesrand, vertrieb mit einem zischenden Blitz einen Drachen und zupfte die Blütenblätter der Reihe nach ab. Mit dem letzten Blatt stand sein Entschluss fest. Purpel rappelte sich hoch und marschierte los.

◆

Auch Garmander erreichte nach harten Drachenkämpfen den Meeresstrand. Da er den Weg durch die wilde Klamm nicht kannte, blieb ihm nur der beschwerliche Marsch durch die Wälder. Atos hatte sorgfältig alle Spuren verwischt. Garmanders Hass auf Bürgermeister Fuddelhaar wuchs mit jedem Schritt. Während der Stadtobere in Dangholt bei gutem Essen und Wein herumhockte, musste der Gildenmeister sich mit Beeren, Pilzen und Quellwasser zufrieden geben. Von den ständig angreifenden Drachen ganz zu schweigen. Auch Garmander rief nach dem Fährmann. Sticks ließ nicht lange auch sich warten. Solch gute Geschäfte hatte es schon lange nicht mehr gegeben.

»Fährmann, hol über«, rief der Zauberer.

»Stets zu Diensten, komm an Bord«, erwiderte der gerissene Seemann. Er wusste, dass mit Betreten seines Schiffs die Transportbedingungen und die horrenden Preise galten, ohne dass Verhandlungen notwendig oder erlaubt waren. Garmander galt seinerseits in Dangholt als geschickter Redner und harter Verhandlungspartner. Er verspürte aufgrund der Eile aber keine

Lust, sich auf lange Gespräche einzulassen und betrat das Segelschiff. Missmutig bezahlte der Gildenmeister zwei Golddublonen.

»Sag mir, Fährmann, hast du vor Kurzem zwei Kinder mit oder ohne Begleitung übergesetzt«, bohrte Garmander.

»Paragraf sechshundertvierzehn, Abschnitt eins«, antwortete Sticks.

Sein Passagier starrte ihn verständnislos an.

»Paragraf was?«

»Paragraf sechshundertvierzehn, Abschnitt eins«, wiederholte der Seemann und stiegt in den Ausguck. »Ich bin Fährmann, keine Auskunftei!«

»Ich bezahle gut für diese Art von Auskünften!«

»In diesem Fall gilt Paragraf eins.«

»Was steht in diesem Paragrafen?«

»Vergiss es!«

Garmander schwieg beleidigt, während der Seelenverkäufer mit Höchstgeschwindigkeit durch die Wogen pflügte.

◆

Atos führte die Gruppe durch unbewohntes Gebiet immer näher an die sich bedrohlich auftürmenden Berge heran. Die gesamte Gegend weckte keine guten Erinnerungen im ehemaligen Zauberer. Wie oft hatte er damals vergeblich versucht, Amalia wiederzufinden, bevor er lange Zeit später erfolglos nach Dangholt zurückkehren musste. Zu allem Überfluss hatte Garmander ihm alleine die Schuld für das Verschwinden Amalias gegeben. Kurzerhand schloss er seinen Widersacher Atos aus der Gilde aus. Schweigend folgten die Zwillinge mit müden Beinen ihrem Lehrmeister. Der Magier versuchte, seine Begleiter etwas aufzumuntern und abzulenken.

»Unser geringer Vorsprung erlaubt leider keinen Blick in das Reich des Popelkönigs«, erklärte er mit einem breiten Lächeln. »Eure Tante und ich waren vor vielen Jahren auf unserer Wanderschaft bei ihm zu Besuch. Die Geschichte klingt seltsam, aber ich habe alles mit eigenen Augen gesehen.«

»Ist der Popelkönig ein echter Herrscher?«, fragte Anna neugierig. »Wohnt er in einem schönen Schloss oder einer Burg?«

»Warum hat der Popelkönig so einen seltsamen Namen?«, wollte Max wissen.

Atos nickte. Zufrieden richtete er das Lederband um seinen Haarzopf. Auch Meister Dost und der Feuerdrache schienen sich für die Geschichte zu interessieren. Midrafo öffnete sogar die Verschlussklappe am Feuerholz, um besser zuhören zu können.

»Es war einmal, und ist noch immer, ein besonderes Land am Ende der bekannten Würfelwelt. In diesem Land sind viele Dinge popelig. Zum Beispiel das Land selbst. Aus unserer Sichtweise kaum größer als ein Handtuch, aber da alle Personen popelig klein sind, macht es den Bewohnern nichts aus. Das Reich des Popelkönigs ist noch aus einem anderen Grund bemerkenswert. Es liegt mitten auf einem Trampelpfad für Bergochsen, die ständig Gebäude beschädigen, Erdbeben auslösen oder Bäume mit einem Bissen verschlingen.«

»Das gibt es doch gar nicht«, lachte Meister Dost. »Du nimmst uns auf den Arm, nicht wahr?«

Anna und Max wussten es besser. Atos kannte so viele unglaubliche Geschichten, die man aber fast alle in Wenzels Bibliothek nachlesen konnte. Schon als kleinere Kinder hingen sie förmlich an den Lippen des ehemaligen Zauberers, wenn er von fremden Welten oder Völkern berichtete.

»Nein, bitte erzähl weiter, Herr Atos«, bat das Mädchen.

»Aus dem Reich des Popelkönigs gibt es noch andere interessante Dinge zu berichten. Beispielsweise ist das Popeln bei Strafe verboten.«

Meister Dost wieherte wie ein Pferd.

»Herr Atos bindet uns doch einen Bären auf«, lachte der Kobold. »Wie will man denn kontrollieren, ob jemand heimlich in der Nase bohrt?«

»Versuch es«, riet Atos, der sich vom Kobold nicht aus der Ruhe bringen ließ.

»Was soll ich versuchen?«

»Heimlich in der Nase zu bohren«, grinste Max. Atos nickte.

»Das ist mir jetzt aber unangenehm«, protestierte Meister Dost. Mit einem Trick wollte er die Geschichte des Lehrmeisters als erfunden entlarven. Listig schlich er hinter seinen Begleitern her, sodass ihr niemand mehr sah. Plötzlich hüpfte er hinten einen Stein und steckte den rechten Zeigefinger in ein Nasenloch. Nichts geschah. Der Kobold hüpfte wieder aus seinem Versteck hervor.

»Schaut her«, rief der Winzling. »Ich konnte ungestraft meinen Finger in die Nase stecken!«

»Soweit, so gut«, grinste Atos und blieb stehen. »Die Strafe wurde bereits verhängt, wie es auch im Reich des Popelkönigs geschehen würde.«

»Ich fühle mich aber gut«, meckerte Meister Dost.

»Dann versuch mal, den Finger wieder aus der Nase zu ziehen«, brummte Atos.

So sehr sich der Kobold auch bemühte, sein Finger steckte fest. Panik brach aus. Vergeblich zog er mit der linken Hand am rechten Arm, hüpfte, sprang, wälzte sich am Boden und machte sogar einen Kopfstand.

»Sehrrrrrr witzig, Herrrrrr Atos«, kreischte der Winzling nervös. Mit einer schnellen Handbewegung löste der ehemalige Gildenzauberer den Popelbann wieder auf. Erleichtert zählte Meister Dost seine Finger nach. Alles schien in Ordnung zu sein.

»So ergeht es auch den Kindern und Erwachsenen im Reich des Popelkönigs. Die Dauer der Strafe richtete sich nach dem Alter des Täters«, erklärte Atos.

»Kann man dem Volk nicht helfen, wenn immer wieder die trampelnden Bergochsen das halbe Reich zerstören?«, sorgte sich Anna.

»Seit Generationen geschieht dieses Schauspiel zweimal im Jahr. Im Frühjahr steigen die Ochsen auf die Weideflächen in den Bergen hinauf, vor dem Wintereinbruch nehmen sie den umgekehrten Weg. Aus Sicht des Popelkönigs sind die Ochsen Götter, die sein Volk für das Popeln bestrafen. Das Ereignis gehört für die Bewohner zu ihrer Welt wie für uns die Jahreszeiten.«

»Ist das nicht sehr engstirnig?«, überlegte Max.

»Jeder kennt und liebt seine Welt, so wie er sie sieht. Für uns sind doch auch alle Dinge außerhalb unserer Würfelseite unbekannt, während ein Betrachter von außen sich den ganzen Würfel anschauen könnte. Auch wir sehen unsere Götter nicht und wissen nicht, was sie mit uns bewusst oder unbewusst anstellen«, erklärte der Lehrmeister.

»Verstehe«, nickte der Junge. »Aus Sicht eines außen stehenden Betrachters wirken wir auf unserer Würfelwelt ebenfalls engstirnig.«

Atos war stolz auf seinen Schüler.

»Genau, es ist immer eine Frage des Standpunkts! Lasst uns noch eine kurze Pause einlegen, danach wird es ernst. Wir befinden uns in der Nähe der Tropfsteinhöhle, in der ich damals den Kontakt zu eurer Tante verloren habe.«

Atos sorgte sich, da er noch immer keinen Weg zur anderen Seite kannte. Einen Weg in das Land aus Eis und Finsternis, einen Weg zu Amalia.

◆

Garmander mahnte den Fährmann zur Eile. Sticks verwies lächelnd auf einen weiteren Paragrafen, er kannte sein Regelwerk komplett auswendig.

»Übertritt niemals die erlaubte Höchstgeschwindigkeit«, zitierte der Seemann.

»Das kann doch nicht wahr sein«, stöhnte der Gildenmeister. Gerne hätte er dem Fährmann Eselsohren an den Kopf gezaubert, beherrschte sich aber im letzten Augenblick. Schließlich stand fest, dass ohne das Können des Schiffsführers niemand auf die andere Seite gelangen würde. Zu viele Untiefen, Riffe, Seeungeheuer, Piraten und Stürme mussten umsegelt werden. Nur Sticks beherrschte seinen Teil des Meeres perfekt. Verärgerte man ihn zu sehr, trödelte er herum, fuhr tagelang im Kreis oder kehrte einfach zum Ausgangspunkt zurück. Natürlich besagte das Regelwerk in einem Unterabschnitt eines versteckten Paragrafen, dass auch in diesem Fall der Reisepreis nicht zurückerstattet werden musste. Sticks nannte dieses unverschämte Vorgehen ›Einbehalten einer geringen Bearbeitungsgebühr‹. Garmander fügte sich schweigend in sein Schicksal, wünschte aber in Gedanken den Fährmann zum Vulkan Tonaluga oder zur Schreiprinzessin nach Grindelholmwegeda.

»Land in Sicht«, rief der Ausguck. Kurze Zeit später rammte Sticks sein Segelschiff gekonnt in den Sandstand nahe Loppelwuh. Garmander ging leicht seekrank von Bord. Der Fährmann beschloss, erst einmal zum Angeln zu fahren. Danach würde ein richtig einen Trinken gehen. Fisch musste schließlich auch im Magen schwimmen. Am Strand freute sich Garmander über bekannte, frische Fußspuren im Sand. Zwei Paar nackte Füße zusammen mit winzigen Stiefelabdrücken zeigten, dass immer noch die Chance bestand, rechtzeitig die Gruppe vor sich einzuholen und auszuschalten.

›Jetzt kann euch wirklich *niemand* mehr helfen‹, dachte Garmander böse grinsend. ›Dangholt ist weit entfernt, es gibt keine Zeugen und Purpel ist Drachenfutter. Auch Atos wurde irgendwo im Fluss Klo von den Fischen gefressen.‹ Es blieb noch ein kleines Problem übrig. Garmander überlegte kurz, dann verwandelte er erneut seine Gestalt. Im Eilschritt stapfte er durch den Sand, immer dicht neben der frischen Fährte entlang. Kurze Zeit später rannte der Zauberer, so schnell er konnte.

◆

Die Gruppe um Atos folgte einem steilen Weg, der sich immer höher entlang der Bergflanke schlängelte. Mit jedem Meter wurde es kälter, bald erzeugte die warme Atemluft dicke Nebelwolken vor den Gesichtern der Wanderer.

»Hat Buho euch Schuhe ins Gepäck gelegt?«, fragte Atos wie aus heiterem Himmel. »Wenn wir den Durchbruch auf die andere Seite schaffen, erwarten uns Eis und Kälte, euch erfrieren dann die Füße!«

Anna nickte.

»Herr Buho wollte uns Schuhe geben, aber sie drückten überall. Nicht einen Meter hätten wir damit laufen können.«

»Aber wir bekamen stattdessen Bärenfellstücke und Schnüre,

um die Füße zu umwickeln«, ergänzte ihr Bruder. »Auch wärmende Kleidung liegt im Bündel.«

»Der gute Buho denkt einfach an alles«, freute sich Atos. »Wir kommen unserem Ziel jetzt näher.« Mit ausgestrecktem Arm wies er auf eine schmale Öffnung weiter oben im Bergmassiv. Völlig außer Atem erreichte die Gruppe wenig später den schmalen Spalt in der Felswand. Atos blickte sich immer wieder um. Der ehemalige Zauberer fühlte sich beobachtet, konnte aber den Grund hierfür nicht erkennen. Weit und breit sah er niemanden. Von einigen Lemmingen abgesehen, die sich der Reihe nach von einem Felsvorsprung in die Tiefe stürzten. Nacheinander schlüpften Atos, Meister Dost, Anna und Max in den Berg. Vorsichtig folgte die Gruppe einem holprigen Pfad, der sie bald darauf in eine riesige Tropfsteinhöhle führte. Mit schmerzendem Herzen erkannte Atos jeden Winkel sofort wieder, nichts hatte die Natur in all den Jahren verändert. Selbst die Stalaktiten und Stalagmiten waren in den vergangenen Jahren kaum merklich gewachsen. Meister Dost setzte sein Laufrad in Bewegung, um Licht zu erzeugen. Auch der Lehrmeister brachte seine Glaskugel voller prekorianischer Glühwürmchen durch sanftes Schütteln zum Leuchten. Tanzende Schatten glitten über die hellen Wände der Tropfsteinhöhle. Selbst Meister Dost wirkte dort im Lichtschein wie ein Riese. Midrafo döste im Reisebündel von Annas Bruder. Das Mädchen fror, ließ sich aber nichts anmerken. Übermüdung und Aufregung hinterließen langsam aber sicher ihre Spuren. Die eigentliche Herausforderung aber lag noch vor allen Anwesenden. Das fremde Land aus Eis und Finsternis mit seinen unbekannten Gefahren.

»Dort unten teilt sich die Höhle«, erklärte Atos den Zwillingen. »Damals trennten sich genau hier unsere Wege. Eure Tante wollte es so«, entschuldigte er sich. »Sie ging links entlang, ich selbst nahm die rechte Abzweigung.«

»Wo entlang führt unser Weg?«, fragte Meister Dost neugierig.

»Nach links, dort fand ich damals einen verlassenen Schaukelstuhl und ein magisches Feuer«, erklärte Atos traurig. Alle Erinnerungen an diesen Ort kehrten schlagartig zurück, als wäre er erst gestern hier gewesen.

Plötzlich riss ein Geräusch den ehemaligen Zauberer aus seinen Gedanken. Sein Gefühl hatte ihn die ganze Zeit nicht getäuscht. Jemand folgte der Gruppe. Hastig trieb Atos seine Begleiter vorwärts, um die Abzweigung zu erreichen. Zu spät. Ein junger Zauberer tauchte ein Stück hinter den Zwillingen auf, gehüllt in einen tiefblauen Umhang mit vielen funkelnd gelben Sternen darauf. In der rechten Hand strömte aus seinem Zauberstab bläuliches Licht.

»Das ist Purpel«, rief Max aufgeregt. Gerade wollte der Junge auf den Magier zulaufen, als Atos ihn am Arm festhielt.

»Hattest du nicht andere Weisungen, Purpel«, fragte der ehemaligen Zauberer seinen jungen Kollegen.

»Atos! Schon wieder Atos!«, rief die Gestalt mit Purpels Stimme.

»Das ist nicht Purpel«, brüllte Anna. »Auf dem Gewand fehlt der rosafarbene Stern.«

In diesem Augenblick schoss ein Blitz aus dem bläulich leuchtenden Zauberstab hervor, verfehlte Atos um Haaresbreite. Ein mächtiger Stalaktit löste sich und krachte auf den Höhlenboden. Irres Gelächter hallte tausendfach von den Felswänden wider.

»Lauft!«, schrie Atos und schickte einen Blitz zurück. Purpels Gestalt verwandelte sich schlagartig zurück in Garmander. Der Gildenmeister ärgerte sich maßlos, dass sein Schwindel so früh aufgeflogen und er nicht näher an die Zwillinge herangekommen war. Mit jemandem wie Atos hatte er hier nicht gerechnet, keine Spur seit Loppelwuh hatte hierauf einen Hinweis gegeben.

›Wahrscheinlich ein weiterer Zauberer, der so aussieht wie mein ehemaliger Kollege‹, überlegte Garmander. ›Mit dem werde ich genauso schnell fertig wie mit diesem Purpel. Zu dumm, dass der Tölpel ein Gewand trägt, dass nicht den Regeln der Gilde entspricht. Wer soll schon darauf kommen, dass ein rosafarbener Stern darauf ist? Ein weiterer Grund, ihn aus der Gilde zu werfen. Schade, dass ihn schon die Drachen gefressen haben.‹

Anna, Max und Meister Dost liefen geduckt ans Ende der Höhle. Krachend schlugen weitere Blitze über ihnen ein, deren Richtung Atos erst in letzter Sekunde verändern konnte. Im Licht des goldenen Laufrads hielte sie sich an der Weggabelung links. Hinter einem Felsvorsprung versteckt lauschten die Zwillinge dem Duell der Zauberer. Niemand wagte es, den Kopf zu heben und nach dem Rechten zu sehen. Als splitternd weitere Tropfsteine vor ihrem Aufenthaltsort einschlugen, zogen sich die Wartenden verängstigt noch weiter in den linken Nebengang der Höhle zurück. Garmander kämpfte verbissen. Um als Retter der Welt und neuer Bürgermeister nach Dangholt zurückzukehren, nutzte er jedes Mittel und nahm jedes Risiko in Kauf. Bevor Atos etwas dagegen unternehmen konnte, schickte Garmander ein Bündel Blitze in die Felswand direkt hinter seinem Gegner. Große Brocken lösten sich, donnerten in die Tiefe und verschütteten den Zugang zum linken Bereich der Höhle. Anna, Max und Meister Dost saßen in der Falle. Atos nutzte die kurze Unaufmerksamkeit Garmanders und verschwand im rechten Seitenarm. Sein Rivale verfolgte ihn. Um die hinter dem großen Steinhaufen eingeschlossenen Zwillinge würde er sich später kümmern.

»Jetzt wird abgerechnet, zeige dein wahres Gesicht«, schrie Garmander. Noch immer schien er nicht verstanden zu haben, dass der flüchtende Zauberer nicht nur aussah wie Atos, sondern dass tatsächlich der für tot gehaltene Rivale vor ihm stand. Das entscheidende Duell stand unmittelbar bevor.

◆

Anna, Max und Meister Dost steckte der Schreck noch in den Gliedern. Um Haaresbreite hatten herabstürzende Gesteinsbrocken ihre Köpfe verfehlt, sich immer weiter vor ihnen aufgetürmt und schließlich den Rückweg in die große Tropfsteinhöhle verbaut. Vergeblich versuchten die Zwillinge mit bloßen Händen, die schweren Felsstücke zur Seite zu schieben. Vergeblich. Auch jeder Hilferuf ging im Donnerhall des Kampfes zwischen Atos und Garmander unter. Nach einer Weile drang kein Geräusch mehr von der anderen Seite herüber. Niemand wusste, ob die beiden Zauberer die Höhle verlassen oder sich gegenseitig ausgeschaltet hatten.

»Was sollen wir nur tun?«, fragte Max verzweifelt. Im faden Licht des Laufrads wirkte seine Gesichtsfarbe etwas grünlich.

Der Junge fühlte sich schlecht. So kurz vor dem Ziel verlor er plötzlich jede Hoffnung. Nur Atos kannte den weiteren Weg. »Wie kommen wir ohne Herrn Atos in das Land aus Eis und Finsternis?«

Anna blickte sich traurig um. Das Mädchen fürchtete, im Fels für alle Zeit gefangen zu bleiben. Schließlich lag der Rückweg hinaus aus dem Bergmassiv hinter Tonnen von Gesteinsbrocken in unerreichbarer Ferne.

»Wie wäre es, wenn wir nicht warten, sondern dem Verlauf des Gangs weiter folgen?«, schlug sie mutig vor. Meister Dost nickte. Eilig sprang der Kobold in sein Laufrad, um die Lichtquelle mit neuer Energie zu versorgen.

»Kopf hoch«, munterte er die Zwillinge auf, obwohl auch ihm zum Heulen zumute war. »Wer weiß, ob es nicht einen weiteren Ausgang gibt. Hier abzuwarten ist gefährlich, falls Garmander Herrn Atos besiegt hat. Er wird dann versuchen, uns zu folgen und auszuschalten.«

Ein wenig magisches Pulver aus Blütenstaub von der Fee Melissa gab Anna und Max Mut und Kraft zurück. Noch bestand Hoffnung, ihre Tante Amalia rechtzeitig zu erreichen, auch wenn niemand genau wusste, wie dies geschehen sollte. Die Zwillinge spürten, dass ein entscheidender Moment nahte. Meister Dost übernahm die Führung der Gruppe. Tapfer trug er sein Laufrad vor sich her, das die magische Lampe leise surrend antrieb. Midrafo hockte auf Annas rechter Schulter, um den weiteren Weg besser überblicken zu können. Außerdem bestand so die Chance, auf Angreifer schnell mit einem Feuerstoß zu reagieren. Plötzlich blieb der Kobold wie angewurzelt stehen. Schnell stoppte er mit einer geübten Handbewegung das Laufrad. Sofort erlosch das Licht.

»Autsch«, rief Max, der sich in der Dunkelheit einen Zeh am felsigen Untergrund gestoßen hatte. »Was ist los?«

»Psssst«, zischte Meister Dost. »Dort vorne ist etwas!«

Am Ende des Gangs sahen die vier Wanderer eine rechteckige Öffnung, aus der flackerndes Licht herausschimmerte. Fast wirkte es so, als hätte jemand die Haustür offen gelassen. Ein gleichmäßig wiederkehrendes Geräusch erklang aus der Ferne.

Anna überlegte, woher sie diesen Klang kannte.

›Knarrendes Holz! Von einer Tür? Von einer Holzdiele oder Treppe, auf der jemand vorsichtig entlangschleicht?‹, überlegte das Mädchen. ›Oder ein Stuhl, dessen Lehne knarrt?‹

Vorsichtig näherte sich die Gruppe dem angenehmen strahlenden Licht. Max versuchte, in seine Tasche am Gewand zu greifen und erschrak. An der gewohnten Stelle gab es keine Tasche mehr. Dem Jungen wurde abwechselnd heiß und kalt. Beim hektischen Kleidertausch mit Purpel hatte Max vergessen, seinen goldenen Würfel aus der Tasche zu nehmen.

»Anna«, flüsterte er. »Ich habe einen Fehler gemacht. Mein goldener Würfel ist bei Purpel, er trägt ja meine Kleidung.«

»Nicht so schlimm«, beruhigte seine Schwester. »Wir besitzen noch einen Würfel. Solange wir zusammen bleiben, kommen wir auch so zurecht.«

»Was ist, wenn Garmander nun den Würfel besitzt? Was ist, wenn er Purpel erwischt hat?«, sorgte sich der Junge.

Anna prüfte den verbliebenen Alarmwürfel. Ein goldfarbener Anblick beruhigte das Mädchen. Vom beleuchteten Raum direkt vor ihnen schien keine Gefahr auszugehen. Mutig bewegte sich die Gruppe weiter voran, das knarrende Geräusch erklang lauter, ohne unangenehm zu wirken. Im Gegenteil. Es verbreitete Ruhe und Geborgenheit.

»Tretet ein«, rief eine freundliche Männerstimme.

Die Zwillinge zuckten zusammen, Meister Dost ließ vor Schreck sein goldenes Laufrad fallen. Der winzige Feuerdrache flatterte aufgeregt umher. Gemeinsam durchschritten vier Gestalten den Vorhang aus Licht und rieben sich verwundert die Augen.

»Willkommen«, rief eine fröhliche Stimme. »Ich habe euch schon erwartet«. Das faltige Gesicht des sehr alten Mannes strahlte vor Glück, als er Anna und Max erblickte. Der Mönch ruhte in einem gemütlichen Schaukelstuhl. Seine wachen Augen wanderten über die Zeilen eines Buches. Das knarrende Geräusch endete, als sich der Mann in seiner langen braunen Kutte aus der Sitzgelegenheit erhob. Ein Stück Kordel vor dem Bauch hielt sein Gewand zusammen. Auch Haare und Schuhe passten perfekt zu einem Mönch. Einige Meter neben ihm flackerte ein gemütliches magisches Feuer, darüber entdeckte Max einen Kupferkessel. Der Raum fühlte sich warm und gemütlich an. Es roch nach Tee.

»Wer bist du?«, fragte Anna ohne Scheu.

»Verzeiht mir«, rief der Mönch. »Ich möchte mich vorstellen. Mein Name ist Lapacho.«

»Dann bist du der verschollene Gärtner aus Dangholt?«, entglitt es Anna ziemlich respektlos.

Meister Dost fiel vor dem Mönch auf die Knie.

»Verzeiht dem Mädchen, ehrenwerter Lapacho«, bat der Kobold flehentlich. Er kannte den berühmten Mönch aus vielen Legenden und konnte kaum glauben, dass er nun leibhaftig vor ihm stand.

»Steh bitte auf, Meister Dost«, bat der bescheidene Mönch.

»Du kennst meinen Namen, ehrenwerter Herr Lapacho?«

»Ich kenne alle Namen«, antwortete der Ordensmann beiläufig, als sei es die selbstverständlichste Sache der Würfelwelt. »Anna und Max, Midrafo der Feuerdrache. Die Bemerkung vom Gärtner ist gar nicht so verkehrt, Anna. Wenn ich meinen Garten wieder einmal aufsuche, pflücke ich euch etwas Obst. Leider bin ich viel unterwegs, viel zu selten komme ich dazu, die Wiese zu mähen.«

»Was tust du hier, Herr Lapacho?«, erkundigte sich Max.

»Das sagte ich schon«, seufzte der Mönch. »Ich habe euch erwartet, das ist doch des Tuns genug, oder? Ihr wollt zu Amalia, nicht wahr? Traurige Geschichte.«

»Du kennst unsere Tante? Wie kommen wir zu ihr?«, rief Anna aufgeregt.

»Indem ihr eine Frage beantwortet. Etwas Tee zum Aufwärmen? Was für einen Lärm hörte ich vorhin in der Höhle? Mir fiel fast mein Buch aus der Hand.« Die Gedanken des Mönchs schienen wild hin und her zu springen. Dankend labten sich die Zwillinge an einem wohlschmeckenden Kräutertee, den Lapacho in einem einfachen Holzbecher servierte. Wohlige Wärme durchströmte ihre durchgefrorenen Körper, selbst die eiskalten Füße wurden auf der Stelle warm wie bei einer Ente.

»Wie lautet die Frage?«, drängte Anna ungeduldig.

»Herr Atos kämpft mit Herrn Garmander«, antwortete Max auf den zweiten Gedanken des Mönchs.

»Die alten Rivalen«, lächelte Lapacho. Ihn schien nichts aus der Ruhe zu bringen, er schien alles zu wissen, kaum etwas wunderte oder überraschte ihn.

»Was tust du, wenn du nicht hier bist?«, bohrte Anna weiter.

»Viele Dinge«, überlegte Lapacho zerstreut. »Die meiste Zeit sitze ich auf dem Gipfel des Berges und denke über die Welt nach.«

»Welcher Berg?«, fragte Max. Der Mönch schien die Ruhe selbst zu sein, obwohl einen Höhlengang weiter ein Kampf auf Leben und Tod zwischen zwei mächtigen Zauberern tobte.

»Der Berg Monte Carla«, erklärte der Mönch.

»Aber der Berg ist eine Legende. Der höchste Gipfel des Gebirges heißt so, aber er ist so hoch, dass kein Vogel hinauf fliegen und kein Steinbock hinauf klettern kann«, protestierte Meister Dost.

»Man sagt, ich sei eine Legende«, grinste der uralte Mönch mit wachen Augen. »Und doch gibt es mich. Mit dem Berg verhält es sich genauso. Mein Kloster liegt dort oben. Die Treppe hinauf ist sehr steil und beschwerlich für einen Mann in meinem Alter. Deshalb bin ich auch nur sehr selten hier unten.«

Anna stellte ihren Teebecher zur Seite.

»Wie lautet die Frage?«

»Ganz die Tante, immer ungeduldig und in Eile, die junge Dame. Hier also die Frage. Was ist oben rot und unten aus Holz? Antworte weise, liebe Anna.«

Das Mädchen grübelte nur einen kurzen Augenblick.

»Ein Fass mit Zwergenmütze«, grinst sie. »Der Witz ist so alt, dass sein Bart von hier bis nach Dangholt reicht.«

Wie vor über zehn Jahren knallte es erneut ohrenbetäubend, dichter Nebel verhinderte jede Orientierung. Anna, Max und Meister Dost fanden sich in einem leeren Raum wieder. Jede Gemütlichkeit verschwand schlagartig. Schaukelstuhl, Lapacho, Teekessel und das gemütliche Feuer fehlten. Kalte Luft umwehte die kleine Gruppe, jede Atemwolke erstarrte zu Eiskristallen.

»Wir haben nicht nach dem Rückweg gefragt«, jammerte Anna entsetzt. Dem Mädchen ging ein Licht auf. War Tante Amalia vielleicht genau derselbe Fehler unterlaufen? Verzweiflung machte sich breit. Die Zwillinge zitterten vor Kälte. Max zog mit steifen Händen aus seinem Bündel wärmere Kleidung. Auch die Fellstücke schnürten sich die Zwillinge um Füße und Waden.

»Was nun?«, fragte Max.

»Herr Atos erzählte, dass er Lapacho nicht angetroffen hat. Nur der leere Schaukelstuhl stand dort. Vielleicht schafft es euer Lehrmeister wieder nicht, die andere Seite zu erreichen«, gab Meister Dost zu bedenken.

Unentschlossen überlegten Anna und Max, ob sie auf Herrn Atos warten oder auf eigene Faust den Weg zu ihrer Tante suchen sollten.

◆

Lapacho schüttelte den Kopf, ohne sich wirklich zu wundern. Der Mönch hatte die Zwillinge erwartet, so wie er damals Amalia wie selbstverständlich in seinem Lesezimmer empfangen hatte. Nur die Geschwindigkeit, mit der sowohl Tante als auch Nichte auf die ungemütliche andere Seite reisen wollten, konnte er nicht nachvollziehen. Schließlich gab es dort außer Eis und Finsternis nichts zu sehen. Jedenfalls nicht viel. Lapacho nahm sein Buch, löschte das magische Feuer und lief ohne darüber nachzudenken einfach durch die Felswand hindurch. Kein Zauberer der Würfelwelt konnte so etwas. Dahinter lag eine Treppe, über die der anstrengende Aufstieg zum Gipfel des Monte Carla verlief. Die nächsten Stunden würde der Mönch mit den siebzehntausenddreihundertzwölf Stufen kämpfen. Bereits nach den ersten einhundert schwor er sich, die nächsten zehn Jahre nicht mehr vom Berg herunterzusteigen. Etwas Zeit, die Aussicht über den Wolken zu genießen, musste schließlich sein. Störend wirkte sich aber seit Kurzem die Tatsache aus, dass nur noch Tag herrschte. Der Mönch hatte als Erster erkannt, dass die Würfelwelt still stand. Kurze Zeit später spürte er, dass Besuch nahte. Sorgen um Max und Anna machte er sich nicht. Schließlich bestand seine

Aufgabe nur darin, den Hinweg auf die Gegenseite zu überwachen, der zufällig aufgrund einer Laune der Magie genau durch sein Lesezimmer führte. Der Rückweg verlief vollkommen anders, aber weder Amalia noch Anna hatten den Mönch danach gefragt. Also ging Lapacho davon aus, dass Tante und Nichte das Geheimnis kannten. Atos und Garmander interessierten den friedliebenden Ordensbruder nicht weiter. Er fühlte sich als Mann des Buches, nicht des Kampfes. Nach genau eintausend Stufen zog der Mönch ein großes Stück Speck und eine Flasche Kräuterschnaps unter seiner Kutte hervor. Durch einen Seitengang betrat er eine in den Fels gehauene Plattform. Bereits hier genoss der Mönch eine herrliche Aussicht auf das Meer. Eine kurze Rast folgte. Alle weiteren eintausend Stufen wiederholte Lapacho sein Picknick auf dem nächst höher gelegenen Felsbalkon. Immer noch donnerte es tief unten im Berg. Das Duell zweier mächtiger Magier schien noch nicht entschieden.

»Zauberer, immer diese Zauberer«, seufzte Lapacho und nahm einen kräftigen Schluck Kräuterschnaps aus der Flasche.

◆

Atos wusste, dass er den Zwillingen einen genügend großen Vorsprung verschaffen musste. Andererseits fürchtete der Lehrmeister, dass sich die Geschichte auf tragische Weise wiederholen könnte, wenn Anna, Max und Meister Dost durch einen glücklichen Zufall die andere Seite erreichen würden. Der ehemalige Gildenzauberer hoffte, den anderen noch rechtzeitig in den linken Teil der Höhle folgen zu können. Dazu musste er jedoch erst Garmander besiegen. Momentan stellte sich Atos noch keinem direkten Duell, sondern drang immer tiefer in das Höhlensystem vor, das er bereits vor über zehn Jahren erforscht hatte. Er wusste, dass der Weg in einer Sackgasse endete. Es gab keine Gelegenheit, seinem Rivalen auszuweichen oder ihn mithilfe eines Tricks zu umgehen oder zu überlisten. Früher oder später würde es zum Duell kommen.

›Ob Garmander weiß, dass ich tatsächlich Atos bin? Vielleicht denkt er immer noch, ich treibe als Fischfutter im Fluss Klo umher?‹, dachte er. Atos beschloss, sich nicht darauf zu verlassen.

Garmander galt nicht als besonders begabter Zauberer, beherrschte aber viele hinterlistige Tricks. Jeder, der mit ihm zu tun bekam, musste Angriffe aus dem Hinterhalt fürchten. Drehte man dem Gildenmeister den Rücken zu, konnte einen im selben Augenblick der Blitz treffen. Seine Stellung als oberster Zauberer verdankte Garmander also nicht seinen magischen Künsten, sondern seiner Geschicklichkeit, andere Personen gegeneinander auszuspielen. Garmander säte Streit, ohne sich selbst daran zu beteiligen. Waren dann die Kamphähne geschwächt, nutzte er seine Chancen. Ähnlich verlief seine Wahl zum Gildenmeister nach dem Verschwinden Amalias ab.

Atos verlangsamte sein Fluchttempo. Sein Verfolger kam langsam aber sicher immer näher. Blitze zischten hin und her wie leuchtende Pfeile. Jeder Einschlag riss Steinbrocken aus der Felswand, die donnernd zu Boden stürzten. Plötzlich erwischte ein besonders tückischer Kurvenblitz den rechten Arm des Lehrmeisters. Atos stürzte zu Boden, rappelte sich hoch und suchte eine Felsspalte als Versteck auf. Schimpfend löschte er sein brennendes Gewand und tropfte etwas Universaltinktur auf die Wunde. Die Arbeit mit Kurvenblitzen war besonders gefährlich. Die Lichtbögen bewegten sich wie ein Bumerang. Auf einem freien Feld würde sich der Absender selbst damit erledigen. Hier im Höhlengang nahm der Blitz die erste Kurve und traf jeden, der sich dort zufällig aufhielt. Gezielte Angriffe konnten nicht geführt werden, aber mit etwas Glück traf man trotzdem mitten ins Schwarze. Aus seinem Versteck heraus beobachtete Atos, wie Garmander näher und näher kam. Plötzlich, als ahnte er die Nähe seines Rivalen, stoppte der Gildenmeister.

»Komm heraus, wer auch immer du bist«, rief Garmander. »Heute hat schon jemand wie Atos ausgesehen und musste für seine Täuschung mit dem Leben bezahlen! Falls du es genau wissen willst, sein Name war Purpel. Nun liegt er im Magen eines angorianischen Feuerdrachen.«

Atos schluckte. Purpel hatte es nicht geschafft, hatte seinen Auftrag in Dangholt nicht mehr erfüllen können.

»Dann bist du ein Mörder, Garmander«, rief er erzürnt. »Kein Zauberer tötet einen anderen Zauberer. Das ist das Gesetz der

Gilde und gilt auch für dich!«

Der Gildenmeister lachte böse.

»Zeig dich, wer auch immer du bist. Du hast keine Chance. Um die Sache klar zu stellen, die Drachen töteten Purpel, nicht ich. Ich habe mich an die Regeln gehalten, ihn nur bewusstlos geschlagen. Für alles andere bin ich nicht verantwortlich. Komm endlich heraus, du Feigling«, brüllte Garmander.

Atos betrachtete seine Glaskugel, in der tausende prekorianische Glühwürmchen fleißig ein grünliches Licht spendeten. Sein verletzter Arm schmerzte und ließ sich nur mühsam bewegen.

»Ich hoffe, ihr verzeiht mir«, flüsterte er den winzigen Tierchen zu. »Aber ich habe keine andere Wahl! Zieht den Kopf ein! Es wird gleich sehr heiß.«

Anschließend wisperte er den kleinen Dienern weitere Anweisungen zu. Ein leises Summen zeigte ihm, dass die Glühwürmchen ihren Auftrag verstanden hatten. Ein gefährlicher Auftrag, der aber auch sehr interessant klang.

Garmander feuerte wahl- und ziellos immer neue Kurvenblitze durch die Höhle, die hierdurch immer wieder für einige Momente taghell leuchtete. In einer Feuerpause schickte Atos seine magische Glaskugel auf die Reise. Aus seinem sicheren Versteck heraus lenkte er die Kugel wie eine Marionette an unsichtbaren Fäden durch die Höhle. Garmander feuerte auf den Leuchtball, der aber schnell genug auswich. Wütend bildeten die Glühwürmchen innerhalb der Kugel den leuchtenden Buchstaben ›I‹, genau nach Atos' Anweisungen. Auch der nächste Schuss verfehlte sein Ziel.

»D«, las Garmander. Mit einem Kurvenblitz versuchte er, die Kugel zu überlisten. Wieder ohne Erfolg.

»I«

Mutig ordneten alle Glühwürmchen sich zu einem ›O‹ und schließlich zu einem ›T.‹

»Idiot?«, fluchte Garmander.

»Idiot!«, bestätigte Atos gelassen.

Mit einem gezielten Schuss traf der Gildenmeister die Leuchtkugel, die auf der Stelle in tausende magische Stücke zerbarst. Aufgeregt surrten ebenso viele Glühwürmchen um Garmanders

Kopf herum. Wild um sich schlagend versuchte der Zauberer, die lästigen Gesellen zu vertreiben. Atos nutzt einen Moment der Verwirrung, um ungesehen an Garmander vorbeizuschlüpfen. Er befand sich jetzt hinter dem Gildenmeister. Es kam ihm jedoch nicht in den Sinn, einen Angriff im Rücken seines Rivalen zu führen. Sein Plan sah anders aus. Bevor Garmander verstanden hatte, was gerade geschah, wuchs aus jeder Scherbe der ersten Kugel eine neue Schwebekugel. Im Nu hing die Höhle vom Boden bis zur Decke voller Leuchtkugeln. Der Gildenmeister schoss in seiner Not weitere Blitze ab, die alles nur noch verschlimmerten. Jede platzende Kugel erzeugte hunderte neuer Lichtbälle. Kurze Zeit später hing Garmander fast bewegungsunfähig in einem Meer bunter Lampen gefangen. Atos rannte so schnell ihn die Füße trugen zum Ausgang des rechten Seitenarms der Höhle zurück. Mit gezielten Blitzen legte er den verschütteten linken Gang wieder frei, hetzte hindurch. Maßlos enttäuscht stellte er am Ende seines Weges fest, dass die traurige Geschichte Amalias sich wie befürchtet bei ihren Ziehkindern wiederholt haben musste. Von Anna, Max und Meister Dost gab es nicht die geringste Spur. Nur ein leerer Schaukelstuhl sowie noch warmer Tee im Kupferkessel dienten als stumme Zeugen seiner Niederlage. Atos kam zu spät. Anders als vor zehn Jahren wusste der ehemalige Gildenzauberer, dass sein Warten und Suchen nichts bewirken würde. Traurig, aber fest entschlossen, nicht aufzugeben, kehrte er auf dem Stiefelabsatz um und kam gerade noch rechtzeitig in der großen Tropfsteinhöhle an. Mit lauten ›Plopp‹-Geräuschen entstanden immer neue Leuchtkugeln. Der rechte Gang, in dem Garmander feststeckte, war nun bereits komplett gefüllt. Die ersten Glaskörper fluteten schon in die Haupthöhle hinein. Es konnte nur eine Frage der Zeit sein, bis jeder Hohlraum im Berg mit einem Lichtball aus Glas gefüllt wäre. Eilig verließ Atos das Gebirge. Sein Rivale würde eine ganze Weile brauchen, um aus dem selbst verschuldete Schlamassel herauszukommen.

◆

Purpel litt an starken Kopfschmerzen und leichten Gedächtnisstörungen. Nur durch einen glücklichen Zufall befand er sich überhaupt noch auf dem richtigen Weg. Beim Zupfen der Blütenblätter hieß das letzte Stückchen ›nach Dangholt‹ und nicht ›ans Ende der Welt‹. Allerdings war dem jungen, ungeschickten Zauberer sein Auftrag entfallen. Seit Garmanders heftigem Schlag wusste Purpel nicht mehr, welche Anweisungen Atos ihm genau gegeben hatte. Krampfhaft aber vergeblich versuchte er, seine Erinnerung zurück zu gewinnen. Er fühlte sich wie von einer Herde Bergochsen überrannt.

›Gehen wir doch mal logisch an die Sache heran‹, dachte der junge Magier. ›Ich soll irgendwo irgendetwas erledigen. Das ist doch schon mal ein Anfang.‹

Purpel versuchte, sich die Zeitspanne vor dem Niederschlag im Drachengebiet ins Gedächtnis zurückzurufen. Seine Aufgabe bestand darin, das Aussehen von Atos anzunehmen, um dessen Rivalen Garmander abzulenken. Aus diesem Grund trug er auch immer noch die Kleidung von Max, um damit eine falsche Fährte zu legen. Soviel stand fest. Purpel ertastete einen harten Gegenstand im Gewand. Verwundert zog er einen goldenen Würfel aus der Tasche. Dann erinnerte er sich daran, dass dieser Gefahrenmelder eigentlich Max gehörte. In der Eile des Rollenwechsels hatte der Junge vergessen, seinen Würfel an sich zu nehmen.

›Nicht gut, aber nicht zu ändern‹, dachte Purpel. ›Warum der ganze Aufwand? Richtig! Weil die Zwillinge zusammen mit Atos in das Land aus Eis und Finsternis wollen, um Amalia zu befreien.‹ Langsam kehrten Erinnerungsfetzen zurück, ein dunkler Vorhang im Gedächtnis hob sich mühsam Millimeter für Millimeter, krachte wieder nach unten und hob sich erneut. Die brennende Sonne, die immer noch am selben Fleck stand, zeigte, dass etwas mit der Würfelwelt nicht stimmte.

›Das ist der andere Grund, warum die Reise hinter das Ende der Welt nötig ist. Ganz einfach deshalb, um die Welt zu retten. In Dangholt steht das magische Pendel auf dem Marktplatz still, darüber hängt die pechschwarze Wolke. Denk weiter, Purpel, denk weiter‹, trieb sich der vergessliche Zauberer selbst an. Er achtete dabei peinlich genau darauf, sich nicht versehentlich in einen unnützen Gegenstand zu verwandeln. Schon allein das war eine Kunst für sich. Krampfhaft konzentrierte sich der junge Zauberer wieder. Mühsam griffen die Gedanken wie schlecht geölte Zahnräder ineinander, knirschten, blieben stehen und drehten sich erneut ein Stückchen weiter. Dann wieder etwas zurück.

›Amalia ist vor langer Zeit verschwunden‹, grübelte Purpel wie ein Detektiv weiter. ›Ihre Ziehkinder spürten aber, dass sie in Gefahr ist. Also lebt die Tante. Wenn sie lebt, warum ist sie nicht von der anderen Seite zurückgekehrt? Rückkehr!‹

»Ich hab's«, rief Purpel laut. Einige Elfen erschraken. Der junge Zauberer strahlte über das ganze Gesicht. Sein Auftrag stand mit der Rückkehr der Abenteurer im Zusammenhang. Er musste in Dangholt etwas Wichtiges erledigen. Etwas Überlebenswichtiges. Er wusste nun wieder *was* er *wo* zu erledigen hatte. Allerdings hatte der Zauberer keine Ahnung *wie*. Purpel beeilte sich, um rechtzeitig zurück in die Hauptstadt zu gelangen. Dort musste ein Problem gelöst werden.

◆

Anna und Max entschieden, nicht länger auf ihren Lehrmeister zu warten. In der Höhle herrschte schreckliche Kälte. Auch Meister Dost schien einverstanden, den restlichen Weg zu Amalia auf eigene Faust zu suchen. Midrafo ließ sich überhaupt nicht mehr außerhalb seines Feuerholzes blicken. Zitternd und zusammen gekauert hockte der Winzling im Reisebündel von Annas Bruder. Das Mädchen warf einen prüfenden Blick auf den einzig verbliebenen goldenen Würfel. Im Augenblick drohte hier in der Höhle keine Gefahr. Seltsamerweise verspürte keiner der Zwillinge Furcht.

»Das liegt an dem Säckchen Heimatsand im Gepäck«, erklärte Meister Dost. »Ihr wisst doch. Wo Sand oder Erde sind, ist Heimat. Echter Dangholter Sand.«

Durch eiskalte Gänge führte ein Weg hinaus in das Land aus Eis und Finsternis. Als Max vorsichtig seinen Kopf aus der Felsspalte herausstreckte, pfiff dort bereits ein scharfer Wind. Vereiste Schneeflocken stachen in die Gesichtshaut wie feine Nadeln. Schnell zog der Junge seine Kappe tiefer ins Gesicht. Ohne

Buhos Kleidung wären Anna und ihr Bruder hier jämmerlich erfroren. Die Zwillinge blickten sich um. Soweit das Auge reichte, und das war nicht weit, entdeckten sie nur weiße Landschaften. Auf dieser Seite der Würfelwelt schien niemals direkt die Sonne. Am äußeren Rand, dort wo die Abenteurer sich nun aufhielten, tauchte das Restlicht der Dangholter Sonne die Gegend in eine schmutzige Dämmerung. Je weiter man sich ins Landesinnere bewegte, desto dunkler und kälter wurde es. Boten die Berge anfangs noch etwas Schutz, tobte auf freien Flächen ein erbarmungsloser Schneesturm. Anna und Max rätselten, wohin ihr Weg sie führte. Eine magische Kraft zog die Zwillinge in eine bestimmte Richtung. Anna fiel diese Besonderheit zuerst auf. Eine unsichtbare Macht zupfte an ihrem Lederriemen mit der Münze um den Hals. Meister Dost hielt sich in seinem Laufrad warm, das grelles Licht ausstrahlte.

»Ich hätte meine Handschuhe mitnehmen sollen«, schimpfte der Kobold verärgert.

»Seit wann tragen Kobolde Handschuhe?«, rief Midrafo missmutig aus seinem Feuerholz.

»Seit wann mischen sich Feuerdrachen ungefragt ein, wenn große Wesen sprechen?«, zickte Meister Dost.

»Wer ist hier groß? Du etwa?«, konterte der Winzling aus dem Reisebündel.

»Geht das schon wieder los?«, stöhnt Anna. Um keinen goldenen Maulkorb zu riskieren, schwiegen die Streithähne vorsichtshalber wieder. In der Ferne leuchteten bläulich die ersten kalten magischen Feuer. Im Gegensatz zu einem normalen Feuer benötigten diese Flammen keinen Brennstoff. Genügend Licht spendeten die flackernden Gebilde, gaben aber keinerlei Wärme an die Umgebung ab.

»Dort unten liegt wahrscheinlich eine Siedlung«, vermutete Max. Tatsächlich tauchten in einem Tal unterhalb des Weges plötzlich weitere Lichter auf. Die Zwillinge entdeckten die ersten ganz aus Eis gebauten Häuser. Meister Dost verringerte die Geschwindigkeit des goldenen Laufrads, das Licht erlosch.

»Damit wir uns nicht verraten«, erklärte der Kobold. Anna

nickte. Unten im Eisdorf schienen alle Bewohner damit beschäftigt zu sein, Schneemassen hin- und herzuschaufeln. Das Mädchen beobachtete, wie verschneite Wege und Dächer immer wieder von der kalten Pracht befreit werden mussten.

»Wahrscheinlich geht das tagein, tagaus so«, vermutete Anna.

»Ist ganz schön öde«, urteilte Meister Dost, rutschte aus und schlug der Länge nach auf den vereisten Boden.

»Vielleicht fänden diese Bewohner es dafür öde, auf unserer Seite der Würfelwelt als Strauchdieb, Zauberer oder Leiterin im Waisenhaus zu arbeiten«, überlegte Max.

»Kann sein. Aber möchtest du den lieben langen Tag Schnee schieben?« Der Kobold rappelte sich mühsam wieder hoch. Mürrisch marschierte er hinter Anna her, die sich zielstrebig einem noch unbekannten Ort näherte.

›Ich hoffe, sie weiß, was sie tut‹, dachte Meister Dost.

»Ja, das weiß ich«, antwortete Anna laut. Der Kobold erschrak heftig.

›Das wird ja immer besser. Kann sie jetzt auch schon Gedanken lesen? Erst der Maulkorb, und nun das‹, schimpfte Meister Dost in sich hinein. Anna selbst wunderte sich genauso über ihre plötzlichen Fähigkeiten. Ohne Kompass, Sonne oder Sterne spürte sie den richtigen Weg zu ihrer Tante. Auch die Gedanken von Meister Dost lagen wie ein aufgeschlagenes Buch vor ihr ausgebreitet.

Ohne sich entdecken zu lassen, umgingen die Zwillinge die ersten Bewohner der Welt aus Eis und Finsternis. Meister Dost versuchte krampfhaft, an überhaupt nichts mehr zu denken.

›Wenn ich nichts denke, kann Anna keine Gedanken lesen‹, überlegt der Kobold.

»Mach dir keine Sorgen, ich erzähle es niemandem«, beruhigte Anna ihren grünlichen Begleiter und Diener.

»Mit wem sprichst du?«, wunderte sich Max. Seine Schwester erklärte ihm die Lage.

»Toll, und warum kann ich keine Gedanken lesen?«, schmollte Max lächelnd.

›Weil nur kleine Mädchen und ihre Mütter so etwas können. Typisch Frauen‹, dachte Meister Dost boshaft.

»Ach so, jetzt verstehe ich die Sache«, grinste der Junge.

»So denkst du also, Meister Dost«, schimpfte Anna.

»Huch«, entschuldigte sich Meister Dost, der sich noch nicht an die plötzlichen Fähigkeiten der Zwillinge gewöhnen konnte. Schnell setzt der Kobold sein goldenes Laufrad wieder in Bewegung, um Licht zu erzeugen. In ewiger Dunkelheit fehlte allen Abenteurern ebenso das Zeitgefühl wie zuvor in andauernder Helligkeit. Die Kälte ließ immer nur einen kurzen Dämmerschlaf zu. Meister Dost schob Wache. Es bestand sonst die Gefahr, im Schlaf zu erfrieren. Wie lange die Wanderung durch öde Eis- und Schneelandschaften dauern würde, wusste niemand. Langsam ging aber der Proviant zur Neige. Noch immer gab es keine Spur von Amalia. Durchgefroren stapften drei geschwächte Gestalten immer tiefer in die ewige Finsternis hinein. Jeder Schritt, jedes Wort kostete unendlich viel Kraft. Plötzlich machte Max eine Entdeckung.

»Seht, dort vorne«, rief der Junge aufgeregt.

»Wie schön«, freute sich Anna.

»Nichts Besonderes«, murrte Meister Dost.

Mit steifen Gliedern marschierte die Gruppe auf zwei flackernde Fackeln zu, die mitten in der Eiswüste brannten. Alle anderen Lichtquellen hatten bisher bläulich oder schwarz geleuchtet. In einem strahlenden Weiß zog das Licht die Wanderer magisch an, so wie eine Laterne in der Nacht die Motten anzieht. Nicht nur die Farbe machte die Fackeln zu einer Besonderheit. Sie verströmten im Gegensatz zu ihren bläulichen oder schwarzen Gegenstücken auch etwas Wärme. Wärme, nach der sich jeder Wanderer sehnte. Als sich die Zwillinge weiter näherten, erkannte sie ein Tor aus Eis, das in einen langen Gang hineinführte. Links und rechts der Öffnung flackerten die weißen Fackeln, im Gang hingen weitere Lampen. Angenehme Wärme machte sich breit, genug, um sich wohl zu fühlen aber zu wenig, um das ewige Eis zum Schmelzen zu bringen.

»Hier wärmen wir uns auf. Meine Hände spüre ich überhaupt nicht mehr. Sie sind schon am Laufrad festgefroren«, klagte der Kobold. Auch Max und Anna tat die angenehme Temperatur in

Verbindung mit dem hellen Licht sehr gut. Der Junge holte vorsichtig Midrafo aus seinem Feuerholz heraus. Eiskalt und blass lag der Winzling auf seinem Handteller. Der Drache hustete weißen Rauch.

»Wir müssen noch ein Stück weiter in den Gang, dort ist es noch wärmer und windstiller«, schlug Max vor. »Midrafo schafft es sonst nicht!« Abwechselnd hauchten die Zwillinge immer wieder warme Atemluft auf den steifen Körper des Feuerdrachen. Langsam färbte sich die blassgrüne Haut wieder in einen kräftigen dunkelgrünen Farbton. Der Winzling schlug die Augen auf.

»Wer von euch hat Zwiebeln und Knoblauch gegessen?«, witzelte er. »Der Geruch könnte Tote wecken.« Mit einem Stück Speck aus dem Proviant zog sich Midrafo in seine Schachtel zurück, um neue Energie zu tanken. Max steckte das Feuerholz zurück in sein Bündel. Je weiter sich die Gruppe in den Gang hineinbewegte, desto wärmer und heller wurde die Umgebung.

Plötzlich knackte es. Noch bevor Anna und Max wussten, aus welcher Richtung das Geräusch kam, brach schon der Boden des Gangs unter ihren Füßen ein. Auf der darunter liegenden schrägen Rampe fanden die Zwillinge und Meister Dost keinen Halt mehr. Eine Rutschpartie in die Tiefe begann. Die Eisröhre führte in Spiralform immer weiter abwärts. Die gesamte Innenseite der Röhre schimmerte blank poliert. Wie auf einer Schicht Schmierseife glitten die Opfer widerstandslos weiter in die Tiefe. Ihre Schreie und Hilferufe verhallten ungehört im ewigen Eis. Die Kurven wurden von Umdrehung zu Umdrehung enger wie in einem Trichter. Max verspürte langsam aber sicher Übelkeit, in Annas Kopf fuhren die Gedanken Karussell. Es blieb keine Zeit um sich zu fragen, ob ein Unfall oder eine Falle die missliche Lage verursacht hatte. Schon wenige Augenblicke später endete die Reise schlagartig und schmerzhaft. Anna stürzte als erste aus der Eisröhre auf einen harten, kalten Sessel. Meister Dost folgte. Der Kobold rettete sich in letzter Sekunde mit einem mutigen Hechtsprung zur Seite, da der nachfolgende Max ihn sonst zerquetscht hätte. Alle drei saßen nun auf einer Art Thron am Ende eines großen unterirdischen Raums. Alle Knochen schmerzten schrecklich, aber es schien glücklicherweise nichts gebrochen zu sein. Anna dachte mit Schrecken an die Zeit in Dangholt zurück. Wenn sich ein Kind im Waisenhaus verletzte, schickte Madame Euphrosine niemals nach einem Arzt oder Heiler, sondern nach dem preiswerten Schmied, der die Medizin zu seinem Hobby gemacht hatte. Mit groben Händen renkte er den vor Schmerzen brüllenden Kindern verstauchte Gelenke ein, zog Zähne oder schiente Brüche. Glücklicherweise kümmerte sich Atos bei Verletzungen oder Krankheiten um die Zwillinge. Ihr Lehrmeister verstand sich auf die Heilkunst ebenso wie auf die Kräuterkunde. Mit einem Schuss Magie ließen sich seine Behandlungen gut aushalten. Momentan konnten aber kein Schmied, kein Arzt und auch kein Zauberer helfen, sondern nur noch ein Wunder. Und das möglichst schnell, denn die Lage sah bedrohlich aus. Benommen bemerkten die Zwillinge, dass sich der Raum unterhalb des Throns langsam mit seltsamen Gestalten füllte. Dreiäugige schwarze Eiselfen starrten zufrieden auf die Ausbeute ihrer Lichtfalle. Sie staunten nicht schlecht über die seltsamen Wesen. Zwei davon besaßen eine gewisse Ähnlichkeit mit den normalen Bewohnern des Landes aus Eis und Finsternis. Aber einen Kobold hatte noch niemand gesehen. Zum Glück schienen sie dieselbe Sprache zu sprechen, denn Anna verstand einige Zwischenrufe genau.

»Stellt ihnen die Frage der Fragen«, riefen immer wieder einige der unheimlich aussehenden Dreiäugigen.

»Lasst sie sofort auf den Marktplatz weiterrutschen, die Elfen haben Hunger«, forderten geschäftstüchtige Händler, die möglichst schnell das Fleisch an ihre gierigen Kunden verkaufen wollten. »Auch die Frostgeier freuen sich über Speisereste.«

»Wo bleibt Gülle?«, riefen die sich ansammelnden Zuschauer im Chor.

Anna schaute sich um. Der Eisthron stand auf einer Art Bühne. Davor bildeten unzählige schwarze Eiselfen das Publikum. Oberhalb der Sitzgelegenheit endete die Spiralröhre, durch die Anna, Max und Meister Dost kurz zuvor gerutscht waren. Direkt neben dem kalten Stuhl führte eine weitere Rutsche in die Tiefe.

»Wir wollen Gülle«, riefen immer mehr der schwarzen Wesen.

Mit zwei ihrer drei Hände klatschten sie begeistert im Takt.

»Wer ist Gülle?«, flüsterte Anna ihrem Bruder zu. Vergeblich versuchte sich das Mädchen vom Eisthron zu befreien. Sie saß ebenso wie Meister Dost und Max festgefroren auf der Sitzfläche.

»Mir macht der Satz *davor* mehr Angst«, antwortete der Junge mit sorgenvoller Miene.

»Welchen Satz meinst du«, fragte Meister Dost.

»Die Elfen haben Hunger!«

»Dann sollen sie doch irgendetwas essen«, schimpfte der Kobold leise.

»Wir sind dieses irgendetwas! Das Beste von uns bekommen die schwarzen Gestalten, die Geier bekommen die Reste!«, erklärte Max mit finsterer Miene.

»Huch!«, rief Meister Dost entsetzt. Midrafo kroch unbemerkt aus dem Reisebündel und flatterte leise und wortlos davon. Der Feuerdrache verspürte nicht die geringste Lust, sich ebenfalls verspeisen zu lassen.

Plötzlich erhellten grelle weiße Fackeln die Bühne. Der Lichtschein spiegelte sich auf allen Eisflächen tausendfach wider. Geblendet hielten die Zwillinge ihre Hände vor die Augen, blinzelten vorsichtig hindurch. Beifall kam auf. Die Menge jubelte, trampelte mit den Füßen auf den Boden. Pfiffe zischten wie Pfeile mit vielfachem Echo im großen Saal hin und her.

»Gülle, Gülle, Gülle«, tobte das Publikum. Von der linken Seite marschierte eine große schwarze Eiselfe auf die Bühne.

»Das muss Gülle sein«, wisperte Anna. Ihre Augen gewöhnten sich langsam an die grelle Beleuchtung. Neugierig und ängstlich zugleich beobachtete das Mädchen die Geschehnisse. Die schwarze Gestalt trug einen langen dunklen Umhang, aus dem drei Arme herausragten. Den Kopf zierte ein knallroter Spitzhut, ähnlich einer Zuckertüte oder einem Zaubererhut. Gülle hob die Hand. Schlagartig verstummte die Menge.

»Verehrtes Publikum«, rief die Eiselfe mit mächtiger Stimme, die sich zwischen den kalten Wänden des Raums überschlug. Beifall unterbrach die ersten Worte. Gülle hob erneut einen Arm und winkte stolz von der Bühne herab.

»Danke, Danke, vielen Dank. Es ist einige Zeit her, dass wir hier zusammenkamen, um eine Runde des beliebten Rätsels ›Frag dein Essen‹ zu spielen. Nun aber ist es wieder soweit, und wir haben nicht einen, nicht zwei, nein drei Kandidaten auf dem kalten Stuhl.«

Der Beifall kannte keine Grenzen. Nur selten tappte gleich eine ganze Reisegruppe in die Lichtfalle der schwarzen dreiäugigen Eiselfen. Meist liefen zähe Tiere oder ungenießbare Frostfrösche hinein.

»Vielleicht verstehen die Kandidaten unsere Sprache, vielleicht auch nicht. Egal. Bisher gab es noch keinen Gewinner, warum sollte es heute anders sein? Seht, wie schön unsere Gäste auf dem kalten Stuhl kleben und warten. Wir stellen heute nicht eine, nicht zwei, nein drei Fragen. Habt ihr die Regeln bis dahin verstanden?«

Meister Dost zog eine Grimasse, als hätte er nicht alle Hühner auf dem Balkon. Anna und Max nickten.

»Ja«, rief Max mit fester Stimme, die seine Angst verbarg. »Wir haben verstanden!«

»Das ist schade«, witzelte Gülle. So lange er denken konnte, übte er den Beruf des Spielleiters für zukünftige Mahlzeiten der Eiselfen aus. Jedes Opfer, das in die Falle tappte, wurde automatisch Kandidat auf der Bühne. Alle Bewohner des Eiselfendorfs bekamen so die Gelegenheit, das später auf dem Markt angebotene Fleisch zu beurteilen. Jeder konnte sich davon überzeugen, dass die Ware frisch war. Eiselfen liebten frisches Fleisch. Und sie liebten Rätselspiele. Wurden Gülles Fragen falsch beantwortet, landete man ohne Umweg erst auf der nächsten Rutsche rechts neben kalten Stuhl. Die Reise endete wenig später direkt auf dem Marktplatz der unterirdischen Siedlung unter den Messern des Metzgers. Von dort aus ging es direkt in die Einkaufsbeutel hungriger Elfen. Wurden Gülles Fragen richtig beantwortet, hatten die Eiselfen ein Problem. Niemand wusste, was dann geschehen würde, aber bisher war das sowieso noch niemandem gelungen. Zudem war keine Eiselfe bereit, ihr Opfer wieder frei zu lassen. Soviel stand fest. Der Kandidat konnte nur verlieren.

»Ich stelle euch«, rief Gülle lächelnd, »drei Fragen. Stimmen alle Antworten, was hoffentlich nicht geschehen wird, dann, nun ja, das sehen wir, wenn es soweit ist. Ist eine Antwort falsch, gibt es für alle drei Kandidaten eine Freifahrt auf der Rutsche hier neben mir.«

Den im Publikum anwesenden schwarzen Elfen lief bei dem Gedanken an frisches Fleisch bereits das Wasser im mit spitzen Zähnen bestückten Mund zusammen.

»Wohin führt die Rutsche?«, fragte Meister Dost mutig. Das Publikum lachte lauthals los. Zwei Hände klatschten Beifall, während das dritte Exemplar auf die Schenkel klopfte.

»Eine gute Frage des Kandidaten. Ist so winzig, kann aber dafür sehr laut sprechen«, spottet Spielleiter Gülle. »Nun, jeder im Publikum kennt die Antwort. Aber auch du sollst nicht dumm sterben. Die Rutsche führt direkt zu unseren Mägen!«

Anna und Max zerrten weiter verzweifelt an ihrer Kleidung, die mit der Sitzfläche und der Lehne des Eisthrons verschmolzen war. Gülle spielte geschickt mit seinem Publikum, feuerte die Eiselfen an, badete in ihrem Applaus. Sein Erfolg stand bereits fest, bevor die Show richtig begonnen hatte. Noch niemals zuvor hatten drei Kandidaten zusammen auf dem kalten Stuhl gesessen. Mit einem weiteren Handzeichen bat Gülle um Ruhe. Anna zitterte am ganzen Leib, auch Max fror vor Angst und Kälte wie ein Schneider.

»Kommen wir zur ersten Frage«, rief der Spielleiter. Weitere helle Fackeln flammten hinter geschliffenen Eisscheiben auf. Das Licht wurde durch Eislinsen gebündelt und erhellte den kalten Stuhl noch mehr. Gülle zog kleine Eistäfelchen aus seinem Gewand, auf denen seine Helfer die Fragen zuvor notiert hatten.

»Hier ist sie! Die erste Frage! Hört gut zu und antwortet weise! Was ist ein Punktkuckuck?«

Anna blickte den Spielleiter an, konzentrierte sich und grinste plötzlich wie ein Honigkuchenpferd im Schlaraffenland. Max starrte verzweifelt auf den eisigen Fußboden, Meister Dost wirkte geistesabwesend. Er sah sich in Gedanken bereits unter dem Messer des Metzgers liegen.

»Ich weiß es!«, rief das Mädchen. Gülle erschrak, ein Raunen ging durchs Publikum.

»Du weißt die Antwort?«, hakte der Fragensteller misstrauisch nach. »Das hat es noch nie gegeben! Lass hören!«

»Ein Punktkuckuck ist nicht, wie man meinen könnte, ein Vogel, sondern ein Gegenstand, mit dem man Eiswürfel zerkleinert«, erklärte Anna mit lauter Stimme.

Max hatte selten einen größeren Unsinn gehört. Der Junge erwartete das Schlimmste. Klirrend fiel Gülles Eiskärtchen zu Boden und zersprang in viele Einzelteile. Im Publikum hätte man eine Stecknadel fallen hören können.

»Das kann nicht sein«, keuchte der Eiselfe. »Woher weiß sie das bloß?«

»Das würde mich auch interessieren«, flüsterte Max seiner Schwester zu. Anna blieb keine Zeit für eine Antwort, da Gülle eine weitere Eiskarte aus dem Gewand zog.

»Noch ist nichts verloren, mein hoch verehrtes Publikum. Ich höre eure Mägen knurren. Das Knurren ist gleich vorbei, denn hier naht Frage zwei«, reimte Gülle. Artiger Beifall begleitete seine Ansage, aber die große Begeisterung der ersten Frage schien vorüber. Anna konzentrierte sich, Max hielt den Atem an. Auch Meister Dost konnte die Spannung nicht mehr ertragen.

»Sagt mir, ihr drei leckeren Fleischlieferanten, was ist eine Rettungstuba?«

Max zuckte mit den Achseln. Auch dieses Wort hatte er noch nie in seinem Leben gehört. Seine Schwester schnippte mit Daumen und Zeigefinger.

»Weiß ich!«

»Waaaaaas?«, kreischte der Eiselfe, dass ein Riss im kalten Stuhl entstand.

»Ja. Eine Rettungstuba ist kein Musikinstrument, wie man meinen könnte. Eine Rettungstuba ist eine aus Eis geschnitzte Muschel, in der man sich bei Hagel verstecken kann.«

»Wie ist das möglich?«, tobte Gülle. Vor lauter Verärgerung und Wut warf er das Eiskärtchen gegen die Wand. »Ihr seid fremde Wesen. Niemand außer uns weiß die Antwort. Niemand kann die Antwort wissen!«

Der Eiselfe versuchte, hinter Annas Geheimnis zu kommen. Als er in die langen Gesichter im Publikum blickte, änderte er seine Taktik. Geschickt zog Gülle die dritte Karte aus dem Gewand. Anna freute sich. Zu früh. Der Spielleiter zertrat seine Eisfrage, hüpfte darauf herum.

»Die Fragen sind zu einfach. Ich muss mit meiner Mannschaft mal ein erstes Wörtchen reden. Die letzte Frage lautet wie folgt. Wie alt bin ich? «

Anna rollte vor Enttäuschung eine Träne die Wange herunter. So kurz vor dem Ziel, ihre Tante wieder zu sehen, endete die Reise.

»Ich weiß es nicht«, gab das Mädchen zu. Auch ihr Bruder und Meister Dost schüttelten die Köpfe. Aus und vorbei. Unter dem Jubel des Publikums rissen kräftige Elfenhände Anna, Max und Meister Dost vom Thron. Teile der Kleidung blieben am Eis haften. Drei Helfer warfen die Verlierer unsanft auf die nächste Rutsche. Gülle war nirgendwo zu sehen. Unter dem Beifall der Zuschauer hatte er sich bereits verabschiedet und auf den Weg zum Marktplatz gemacht. Schließlich wollte er ein paar besonders zarte Stückchen Fleisch ergattern. Den Zwillingen blieb kaum Zeit zum Atmen. Sie wussten, dass nach einer kurzen Rutschpartie am Ende der Metzger wartete. Es blieb nicht einmal Zeit, lebwohl zu sagen. Die Kurven in der Röhre wurden immer enger. Von Sekunde zu Sekunde verlief der Ritt durch die Rutsche schneller. Anna hörte schon das Wetzen der Messer.

◆

Bürgermeister Fuddelhaar marschierte im Sitzungssaal des Rathauses auf und ab. Außer sich vor Wut schüttelte er immer wieder den Kopf. Alle Berater saßen zu diesem Zeitpunkt bereits verängstigt unter dem großen Tisch und gaben keinen Mucks mehr von sich. Nur Major Bockelwitz hielt dem Blick des Stadtoberen Stand. Der Offizier hatte soeben gemeldet, dass sein Leutnant nebst allen Soldaten wieder in Dangholt eingetroffen war.

»Garmander konnte deine Männer so einfach überlisten? Gibt euch etwas Geld und ihr macht es euch im Dorf gemütlich?«, kreischte Fuddelhaar. Seine Perücke saß schief auf dem seidig glänzenden Haupthaar, das zum ersten Mal seit Jahren nicht mehr juckte.

»Er sagte, er kommt zurück«, erklärte der Leutnant. »Außerdem mussten wir im Heu einer Scheune schlafen, weil die Taverne komplett renoviert wird.« Sei verstauchter Fuß schmerzte grauenvoll. ›Bestimmt ruft der Bürgermeister zur Strafe den Schmied‹, dachte er ängstlich. Der Stadtobere wies mit einem Arm in Richtung Marktplatz.

»Siehst du das dort?«, keifte Fuddelhaar. »Das Pendel steht still, die Wolke hängt darüber wie ein schwarzer Fluch. Viele Menschen in Dangholt gehen nicht mehr ihrer Arbeit nach. Es genügt ein Funke, und das Pulverfass explodiert. Wenn die Bürger uns für das Problem dort draußen verantwortlich machen, dann gute Nacht.«

Major Bockelwitz blieb ruhig und gelassen. Er ahnte, dass die Macht des Bürgermeisters bröckelte, hielt ihm aber im Augenblick noch die Treue. Sobald sich eine günstige Gelegenheit bot, würde der Offizier aber seinen Vorteil suchen und einem neuen Herrn dienen.

»Die Sonne scheint andauernd, es gibt keine Nacht mehr. Was befiehlst du, Herr Bürgermeister?«

»Ich befehle, dass du die Stadt beschützt. Der Leutnant marschiert sofort los und sucht Garmander. Schaut dem Burschen auf die Finger!«, brummte Fuddelhaar gereizt.

»Aber...«, begann der Leutnant.

»Kein aber«, brüllte der Bürgermeister.

»Aber ich bin verletzt. Mein Fuß!«, protestierte der Leutnant mutig.

»Wache, hole den Schmied!«, lachte Fuddelhaar böse.

◆

Anna, Max und Meister Dost rasten schreiend durch den letzten Teil der Eisrutsche. Das Geräusch der aneinander schabenden Messer des Metzgers klang wie kratzende Fingernägel auf einer Schiefertafel. Plötzlich brach jedoch ein Teil der Rutsche unter den Zwillingen ein. Die gesamte Gruppe fiel nach unten in eine weitere Röhre, die scharf nach links abbog. Der Metzger schaute ungläubig auf die Rutsche. Mit langen Gesichtern standen seine Kunden um ihn herum. Vergeblich warteten sie auf Frischfleisch. Die Rutschpartie endete stattdessen in einer schmalen Gasse zwischen zwei Eishäusern des Elfendorfs.

»Was ist passiert?«, fragte Anna.

»Leben wir noch?«, wollte Max wissen.

»Mein Rücken«, klagte Meister Dost.

Völlig außer Atem ordneten die drei ihre beschädigte Kleidung. Max bemerkte, dass im Reisebündel die Klappe des Feuerholzes offen stand.

»Wir haben den Feuerdrachen verloren«, rief der Junge.

»Hier bin ich«, piepste eine schwache Stimme. Anna entdeckte Midrafo, der völlig kraftlos am Boden lag und zitterte. Das Mädchen nahm den Winzling in beide Hände, um den Drachenkörper zu wärmen. Max reichte ihm ein großes Stück Speck.

»Wo bist du gewesen?«, fragte Anna.

Gierig verschlang Midrafo die leckere Mahlzeit, bevor er antworten konnte.

»Ich bin unbemerkt in die Rutschbahn hineingeflogen. Am Ende stand ein Metzger vor einem Eisklotz, alles ist dort voller Blut. Der Mann wartete gierig auf die neue Lieferung. Auf euch. Also flog ich ein Stückchen zurück, sodass mich niemand sehen konnte. Naja. Der Rest war harte Arbeit, aber kein Eis der Würfelwelt widersteht einem Drachenfeuer. Also schmolz ich eine neue Röhre ins Eis, und habe euch umgeleitet. Die Zeit wurde am Ende wirklich knapp.«

Freudig dankten die Zwillinge ihrem Lebensretter. Auch Meister Dost murmelte ein leises »Danke«. Max blickte sich besorgt um. Er wusste weder, wie man aus dem unterirdischen Elfendorf herauskam, noch wie weit entfernt der Marktplatz voller wütender Eiselfen von hier aus gesehen entfernt lag. Vorsichtig schaute der Junge nach links und rechts in die Gasse. Der Schreck steckte ihm noch in allen Knochen, sein ganzer Körper schmerzte und zitterte.

»Die Luft ist rein«, flüsterte Max. Langsam schlich die Gruppe an elfenleeren Häusern vorbei. Alle Bewohner befanden sich glücklicherweise noch auf dem Marktplatz, da sie Gülles Vorführung bewundern und frisches Fleisch einkaufen wollten.

»Dort hinten sehe ich eine breite Tür«, bemerkte Anna. Eilig lief sie ans Ende der Straße. Max und Meister Dost folgten dem Mädchen. Lauter werdendes Gemurmel im Hintergrund zeigte, dass die Elfen bereits Suchtrupps auf den Weg geschickt hatten, um die Ausreißer schnell wieder einzufangen. Midrafo befürchtete, dass die neue Röhre im Eis von den Elfen schnell entdeckt werden würde. Max rüttelte vergeblich an der großen Pforte.

»Geht bitte zur Seite«, rief der Feuerdrache, der neue Kraft in sich spürte. Seine feine Flamme drang wie Butter durch das Eis, krachend zersprang eine große runde Eisscheibe auf dem Boden. Max ließ Anna den Vortritt, anschließend hob er Meister Dost auf die andere Seite und kletterte schließlich selbst durch die neu geschaffene Öffnung hindurch. Wenige Augenblicke später zuckte die Gruppe erschrocken zusammen. Jemand sprach zu ihnen.

»Könnt ihr nicht wie jedes normale Wesen den Knopf drücken«, meckerte eine unsichtbare Stimme. »Müsst ihr mit der Tür ins Haus fallen?«

Vergeblich blickten die Zwillinge sich um. Sie saßen in einer neuen Falle. Hinter der soeben aufgebrochenen Tür befand sich ein würfelförmiger Raum, kaum zwei Meter lang, breit und hoch. Auf der Straße kamen wütende schwarze Eiselfen schnell näher. Gülle sowie eine Messer wetzende Metzgerelfe führten die Gruppe an.

»Dort sind sie«, brüllte der Spielleiter. »Dort im magischen Aufzug! Haltet sie auf!«

»Was machen wir nun?«, jammerte Meister Dost.

»Hättet ihr den Knopf gedrückt...«, säuselte die unsichtbare Stimme.

»Welchen Knopf?«, rief Anna.

»Rechts außen neben der Tür!«

»Was hätte der Knopf bewirkt?«, fragte Max ungeduldig. Unaufhaltsam näherte sich der Elfenschwarm. Spitze Reißzähne blitzen in ihren Mündern.

»Die Tür hätte sich geöffnet und ihr hättet eintreten können«, erklärte der beleidigt klingende Unbekannte. »Jetzt ist die Tür kaputt.«

»Aber wir sind jetzt hier drinnen. Welchen Sinn hat der Raum?«, hakte Max ungeduldig nach.

»Das ist kein einfachen Raum«, betonte die Stimme. »Wo kommt ihr Banausen eigentlich her, dass euch der magische Aufzug nicht bekannt ist?«

»Was ist ein magischer Aufzug?«, drängelte Anna. Sie konnte sich nicht erinnern, je von einer solchen Erfindung gehört zu haben.

»Ich transportiere Material und Elfen vom unterirdischen Dorf an die Oberfläche. Und umgekehrt natürlich auch.«

»Dann leg los!«, schrie Meister Dost, als der Metzger sein erstes Messer warf. Zitternd blieb das Werkzeug in der Tür stecken. »Wir landen sonst gleich auf dem Speisezettel der netten Bewohner hier.«

»Wie heißt das Zauberwort?«, entgegnete der magische Aufzug geduldig.

»Bitte«, flüsterte Anna.

»Quatsch«, flötete der Aufzug. »Das ist nicht das Zauberwort.« Das zweite Wurfmesser des Metzgers flog durch Midrafos Türloch hindurch und schlug neben Max in die Wand ein.

»Autsch«, rief der magische Aufzug. »Wie lautet das Zauberwort?«

Die ersten schwarzen Eiselfen kamen nun zum Greifen nahe an die Aufzugtür heran. Gülles Gesicht sah wutverzerrt aus.

»Jetzt haben wir euch«, schrie er wie von Sinnen.

»Das Zauberwort?«, fragte der Aufzug.

»Ach halt die Klappe!«, zischte Anna wütend.

»Na wer sagt es denn«, freute sich der magische Aufzug und fuhr Gülle, dem Metzger und etwa einhundert dreiäugigen, dreiarmigen schwarzen Eiselfen vor der Nase davon.

»Ping«, rief der geschwätzige Transportwürfel nach kurzer Zeit. »Ausgang Oberfläche! Erkältet euch nicht!«

Erleichtert verließen vier geschafft aussehende Gestalten dem magischen Aufzug und suchten im Laufschritt das Weite. In sicherer Entfernung gönnte sich die Gruppe eine kurze Pause. Die

Zwillinge bedankten sich nochmals herzlich bei Midrafo, der stolz um ihre Köpfe herumflatterte. Abgesehen von einigen blauen Flecken und ihrer zerrissenen Kleidung sahen alle Abenteurer gesund und munter aus. Vielleicht noch etwas blass um die Nasenspitzen. Max zupfte Anna am Ärmel.

»Sag mal, Schwesterchen, woher wusstest du eigentlich die Antworten auf Gülles Fragen? Punktkuckuck und Rettungstuba habe ich noch nie gehört. Ich kann mich auch nicht erinnern, dass Herr Atos jemals davon gesprochen hätte oder ein Buch diese Begriffe erklärt hätte. Habe ich bei einer Lektion nicht aufgepasst?«

Anna grinste über beide Ohren.

»Die Kärtchen mit Gülles Fragen bestehen aus frischem Eis«, erklärte das Mädchen. »Sie sind also durchsichtig. Der Text ist auf dem Kärtchen zusammen mit der Antwort eingeritzt.«

Max ging ein Licht auf.

»Spiegelschrift!«, rief er.

»Genau! Ich habe auch noch nie etwas von einem Punktkuckuck oder einer Rettungstuba gehört. Leider benutzt Gülle dann die dritte Karte nicht, sondern fragte nach seinem Alter.«

Dunkelheit, Kälte und die vielen Anstrengungen machten trotz Melissas Feenpulver die Zwillinge langsam aber sicher müde. In einem verlassenen Iglu fanden sie Unterschlupf, um zu rasten und ein wenig zu ruhen. Meister Dost, der niemals zu schlafen schien, las fleißig in seinem Buch und hielt Wache.

Irgendwann, viel später, schlug Anna die Augen auf, reckte und streckte die kalten Glieder. Dem Mädchen fehlte jedes Zeitgefühl. Gähnend rüttelte sie ihre Bruder wach.

»Ich dachte schon, ihr haltet euren Winterschlaf«, neckte Meister Dost die Zwillinge keck. Er wusste, dass er als Diener Amalia auch zu Anna und Max freundlich sein musste, aber etwas Spaß konnte seiner Meinung nach nicht schaden. Der Proviant war trotz einer sparsamen Mahlzeit nun so gut wie verbraucht, nur etwas Speck für den Feuerdrachen blieb übrig. Midrafo benötigte diese Energiequelle zum Überleben.

»Hoffentlich ist es nicht mehr weit«, sorgte sich Anna. Noch immer spürte das Mädchen, in welche Richtung der weitere Weg führen musste, um ihre Tante zu erreichen. Allerdings wurden die Signale langsam schwächer. Amalia schien es nicht gut zu gehen. Anna wusste dies. Der helle Klang kleiner Glöckchen riss das Mädchen aus ihren Gedanken. Meister Dost löschte hektisch das Licht seines goldenen Laufrads. Max steckte vorsichtig seinen Kopf aus dem Iglu.

»Ich erkenne in der Ferne einen Schlitten«, rief der Junge. »Sieht unheimlich aus! Wir sollten uns verstecken. Er kommt direkt auf das Iglu zu.«

Neugierig krabbelte Anna ihrem Bruder hinterher, Meister Dost und Midrafo marschierten aufrecht aus dem Eisbau hinaus. Alle zusammen sahen einen Schlitten aus blankem Eis, der in der Dunkelheit bläulich leuchtete. Silberne Glöckchen zogen das Gefährt. Die feinen Instrumente schienen frei in der Luft zu schweben. Auf dem Schlitten hockte ein riesiger Vogel, der Anna an einen Geier erinnerte. Nur größer. Und hässlicher. Am Ende des Schlittens thronte eine mächtige Gestalt, die in der rechten Hand eine Peitsche schwang und die Glöckchen antrieb. In der Linken hielt das unbekannte Wesen eine Axt mit zwei Klingen. Die Doppelaxt war grauenhaft scharf. Pfeifend zerschnitt sie die Luft, durch die der Schlitten sich eilig hindurchpflügte. Die Zwillinge verließen das Iglu und versteckten sich etwas abseits hinter einer Schneewehe. Von dort aus ließ sich das seltsame Schauspiel gut beobachten, ohne selbst gesehen zu werden. Schnell näherte sich der Schlitten und kam neben dem Iglu zum Stehen. Der Polarriese schlug die schwere Doppelaxt wie ein Spielzeug ins ewige Eis. Mit einem Lederriemen befestigte er sein Fahrzeug daran. Anna beobachtete sieben silberne Glöckchen, die sich hektisch bewegte. Das Mädchen erschrak. Ein leises Knurren ging von der Stelle aus, an denen die Schellen scheinbar durch die Luft schwebten. Erst als ein lautes Bellen an ihr Ohr drang verstand Anna, was sich dort vor ihren Augen abspielte.

»Unsichtbare Schlittenhunde«, flüstere sie Max ins Ohr. Der Junge nickte. In einer Welt voller Magie wunderte er sich mittlerweile über nichts mehr. Max befürchtete allerdings, dass die Tiere die fremden Beobachter wittern würden und Alarm schlugen. Der Polarriese zwängte sich in sein Iglu. Kurz darauf ließ ein lautes Schnarchen die Gegend erzittern. Auch die unsichtbaren Zugtiere schienen sich auszuruhen, alle Glöckchen lagen regungslos im Schnee. Nur das sanfte bläuliche Leuchten des Schlittens passte nicht so recht ins Bild. Genauso wenig wie der Frostgeier, der missmutig auf dem Iglu hockte und in allen Richtungen nach Nahrung Ausschau hielt.

»Wenn der Vogel sich nicht verzieht, kommen wir hier niemals weg«, wisperte Meister Dost mürrisch. »Habt ihr eine Idee, wie wir das Federvieh ablenken können?«

Die Zwillinge überlegten fieberhaft.

»Wie wäre es damit?«, fragte Max. Grinsend formte der Junge einen Schneeball und feuerte aus der Deckung heraus auf den Frostgeier. Im Flug verwandelte sich die weiße Kugel in einen zuckenden Blitz und versengte dem Frostgeier die Schwanzfedern. Wütend suchte das Tier nach dem Angreifer, konnte aber vom Iglu aus nichts entdecken. Der Vogel erhob sich in die Lüfte, um eine bessere Aussicht zu nutzen. In keinem Fall durfte er Lärm machen und den schlafenden Polarriesen wecken. Ein weiterer Blitz verfehlte sein Ziel nur um die Breite einer Feder.

»Huch«, rief Max erstaunt.

»Wie hast du das schon wieder angestellt?«, fragte Meister Dost erstaunt. Es wurde immer anstrengender mit den Zwillingen. Anna las Gedanke und verteilte goldenen Maulkörbe, Max gelang es plötzlich, Blitze herbeizuzaubern. Der Kobold ahnte, dass gewaltige magische Kräfte in den Zwillingen schlummerten. ›Schlimmer als die Tante‹, grinste er in sich hinein. Frostgeier konnten auch bei schlechtem Licht sehr gut sehen. Anna und Max duckten sich. Hungrig zog der Vogel immer größere Kreise, ohne etwas Auffälliges zu entdecken. Missmutig flog er schließlich zurück zu Iglu und schlug seine scharfen Krallen ins Eis. Er steckte einen Flügel unter den Kopf und fiel in einen unruhigen Schlaf, in dem er von einem fetten Brocken Fleisch träumte. Meister Dost durchzuckte eine Idee. Er erklärte Max und Anna seinen Plan, beide schüttelten aber zunächst den Kopf.

»Das können wir nicht machen«, schimpfte Anna.

»Denkt an Amalia. Wir können eure Tante so viel schneller erreichen«, grummelte der Kobold.

»Herr Atos hat uns gelehrt, das Eigentum anderer Wesen zu achten«, erklärte Max.

»Es handelt sich um einen Notfall. Und außerdem leihen wir uns ja nur etwas aus und geben es nach Gebrauch unbeschädigt zurück«, schmunzelte Meister Dost. »Außerdem bin ich in diesem Fall der Bösewicht, ihr könnt nichts dafür.«

Anna dachte an ihre Tante, auch ihr Bruder überlegte.

»Aber wir schicken den Schlitten anschließend zurück zum Iglu, abgemacht?«, fragte der Junge.

Meister Dost nickte.

»Ja. Aber nun Beeilung, bevor der Riese erwacht«, drängte der Kobold. »Haltet euch bereit für einen heißen Ritt über das Eis.«

Die Zwillinge blieben mit Midrafo in Deckung, während Meister Dost vorsichtig um das Iglu schlich. Weder der Frostgeier noch die schlafenden unsichtbaren Hunde bemerkten, dass der Lederriemen zwischen Doppelaxt und Schlitten gelöst wurde. Der Kobold nahm die Zügel des Gespanns in die Hand, schnalzte mit der Zunge. Die Hunde erwachten und freuten sich, dass die langweilige Warterei ein Ende hatte. Der Schlitten fuhr langsam los, sieben feine Glöckchen um die Hälse der unsichtbaren Tiere bimmelten. Anna und Max sprangen in dem Augenblick auf die Sitzfläche des Schlittens, als der Frostgeier erwachte. Wütend schlug er seinen Schnabel ins Eisdach des Iglus und krächzte, um den Polarriesen zu wecken. Meister Dost beherrschte nicht nur das Kartenspiel, sondern konnte auch mit Hunden gut umgehen. Als junger Kobold hatte er sich immer einen Hund gewünscht, aber leider waren selbst die kleinsten Welpen immer noch größer als Meister Dost. Also spannte er stattdessen Mäuse vor seinen Schlitten mit Rollen statt Kufen und raste damit über Wiesen und Felder. Der Frostgeier schlug weiter Alarm. Schließlich erwachte der Polarriese, sprang wütend auf und durchbrach mit Kopf und Schultern das Dach des Iglus. Auf seinem Kopf hockte nun der verstörte Frostgeier. Eilig verscheuchte der Riese den Vogel, kämpfte sich aus dem völlig zerstörten Iglu frei und zog seine Doppelaxt aus dem Eis. Voller Wut zerhackte er die restlichen Eisblöcke. Der Geier ging in Deckung, um nicht von herumfliegenden Splittern getroffen zu werden.

Anna und Max staunten nicht schlecht über die Künste des Kobolds. Seltsam war, dass die Hunde von sich aus genau in die Richtung liefen, in die auch Annas Talisman das Mädchen zog. Es schien so, als hätten die Zugtiere, der Kobold, der Drachen und die Menschen dasselbe Ziel. Das Gespann schwebte beinahe über dem Boden, eisiger Wind pfiff den Zwillingen kräftig um die Ohren. In regelmäßigen Abständen leuchteten kalte Fackeln, die die Landschaft in ein bläuliches Licht tauchten. Mit jedem Kilometer nahm die Kälte weiter zu. Nach rasender Fahrt stoppte der Schlitten plötzlich. So sehr Meister Dost sich auch mühte, die unsichtbaren Hunde schienen nicht mehr bereit, noch einen einzigen Schritt weiter zu laufen. Max sprang frierend vom Schlitten, nahm sein Reisebündel auf dem Rücken und stapfte los. Eilig erklomm er einen Hügel aus Eis und erschrak. Der Junge stand am Rand einer Schlucht, die über hundert Meter senkrecht in die Tiefe führte. Die Schlittenhunde hatten das gewusste und zum Glück rechtzeitig angehalten.

»Hier kommt ein Abgrund, es geht so nicht weiter«, rief er seinen Begleitern auf dem Schlitten zu. »Es muss irgendwo eine Brücke hinüber zur anderen Seite geben.« Soweit das Auge in der künstlich beleuchteten Dunkelheit reichte, konnte Max keinen Übergang entdecken. Langsam glitt sein Blick weiter über die Schlucht. Auf der gegenüberliegenden Seite herrschte undurchdringliche Schwärze. Irgendetwas verschluckte jedes Licht, als hätte jemand etwas zu verbergen. Anna und Meister Dost stapften den Hügel hinauf zu

»Sieht nicht sehr einladend aus«, überlegte der Kobold.

»Es sieht so aus, als wenn ein schwarzer Vorhang auf der anderen Seite hängt«, überlegte Anna.

Ihr Bruder nickte.

»Und auf dem Vorhang stehen unsichtbare Worte wie ›Komm bloß nicht rüber!‹, ›bleib wo du bist!‹ oder ›Finger weg!‹«, fröstelte Max.

»Wir müssen aber an der richtigen Stelle stehen. Von drüben schwappt Magie zu uns herüber.« Meister Dost spürte die Nähe seiner Herrin Amalia. Auch Annas Talisman zog immer kräftiger an ihrem Hals.

»Dort drüben liegt unser Ziel«, flüsterte das Mädchen. »Schick die Hunde zurück zum Iglu«, bat sie den Kobold. Meister Dost rannte zum Schlitten, ließ die Hunde das Gefährt wenden. Ein leichter Befehl mit den Zügeln genügte, und die unsichtbaren Zugtiere suchten das Weite. Meister Dost sprang rechtzeitig vom Schlitten ab, klopfte den Schnee aus der Kleidung und kehrte zu den Zwillingen zurück.

»Erledigt. Seht ihr, wir haben die Leihgabe zurückgeschickt«, grinste der Kobold, als könne er kein Wässerchen trüben. »Was nun?«

Anna und Max steckten ihre Köpfe zusammen. Abwechselnd nickten beide, schüttelten ihre Köpfe und überlegten eine längere Zeit. Midrafo flatterte aufgeregt umher und hielt sich warm. Meister Dost putzte gelangweilt sein goldenes Laufrad.

»Wir gehen auf die andere Seite«, rief Anna.

Meister Dost zuckte zusammen und sah verärgert aus.

»Um zu dem Ergebnis zu kommen, habt ihr nun die ganze Zeit diskutiert?«, meckerte der Kobold. »Die Frage ist doch nicht ob, sondern *wie* wir die Schlucht überqueren.«

»Wir gehen einfach hinüber«, wiederholte Max.

»Haben wir Flügel wie der Feuerdrache? Seht ihr eine Brücke, die ich nicht sehe?«, lästerte Meister Dost.

Anna blickte den Kobold streng an.

»So ungefähr hast du Recht. Wenn es so ist, wie wir denken, hat unsere Tante eine magische Spur vom Gebirge bis hierher gelegt, die mein Talisman liest. Die Spur führte auch den Schlitten genau an diese Stelle. Also gehen wir genau hier auch über die Schlucht.«

›Jetzt ist sie völlig von Sinnen‹, dachte der Kobold entsetzt. ›Wir werden in die Schlucht stürzen und niemand wird uns jemals finden. Höchstens die hungrigen Geier.‹ Meister Dost verspürte keine Lust, als Vogelfutter zu enden.

»Wir gehen, und du kommst mit«, befahl Max.

»Aber ich gehe nicht voran!«, protestierte der Kobold.

Anna folge dem Talisman bis an den Rand der Klippe. Die Schlucht sah unendlich tief aus. Max stellte sich eng neben seine

Schwester.

»Wollen wir?«, fragte Anna mutig.

»Eins, Zwei ...«, begann der Junge.

»Was habt ihrrrrr vorrrrrr?«, kreischte Meister Dost mit weit aufgerissenen Augen.

»Drei!«

Anna und Max sprangen gleichzeitig von der Kante der Schlucht nach vorne und verschwanden in der Tiefe.

»Nein!«, brüllte der grüne Kobold. Voller Panik tastete er sich näher, um einen Blick nach unten zu riskieren. Meister Dost erwartete das Schlimmste.

»Hallo«, rief Anna fröhlich. Das Mädchen kniete etwa einen Meter unterhalb der Klippenkante in der Luft. »Wir haben Recht. Ich hocke auf der unsichtbaren magischen Brücke unserer Tante.«

»Nicht möglich!«

»Doch, komm herunter, dann spürst du es«, schlug Max erleichtert vor. Es kostete den Kobold eine Menge Überwindung, in die Schlucht zu springen. ›Bestimmt wirkt die Brücke nur bei Max und Anna, aber nicht bei mir! Das ist dann die Strafe für mein Kartenspiel in der Taverne.‹ In Gedanken sah sich Dost bereits als grünen Fleck am Boden der Schlucht liegen. Tatsächlich landete er hart aber sicher auf einem unsichtbaren Untergrund, der ihn ebenso wie die Zwillinge sicher trug.

»Woher wusstet ihr das?«, staunte der Kobold.

»Wussten wir nicht!«, erklärte Anna.

»Wir konnten es nur ahnen und hoffen «, bestätigte ihr Bruder.

Meister Dost schnappte nach Luft. Schritt für Schritt tastete er sich hinter den Geschwistern her, die über die unsichtbare Brücke krabbelten. Immer wenn eine Hand auf der linken oder rechten Seite ins Leere griff, änderten sie leicht die Richtung, um nicht vom schmalen Steg seitlich in die Tiefe zu fallen. Außer Atem, mit pochenden Herzen, kamen die drei Abenteurer auf der gegenüberliegenden Seite an. Midrafo wartete bereits ungeduldig.

»Seht, was ich herausgefunden habe«, rief er aufgeregt. Ohne sich eine Pause zu gönnen, folgten Anna und Max dem Feuerdrachen. Meister Dost entlockte seinem frisch geputzten Laufrad ein besonders schönes Licht. Auf dieser Seite der Schlucht sah einfach alles schwarz aus. Die Zwillinge liefen über pechschwarzen Schnee und ebenso gefärbtes Eis, bis sie vor einer schwarzen Mauer ankamen.

»Die Mauer hätten wir auch ohne dich entdeckt, man läuft doch sowieso darauf zu«, lästerte Meister Dost.

»Ich meine auch nicht die Mauer, sondern das dort oben. Ein Zwerg wie du kann das natürlich nicht sehen«, giftete der Feuerdrache zurück. Meister Dost schien schnell zu vergessen, dass Midrafo auch sein Leben im Dorf der Eiselfen vor dem Metzger bewahrte.

»Nenne einen Kobold niemals Zwerg«, brüllte der grüne Geselle wütend. »Das ist ein Schimpfwort bei uns!«

»Du hast mich auch schon einmal als Zwerg bezeichnet«, rief der Drache erbost.

Anna seufzte.

»Jungs, lasst die Streiterei«, mahnte sie.

»Was wolltest du uns zeigen, Midrafo«, hakte Max nach.

»Was wolltest du uns zeigen, Midrafo«, äffte Meister Dost die Stimme des Jungen nach. Anna schnappte sich den Kobold am Kragen seiner Jacke und hob ihn langsam auf ihre Augenhöhe.

»Meister Dost, wir sind dankbar für deine Hilfe. Herr Atos hat uns als Lehrmeister dazu erzogen, andere Wesen zu achten. Auch du solltest dieses tun. Sonst geben wir dich in Dangholt bei Madame Euphrosine im Waisenhaus ab, sollten wir jemals wieder nach Hause kommen.«

Vorsichtig setzte das Mädchen den Kobold wieder zurück auf den Boden. Meister Dost schwieg beleidigt, während Midrafo seine Entdeckung erklärte.

»Das schwarze Eis ist sehr dick, außerdem besonders kalt. Viel kälter als in Gülles Reich. Ich bin leider zu schwach, um mich durch diese Brocken ganz hindurch zu schmelzen«, klagte der Feuerdrache. »Aber etwas davon abtauen kann ich schon. Dort oben, einige Meter über dem Boden, befindet sich eine schmale Öffnung mit Gittern aus schwarzem Eis.«

Max nickte. Ein Blick nach oben zeigte, dass die Angabe ›einige Meter‹ stark untertrieben war. Die Gitterstäbe befanden sich sehr weit oben inmitten der spiegelglatten schwarzen Wand.

»Wie kommen wir hinauf?«, wollte Anna wissen. »Wir besitzen kein Werkzeug zum Klettern und kein Seil. Herr Atos ist auch nicht hier, um sich oder uns in einem Vogel zu verwandeln...«

»... oder Purpel in ein Kletterseil«, grinst Max.

Midrafo erklärte seinen Vorschlag.

»Ich schmelze kleine Löcher in die Wand, in die eine Hand oder ein Fuß hineinpassen.«

»Und wir klettern dann fast wie an einer Leiter nach oben«, lachte Anna.

»Genau!«

Das Gesicht des Mädchens wurde plötzlich nachdenklich. Anna zog ihren einstmals goldenen Würfel aus der Tasche und musste feststellen, dass dieser knallrot leuchtete. Doch niemand war wweit und breit zu sehen.

»Der Würfel hilft uns hier nicht mehr weiter. Zuviel schwarze Magie ist hier im Spiel!«, warnte Meister Dost, der den goldenen Gegenstand sehr genau kannte.

»Was wir wohl hinter dieser Mauer finden?«, überlegte Max. Das schwarze Eisbauwerk schien sich nach links und rechts endlos auszudehnen. Der Junge konnte in der endlosen Dunkelheit auch die Höhe der Mauer nicht abschätzen. Der ewig finstere Himmel verschluckte gierig das obere Ende des schwarzen Bauwerks. Midrafo flatterte wie ein Kolibri auf der Stelle. Eine grelle Stichflamme schoss aus seinem Maul, als er die erste Vertiefung in die Wand brannte. Schwarzes Wasser lief die Mauer hinunter, gefror aber nach wenigen Augenblicken wieder. Nach und nach entstanden in bequemen Abständen mehrer Löcher im Zickzackmuster. Max wagte den Aufstieg. Die ersten Stufen hielten dem geringen Gewicht des Jungen spielend Stand. Ab und zu rutschte ein Fuß oder eine Hand aus der Vertiefung, ohne Annas Bruder in ernste Gefahr zu bringen. Außer Atem aber stolz erreichte der Junge die Maueröffnung. Starke Gitterstäbe aus Granit krallten sich ins Eis der steilen Wand. Midrafo brannte keuchend zwei weitere Löcher, sodass Max leicht einen Stab herausziehen konnte. Der Weg durch die Mauer war frei, nicht aber der Blick auf den dahinter liegende Gegend. Der Junge starrte durch die Öffnung in eine pechschwarze Finsternis. Mühsam klettere er wieder abwärts, um Meister Dost abzuholen.

»Wir brauchen dein Licht dort oben«, bat Max.

»Kann ich nicht hier unten warten, bis ihr Amalia befreit habt?«, jammerte der Kobold. Er verspürte nicht die geringste Lust, an der schwarzen kalten Mauer heraufzuklettern.

»Halt dich an mir fest«, schlug Max vor. Widerwillig setzte der Kobold sein Laufrad in Bewegung, bevor er eine Hand am Ärmel von Max festkrallte. Der Junge begann eine neue Kletterpartie. Auf halber Höhe rutschte er auf einer eisglatten Stufe ab. Panisch ließ Meister Dost das goldene Laufrad los und klammerte sich mit beiden Händen an Max fest. Anna sah das goldene Leuchtrad fallen, konnte es aber nicht schnell genug auffangen. Klickend schlug es auf den eisigen Boden und rollte auf den Rand der Schlucht zu. Das Mädchen rannte hinterher, doch das Rad drohte in die Tiefe zu stürzen. Mit einem mutigen Hechtsprung rutsche Anna ein Stück auf dem Bauch entlang, fing die Leuchte auf und glitt auf den Abgrund zu. Eine Handbreit vor der Klippe kam sie keuchend zum Stillstand.

»Hab es«, rief Anna stolz. Kreidebleich, mit zitternden Knien kehrte sie zur schwarzen Mauer zurück. Meister Dost weigerte sich, einen weiteren Kletterversuch am Ärmel des Jungen zu unternehmen.

»Ich hänge an meinem Leben«, schimpfte er, als Max den Kobold wieder auf dem Boden absetzte.

»Unsere Tante, die deine Herrin ist, auch«, gab Anna zu bedenken und blickte den lustlosen Meister Dost streng an.

»Schon gut«, maulte dieser lustlos, fügte sich aber schließlich in sein Schicksal. Mit einem Lederriemen band Max das magische Laufrad an sein Reisebündel. Meister Dost konnte nun beide Hände benutzen und sich sicherer am Jungen festhalten. Der zweite Anlauf klappte ohne Probleme. Der Kobold kletterte auf den Fenstersims und löste das Laufrad vom Reisebündel. Neugierig leuchtete er durch die Öffnung in der Mauer.

»Das hier ist keine Mauer, sondern ein Gebäude«, rief Max leise nach unten. »Hinter der Öffnung liegt ein Raum.«

Anna nickte begeistert. Geschickt kletterte sie die schwarze Mauer herauf und folgte ihrem Bruder durch das Fenster.

»Wir sind am Ziel«, erklärte Anna. »Jedenfalls fast. Ich spüre es ganz deutlich. Der Ort hier ist gleichzeitig schön und bedrohlich.«

Meister Dost fühlte die Nähe seiner Herrin, spürte aber auch die Gefahr, in der die Gruppe schwebte. Annas goldener Würfel leuchtete tiefrot. Im Lichtschein des Laufrads entdeckte Max eine Tür. Vorsichtig öffnete er die eisige Pforte einen Spalt weit und blickte hindurch.

»Mach das Licht aus«, flüsterte er dem Kobold zu. Die Gruppe schlich in einen langen Gang hinein, in dem an beiden Seiten bläuliche Fackeln kaltes Licht verbreiteten.

»Schaut, wie lang der Flur ist«, stellte Anna erstaunt fest.

»Die Türen links und rechts sind sehr hoch gebaut«, wunderte sich Max. Ein Polarriese hätte spielend mit Helm und geschulterter Axt hindurch marschieren können. Fremdartige Geräusche drangen an die Ohren der Abenteurer, ließen sie immer wieder zusammenzucken. Das große Gebäude ächzte unter dem gewaltigen Druck riesiger Eisbausteine. Der Gang endete an einer Wendeltreppe, die sowohl aufwärts als auch abwärts führte. Von oben drang leises Stimmgewirr herab. Neugierig entschied sich die Gruppe für den Weg nach oben, obwohl der Talisman um ihren Hals Anna nach unten zog. In der nächsten Etage gingen die Zwillinge sofort erschrocken in Deckung. Am Ende eines kurzen aber breiten Gangs standen zwei Polarriesen, die den Eingang zu einem riesigen Saal bewachten. Ihre grauenvoll scharfen Doppeläxte blitzten bösartig im kalten Fackelschein.

»Die beiden sehen genauso aus wie der Riese, der uns den unfreiwillig seinen Schlitten geborgt hat«, flüstere Meister Dost grinsend. Anna lächelte gequält. Der große Saal bestand aus purem Eis. Das Mädchen erkannte mehrere Sessel, die um einen gewaltigen Tisch herum angeordnet standen. An der Wand hing eine Tafel mit eingeritzten seltsamen Zeichnungen. Leider verdeckten die Wachen die freie Sicht des Mädchens. Ein mächtiger

Ritter marschierte polternd um verängstigte Berater und Astronomen herum, die auf ihren eisigen Sesseln kauerten. Eigentlich bestand für Frigador kein wirklicher Grund zur Sorge. Der geheime Mechanismus in den Tiefen des ewigen Eises funktionierte prächtig, die gesamte Würfelwelt stand bereits still. Der Eisritter fühlte sich trotzdem unzufrieden. Seine Doppelaxt steckte mitten im Sitzungstisch fest.

»Die Gefangene hat also immer noch nicht gestanden?«, herrschte Frigador einen Polarriesen an, der für die Verhöre im Kerker zuständig war.

»Nein, Herr. Wir versuchen es weiter«, versprach der Riese demütig.

»Du *versuchst* es also weiter? Dann achte darauf, dass sie noch lange genug lebt. Ich muss wissen, ob weitere Spione in unser Land eingedrungen sind und wo sie sich aufhalten. Danach gehört sie den Frostgeiern!«

»Jawoll, Herr Frigador!«

»Schwirr ab«, grollte der Eisritter. Vergeblich versuchte er, sein Mordwerkzeug aus der Tischplatte zu ziehen. »Kommen wir nun zum nächsten Thema.«

Das Gespräch hätte genauso auch in Dangholt zwischen Bürgermeister Fuddelhaar und seinen Beratern stattfinden können. Beide Herrscher glichen sich in ihrer eiskalten Art wie ein Ei dem anderen. Der einzige Unterschied bestand darin, dass es in Dangholt keine Frostgeier gab. Anna und Max blickten sich aufgeregt an. Ihre Tante befand sich als Gefangene in der Festung. Und sie lebte. Die Zwillinge hatten genug gehört. Vor dem Eissaal traten die beiden Wachen zur Seite, um ihren Vorgesetzten passieren zu lassen. Eilig zogen sich Anna, Max und Meister Dost auf die Wendeltreppe zurück. Der Riese marschierte direkt auf sie zu.

»Abwärts?«, flüsterte Anna, an deren Hals der Talisman heftig in Richtung Keller zog. Meister Dost schüttelte den Kopf und wies mit ausgestrecktem Zeigefinger nach oben. Eine gute Entscheidung. Wenige Augenblicke später polterte der von Frigador gescholtene Offizier auf eisigen Treppenstufen nach unten. Er würde noch schärfere Verhörmethoden bei der Gefangenen anwenden. Midrafo erhielt von Anna den Auftrag, die Versammlung im Eissaal und den Inhalt der geheimnisvollen Wandtafel auszuspionieren. Das Mädchen selbst, ihr Bruder und Meister Dost schlichen in ausreichendem Abstand vorsichtig hinter dem Polarriesen her. Sein Weg führte über Wendeltreppen, Gänge, durch Räume, Türen und Säle immer tiefer ins ewige Eis hinein. Kalte Blaulichtfackeln tauchten alle Wege in ein gespenstisches Dämmerlicht. Meister Dost benutzte sein Laufrad nicht mehr. Der grelle Lichtschein hätte wahrscheinlich die Verfolgergruppe auch verraten. Anderen Riesen oder sonstigen Wesen begegneten sie zunächst nicht. Max ritzte von Zeit zu Zeit mit seiner Münze kleine Richtungspfeile in die Wände. Eine gute Entscheidung, da der Weg des Polarriesen sehr verwirrend verlief. Außerdem mussten die Zwillinge bei Gefahr zurück zum Raum mit dem einzigen Fenster gelangen können. Midrafo konnte im Notfall ebenfalls die Markierungen benutzen, um seine Begleiter wiederzufinden. Nach einer Weile erreichte der Polarriese den Kerker. Seine Verfolger begriffen immer mehr, dass sie sich nicht einfach hinter einer schwarzen Mauer befanden, sondern in einer riesigen Festungsanlage. Der Riese bog um eine weitere Ecke und brüllte zwei Wachleute an, die vor einer Gittertür aus Eis herumstanden. Max schielte vorsichtig in den Gang hinein. Die drei Hünen stritten offenbar über das weitere Verhör der Gefangenen.

»Frigador wünscht einen schnelle Erfolg«, verlangte der Vorgesetzte.

»Aber wir verhören die Gefangene Tag für Tag um zu erfahren, ob weitere Spione in unserem Land unterwegs sind«, verteidigte sich einer der Untergebenen.

»Außer ihrem Namen sagt die Fremde aber nichts«, ergänzte sein Kollege. »Immer nur denselben Satz. Mein Name ist Amalia und ich bin allein unterwegs. Tagein tagaus dieselbe Leier. Ist aber schon ein Fortschritt, da sie am Anfang nicht einmal ihren Namen verraten wollte. Die Frau, die sich Amalia nennt, wird schwächer!«

Anna verspürte einen Stich im Herzen, als sie den Namen ihrer Tante aus dem Mund des Polarriesen hörte. Plötzlich dachte das

Mädchen angestrengt an Amalia. Auch Meister Dost wirkte geistesabwesend. Die magischen Mauern der schwarzen Eisfestung erlaubten keine Gedankenübertragung nach außen. Jetzt, ganz in der Nähe der Kerkerzelle, empfing der Kobold die Gedanken seiner Herrin.

›Bleibt fern von mir‹, rief Amalia ihrem Diener lautlos zu, ›tief unter der Festung findet ihr das Geheimnis des Eisritters. Ich spüre die Bedrohung, die von diesem Ort ausgeht.‹

›Ja, Herrin‹, dachte Meister Dost auf dem gleichen Wege zurück. ›Wie geht es dir, Herrin?‹

›Die Lage ist schlecht, aber nicht hoffnungslos. Anna, kannst du mich hören?‹

Das Mädchen zuckte zusammen. Die Worte aus dem Nichts drangen direkt in ihr Gehirn ein. Angestrengt sammelte Anna ihre Gedanken, konzentrierte sich stark auf die Kerkerzelle.

›Ja, Tante Amalia‹, dachte sie mit Tränen in den Augen. Anna wusste zunächst nicht, ob ihre Gedanken das gewünschte Ziel erreichen würden. Wenig später bekam das Mädchen Gewissheit.

›Meister Dost erhielt gerade meine Anweisungen, kümmert euch nicht um mich. Die Würfelwelt schwebt in größter Gefahr.‹

›Aber Tante Amalia‹, dachte Anna, ahnte aber, dass ihre geschwächte Tante keinerlei Widerspruch duldete. Kein Wunder, dass auch Herr Atos sich damals nicht gegen die starke Zauberin hatte durchsetzen können, als sich ihre Wege in der Höhle trennten. Aufgeregt berichtete das Mädchen ihrem Bruder von ihrem Erlebnis.

»Schade, dass ich nichts empfange«, flüsterte Max enttäuscht. »Woran das wohl liegt?«

Meister Dost winkte die Zwillinge ein Stück zurück in den Gang.

»Ich bekam neue Befehle«, raunte er geheimnisvoll. »Direkt von eurer Tante, meiner Herrin. Ich werde nicht ganz schlau daraus. Tief unter der Festung verbirgt Frigador, der Eisritter, ein magisches Geheimnis, das mit den Problemen der Würfelwelt zu tun haben soll. Ich weiß nicht, ob Frau Amalia spürt, dass die Welt stillsteht?«

»Aber wir müssen unserer Tante helfen«, protestierte Max. »Sie leidet dort hinten im Kerker, wird vielleicht von den Riesen gequält.«

Anna nickte traurig.

»Trotzdem hat unsere Tante ihre Weisungen erteilt, ich habe es selbst gespürt und empfangen!«

»Was nun?«, fragte Meister Dost.

»Wo müssen wir suchen?«, überlegte Anna.

»Was suchen wir?«, wollte Max wissen.

»Einen geheimnisvollen Mechanismus«, keuchte Midrafo, der aufgeregt durch die Luft flatterte. Der Feuerdrache hatte die Pfeile des Jungen an den Eiswänden verfolgt. Ohne Probleme hatte er kurze Zeit später die Gruppe erreicht.

»Was genau hast du herausgefunden?«, erkundigte sich Anna. Midrafo hockte sich auf den Handteller des Mädchens.

»Schlimme Dinge, sehr schlimme Dinge!« Der Winzling klang äußerst besorgt.

»Im Bauch der Festung, tief unten in einem Eisdom, steht eine Maschine, ein riesiges Pendel. An der Wandtafel konnte ich die dort eingeritzte Zeichnung genau erkennen. Das magische Pendel verfolgt das Ziel, die Drehung der Würfelwelt aus dem Takt zu bringen und anschließend ganz zu stoppen. Frigador, der mächtige Eisritter, möchte fünf der sechs Würfelseiten einfrieren. Die der Sonne zugewandte Seite soll langsam verbrennen. Dangholt ist verloren. Es ist so schrecklich!«

»Wie ist das möglich?«, wunderte sich Meister Dost. »Besitzen wir nicht auch ein Pendel in Dangholt?

»Frigador kennt nur seine Seite des Würfels. Er versucht herauszufinden, wie man auf die andere Seite gelangen kann. Außerdem fürchtet er Spione. Von unserem Pendel weiß er nichts, es scheint auch eine ganz andere Funktion zu haben als die Welt in Bewegung zu halten, aber niemand kennt seine Bedeutung.«

Der Kontrollgott hätte sich an der schwierigen Lage erfreut, in der die Würfelwelt gerade steckte. Ihm war es schnuppe, wenn die Bewohner sich gegenseitig ausrotten würden. Am liebsten wäre es ihm, wenn jemand den unbedeutenden Planeten wie ein Käsehäppchen verschlingen würde. Nur Welten, die es nicht mehr gab, stellten für ihn gute Welten dar. Ein letztes Formular mit einer Verlustmeldung, und die Sache galt ein für alle Mal als erledigt, war vergessen und wurde zu den Akten gelegt.

»Wie konnte der Eisritter die Welt bloß anhalten?«, hakte Max nach.

»Schwarze Magie der übelsten Sorte, die in den Bewegungen des Pendels unterhalb der Festung schwingt. Wir müssen es zerstören.«

›Viel Glück‹, rief Amalia Meister Dost und Anna in Gedanken zu.

◆

Ein wütender Polarriese trieb seine unsichtbaren Schlittenhunde voran. Sein hungriger Frostgeier hockte missmutig auf der Sitzfläche des Gefährts, alle Federn flatterten im eisigen Wind. Die Doppelaxt des Schlittenlenkers funkelte böse im bläulichen Licht kalter Fackeln. In Gedanken verarbeitete der Besitzer der Axt bereits die seltsamen Wesen zu Kleinholz, die seinen Schlitten einfach entführt hatten. Niemand im Reich Frigadors wagte einen Streit mit einem Polarriesen. Es sei denn, er hatte nicht mehr alle Tassen im Schrank.

»Schneller«, brüllte der Hüne die Hunde an. »Und du machst dich gefälligst nicht auf dem Schlitten breit«, ranzte er seinen Vogel an. Noch verärgerter als zuvor erhob sich der majestätische Geier in die Lüfte. Die Entführer machten ihm die Verfolgung einfach. Sie hatten genügend frische Spuren im Schnee hinterlassen. Die Fahrtrichtung gefiel dem Polarriesen überhaupt nicht. Der Weg führte direkt zur schwarzen Festung im ewigen Eis. Frigador musste schnellstmöglich eine Meldung über den Vorgang erhalten.

◆

Purpel befand sich hungrig und durstig auf dem Rückweg nach Dangholt. Am Horizont näherte sich nach einem abenteuerlichen Rückweg durch Sümpfe und Wälder endlich die erste menschliche Siedlung. Viele Fragen wanderten dem jungen Zauberer durch den brummenden Kopf. Plagten ihn Wahnvorstellungen, oder lag dort in der Ferne tatsächlich ein Dorf? Befand er sich wirklich auf dem richtigen Weg? Auf dem kürzesten Weg? Wie sollte er seinen Auftrag erledigen, von dem das Leben der Zwillinge sehr wahrscheinlich abhing? Die Ungewissheit quälte den jungen vergesslichen Zauberer. Zwei kleine magische Unfälle, Purpel bezeichnete sie liebevoll als Zwischenfälle, brachten ihn erneut in Schwierigkeiten. Einmal verwandelte er sich vor lauter Hunger und Durst in eine Melone. Er war bereit, sich selbst zu verspeisen, musste aber feststellen, dass Melonen keine Mund besitzen. Gefährlich wurde es im Trollgebiet. Durch einen falschen Zauberspruch verwandelte er sich versehentlich in ein Hühnchen. Nur mit großer Anstrengung entkam Purpel einem Trupp Jäger und dem Kochtopf.

Mit letzter Kraft erreichte Purpel tatsächlich die Siedlung in der Nähe der Hauptstadt.

›Es ist keine Wahnvorstellung‹, dachte der Zauberer erleichtert. ›Und liegt dort an der Straße nicht auch eine Taverne?‹

Tatsächlich stand dort ein Wirtshaus. In Gedanken verspeiste Purpel bereits Sauerkraut, Stampfkartoffeln und saftigen Braten mit viel Soße. Dazu einige Krüge Bier und als Vorspeise eine Terrine Klößchensuppe. Und einen Pudding mit frischen Waldbeeren als Nachspeise. Danach einen Kaffee oder Kräutertee. Später einige Süßigkeiten. Die Leckereien tanzten in seinen Gedanken aus der Küche direkt auf den Tisch der Taverne, der sich ächzend unter der Last bog.

›Eine Mahlzeit reicht nicht‹, knurrte der Magen seinen Besitzer an. ›Wie wäre es mit einem Mahl, einem Schmaus, einem Festessen, einem Bankett oder besser einer Schwelgerei mit acht Gängen?‹ Purpel nickte. Er erreichte die Taverne, vor der ein großer Berg Kleinholz lag. Die Bruchstücke sahen seltsam schwarz aus, fast so, als seien sie einem Brand zum Opfer gefallen. Seltsamerweise roch der vergessliche Zauberer kein verkohltes Holz. Er erklomm die Stufen zur Eingangstür und lief direkt einem Zombie in die Arme.

»Hier ist geschlossen«, brummte der Riese unwirsch. »Wir renovieren gerade!«

»Warum?«

»Ein Kobold ist schuld!«

»Hat er die Taverne in Brand gesteckt?«, wollte Purpel wissen. »Er riecht nicht nach Feuer.«

»Nein, ein Wasserschatten ist vor Ärger geplatzt, als er beim Würfelspiel gegen den Gnom verlor. Wenn ich den Typen erwische, landet er sofort beim Kleinholz.«

Purpel versuchte mit letzter Mühe, nicht laut loszulachen. Hungrig, durstig und trotzdem vergnügt verabschiedete er sich vom Zombie. Er rannte aus dem Dorf und bekam einen Lachanfall, wälzte sich Schenkel klopfend auf dem staubigen Boden herum. Nachdem er sich beruhigt hatte, erinnerte sich Purpel an seinen wichtigen Auftrag, der er in Dangholt erledigen musste.

◆

Atos befand sich ebenfalls auf dem Rückweg nach Dangholt. Mit Sticks bekam er tatsächlich keine Probleme. Der Fährmann hielt Wort und trieb sein Segelschiff zu Höchstleistungen. Atos sorgte sich sehr um Anna und Max. Auch wusste er nicht, ob Purpel noch lebte oder doch den angorianischen Drachen als Mahlzeit gedient hatte. Ohne Purpel wäre es schwierig, wenn nicht sogar unmöglich, Amalia, die Zwillinge, Meister Dost und den fleißigen Midrafo zu retten, die sich im Land aus Eis und Finsternis in höchster Gefahr befanden. In Lebensgefahr. Atos folgte in den angorianischen Drachenwäldern einer noch recht frischen Spur. Im tiefen Gras entdeckte er den Abdruck eines Spatens. Der ehemalige Zauberer musste laut lachen.

◆

Frigadors schwarze Eisfestung besaß riesige Ausmaße. Niemand kannte alle geheimen Gänge oder die Anzahl aller Räume. Über die Jahrhunderte der Erbauung hatte der Eisritter immer wieder seine Baumeister und Architekten mit Hilfe der Doppelaxt ausgewechselt. Auch Frigador selbst wusste nicht, was er eigentlich mit tausenden von Zimmern, Kammern und Sälen anfangen sollte. Fast alle Räume sahen gleich aus. Alle Gegenstände ließ er aus schwarzem Eis oder Granit herstellen. Der Eisritter baute aus purer Langeweile. Er verfolgte sonst nur wenige andere Interessen. Das Werfen mit der Doppelaxt gehörte dazu. Er gewann jeden Wettbewerb. Jedenfalls fast. Früher wurde er manchmal nur Zweiter und machte den Gewinner einen Kopf kürzer und sich damit anschließend zum Sieger. So etwas sprach sich schnell herum. Seit dieser Zeit gewann er immer mit sicherem Vorsprung. Auch das Abrichten seiner geliebten Frostgeier wurde mit der Zeit langweilig. Also ließ Frigador seinen Untertanen bauen. Schließlich musste er als unsterbliches Wesen über angemessene Wohnräume verfügen. Vielleicht kam irgendwann einmal Besuch? Dreihundertachtundneunzig Gästezimmer befanden sich in der Festung, diese Zahl kannte der Eisritter genau. Momentan stand sein wahres Hobby aber im unterirdischen Eisdom. Der magische Mechanismus, der ihm die Eroberung der Würfelwelt ermöglichen sollte.

Nach dieser ungeheuren Bedrohung suchten die Zwillinge fieberhaft. Midrafo hatte mitgehört, dass tief unterhalb der schwarzen Festung das Geheimnis verborgen lag. Ein Pendel. Max achtete darauf, weiterhin in regelmäßigen Abständen unauffällige Pfeile in die Wände zu ritzen. Immer tiefer führten zahlreiche Wendeltreppen in den Untergrund hinab. Die Gruppe konnte sich ungestört in der rieseigen Festung fortbewegen. Alle Bewohner mussten entweder bei der Arbeit sein oder die wahnsinnige Anzahl von Räumen diente einem anderen Zweck. Max und Anna war es recht. Sie sorgten sich um ihre Tante. Vergeblich versuchte Anna, Gedankenkontakt aufzunehmen. Zu viele Eiswände, getränkt mit schwarzer Magie, lagen zwischen dem Mädchen und der Kerkerzelle Amalias. Je tiefer der Weg führte, desto deutlicher spürten die Zwillinge, dass das Gebäude leicht vibrierte. Legte man eine Hand auf eine schwarze Eiswand, konnte man es sogar fühlen. Ein lauter werdendes Brummgeräusch deutete ebenfalls auf etwas Besonders hin. Bald darauf schien der tiefste Punkt unter dem Eis erreicht zu sein. Die Zwillinge entdeckten keine weiteren Treppen abwärts. Vor einer riesigen Pforte lief ein gelangweilter Polarriese auf und ab. Die ständige Wackelei der Wände und des Fußbodens ging ihm gehörig auf die Nerven. Hier unten als Wache Dienst zu tun galt als Strafe.

Einmal am Tag erschien Frigador und verschwand hinter der streng geheimen Flügeltür. Irgendwann spazierte der Eisritter wieder gut gelaunt heraus und ging. Jedem normalen Wächter hatte Frigador den Zutritt zu den geheimen Räumen strengstens untersagt. Ansonsten passierte hier unten absolut nichts. Der Polarriese sehnte sich die Ablösung herbei. Gähnend stützte er sich auf dem Stiel seiner Axt ab, immer wieder drohte er einzuschlafen. In seiner Not zählte er schwarze Eisschafe. Bei siebenhundertachtundneunzigtausendfünfhundertelf hörte er ein Geräusch, verzählte sich und begann wütend wieder bei eins. Bei der Zahl dreizehn schreckte ihn erneut ein unbekannter Laut hoch. Misstrauisch schulterte der Polarriese seine Axt und ging Schritt für Schritt den Gang entlang.

»Huhuuuh!«, rief eine Stimme. Der einsame Wächter zuckte zusammen. Er blickte sich um. Weder vor ihm noch hinter ihm konnte er etwas entdecken.

›Wahrscheinlich höre ich schon Gespenster‹, dachte er bekümmert.

»Huuuuuuhuuuuuuh!«

»Halt, wer dort?«, rief der Polarriese.

»Huhuuuuh! Schau mal nach unten, du dummer Riese«, schnaubte Meister Dost verächtlich. Er stand direkt vor den Fellschuhen des Wächters. Noch niemals zuvor hatte dieser einen Kobold gesehen. Mit angsterfülltem Blick starrte er auf Meister Dost wie ein Elefant auf eine winzige Maus starren würde.

»Wer bist du?«

»Dein schlimmster Alptraum«, brummte der Kobold. »Ich fresse Riesen.«

Der Polarriese lächelte gequält. Sein Vorgesetzter hielt sich nicht in der Nähe auf und er musste daher allein entscheiden. Auf eine solche Situation hatte ihn niemand vorbereitet. Er wusste, was bei einem Angriff auf Frigador zu tun war, er wusste auch, dass er auf seinem Posten niemals einschlafen durfte. Er wusste aber nicht, was er mit einem lächerlichen Winzling anfangen sollte, der vor ihm stand und ihn fressen wollte.

»Buh!«, rief Meister Dost. Der Riese wich einen Schritt zurück.

»Siehst du diese Doppelaxt hier?«, fragt er mutig nach unten.

»Was ist damit?«, giftete Meister Dost zurück. Anna und Max mussten in ihrem Versteck grinsen. Der Kobold lieferte ein perfektes Schauspiel.

»Diese Klinge ist so scharf, dass sie dich in millimeterdünne Scheibchen schneiden könnte«, erklärte der Polarriese.

»Gib nicht so an! Bevor du den ersten Schlag führen kannst, habe ich dich schon mit einem Happen verschlungen. Wage es nicht«, drohte der Kobold. Als geübter Würfelspieler verstand er sich auf das Bluffen und Täuschen wie kein Zweiter. Ein echter Meister seines Fachs.

»Was trägst du in deiner Hand?«, erkundigte sich der Polarriese verängstigt. Meister Dost hob das kleine Säckchen in die Luft, in dem sich Dangholter Sand gegen Heimweh befand. Max hatte es bisher im Reisebündel getragen.

»Folge mir«, befahl Meister Dost und lockte den Wächter in einen Raum seitlich des Gangs hinein. Blitzschnell legte der Kobold das Säckchen auf den rechten Fellschuh des Riesen und lief ein Stück zurück in den Gang.

»Ich habe dich verzaubert«, lachte Meister Dost. »Wenn du dich auch nur einen Schritt bewegst, explodierst du. Und mit dir die gesamte Festung. Wage es nicht, dich zu rühren! Wage es nicht, um Hilfe zu rufen! Achte auf das Säckchen! Fällt es vom Schuh, bist du erledigt.«

Geschockt erstarrte der Raufbold und dachte bekümmert an seine Familie. Wirre Gedanken schossen durch seinen mächtig hohlen Kopf.

›Ich diene Frigador treu ergeben. Aber wenn ich explodiere, kann ich ihm nicht mehr dienen. Also bleibe ich stehen, damit ich ihm auch zukünftig dienen kann.‹

So ungefähr lautete die Logik des Kämpfers, der sonst kein Risiko scheute. Aber so etwas hatte er noch nicht erlebt. In seiner gesamten Laufbahn nicht.

»Du befreist mich doch wieder von diesem Säckchen, oder?«, bat er flehentlich. Meister Dost nickte großzügig.

»Natürlich, ich muss nur eine winzige Kleinigkeit erledigen. Warte hier!«, lächelte der Kobold. »Und rühr dich nicht von der Stelle, sonst ist es aus mit dir!«

Die Zwillinge schlichen unbemerkt am Nebenraum vorbei. Der Polarriese stand glücklicherweise mit dem Rücken zum Gang. Meister Dost grinste wie ein besonders fröhliches Honigkuchenpferd und nahm die Glückwünsche von Max und Anna entgegen. Sogar Midrafo pfiff schwer beeindruckt.

»Lasst uns schnell weitergehen, bevor der Schwindel auffliegt«, flüsterte Meister Dost bescheiden. Anna öffnete die riesige Pforte zum Eisdom und trat, gefolgt von ihren Begleitern, ein. Ihnen stockte der Atem. Sie blickten in eine unvorstellbar große unterirdische Halle hinein.

»Der Eisdom. Frigador nannte diese geheimen Raum Eisdom«, erklärte Midrafo. Meister Dost blickte sich nervös um und schaute zurück in den Gang. Der Polarriese gab keinen Laut von sich. Ein unvorstellbar großes Pendel zischte gleichmäßig durch die Luft.

»Sieht eigentlich gar nicht gefährlich aus«, stellte Max fest. »Aber es bringt die Würfelwelt aus dem Takt. Ich weiß zwar nicht wie, aber die Magie ist spürbar. Was unternehmen wir nun?«

Meister Dost hüpfte aufgeregt umher und zeigte mit ausgestrecktem Arm auf einen Absatz hoch oben im Eisdom. Misstrauisch beäugte ein Frostgeier die seltsamen Besucher. Seinen Herrn und Meister Frigador erkannte er nicht.

»Zunächst einmal sollten wir den Geier dort im Auge behalten. Es ist dieselbe Sorte Vogel wie auf dem Schlitten beim Iglu. Die Krallen sind mörderische Werkzeuge, auch der Schnabel ist nicht zu verachten.«

»Wenn wir das Pendel stoppen, käme die Welt doch wieder ins Lot«, vermutete der kleine Feuerdrache. »Lasst uns das Pendel stoppen!«

»Wie willst du das anstellen?«, meckerte der Kobold. »Das Ding ist hoch wie ein Turm und schwer wie tausend Bergochsen. Seht euch nur die riesigen Zahnräder an, die alles zermalmen, was ihnen im Weg steht.«

Anne dachte nach.

»Uns bleibt nicht viel Zeit. Irgendwann kommt vielleicht eine Wachablösung oder der Wächter bemerkt, dass er sich doch ungestraft bewegen kann. Oder der Eisritter persönlich erscheint hier unten. Ich habe einen Vorschlag.«

Das Mädchen erklärte den Plan. Ihr Bruder steuerte ebenfalls einige gute Ideen bei, wie weiter vorzugehen war.

»Meister Dost, wir benötigen die Axt des Riesen«, bat Max. »Eigentlich hasse ich Waffen, aber wir setzen sie ja nicht gegen andere Lebewesen ein.«

Seine Schwester nickte. Der Kobold lief mutig zum Polarriesen, der regungslos im Raum stand.

»Befreist du mich?«, fragte er.

Meister Dost schüttelte den Kopf.

»Noch nicht, ich benötige deine Axt. Nur für einen Moment.«

Gehorsam ließ der Polarriese den Stiel der Waffe los, auf dem er sich bis jetzt abgestützt hatte. Krachen fiel das Mordwerkzeug zu Boden. Unter größten Anstrengungen zerrte Meister Dost die Doppelaxt aus dem Blickfeld des Riesen, danach übernahm Max das schwere Gerät. Meister Dost bekam den Auftrag, im Gang Wache zu halten. Anna, Max und Midrafo wollten einen Versuch unternehmen, das Pendel zum Stillstand zu bringen.

»Wir haben einen Vorteil, mit dem auch der Eisritter nicht rechnet«, überlegte Anna.

»Und welcher Vorteil ist das?«, grübelte der Feuerdrache.

»Du«, lächelte Anna. »Wir besitzen Feuer, das nicht nur kaltes blaues Licht verbreitet, sondern Eis schmilzt.«

Midrafo blickte betrübt drein.

»Aber ich bin zu schwach, um das turmdicke Pendel zu schmelzen. Auch die dicken schwarzen Mauern der Festung konnte ich nicht ganz durchschneiden, sondern nur kleine Löcher hinein brennen. Hierfür benötigen wir einen angorianischen Megafeuerdrachen und keinen Winzling wie mich.«

Max zog die schwere Axt mit den beiden grauenhaft scharfen Klingen hinter sich her. ›Scharf genug, um auch schwarzes Eis zu durchtrennen‹, vermutete der Junge. Anna tröstete den Feuerdrachen.

»Das Pendel selbst kannst du nicht schmelzen und wir können es mit der Axt nicht beschädigen, da es sich bewegt. Jede Berührung mit der gewaltigen Eismasse würde uns umbringen.«

In diesem Augenblick griff der Frostgeier an. Im Sturzflug

raste er direkt auf Midrafo zu, die scharfen Klauen weit geöffnet. Mit einem gezielten Feuerstoß vertrieb der Drache den riesigen Vogel zurück auf seinen Aussichtspunkt im Eisdom. Es roch nach angebrannten Federn.

»Was nun?«, keuchte der Winzling.

Anna und Max überlegten gemeinsam.

»Was würde Herr Atos in einer solchen Lage tun? Was hat er uns gelehrt, wenn wir es mit einem übermächtigen Gegner zu tun haben sollten?«, grübelte Anna.

»Suche den Schwachpunkt«, riefen die Zwillinge im Chor. Atos bestand immer in allen Lektionen darauf, das Problem mit Sinn und Verstand, aber niemals mit roher Gewalt zu lösen. Anna erinnerte sich an Beispiele, die ihr durch den Kopf schossen, als sei es gestern gewesen.

›Die Kuppel des größten Bauwerks bricht zusammen, wenn man den richtigen Stein entfernt‹ oder ›Nutze den Schwung des Angreifers, um ihn zu Boden zu werfen‹ lauteten solche Weisheiten des Lehrmeisters. Anna verspürte Sehnsucht nach dem ehemaligen Zauberer und nach ihrer Tante. Die Zwillinge beobachteten den Mechanismus genauer. Das mächtige Pendel selbst schien unangreifbar, zu massig und zu schnell schwang es wie ein Metronom hin und her. Die Aufmerksamkeit richtete sich daher auf die Stützen, an denen die Baumeister ihre Konstruktion befestigt hatten. Auf jeder Seite sah Max zwei aneinander lehnende Stützen, die ebenfalls aus meterdickem Eis bestanden. Das Gebilde ähnelte einer riesigen Schiffsschaukel. Der Schwachpunkt konnten weder die Stützen noch das Pendel selbst sein. Der Junge konzentrierte seinen Blick auf die mächtigen Zahnräder, die erst die Pendelbewegung ermöglichten. Midrafo versuchte vergeblich, etwas Eis aus einem Zahnrad abzuschmelzen. Das Material war zu hart, zu kalt und zu dick für die schwache Flamme. Es gelang dem Feuerdrachen aber, ein kleines Loch in die Stütze zu brennen, ähnlich wie zuvor schon in die Außenmauer der schwarzen Festung. Max blickte die turmhohe Maschine hinauf.

»Ich werde nach oben steigen müssen!«

Bürgermeister Fuddelhaar sorgte in Dangholt für Ordnung. So wie er es immer tat. Nur etwas gründlicher. Zuerst schaute er genüsslich zu, wie der Schmied mit groben schmutzigen Händen den verstauchten Fuß des Leutnants behandelte. Jeder anwesende Heilkundige hätte von Folter oder Misshandlung gesprochen. Mit schmerzverzerrtem Gesicht lag der Offizier auf dem Boden des Sitzungssaals, während der bullige Handwerker gnadenlos den Knöchel hin und her drehte, dass es knirschte und knackte. Mit einem Stock und etwas Stoff schiente er die Knochen. Fuddelhaars Diener bezahlte den Mann und entfernte ihn schnell wieder aus dem Raum. Der Gestank des Schmieds beleidigte die feine Nase des Bürgermeisters. Anschließend befahl Fuddelhaar eine Ausgangssperre für alle Bürger, die nicht ihrer Arbeit nachgingen. Die Stadtwache räumte den kompletten Marktplatz und sperrte alle Zugänge. Niemand sollte das beunruhigende Pendel sehen, bis die Lage wieder unter Kontrolle kam. Die am Marktplatz angesiedelten Kaufleute protestierten, weil ihnen gute Geschäfte entgingen. Viele sprachen von Ruin. Die Gilde der Taschendiebe beschwerte sich ebenfalls, da ohne Bürger in Geschäften oder Straßen die zum Raub notwendigen, gut gefüllten Taschen und Geldbörsen fehlten. Fuddelhaar kümmerte sich nicht weiter um die Sorgen anderer Leute, schließlich konnte er es nicht jedem Recht machen. Mit der Ausgangssperre wollte er vermeiden, dass Unruhen ausbrachen. Müde zog er sich vom Balkon zurück, auf den die Sonne erbarmungslos vom Himmel brannte. Der Bürgermeister schwitzte vor Hitze und Angst. Eine Mahlzeit würde gut tun und ihn ablenken. Ohne seine am Tisch versammelten Berater eines Blickes zu würdigen, zog er sich in seine Privatgemächer im Rathaus zurück. Dort servierten seine Leibdiener in Butter gebratenen Ochsen mit Buttergemüse, Butterkartoffeln und einen Liter geschmolzene Butter als Soßenersatz. Eine leichte, bekömmliche Mahlzeit, wie er fand. Nur die Butterkremtorte wollte nicht schmecken. Dem Bäcker musste die Butter in der Hitze ranzig geworden sein. Fuddelhaar bekam Magenschmerzen und fiel in einen traumgeplagten, unruhigen Verdauungsschlaf.

Midrafo arbeitete tapfer mit, ohne seinen winzige Körper zu schonen. Stufe um Stufe brannte der Feuerdrache in eine der schwarzen Stützen des riesigen Pendels hinein. Meister Dost schaute ab und zu durch die Tür. Mit einem beruhigenden Handzeichen machte er deutlich, dass draußen im Gang die Lage unter Kontrolle war. Anna schaute abwechselnd hinauf zum Drachen und in das entschlossene Gesicht ihres Bruders.

»Du willst es wirklich wagen?«, fragte das Mädchen besorgt.

»Wir haben keine andere Wahl«, bekräftigte Max. Als Midrafo keuchend wieder am Boden gelandet war, schnürte der Junge sich mit einem Lederriemen die messerscharfe Doppelaxt auf den Rücken und begann seine Klettertour. Der Frostgeier wusste auf seinem Beobachtungsposten nicht, was er von der ganzen Sache halten sollte. Unruhig tänzelte er hin und her. Das Pendel zog zischend seine Bahnen. Immer wieder unterbrach Max den Aufstieg, um warmen Atem in die eiskalten Hände zu hauchen. Anna drückte ihrem Bruder die Daumen, der bald darauf sein Ziel erreichte. Max befand sich an der Stelle, an der das Pendel in seiner Halterung hing und durch die magischen Eiszahnräder angetrieben wurde. Ein falscher Tritt, und es wäre um Max geschehen. Ein Sturz in die endlose Tiefe des Eisdoms konnte leicht geschehen. Verlor der Junge das Gleichgewicht zur anderen Seite, würde er zwischen den Zahnrädern zermalmt. Mit großer Mühe fand Max einen einigermaßen sicheren Stand in luftiger Höhe. Midrafo behielt nun den Frostgeier genau im Auge, um gefährliche Überraschungsangriffe zu verhindern. Die Doppelaxt drang in das Eis wie ein heißes Messer in ein Stück Butter. Große Bruchstücke stürzten zu Boden, kleinere Splitter trafen Max im Gesicht. Anna ging in Deckung, um nicht von einem Brocken getroffen zu werden. Ihr Bruder konzentrierte sich auf einen einzigen Zahn im Rad. Immer, wenn nach einer Umdrehung dieselbe Stelle wieder bei ihm ankam, schlug Max mit aller Kraft zu.

›Suche den Schwachpunkt, suche den Schwachpunkt‹, dachte

er immer wieder. Mit ohrenbetäubendem Lärm krachte ein weiteres Stück Eis auf den Boden des Eisdoms.

›Unmöglich, dass das niemand gehört hat‹, sorgte sich Anna. Das Mädchen ging davon aus, dass gleich eine Horde Polarriesen erscheinen würde, um dem Spuk ein schnelles Ende zu bereiten. Meister Dost blickte kurz besorgt durch die Tür, meldete aber weiterhin keine Gefahr. Max schmerzten die Arme. Trotzdem nahm der Junge sich ein weiteres Zahnrad vor, aus dem er ebenfalls einen Zahn herausschlug. Es nahte der entscheidende Moment. Funktionierte der Plan, musste Annas Bruder so schnell wie möglich die Stütze verlassen. Mutig schlug er die schwere Doppelaxt zwischen zwei Zahnräder und ließ das Werkzeug dort stecken. Ein hässliches Knacken bei jeder Umdrehung zeigte, dass der Mechanismus aus dem Takt geriet. Die Zähne griffen nicht mehr richtig ineinander, begannen sich zu verhaken und zu verkanten. Eissplitter rasten wie Geschosse durch die Halle, selbst der Frostgeier ging in Deckung. Der gesamte Eisdom zitterte plötzlich viel stärker als zuvor. Max beeilte sich, die Stütze wieder herunter zu steigen. Auf halber Strecke erwischte ihn ein Eisbrocken am rechten Arm. Er rutsche ab, klammerte sich mit der linken Hand an einer Stufe fest. Die Beine des Jungen hingen frei in der Luft. Verzweifelt versuchte Max, mit einem Fuß wieder festen Halt zu finden.

◆

»Sag das noch einmal«, schrie Frigador. Der Eisritter lief, außer sich vor Wut, aufgeregt im Sitzungsraum auf und ab. Vor ihm kniete ein Polarriese. Sein Frostgeier hatte sich schon in die äußerste Ecke zurückgezogen. Frigador spielte mit seiner Axt wie andere Wesen mit einem Messer. Krachend schlug er ein Stück Eis aus der Tischplatte. Seine Berater gingen in Deckung, es drohte einer der gefürchteten Wutanfälle ihres Herrschers. Kleinlaut wiederholte der Polarriese seine Meldung.

»Fremde Wesen nahmen meinen Schlitten, als ich im Iglu schlief und der Frostgeier Wache hielt. Ein Winzling und zwei weitere, größere Gestalten fuhren auf und davon. Ich konnte keine Gesichter erkennen.«

Frigador hackte ein weiteres Stück Eis aus dem Tisch.

»Weiter!«, befahl er ungehalten.

»Später kam der Schlitten leer zurück. Ich folgte sofort der Spur, die aber auf der Rückseite der Festung vor der Schlucht endete. Die Fußspuren führten bis an den Rand des Abgrunds, danach war nichts mehr zu sehen. Sie müssen abgestürzt sein. Ich fuhr sofort um die Festung herum zur Vorderseite, kam über die Zugbrücke und bin jetzt hier. Ich denke wirklich, die Wesen sind in die Schlucht gefallen.«

Der Eisritter zerhackte voller Wut den gesamten Tisch in feinste Eiswürfel.

»Du denkst also? Bezahle ich dich neuerdings fürs Denken? Was ist, wenn es Spione sind?«

»Aber...«

»Kein aber...«

Frigador stutzte.

»Spürt ihr das auch?«, herrschte er seine Berater an. Unruhig lief er im Raum auf und ab. Jede Wand, der Fußboden, alle Gegenstände im Raum vibrierten, zitterten und schwankten. Die Eistafel mit der Zeichnung des Pendels stürzte von der Wand und zersplitterte in tausend Einzelteile. Ein dumpfes Grollen drang aus den Tiefen der Festung nach oben.

»Mit dem Pendel stimmt etwas nicht, folgt mir«, brüllte der Eisritter. Er schulterte die schwere Doppelaxt und stürmte aus dem Raum.

◆

Max gelang es, an der immer stärker zitternden Stütze neuen Halt zu finden. Mühsam kletterte er mit schmerzenden Armen abwärts. Zusammen mit seiner Schwester verließ er so schnell es ging den Eisdom. Die Zahnräder zeigten bereits Risse, das Pendel bewegte sich etwas schief zur Achse. Immer größere Eisbrocken flogen durch die riesige Halle. Meister Dost kümmerte sich derweil um den Polarriesen. Er nahm das Säckchen mit Dangholter Sand vom Fuß des Wächters.

»So, ich hebe den Explosionszauber auf«, rief er dem Hünen

im Gehen zu. »Zähle langsam, ich wiederhole, langsam bis hundert, danach kannst du dich wieder bewegen.«

Die Zwillinge und Meister Dost rannten um ihr Leben. Immer lauter drangen die Geräusche aus dem Eisdom heraus. Spätestens jetzt stand eine Tatsache fest. Jedes Wesen in der schwarzen Festung spürte nun, dass es ein Problem gab. Midrafo flatterte aufgeregt durch die Gänge, suchte an den Wänden die Pfeile und radierte diese mit einem Feuerstoß aus dem Eis.

»Hoffentlich funktioniert der Trick mit dem Säckchen auch mit der Wache vor dem Kerker von Frau Amalia«, grinste Meister Dost. Die Sorge des Kobolds schien unbegründet. Als die Gruppe beim Kerker ankam, konnten die Zwillinge weit und breit keine Wache entdecken. Die ersten Gittertüren hingen schief in den Scharnieren, überall knackte und knirschte das Eis. In einer der Zellen entdeckten die Geschwister ihre Tante Amalia, die frierend in Eisfesseln hing. Lächelnd begrüßte sie Anna und Max. Die Zauberin strahlte trotz ihrer misslichen Lage eine unglaubliche Ruhe aus. Sie erteilte klare Anweisungen. Meister Dost nickte mehrfach, als Amalia ihre Gedanken lautlos an ihren Diener übertrug.

»Ja, Herrin. Sofort, Herrin!«

Ohne ein weiteres Wort zu verlieren, stürmte der Kobold zurück in den Gang und verschwand kurz darauf aus dem Blickfeld der Zwillinge.

»Wo läuft er hin?«, fragte Anna erstaunt.

»Später, Liebes«, beruhigte Amalia ihre Nichte. »Tief unten ereignet sich eine Katastrophe, wir müssen die Festung so schnell wie möglich verlassen!« In diesem Augenblick sackte die Decke der Zelle knirschend ein Stück weiter nach unten.

◆

»Achtundsechzig, neunundsechzig, siebzig...«

Frigador erreichte voller Panik den Gang, der zur Pforte des Eisdoms führte. Hier unten zitterten die Wände viel stärker als in den oberen Geschossen der Festung.

»...einundsiebzig, zweiundsiebzig...«

»Wo ist die Wache?«, brüllte der Eisritter entsetzt.

»...dreiundsiebzig, vierundsiebzig...«

Fassungslos betrat Frigador den Raum, in dem der Polarriese bewegungslos verharrte.

»...fünfundsiebzig, sechsundsiebzig...«

»Was ist hier los?«, fauchte der Eisritter.

»...siebenundsiebzig, ich darf mich erst bewegen, wenn ich bis hundert gezählt habe, sonst explodiere ich, achtundsiebzig...«, erklärte der starre Wächter ernsthaft.

»...einhundert«, rief Frigador und zerrte den Polarriesen unsanft aus dem Raum. »Schlagt sofort Alarm, die Zugbrücke hoch, alle Ausgänge besetzen«, wies er die aus allen Richtungen herbeieilenden Wachen an. Zum immer noch zählenden Wächter gewandt stieß er eine mürrische Drohung aus.

»Wir rechnen später ab!«

Der Eisritter riss die Pforte zum Eisdom auf. Sein Frostgeier rannte ihn panisch über den Haufen, froh, nicht mehr von herumfliegenden Eissplittern getroffen zu werden. Frigador rappelte sich fluchend hoch und sah, wie sein Meisterwerk zusammenbrach. Das Pendel schwang so schief, dass es die eigenen Stützpfeiler berührte. Nach und nach zerstörte es sich selbst.

»Raus hier«, schrie er. Ein hässliches Knacken im Eisdom läutete das Ende des Pendels ein.

♦

Die Wände zitterten nicht mehr nur, sie bebten. Die Decke der Zelle rutschte wieder ein Stück tiefer. Die Gittertür zersprang unter dem Druck wie Glas. Mit Hilfe von Midrafo löste Amalia ihre Eisfesseln und stürzte gerade noch rechtzeitig aus der Zelle, bevor schwarze Eisbrocken den Raum unter sich begruben. Ein lautes Alarmhorn ertönte. Amalia wirkte schwach, konnte sich aber auf den Beinen halten. Sie hielt mit den Zwillingen Schritt, die den Pfeilen in umgekehrter Richtung folgten. Der Feuerdrache nahm sich nicht mehr die Zeit, die Spuren an den Wänden zu verwischen. Zu bedrohlich wankte und bebte die gesamte Festung. Meister Dost war nirgends zu sehen. Mit Mühe und Not erreichte die kleine Gruppe den Raum, durch den die Zwillinge zuvor in die Festung gelangt waren. Niemand hatte die herausgebrochenen Gitterstäbe aus Granit vermisst. Erleichtert tasteten sich die Flüchtenden zur Fensteröffnung vor. Meister Dost hatte sein Laufrad mitgenommen, als er Amalias Auftrag gefolgt war. Vorsichtig kletterte Anna voraus, ihre Tante folgte. Max bildete in der schwarzen Mauer den Schlusskletterer. Mit letzter Kraft erreichten alle Abenteurer festen Boden unter den Füßen. Die ersten Eisbrocken stürzten krachend aus der Mauer, verfehlten die Gruppe nur um Haaresbreite. Donnernd zerschellten die tonnenschweren Bausteine auf dem Grund der Schlucht.

»Ihr habt also die magische Brücke gefunden«, freute sich Amalia. »Ihr geht zuerst, ich folge. Wir müssen uns beeilen, bevor ein Eisbrocken die Brücke zerstört. Ich habe keine Kräfte mehr, um einen neuen Übergang zu erschaffen.«

»Warum gehen wir nicht zusammen?«, schrie Anna, um den ohrenbetäubenden Lärm der einstürzenden Festung zu übertönen.

»Wir sind zu schwer für die Brücke, sie trägt gerade euch beide, aber nicht auch noch mein Gewicht! Geht!«

Widerwillig ließen Max und Anna ihre Tante zurück, krabbelten so schnell es ging über den unsichtbaren Steg. Auf der Hälfte der Strecke blickte Anna sich um, gerade noch rechtzeitig, um am Fenster einen Polarriesen zu erkennen.

»Vorsicht, oben am Fenster ist jemand!«, rief das Mädchen entsetzt. Gleichzeitig zeigte Anna mit einem Arm auf die Maueröffnung. Der Wächter lehnte sich weit aus dem Fenster und schleuderte eine Doppelaxt nach unten. Krachend blieb das Werkzeug eine Handbreit hinter den Zwillingen in der unsichtbaren Brücke stecken. Eilig krabbelten die Kinder weiter, bis beide die rettende Seite der Schlucht erreichten. Amalia flogen immer dickere Eisbrocken um die Ohren. Geschickt und sicher betrat sie ihre unsichtbare Brücke, als die nächste Axt heransauste. Die Zauberin spürte die Gefahr und duckte sich rechtzeitig. Als sie direkt neben der feststeckenden Waffe ankam, knackte das Brückenbauwerk gefährlich und sackte ein Stück nach unten. Amalia stolperte, fiel zum Entsetzen der Zwillinge auf die Knie, rappelte sich hoch und lief weiter. Eine dritte Doppelaxt brachte die Brücke zum Einsturz. Amalia sprang. Mit beiden Händen klammerte sie sich an der Klippenkante fest. Die Beine der Zauberin baumelten über der unendlich tiefen Schlucht. Mit vereinten Kräften zogen die Zwillinge ihre Tante auf die rettende Eisoberfläche zurück. Anna hörte fast im selben Augenblick feine Glöckchen erklingen. Meister Dost nahte mit einem Schlittengespann. Auf der Sitzfläche lag ein Berg warmer Fellkleidung, das goldene Laufrad spendete helles Licht. Eilig sprangen Amalia, Anna und Max auf das Gefährt. Midrafo verkroch sich zitternd unter einer Fellmütze. Der Kobold trieb das Gespann geschickt voran. Im Hintergrund sackte die schwarze Festung langsam in sich zusammen. Niemand folgte dem Schlitten. Die Zwillinge wussten nicht, ob der Eisritter und seine Polarriesen das Bauwerk noch rechtzeitig verlassen konnten. Über dem ehemaligen Ort des Bösen kreisten gierige Frostgeier. Amalia stärkte sich mit Universaltinktur aus dem Reisebündel ihren Ziehsohns. Ihre Schmerzen verschwanden sehr schnell.

Die Reise zurück zum Gebirge verlief ohne Zwischenfälle. Amalia erzählte ihre unglaublichen Erlebnisse der letzten Jahre und brachte ihr Wissen über Anna und Max auf den neuesten Stand. Alle mussten herzlich lachen, als Meister Dost seine Würfelpartie in der Taverne nachspielte. Die Zauberin konnte ihrem Diener nicht böse sein, dass er dem Glücksspiel nicht hatte widerstehen können.

Je weiter sich der Schlitten dem Gebirge näherte, desto nachdenklicher wurde Amalia. Sie wusste, genau wie vor über zehn Jahren, noch immer nicht, wie sie auf die andere Seite der Berge gelangen konnte. Die Gruppe zog sich in die Höhle zurück, in der das Abenteuer im Land aus Eis und Finsternis begonnen hatte. Mutig schmiedeten sie neue Pläne. Gemeinsam waren sie stark.

»Ob die Würfelwelt sich bald wieder dreht?«, fragte Anna besorgt.

»Noch wirkt die Macht des Eispendels. Die schwarze Festung wehrt sich noch«, erklärte ihre Tante Amalia.

Purpel besuchte in der Zwischenzeit die magische Eichenhöhle, um sich zu waschen und neue Kleidung zu erwerben. Buho erkundigte sich nach den übrigen Reisenden. Er freute sich inbesondere, dass Atos noch lebte, auch wenn Purpel den genauen Aufenthaltsort des ehemaligen Zauberers nicht kannte.

»Ich benötige deine Hilfe«, bat der vergessliche Magier den weisen Uhu. »Ich muss möglichst ungesehen in den vergessenen Garten des Lapacho gelangen. Zwar war ich vor einiger Zeit schon einmal dort, aber der unterirdische Weg von der magischen Eichenhöhle zurück in die Stadt ist mir nicht mehr im Gedächtnis. Es eilt, ich habe einen Auftrag vom Kollegen Atos erhalten. Es geht um das Leben von Anna und Max. Hoffentlich auch noch um das von Amalia.«

Buho nickte.

»Es würde mich freuen, Amalia und ihre Ziehkinder gesund auf dieser Seite der Würfelwelt wiederzusehen. Ich kümmere mich persönlich darum.«

Mit mächtigen, aber lautlosen Flügelschlägen verließ die Eule ihre verborgene magische Höhle. Buho ging ein hohes Risiko ein. Normalerweise flog er nur bei Nacht. Da die Würfelwelt immer noch stillzustehen schien, brannte ständig eine unbarmherzige Sonne auf Dangholt. Schon nach kurzer Zeit kehrte der Nachtjäger unbeschadet zurück. Purpel erkannte, dass er ein Beutestück in den mächtigen Klauen hielt. Geschickt löste Buho kurz vor der Landung den Griff. Eine Ratte sprang heraus und blieb seelenruhig an Boden sitzen, während der Uhu direkt neben dem Nager landete.

»Puh, was für ein Ritt durch die Lüfte«, stöhnte Knirk. Der Rattenspion reckte und streckte sich. Alle Knochen schienen noch am richtigen Platz zu sitzen.

»Ich weiß, wie sich das anfühlt«, lachte Purpel und berichtete von seinem Flug in den Fängen des Adlers. Auch seinen Sturz direkt vor die Füße seines Kollegen verschwieg er nicht.

»Ihr brecht besser sofort auf«, schlug Buho vor.

»In Dangholt gilt eine Ausgangssperre«, erklärte Knirk. »Fuddelhaar muss Angst haben. Durch das Stadttor hättest du sowieso nicht spazieren können. Ich bringe dich ungesehen in den vergessenen Garten des Lapacho!«

Purpel deutet eine leichte Verbeugung an.

»Vielen Dank für die schnelle Hilfe, Buho.«

Das ungleiche Paar machte sich auf den Weg durch unterirdische Gänge, stinkende Kanäle und geheime Kammern. Besonders gefährlich wurde wieder das Teilstück, auf dem das Dangholter Obdachlosenheim für heruntergekommene Vampire lag. Da ständig heller Tag herrschte, schliefen die Blutsauger nicht sehr tief, waren hungrig und träumten schlecht. Auf Zehen- und Krallenspitzen schlichen Purpel und Knirk vorsichtig zwischen den Schlafsärgen hindurch. In der Tasche des Zauberers blinkte ein kleiner Würfel in knallroter Farbe.

»Was für ein Alptraum«, stöhnte Purpel am anderen Ende des Schlafsaals. Knirk grinste. Mit sicherem Gespür leitete der Rattenspion seinen Begleiter in den Keller eines verlassenen Hauses. Der Nager peilte misstrauisch die Lage auf der Straße.

»Dort hinten befindet sich schon die Mauer um den vergessenen Garten des Lapacho«, flüsterte Knirk. »Auf der Straße sehe ich keine Soldaten. Komm!«

Der vergessliche Zauberer zögerte.

»Was ist los? Du fühlst dich unwohl, nicht wahr?«, fragte Knirk.

Purpel blickte ängstlich drein und nickte.

»Die Mauer. Du weißt doch noch, dass ich nicht schwindelfrei bin, oder? Ich komme keine einzige Sprosse weit vom Erdboden weg.«

»Auch nicht dann, wenn das Leben der Zwillinge davon abhängt?«, zweifelte Knirk.

»Ich kann es nicht steuern, mein Körper verweigert mir den Dienst, sobald die Augen melden, dass der Abstand zwischen Kopf und Fußboden zu groß wird. Es ist keine Absicht von mir«, erklärte Purpel verzweifelt.

Knirk dachte kurz nach.

»Ich habe die Lösung!«, rief der Rattenspion erfreut.

»Tatsächlich? Lässt du mich bewusstlos schlagen und über die

Mauer tragen?«, lästerte der vergessliche Zauberer. Knirk musste lachen.

»Nein. Zauberer tragen doch in einer Tasche des Gewandes immer ein großes dunkles Zaubertuch, wenn ich richtig informiert bin?«

»Ja!« Purpel zog stolz ein blauschwarzes Tuch mit gelben Sternen aus dem nagelneuen Umhang. Auch alle Sterne auf seiner Brust leuchteten nun wieder in derselben Farbe. Fast vermisste er den schönen rosafarbenen Stern auf seiner alten Kleidung.

»Verbinde dir die Augen«, befahl Knirk.

»Wieso?«

»Tu es!«

Purpel erfüllte den Wunsch des Rattenspions.

»Nun folge mir, ich leite dich zur Mauer. So ist es gut. Immer Schritt für Schritt. Jetzt stopp. Weiter nach links. Perfekt. Jetzt fühle die unsichtbare Leiter. So, nun den rechten Fuß auf die Sprosse, jetzt den linken Fuß.«

Ohne Angst erreichte Purpel die obere Kante der Mauer. Knirk schaffte es, den Zauberer auf der anderen Seite wieder unfallfrei die Leiter herabsteigen zu lassen. Purpel entfernte das Tuch. Geblendet blickte er sich um. Dort also stand der Gegenstand, um den sich sein Auftrag drehte.

»Soll ich dir Gesellschaft leisten, bei dem, was du zu tun beabsichtigst?«, bot Knirk an. Als guter Spion musste man sich immer auf dem Laufenden halten. Sein Begleiter nickte.

»Eine gute Idee, ich versuche, mich zu erinnern. Vielleicht kannst du mir helfen!«

»Was hast du vor?«, fragte der Nager neugierig.

»Mein Kollege Atos hat eine Theorie, die ich dringend überprüfen muss. Du warst doch dabei, als ich damals einfach durch diese verschlossene Tür hier mitten im Garten spaziert bin.«

Knirk nickte.

»Ich traute meinen Augen nicht. Wir warteten noch eine Weile auf dich, mussten dann aber schließlich weiter ziehen. Wo bist du gewesen?«

»Das genau ist die Frage, aber nicht das Problem«, rief Purpel. Der Rattenspion kratze sich mit einer Pfote am Kopf.

»Du sprichst in Rätseln!«

»Also. Wenn die Theorie von Atos stimmt, und einiges spricht dafür, dann gelangt man auf magische Weise von dieser Tür direkt in eine Höhle, die im Land aus Eis und Finsternis liegt. Mit irgendeinem Zauberspruch habe ich damals die Tür versehentlich geöffnet, stand danach plötzlich in eisiger Finsternis herum.«

»Und jetzt willst du wissen, wie der Zauberspruch lautet?«

»Genau, ich versuche mich zu erinnern. Was zum Tonaluga habe ich damals bloß gesagt?«

»Lass uns scharf nachdenken«, bot Knirk an. »Aber verwandele nicht versehentlich dich oder mich in irgend einen nutzlosen Gegenstand!«

◆

Atos nutzte alle Tricks, um möglichst schnell zurück in die Hauptstadt zu gelangen. Vor dem ehemaligen Gildenzauberer tauchte schließlich ein bekannter Ort aus. Atos schlug um das Dorf und seine Taverne einen großen Bogen. Mit Zombies aus der Gilde der Türsteher war nicht gut Kirschen essen. Außerdem galt er immer noch als tot. Der Lehrmeister marschierte nicht direkt auf Dangholt zu, sondern plante den Rückweg über die magische Eichenhöhle. Dort konnten ihn zwar auch andere Zauberer entdecken, aber Garmander saß weit entfernt im Berg fest und kämpfte wahrscheinlich immer noch mit tausenden von Leuchtkugeln. Atos folgte einem schmalen Pfad durch ein Waldstück. Immer wieder blickte er sich prüfend um. Im Unterholz knackte es. Der Zauberer blieb stehen, suchte mit scharfem Auge das Gehölz ab. Bewegte sich dort hinten nicht etwas?

›Nur ein Tier‹, beruhigte sich der erfahrene Lehrmeister selbst. Pfeifend tat er einen Schritt nach vorne und wurde im selben Augenblick nach oben gerissen. Ein Bein hing fest in einer Seilschlaufe. Sein Kopf schlug hart gegen einen Baumstamm. Atos wurde schwarz vor Augen.

◆

Garmander kämpfte schon seit Tagen im Seitenarm der Höhle

gegen eine Unmenge schwebender Glaskugeln. Mit Blitzen konnte er den Gebilden nicht beikommen. Immer, wenn ein Gefäß platzte, bildeten sich sofort tausend neue Kugeln. Es war zum Verzweifeln. Langsam aber sicher ging der Proviant zu Ende. Seine Pläne, Bürgermeister zu werden und mit Ruhm und Ehre in Dangholt empfangen zu werden, hatten sich längst in Luft aufgelöst. Er konnte froh sein, wenn Fuddelhaar den Posten als Gildenmeister der Zauberer nach seiner Rückkehr noch nicht an einen anderen Magier übergeben hatte. Wütend und betrübt zugleich kämpfte er sich vorwärts wie durch einen Wall aus zähem Brei. Garmander schob mit allen Kräften gegen die Hindernisse, die vom Fußboden bis zur Decke der Höhle jeden Millimeter ausfüllten. Wieder drückte er und fiel nach vorne wie durch ein Loch. Der Länge nach schlug der Gildenmeister auf den steinernen Boden. Seine Nase landete direkt zwischen zwei nackten Füßen, die in ausgetretenen Sandalen steckten.

»Du brauchst mir nicht die Füße zu küssen«, brummte eine freundliche Stimme, die aber kurz darauf ernsthaft klang. »Warum richtest du eine solche Unordnung in meiner Höhle an?«

Garmander kniff sich selbst in die Wange. Er danach stand fest, dass er nicht träumte. Vorsichtig hob er den Kopf. Am unteren Rand einer groben Kutte blieb er hängen.

»Willst du sehen, was ich darunter trage?«, lästerte die Stimme. Garmander wurde wütend. Wie von der koporitanischen Riesentarantel gestochen sprang der Zauberer auf und schickte einen Blitz in Richtung Kutte. An einem unsichtbaren Schutzschild prallte der Angriff ab und verpuffte ohne Wirkung.

»Wer bist du?«, brüllte Garmander zornig.

»Lapacho! Warum greifst du einen alten Mönch an?«

»Der Lapacho, den es nur der Legende nach gibt? Du machst Witze«, schimpfte der Zauberer. »Nun lass mich durch, ich muss zurück in die Hauptstadt. Wichtige Geschäfte warten auch mich.«

Garmander wollte den Mönch zur Seite schieben, doch der Klosterbruder rührte sich nicht vom Fleck.

»So kommst du mir nicht davon«, mahnte Lapacho. »Dafür, dass ich hier deinen Unrat aus dem Weg räume, verlange ich eine

Gegenleistung!«

»Ich bin Zauberer, verfüge also über unbegrenzte Mittel«, erklärte Garmander hastig.

»Das meine ich nicht. Eure magische Eichenhöhle ist mir bekannt. Geld und Gold reizen mich aber nicht!«, erklärte der Mönch seelenruhig.

»Was willst du dann?«, fragte der Zauberer in einem sehr unhöflichen Tonfall.

»Du wirst mir etwas versprechen«, erklärte der Mönch ohne Eile. »Du wirst mir versprechen, dass du meine Freunde in Ruhe lässt, die in Dangholt leben.«

»Gut, und woran erkenne ich deine Freunde?«', schnaubte Garmander ungehalten.

»Das herauszufinden, genau *das* ist die Kunst, der du dich in der Zukunft widmen wirst!«, erklärte der Mönch und verschwand in einer Rauchwolke. Lapacho hasste eigentlich bühnenreife Auftritte, aber von Zeit zu Zeit musste es einfach sein.

›Armer alter Trottel‹, dachte Garmander verächtlich. ›Dangholt liegt weit entfernt von hier. Was ich dort tue und lasse, kann niemand kontrollieren.‹

Eine verärgerte Stimme kam von überall und nirgends aus den Wänden, das Echo hallte tausendfach in der Höhle wider.

»Arm und alt lasse ich mir gefallen. Den Trottel nicht. Und wenn du denkst, du bist in Dangholt in Sicherheit, so täusche dich nicht. Ich komme zum Rasenmähen vorbei!«

Kreidebleich verließ der Zauberer das Höhlensystem, um kurze Zeit später Streit mit dem Fährmann vom Zaun zu brechen. Lapacho räumte derweil seine Höhle auf.

◆

Atos erwachte mit einem gehörigen Brummschädel. Auch sein Knöchel, mit dem er immer noch im Seil hing, schmerzte gewaltig. Dass ihm immer noch schwarz vor Augen war, lag jetzt aber mehr an seinem Gewand. Es hing, der Schwerkraft folgend, von der Brust hinab, über den Kopf hinweg bis auf den Boden herunter. Stimmen näherten sich.

»Seht, was ihr angerichtet habt, ihr Hornochsen«, schimpfte

eine aufgebrachte Stimme. Eine Stimme, die Atos bekannt vorkam. »Ihr habt einen Zauberer gefangen, kein Reh und keinen Hirsch. Wie sollen wir davon satt werden? Wir sind doch keine Kannibalen!«

»Aber wir konnten doch nicht ahnen...«, rechtfertigte sich eine andere Stimme.

»...und was hat auf diesem abgelegene Weg überhaupt jemand zu suchen, der hier nicht wohnt«, mischte sich eine weitere Stimme ein.

»Ruhe, Männer. Sofort herunterholen und entschuldigen«, brüllte die erste der drei Stimmen. Atos merkte, wie ihn mehrere Männer vorsichtig herabließen. Er stützte sich mit beiden Armen am Boden ab und achtete darauf, dass sein Gewand das Gesicht weiterhin verdeckte. Kurze Zeit später lösten fleißige Hände die Seilschlaufe. Atos atmete kurz durch, sprang auf und rannte los. Der Leutnant und mehrere seiner Soldaten blieben überrascht und sprachlos stehen. Als Erster fasst der Offizier wieder klare Gedanken.

»Hinterher, holt den Zauberer zurück!«, befahl er. »Treffpunkt ist wieder hier!« Eine Gruppe von fünf Männern nahm die Verfolgung des Magiers auf. Atos wusste nicht, ob ihn bei seinem Überraschungsangriff jemand erkannt hatte. Für sein Alter war er gut zu Fuß, außerdem stand die Magie auf seiner Seite. Er beschloss, seine Zauberkräfte nach der langen Reise zu schonen und auf dem kürzesten Geheimweg zum vergessenen Garten des Lapacho zu gelangen. Noch immer wusste Atos nicht, ob Purpel der Weg zurück in die Hauptstadt geglückt war. Geschickt verschwand der Lehrmeister unentdeckt in einer Felsspalte. Dornengestrüpp verdeckte den verborgenen Eingang fast vollständig. Von dort aus führte ein Geheimweg nach Dangholt.

»Hat der Erdboden den Zauberer verschluckt?«, wunderte sich einer der Soldaten. Leider war der Vorgesetzte nicht zur Stelle, der mit seinem verletzten Fuß nicht folgen konnte.

»Der Leutnant wüsste Rat«, bemerkte ein Kamerad.

»Aber der Leutnant macht uns auch die Hölle heiß, wenn wir den Zauberer aus den Augen verlieren«, fürchtete der Dritte. Fie-

berhaft drehte die Männer jeden Stein um, suchten nach Fußspuren und fluchten dabei wie die Kesselflicker. Plötzlich winkte
einer der Suchenden seine Kameraden herbei.

»Sehr her, hier am Dornbusch hängt ein Stück vom Gewand
des Zauberers!«

Mit gezückten Dolchen kämpften sich die Männer zur Felsspalte vor und folgten eilig einem kleinen Licht, das im Gang vor
ihnen an der Hand des Zauberers baumelte. Atos rechnete nicht
damit, weiter verfolgt zu werden. Er bemerkte die Soldaten erst,
als sie ihn fast erreicht hatten. Der Zauberer stolperte, rappelte
sich wieder hoch. Er wollte es schaffen, musste es schaffen. Atos
erreichte eine Tür, die wie von Geisterhand gesteuert lautlos auf-
schwang. Kein Knarren, kein Quietschen der Scharniere. Nichts.
Vorsichtig schlich er durch den Saal. Er verließ durch eine zweite
Tür in dem Augenblick den unterirdischen Raum, als fünf Gestalten durch die erste Tür hereinpolterten.

»Dort hinten ist er«, brüllte der Erst.

»Hinterher«, schrie der Zweite.

»Warum brennen hier unten Kerzen?«, wollte der Dritte wissen. Zwei weitere Soldaten schwiegen entsetzt, als sie die Sarg-
reihen vor sich bemerkten. Beide Ausgangtüren klappten krachend in die Schlösser und ließen sich nicht mehr öffnen. Atos
konnte nichts mehr für die Männer tun. Betroffen hörte er, wie
die ersten Sargdeckel auf den steinernen Boden fielen. Wilde
Schreie hallten durch die unterirdischen Gewölbe. In Dangholt
gab es nun fünf Vampire mehr und fünf Soldaten weniger. Graf
Krommel würde sich die Hände reiben, sobald er von den Neu-
zugängen erfuhr.

◆

Anna, Max und ihre Tante Amalia harrten immer noch geduldig in der kalten Höhle aus. Im Licht des goldenen Laufrades
blätterte Meister Dost eifrig in seinem Buch herum.

»Was ich schon die ganze Zeit fragen wollte«, begann Anna
bibbernd vor Kälte. »Ist das Buch, das du liest, interessant, Meister Dost?«

Amalia lächelte. Auch der Kobold konnte sich ein Grinsen nicht verkneifen.

»Habe ich etwas Falsches gefragt«, hakte das Mädchen verunsichert nach.

»Ist schon in Ordnung!« Meister Dost schüttelte den Kopf. »Es ist nur so, dass ich in dem Buch die meiste Zeit nicht lese. Ich schreibe mein Tagebuch. Gut, ab und zu schau ich mir auch einmal alte Seiten an, aber nicht sehr oft. Es passieren einfach zu viele interessante Dinge, die ich notieren muss.«

Max staunte zusammen mit seiner Schwester einen großen Haufen Bauklötze. Beide stellten sich hinter den Kobold und schauten ihm über die Schulter. Seine Gedanken schien Meister Dost direkt auf das Papier übertragen zu können. Keine Tinte, keine Schreibfeder, sondern reine Magie. In Windeseile rasten die Buchstaben über das Pergament des Buches, sogar die Seiten blätterten wie von Geisterhand um. Anna kam mit dem Lesen der neuen Zeilen kaum nach. Auch schöne bunte Bilder malten sich von selbst.

»Anna und Max entdecken das Geheimnis meines Tagebuchs«, las das Mädchen laut vor und musste lachen, weil sie von nun an neben ihrem Bruder als Gemälde im Tagebuch zu finden war. Schon die nächste Zeile erinnerte Anna an die momentane Lage. »Leider sitzen wir noch immer in einer Sackgasse und hoffen auf einem Rückweg nach Dangholt.«

»Wie recht du hast«, seufzte Amalia.

In diesem Augenblick geschah etwas Seltsames. Die Höhle füllte sich langsam mit schwebenden Glaskugeln, in denen prekorianische Glühwürmchen in schillernden Farben leuchteten.

»Was ist das schon wieder?«, rief Midrafo aufgeregt.

»Zauberer besitzen solche Leuchtkugeln«, erklärte Amalia. »Aber nicht in dieser Anzahl. Es muss ein Kampf stattgefunden haben, bei dem Atos und Garmander mit magischen Blitzen um sich geworfen haben. Trifft ein solcher Blitz auf eine Kugel, zerspringt das Glas und es entstehen viele neue Kugeln.«

»Und was kann man dagegen tun?«, fragte Max, während mit lautem ›Plopp‹ immer neue Kugeln erschienen.

»Nichts«, brummte Meister Dost. »Doch, wir können gemeinsam hoffen, dass uns noch genügend Luft zum Atmen bleibt.«

»Woher kommen die Kugeln?«, fragte Anna.

»Ich fürchte, Lapacho fegt seinen Berg aus«, erklärte Amalia. Tatsächlich wurde es mit jeder neu ankommenden Kugel enger in der Höhle. An eine Flucht konnte niemand mehr denken. Immer neue Leuchtkörper versperrten jeden Ausweg, verstopften auch den letzten Winkel der Höhle. Wenige Minuten später steckten alle Wartenden wie Wurstscheiben in einem Butterbrot fest. Anna bekam kaum noch Luft.

»Ich kann nicht mehr richtig atmen«, keuchte auch ihr Bruder. Amalia kämpfte vergeblich gegen die Übermacht der hereinströmenden Glaskugeln. Langsam wurde die Atemluft knapp. Es würde nicht mehr lange dauern, bis die Masse der Leuchtkörper die Eingeklemmten erdrückte.

◆

Purpel versuchte zusammen mit Knirk, hinter das Geheimnis der Tür im vergessenen Garten des Lapacho zu kommen.

»Damals bist du von dieser Seite durch die Tür gegangen«, wusste der Rattenspion. Purpel rüttelte vergeblich am Knauf.

»Das wäre zu einfach, schließlich konnten die Zwillinge dir nicht folgen. Niemand außer Lapacho hat jemals zuvor diese Tür geöffnet.«

»Hast du einen Zauberspruch benutzt?«, hakte die Ratte nach.

»Ich kann mich nicht erinnern. Außerdem passieren mir oft Unfälle beim Zaubern«, gestand Purpel kleinlaut.

Knirk kratzte sich mit einer Vorderpfote am Kopf. Es war ein Zeichen dafür, dass der Spion angestrengt nachdachte.

»Ich weiß noch, dass Meister Dost sich über deine Höhenangst lustig machte«, überlegte die Ratte. »Nimm doch die Tür, lästerte der grüne Kobold damals. Und dann hast du gerufen...«

»...gute Idee! *Es ist eine schöne Tür!*«, rief Purpel. Der junge Zauberer drehte am Knauf. Die Tür sprang explosionsartig auf. Ein Schwall bunter Leuchtkugeln ergoss sich in den vergessenen Garten des Lapacho und schwemmte Amalia, Anna, Max, Meister Dost und einen winzigen Feuerdrachen auf die ungemähte

Blumenwiese. Geistesgegenwärtig und mit vereinten Kräften versuchten Purpel und Max, die Tür wieder zu schließen. Es gelang ihnen nicht. Zu viele der Glaskörper steckten im Türrahmen fest.

»Ihr seid ganz schön dick angezogen«, grinste Purpel.

»Willkommen in Dangholt«, rief Knirk, der sich mühsam aus einem Kugelmeer herauskämpfte. Hier im Garten schwebten die Glaskörper nicht mehr, sondern rollten leuchtend auf dem Untergrund herum. Anna und Max lagen geschafft auf der Wiese und atmeten tief durch. Die Luft roch herrlich nach Gras, Blumen, Obst und Kräutern. Eine unbarmherzig brennende Sonne erinnerte die Zwillinge daran, dass sie wieder auf der richtigen Seite der Würfelwelt angekommen waren. Anna löste die Lederschnüre um die Fellschuhe und stand kurz darauf barfuß im Garten des Lapacho. Auch die übrige Winterkleidung verschwand schnell im Reisebündel ihres Bruders.

»Ich habe Hunger wie ein Bergochse«, beschwerte Anna sich leise.

»Ich auch«, stellte Max fest und pflückte einen saftigen Apfel. Meister Dost nahm zum ersten Mal seit langer Zeit eine kräftige Portion Schnupftabak zu sich. Sein Niesen riss das gesamte Laub von einem prächtigen Birnenbaum.

◆

Durch die Würfelwelt verlief ein spürbarer Ruck, als die schwarze Festung im Land aus Eis und Finsternis endgültig in der Schlucht versank. Kein schwarzer Eisbaustein befand sich mehr auf dem anderen. Das Pendel, dessen Schwingungen die Drehung der Würfelwelt gestoppt hatte, gab es nicht mehr. Es würde noch einige Zeit dauern, bis die Länge der Tage und Nächte wieder stimmte, aber ein Anfang war gemacht. Die Bürgern Dangholts spürten die Veränderung zuerst. Trotz der Ausgangssperre beobachteten viele der Einwohner aus ihren Fenstern den Marktplatz. Die Kaufleute, deren Geschäfte direkt um den Marktplatz herum angeordnet lagen, sahen es mit eigenen Augen. Das Pendel setzte sich ganz langsam in Bewegung, die

Wolke darüber wurde tatsächlich heller. Bürgermeister Fuddelhaar trat auf den Rathausbalkon. Der Stadtobere traute seinen Augen nicht.

›Sollte Garmander *doch* Erfolg gehabt haben?‹, dachte er. ›Vielleicht konnte er die richtigen Zwillinge fangen und in den Vulkan Tonaluga werfen lassen? Wenn es so ist, wird der Zauberer zu einer Gefahr für mich. Was, wenn er selbst das Amt des Bürgermeisters anstrebt?‹ Fuddelhaar fürchtete um seine Macht. Er beschloss, die Ausgangssperre aufzuheben und eine Ansprach zu halten.

»Major Bockelwitz«, rief der Bürgermeister. Umständlich rückte er seine Perücke zurecht, unter der er wieder entsetzlich schwitzte. Der Offizier erschien mit zackigen Schritten, salutierte und blieb in strammer Körperhaltung vor dem Stadtoberen stehen.

»Jawoll, Herr Bürgermeister. Was befiehlst du, Herr Bürgermeister?«

»Schick deine Männer durch alle Gassen der Stadt. Ich hebe die Ausgangssperre auf. Das wird mich bei Kaufleuten und anderen Bürgern beliebt machen. Ich beabsichtige, nachher eine Rede zu halten. Das Volk soll sich auf dem Marktplatz versammeln, um die Ansprache zu hören und das Pendel zu bewundern!«

»Jawoll!«, brüllte Bockelwitz eifrig.

»Major!«

»Ja, Herr Bürgermeister?«

»Lass die Gefangenen aus dem Kerker, ich brauche etwas, womit ich die Menschen begeistern kann!«

»Alle Gefangenen?«, hakte der Offizier nach.

»Ja, alle werden begnadigt!«

»Jawoll, Herr Bürgermeister!« Der Major machte gekonnt auf dem Absatz kehrt und marschierte zur Wachstube, um die dort Karten spielenden Soldaten auf Trab zu bringen. Auch der Bürgermeister wusste genau, was zu tun war. Und er beschloss, es in jedem Fall vor der Rückkehr Garmanders zu erledigen. Das Volk musste begeistert werden.

In einem großen Kreis hockten Amalia, Anna, Max, Purpel, Meister Dost, Knirk und Midrafo auf der saftigen Blumenwiese in Lapachos vergessenem Garten zusammen. Alle hatten viel zu berichten, am meisten fesselten aber die Abenteuer Amalias. Die Zauberin beschrieb viele seltsame Gestalten, denen sie im Land aus Eis und Finsternis begegnet war. Aber auch die Zwillinge erzählten aufgeregt von ihren Erlebnissen. Es herrschte eine ausgelassene Stimmung, als Anna von den dreiäugigen, dreiarmigen schwarzen Eiselfen und dem Spielleiter Gülle berichtete.

»Auf die Idee mit der Spiegelschrift muss man erst einmal kommen«, grinste Knirk, der als Spion selbst viele Tricks beherrschte, um andere Wesen auszuspionieren. Beruhigt stellte Amalia fest, dass die Sonne ihre Position am Himmel wieder veränderte. Die Würfelwelt drehte sich langsam aber sicher wieder.

»Was tun wir jetzt?«, fragte Max.

»Wir marschieren auf dem schnellsten Weg zum Bürgermeister«, rief eine bekannte Stimme. »Hoffentlich kommen wir noch vor Garmander dort an!«

»Atos!«

Amalia sprang wie von der Tarantel gestochen auf, als der ehemalige Gildenzauberer die unsichtbare Leiter herunterstieg. Die Zauberin lief auf ihren Kollegen zu und umarmte ihn herzlich.

»Du hast dich nicht verändert«, stelle Atos beruhigt fest.

»Du auch nicht. Bis auf den Vollbart. Der fehlt. Was sind schon zehn Jahre im Leben eines Zauberers?«, winkte Amalia lächelnd ab. Aber hier gefällt es mir doch besser. Anna und Max liefen auf ihren Lehrmeister zu, der die Zwillinge gleichzeitig in die Arme schloss.

»Wir bereden später alle weiteren Neuigkeiten in meinen Haus«, schlug Atos vor. »Aber vorher müssen wir zum Rathaus zurück!«

Purpel kramte gedankenverloren in seinen Gewandtaschen. Plötzlich stutzte der vergessliche Zauberer.

»Hier ist noch etwas, das nicht mir gehört«, rief er verdutzt.

»Mein goldener Würfel«, freute sich Max, und steckte den Gegenstand ein. »Vielen Dank!«

Anna blickte sich besorgt im vergessenen Garten des Lapacho um. Das Mädchen liebte Ordnung.

»Was machen wir mit dem Durcheinander hier? Überall liegen Leuchtkugeln herum, die Tür steht noch offen, weil auch dort die Glaskugeln alles verstopfen.«

»Später«, beruhigte Atos. »Außer uns kennt niemand das Geheimnis des Gartens. Wir kehren bald zurück und schaffen Ordnung. Aber jetzt auf zum Rathaus. Kannst du uns direkt in das Gebäude führen, ohne dass wir über den Marktplatz laufen müssen? Ich möchte kein Aufsehen erregen!«

Knirk nickte.

›Hoffentlich kommen wir noch rechtzeitig‹, sorgte sich Atos. ›Ich hatte zwar einen gehörigen Vorsprung, konnte aber auch nicht immer den direkten Weg zurück nach Dangholt nehmen. Nicht auszudenken, wenn Garmander vor uns im Rathaus eintrifft.‹

◆

Garmander setzte Geld, Magie und jeden Trick ein, um schnell nach Dangholt zurückzukehren. Den genauen Standort von Atos kannte er nicht, erst später entdeckte er frische Spuren seines Konkurrenten. Sticks kassierte noch einmal eine Unmenge Geld, obwohl Garmander die Rückfahrt bereits bezahlt hatte. Dafür setzte er einige geheime Segel zusätzlich und flog förmlich über die Wasseroberfläche zum anderen Ufer des großen Meeres. Der Rumpf des Schiffes berührte kaum noch die Wellen. Während der Überfahrt bekam der gerissene Gildenmeister einen Geistesblitz. Er erklärte dem Fährmann seinen Plan. Sticks schüttelte den Kopf und lehnte entrüstet ab. Daraufhin entbrannte ein heftiger Streit. Garmander beschimpfe den Kapitän als unfähig und feige. Sticks konterte und nannte Garmander größenwahnsinnig und lebensmüde. Für kein Geld der Würfelwelt würde er den Reiseplan des Zauberers erfüllen. Das sah kein Paragraf der Transportbedingungen vor.

»Ich besitze genügend Geld. Warum soll ich das Risiko eingehen, und mir vielleicht noch mein Schiff ruinieren«, brummte der

Seemann erbost. Auf der anderen Seite galt er als gerissener Geschäftsmann. Immer auf der Suche, die eine oder andere Golddublone zusätzlich einzustreichen.

»Von welcher Geldsumme reden wir?«, fragte der Fährmann daher vorsichtshalber bei Garmander nach.

»Was interessiert es dich«, fluchte der Gefragte erbost. »Die Sache ist erledigt.«

Des Seemanns Neugierde war geweckt. Wahrscheinlich konnte er sich eine goldene Nase verdienen. Er hatte zwar den Fluss Klo noch niemals mit seinem riesigen Segler befahren, aber so lange das Flussbett breit und tief genug war, warum nicht?

»Nun sag schon«, drängelte Sticks. »Ich setze auch noch ein besonders geheimes Segel extra!«

»Fünf Golddublonen, nicht mehr, aber auch nicht weniger«, erklärte Garmander. Sticks fiel im Ausguck das Fernrohr aus der Hand. Seine Kinnlade krachte bis auf die Füße. Der Fährmann hatte angebissen.

»Der Handel gilt. Wir fahren soweit wie möglich den Fluss Klo hinauf in Richtung Dangholt. So lange, wie ich genügend Wasser unter dem Kiel habe und keine Brücken aus Stein den Weg versperren«, versprach der Seemann. Garmander schöpfte schlagartig neue Hoffnung. Atos war nicht auf diese Idee gekommen, sondern musste über Land den Rückweg in die Hauptstadt meistern. Viele Anwohner des Flusses Klo staunten nicht schlecht, als der riesige Dreimaster an ihnen vorbeisegelte. Alle Wasservögel nahmen eilig Reißaus vor dem ungewöhnlichen Gefährt. Sticks nahm keine Rücksicht auf andere Transportkähne, Flöße oder Ruderboote. Auch verschiedene hölzerne Brücken über den Fluss Klo waren nicht hoch genug, um dem Segler eine Durchfahrt zu ermöglichen. Ohne mit der Wimper zu zucken zerlegte der Fährmann die morschen Holzbauwerke. In der Nähe Dangholts tauchte ein unüberwindbares Hindernis auf. Die erste steinerne Brücke stand wie ein Bollwerk im Weg. Sticks stoppte die Fahrt. Garmander zahlte den vereinbarten Preis. Eilig sprang er vom Schiff auf die Brücke und lief grußlos davon.

◆

Sticks gefiel die Gegend sehr gut. Außerdem verspürte er brennenden Durst in der Kehle. Der Seemann warf den magischen Anker, ging an Land und kam bald darauf zu einem Dorf, in dem er eine Taverne fand.

»Ist geschlossen, kannst du nicht lesen?«, meckerte ein schlecht gelaunter Zombie.

»Prima, dann habe ich die Wirtschaft ganz für mich alleine«, freute sich Sticks und lief durch die geschlossene Tür hindurch. Dem Zombie verschlug es den Atem. Wütend riss er die Tür auf und sah, wie sich der Fährmann am Tresen eine Flasche magischen Rum aus dem Regal nahm. Mit einem Holzknüppel ging der riesige Zombie auf den Seemann los, schlug mit aller Kraft zu. Die Wucht seines Schlags riss den Zombie von den Füßen. Er drehte sich wie ein Diskuswerfer ein paar Mal um die eigene Achse.

»Wer oder was zum Tonaluga bist du?«, wunderte sich der Riese. Sein Knüppel glitt durch den Körper des Fährmanns hindurch wie ein heißer Draht durch ein Stück Butter. Der Untote sah Sticks zu, wie er genüsslich die halbe Flasche in einem Zug leerte. Seltsamerweise fiel kein Tropfen durch den Körper hindurch auf den Boden.

»Lecker!«

»Wie kann das sein?«, fluchte der Zombie. Sauer wie eine uribesmatische Megazitrone schlug er wieder zu. Der Knüppel glitt durch Sticks' Körper und zerschlug nur die halb gefüllte Flasche.

»Wie schade«, bedauerte der Fährmann den Verlust des edlen Tropfens. Ohne Eile nahm er eine weitere Flasche aus dem Regal. »Jetzt lass mich in Ruhe. Ich bin Sticks, Beherrscher der Meere, Begleiter der Seeleute, Lotse der Unwissenden. Ich verspüre Durst, besitze Geld, aber habe keine Lust auf deine Gesellschaft! Raus und Tür zu!«

Der Zombie verschwand und zog eilig die Tür der Taverne von außen hinter sich zu. So etwas hatte er in seiner langen Laufbahn noch nie erlebt. Ein Türsteher und Rausschmeißer, der selbst vor die Tür gesetzt wurde!

♦

Garmander erreicht die Hauptstadt zu einem Zeitpunkt, als die Stadtwache gerade ausströmte, um das Ende der Ausgangssperre zu verkünden. Die Stadttore standen weit offen. Er passierte die Wachen ohne Probleme. In den Gassen, Straßen und Wegen zeigten sich die ersten Bürger an ihren geöffneten Fenstern, um den Worten der Soldaten zu lauschen.

»Hört, hört, liebe Leute, Bürger von Dangholt. Bürgermeister Fuddelhaar lässt mitteilen, dass die Gefahr vorüber ist. Die Ausgangssperre wurde aufgehoben. Alle Bürger sind aufgerufen, sich auf dem Marktplatz zu versammeln, um das Pendel mit eigenen Augen zu bestaunen und den Worten des Bürgermeisters zu lauschen.«

Garmander rannte über den Marktplatz. Tatsächlich bewegte sich das Pendel wieder. Mit etwas Glück ließ sich diese Tatsache als seine eigene Leistung verkaufen. Auf der Treppe des Rathauses lief der Zauberer Major Bockelwitz in die Arme.

»Guten Tag, Herr Garmander«, grüßte der Offizier den Berater des Bürgermeisters.

»Guten Tag, Major«, erwiderte der Zauberer höflich. »Sind Besucher beim Bürgermeister?«

»Nein«, erklärte der Offizier kopfschüttelnd.

»Waren heute schon Besucher bei ihm?«

Wieder schüttelte Bockelwitz den Kopf.

»Nein, nur die Berater und Gildenmeister sind versammelt. Der Bürgermeister wird nachher eine Ansprache halten. Du kommst also gerade zur rechten Zeit.«

›Das Glück ist mit den Tüchtigen‹, dachte Garmander erleichtert. ›Und manchmal auch mit den Listigen.‹ Der Zauberer marschiert durch die geöffnete Tür in den Sitzungssaal. Fuddelhaar begrüßte den Heimkehrer freundlich. Garmander atmete tief durch. Atos, Anna und Max befanden sich nicht im Raum, sie hatten es nicht rechtzeitig geschafft. Auch auf seinem Stuhl am Tisch des Bürgermeisters saß kein anderer Zauberer. Garmander nahm erleichtert Platz. Fuddelhaar schickte nach Speisen und Getränken für den erschöpften Magier. Geduldig sah er zu, wie der Zauberer sich stärkte und im Ärmel seines Gewandes den Mund abwischte.

»Nun, mein lieber Garmander. Du hast sicherlich gehört, dass ich in Kürze eine Ansprache zu halten gedenke?«

Der Zauberer nickte zufrieden.

»Aber es bleibt vorher genügend Zeit, deine Geschichte zu hören. Das Volk ist noch nicht versammelt.« Fuddelhaar nahm am Ende des Tisches Platz, als Garmander sich vornehm erhob.

»Ich habe die Würfelwelt gerettet«, begann der Zauberer nicht gerade bescheiden. Ein Raunen ging durch die Versammlung. Fuddelhaar hob einen Arm, um für Ruhe zu sorgen. Anschießend bedeutete er Garmander, mit seiner Erzählung fortzufahren.

»Unter großen Anstrengungen und Gefahren unternahm ich die Reise ans Ende der bekannten Welt. Zu Beginn waren noch Soldaten dabei, aber, nachdem der Leutnant sich verletzte, blieben diese in einem Dorf zurück. Von dort an musste ich alleine die Spuren des Atos und seiner Gehilfen verfolgen. Sie wollten mich vom Überschreiten der Grenze in das Land aus Eis und Finsternis abhalten. Nach einem Kampf auf Leben und Tod konnte ich einen Gehilfen des Atos besiegen, der mich töten wollte. Atos ergriff feige die Flucht, um nach Dangholt zurückzukehren und meinen Platz einzunehmen. Er hoffte wohl, dass ich von der anderen Seite nicht wieder zurückkehren würde. Aber ich kämpfte mit vielen Eisgestalten, riesigen Polarbären und Kälteriesen.«

Garmanders Phantasie kannte nun keine Grenzen mehr. Er verstand es, Tatsachen zu verdrehen, zu Lügen und zu Betrügen. Niemals hatte er das Land aus Eis und Finsternis gesehen oder betreten, ebenso wenig aber die übrigen Anwesenden hier im Raum. Es blieb ihnen nichts anderes übrig, als die erfundenen Geschichten Garmanders zu glauben.

»Was fandest du als Ursache für den Stillstand der Würfelwelt heraus?«, fragte Fuddelhaar scheinbar interessiert nach.

»Ob du es glaubst oder nicht, Herr Bürgermeister, aber ich habe es mit eigenen Augen gesehen. Auf der anderen Seite hinter dem Gebirge steht ein riesiges Uhrwerk mit vielen Zahnrädern. Jedes einzelne Rad ist größer als ein Haus. Dieses Uhrwerk stand still, weil böse Wesen mit schwarzer Magie das Ende der Welt herbeiführen wollten. Aber in einem heldenhaften Kampf, in dem ich kein Risiko scheute, besiegte ich die Überzahl. Anschließend reparierte ich das Uhrwerk und kehrte wieder nach Dangholt zurück. Hier nun bin ich!«

Alle Zuhörer klatschten artig Beifall. Garmander verbeugte sich und nahm wieder Platz. Bürgermeister Fuddelhaar erhob sich aus seiner bequemen Sitzgelegenheit. Langsam stolzierte er um den Tisch herum.

»Eine phantastische Geschichte«, bestätigte der Stadtobere. »Die Welt ist gerettet, und das alles Dank unseres lieben Garmanders!«

Zufrieden nahm Garmander noch einen großen Bissen Ochsenbraten, auf den er während seiner Reise so lange hatte verzichten müssen. Bürgermeister Fuddelhaar ging auf den Balkon des Rathauses hinaus, um den Stand der Dinge auf dem Marktplatz zu überprüfen. Immer mehr Bürger versammelten sich, dicht gedrängt waren die ersten Reihen rund um das Pendel schon mit Neugierigen belegt. Auch eine große Gruppe freigelassener Gefangener hielt sich unterhalb des Balkons auf. Madame Euphrosine stand in einem erbärmlichen Zustand ebenfalls zwischen den ehemaligen Gefängnisinsassen. Ihre Haare waren fettig, Haut und Hände ungewaschen. Fuddelhaar wurde auf die Frau aufmerksam, als sich ein Grubbelwutz vom Dach der Bäckerei direkt auf den Kopf der Heimleiterin stürzte. Madams Schreie gingen in Stimmgewirr der großen Menschenmenge ungehört unter. Grinsend kehrte der Bürgermeister zurück in den großen Saal. Alles lief wieder rund, er hatte die Situation in der Stadt beinahe wieder unter Kontrolle. ›Wenn es mit dem Pendel so gut weiterläuft und ich noch eine gute Rede halte, dann habe ich gewonnen‹, dachte der erfahrene Politiker. Fuddelhaar wandte sich wieder Garmander zu.

»Ich habe natürlich eine Belohnung vorbereitet, da ich ahnte, dass du hier als Held erscheinst«, erklärte der Bürgermeister. »Hinter dieser Tür ist deine Überraschung aufgebaut!«

Garmander rutschte unruhig auf seinem Stuhl hin und her. Nun würde er zwar nicht selbst Bürgermeister werden können, da die Krise bewältigt schien. Fuddelhaar saß wieder fest im Sattel. Aber Ruhm und Ehre waren ihm gewiss. Fieberhaft überlegte er, welcher Lohn für die Rettung der Welt angemessen sein könnte.

›Geld besitze ich als Zauberer durch die magische Eichenhöhle selbst genug, das kann es also nicht sein‹, grübelte der Magier. ›Vielleicht werde ich Stellvertreter des Bürgermeisters, dann ist meine Meinung nicht nur eine unter vielen Beratern. Oder Fuddelhaar schenkt der Stadt eine Statue von mir in Lebensgröße, die für alle Zeiten auf dem Marktplatz direkt neben dem Pendel stehen wird? Oder ich werde Ehrenbürger?‹

Mit fragendem Blick schob der Zauberer eine Gabel Ochsenfleisch in den Mund. Garmander konnte seine Aufregung kaum verbergen, als Fuddelhaar zwei Diener anwies, die Tür zum Nebenraum zu öffnen. Major Bockelwitz stand mit einer Gruppe Soldaten im Saal vor der Eingangstür zum großen Saal. Ruckartig öffneten die Diener die Pforte. Garmander blieb wie vom Donner gerührt regungslos auf seinem Stuhl sitzen. Mit *dieser* Überraschung hatte er nicht gerechnet.

Seine Gabel fiel klimpernd auf den Fußboden, der Zauberer verschluckte sich am Ochsenbraten und bekam einen Hustenanfall. Mühsam würgte er ein »das gibt's doch gar nicht« hervor, sprang auf und trat einen Schritt zurück. Leider stand sein Stuhl noch im Weg. Garmander stürzte, rappelte sich wieder hoch. Mit vor Entsetzen handtellergroßen Augen sah er, wie Amalia, Atos, Purpel, Anna, Max und Meister Dost den Raum betraten. Midrafo flatterte über ihre Köpfe hinweg. Knirk musste auch irgendwo im Raum anwesend sein. Als guter Spion, der auf seine Tarnung achtete, sah und hörte er Dinge, ohne selbst entdeckt zu werden.

»Wachen, nehmt diese Betrüger fest«, stammelte Garmander und wies mit ausgestrecktem Zeigefinger auf Atos. Major Bockelwitz rührte sich keinen Millimeter. Plötzlich riss der Gildenmeister beide Arme hoch und schickte einen Blitz in Richtung des Bürgermeisters. Atos und Amalia waren vorbereitet und wehrten gemeinsam den Angriff auf Fuddelhaar ab. Nicht, dass sie den Bürgermeister plötzlich schätzten, aber nur mit Fuddelhaars Hilfe würde ihnen wieder ein normales Leben in Dangholt möglich sein.

»Major!«, rief der Bürgermeister. Bockelwitz schlug die Hacken zusammen.

»Hier, Herr Bürgermeister. Was befiehlst du?« Insgemein freute sich der Offizier, dass er sich doch für die richtige Seite entschieden hatte.

»Bringt Garmander in eine Zelle, die magisch geschützt wird. Es soll weder in Gestalt eines Menschen noch in der eines Tieres ausbrechen können. Atos und Amalia sorgen dafür, dass ein sicherer Zauber die neue Heimat Garmanders schützt, nicht wahr?«

»Was wirfst du mir vor, Herr Bürgermeister? Ich habe die Welt gerettet«, kreischte der Gildenmeister.

»Hast du nicht«, bemerkte Fuddelhaar mit erstaunlicher Ruhe. »Vorgeworfen wird dir Lüge, Betrug und Angriff auf das Leben des Bürgermeisters. Abführen!«

»Gut, dass wir vor Garmander das Rathaus erreichten und mit vereinten Kräften den Bürgermeister überzeugen konnten, dass *wir* die Welt gerettet haben«, seufzte Amalia. Atos nickte. Mit Knirks Hilfe war die Gruppe ungesehen und rechtzeitig in den Rathauskeller gelangt. Fuddelhaar war ein kluger Mann. Als er Amalia Auge in Auge gegenüberstand, wusste er, dass etwas Außergewöhnliches geschehen sein musste. Der Bürgermeister hörte die Erklärungen geduldig an. Schnell erkannte er, dass die Geschichte wahr sein musste. Listig bot er Amalia ihren alten Platz als Gildenmeisterin an. Die Zauberin lehnte dankend ab.

»Ich muss mich um meine Ziehkinder kümmern«, erklärte sie. Auch Atos zeigte kein Interesse an einer Stellung als Gildenmeister, wohl aber wünschte er die Rückkehr in die Gilde. Ein schicker Vollbart stand ihm schließlich gut zu Gesicht. Fuddelhaar befahl die Aufnahme des Zauberers in die Gilde sowie die sofortige Freigabe der Zwillinge aus dem Waisenhaus. Amalia erhielt den Auftrag, als Tante und nächste Verwandte zukünftig für das Wohl der Kinder zu sorgen. Außerdem sollte die Gilde der Zauberer ihren neuen Gildenmeister selbst wählen dürfen, der normalerweise vom Bürgermeister bestimmt wurde. Dies alles geschah rechtzeitig genug, bevor Garmander erschien und in die Falle tappte.

»Es ist nun an der Zeit«, erklärte Fuddelhaar den versammelten Beratern und seinen Gästen. »Das Volk ruft nach mir!«

»Fuddelhaar, Fuddelhaar«, klangen die Rufe vom Marktplatz durch die geöffnet Balkontür nach oben. Der Bürgermeister hatte es tatsächlich geschafft. Die meisten Bewohner schienen ihm die zwischenzeitliche Ausgangssperre nicht übel zu nehmen. Ein Grund hierfür war auch, dass der Stadtobere in der Menge von seinen Leuten das Gerücht verbreiten ließ, dass er höchstpersönlich das Pendel auf dem Marktplatz wieder in Gang gesetzt hätte. Schon vor langer Zeit war Fuddelhaar ein Licht aufgegangen, wie die meisten Wesen auf der Würfelwelt funktionierten. Trotz aller Zauberer, Hexen, Elfen, Trolle, Wasserschatten und andere Gestalten wollten die meisten Einwohner einfach nur ihre Ruhe haben. Keine Abenteuer, keine Störungen bei ihren Geschäften. Vor allen Dingen aber wollte niemand Angst vor etwas Unbekanntem haben. Nur Dinge, die man sich selbst erklären konnte, stellten keine Bedrohung dar. Das Pendel auf dem Marktplatz gehörte zu diesen Bedrohungen, niemand konnte wirklich verstehen, warum es plötzlich stillstand, warum die Wolke darüber schwarz wurde. Fuddelhaar nahm sich vor, eine passende Erklärung abzugeben. Dabei spielte es für das Volk keine Rolle, ob die Gründe wahr oder erfunden waren. Hauptsache, das Bild von einer heilen Welt im eigenen Kopf stimmte wieder. Der Bürgermeister trat mit einer perfekt sitzenden Perücke auf den Balkon des Rathauses wie ein Dirigent vor sein Orchester. Jubel kam auf, die Gilde der Taschendiebe nutzte fleißig das Gedränge, um das Geschäft ihres Lebens zu machen. Fast alle Anwesenden schienen glücklich oder zumindest zufrieden zu sein. Besonders die Kaufleute strahlten, weil eine kauflustige Menge direkt vor ihren Läden stand. Nur Madame Euphrosine blickte sehr unglücklich drein. Die Sache mit dem Grubbelwutz schien ihr ebenso peinlich wie zuvor der Aufenthalt im Kerker. Als Gegenleistung für die Freilassung musste sie auf dem

Marktplatz bleiben, bis der Bürgermeister seine Rede beenden würde. So lautete der Handel. Fuddelhaar hob eine Hand. Die Menge verstummte sofort.

»Ich habe die Würfelwelt gerettet«, rief er. Von draußen schwappte unglaublich lauter Jubel in den großen Saal des Rathauses.

»Allein für diese Lüge müsste man ihn zur Schnecke machen«, flüsterte Atos der neben ihm stehenden Amalia zu.

»Untersteh dich«, mahnte die Zauberin. »So ist er nun mal. Große Klappe und nichts dahinter. Eben ein Politiker.«

»Keine Sorge. Er lässt uns zukünftig hoffentlich in Ruhe, wir lassen ihm dafür seinen Spaß. Hauptsache, Garmander schadet niemandem mehr.«

Beide Zauberer schenkten den Worten des Bürgermeisters wieder ihre volle Aufmerksamkeit. Jedenfalls fast. Atos hielt plötzlich einen großen Teller in der Hand, der sich unter Ochsenbraten, Kartoffeln und Gemüse mit fettiger Soße bog. Anna rammte ihrem Bruder staunend einen Ellenbogen in die Rippen.

»Woher hat er den Teller?«, fragte das Mädchen.

»Keine Ahnung. Von einer Sekunde auf die andere hatte er ihn plötzlich in seiner Hand. Herr Atos hat sich nicht von der Stelle gerührt!«

»Erinnert ihr euch daran, dass euer Lehrmeister in seinem Haus für mich im Handumdrehen aus einem winzigen Apfel einen normalen Apfel machte, als ich mich darüber beschwerte?«, fragte Meister Dost. Den Zwillingen ging ein Licht auf.

»Die Milch! Die Zeitdehnung! Herr Atos hat wieder die Zeitdehnung benutzt!«, wisperte Anna.

Atos grinste, obwohl er die Rede des Bürgermeisters kaum aushielt. Der Zauberer schaltete seine Ohren auf Durchzug, es drangen nur noch Wortfetzen der Rede an sein Gehirn.

»...zur Feier des Tages habe ich alle Gefangenen begnadigt...das Pendel wird in wenigen Tagen wieder schwingen, als sein nie etwas gewesen...auch die Wolke wird wieder weiß werden...ich habe das Böse besiegt...ich mache dem Volk ein Geschenk...eine Statue von mir...ein Fest auf dem Marktplatz mit Ochsenbraten für alle...«

›Was für eine Ratte‹, dachte Knirk. ›Kein Wort des Dankes an die wahren Retter, kein Wort der Entschuldigung an Amalia für die verlorenen Jahre.‹ Der Spion verschwand und tauchte wenige Minuten später bei Wenzel in der Bibliothek auf. Auch die übrigen Gäste verließen das Rathaus, um im Haus von Atos einen Schmaus zu halten und über die Zukunft zu reden.

◆

Lapacho schritt durch seine unterschiedlichen Höhlen im Gebirge am Ende der bekannten Welt. Der Mönch hatte alle Glaskugeln entfernt, alles glänzte wieder fein und besenrein. Ein hartes Stück Arbeit, wie er fand. Irgendetwas störte den Kuttenträger. Aber was? War es heller als sonst? Der Klosterbruder schüttelte den Kopf. War es vielleicht wärmer oder kälter als sonst? Nicht wirklich. Lapacho fühlte sich trotzdem unwohl und suchte die Ursache. Er hatte kalte Füße.

»Es zieht hier wie Hechtsuppe«, brummte er. »Wollen wir mal sehen, ob irgendwo eine Tür offen steht.«

Kurze Zeit später entdeckte er die Ursache, für die er selbst verantwortlich war. Ohne Eile begann der Mönch, seinen vergessenen Garten aufzuräumen. Liebevoll schubste er alle Glaskugeln zurück ins Gebirge. Ein Blick auf die Blumenwiese erinnerte ihn an das, was schon längst hätte getan werden müssen. Lapacho zog eine silberne Sichel unter der Kutte hervor und mähte die Blumenwiese.

◆

Den missgelaunten Kontrollgott plagten rasende Kopfschmerzen. Schon wieder musste er unendlich viele Überstunden leisten, während nebenan die übrigen Götter ein rauschendes Fest mit Honigwein feierten. Die Bauabteilung brach alle Rekorde, schoss immer schneller immer neue Welten ins Universum. Der Kontrollgott hatte daher in der letzten Zeit die Überprüfung bestehender Welten vernachlässigen. Diese lästige Pflichtaufgabe stand nun auf seinem Arbeitszettel. Müde blickte der Kontrolleur auf eine nicht enden wollende Liste mit Namen von Welten, die es zu prüfen galt.

»Was haben wir denn hier schon wieder für einen Drecksplaneten? Einen Würfel? Schön, meinetwegen auch einen Würfel! Schade, dass das Ding immer noch da ist«, bedauerte er. Der Kontrollgott setzte mehrere Kreuzchen in ein immer noch grauenvoll kompliziertes Formular. Mit der Welt schien alles in Ordnung zu sein. Leider. Er beschloss, den seltsamen Würfel im Auge zu behalten, irgendetwas an diesem zähen Gebilde interessierte ihn. Er wusste im Augenblick aber nicht, was es war. In zehntausend Jahren würde er freiwillig mal wieder einen Blick auf das Pendel in Dangholt werfen. Der Kontrollgott unterschrieb und verteilte die siebentausendachthundertzwölf Durchschriften seines Berichts innerhalb der Götterbehörde und legte den Vorgang in die Terminmappe.

Alles war so wie immer.

♦ **Ende** ♦